LE ROMAN DE GEORGETTE

Corinne Bouvet de Maisonneuve

LE ROMAN
DE GEORGETTE

NiL éditions

à Suzanne

« Et il leur dit :

— Si un homme disait à Dieu qu'il désire plus que tout aider le monde souffrant, quel qu'en soit le prix pour lui-même, et si Dieu répondait et lui disait ce qu'il doit faire, cet homme devrait-il faire ce qui lui a été dit ?

— Bien sûr Maître ! cria la foule. Ce devrait être un plaisir pour lui de souffrir même toutes les tortures de l'enfer, si Dieu l'a commandé.

— Quelles que soient ces tortures ? Quelle que soit la difficulté de la tâche ?

— Quel honneur d'être pendu ! Quelle gloire d'être cloué à un arbre et brûlé si c'est là ce que Dieu a demandé, dirent-ils.

— Et que feriez-vous, dit le Maître à la multitude, si Dieu vous parlait droit dans les yeux et disait : " *Je vous commande d'être heureux dans le monde aussi longtemps que vous vivrez* " ? Que feriez-vous dans ce cas ?

Et la multitude demeura silencieuse ; pas une voix, pas un son ne s'éleva des pentes des collines, par-dessus les vallées où ils se tenaient.

Et le Maître dit au silence :

— C'est en suivant le chemin de notre bonheur que nous recevons l'enseignement pour lequel nous avons choisi cette vie... »

Le Messie récalcitrant, Richard Bach

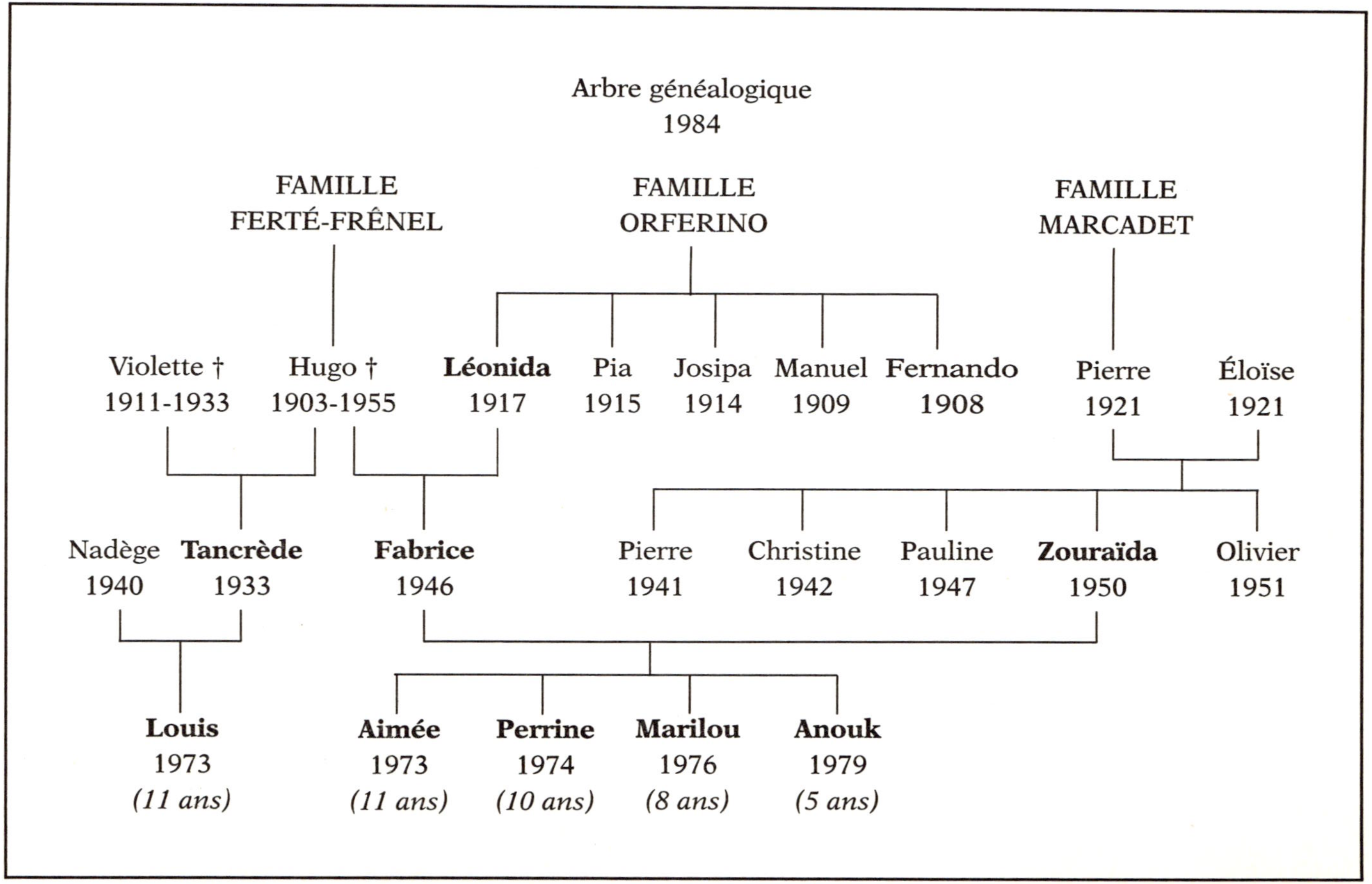
Arbre généalogique
1984
FAMILLE
FERTÉ-FRÊNEL
FAMILLE
ORFERINO
FAMILLE
MARCADET
Violette †
1911-1933
Hugo †
1903-1955
Léonida
1917
Pia
1915
Josipa
1914
Manuel
1909
Fernando
1908
Pierre
1921
Éloïse
1921
Nadège
1940
Tancrède
1933
Fabrice
1946
Pierre
1941
Christine
1942
Pauline
1947
Zouraïda
1950
Olivier
1951
Louis
1973
(11 ans)
Aimée
1973
(11 ans)
Perrine
1974
(10 ans)
Marilou
1976
(8 ans)
Anouk
1979
(5 ans)

PREMIÈRE PARTIE

1

En général, Georgette s'annonçait ainsi :

— Je m'appelle Georgette Binet. Je viens rapport à l'annonce chez le boulanger. Je vous demande 42 francs de l'heure, d'autres en demanderaient 45.

Ses yeux notaient derrière vous un lit défait, la théière qui fumait sur un drap, et le sursaut de son regard marron derrière des verres épais écorchait vos bonheurs oisifs. On se hâtait d'approuver son prix sous le coup d'une vague culpabilité, et elle enchaînait :

— Je travaille déjà au 15, rue Desnouettes, au rez-de-chaussée chez Mme Giron et au troisième chez les Pigeon-Marchal. Tout le monde vous le dira, pour la confiance y'a personne qui me vaut.

On acquiesçait, sans illuminer beaucoup son visage. Elle ôtait son gilet, une laine chinée comme la moutarde de Meaux, pour enfiler une blouse de nylon gris usine.

— La concierge savait que vous cherchiez après des heures de ménage ? M'étonne pas qu'elle m'ait rien dit. Elle est portugaise et elle en a que pour les Portugais. Comme si le soleil brillait pas pour tout le monde !

C'était ça le soleil de Georgette, un coup de bol plutôt qu'un astre, la chance de trouver quelques nouveaux appartements sales à astiquer. Une telle modestie dans la quête du bonheur donnait mauvaise conscience. Si vous lui proposiez un café, elle s'exclamait : « Vous voulez m'énerver ! » Elle édictait des exigences incontournables comme le linge à humecter d'avance, l'horreur des fers à vapeur ou le dégoût des radios libres. (« Pour ce qu'ils racontent dans le poste à présent, je trouve ça d'un grossier. Pensez que des vieilles personnes les écoutent ! ») Georgette manquait de souplesse c'est vrai, mais sa vie était une telle avalanche de cailloux, des bras ouverts si grands à la fatalité qu'il semblait difficile de ne pas compatir, surtout quand ça n'engageait qu'à une tasse de café bue debout devant l'évier, car Georgette n'aurait pas accepté de s'asseoir.

Depuis le jour — béni par sa mère — où elle avait su tordre le linge et transporter un seau sans le renverser, Georgette avait astiqué la vie des autres. Elle avait commencé par les huit drôles nés derrière elle à cadence régulière, frottant les couches en rêvant d'une poupée figée dans le celluloïd incapable d'avoir faim, de mouiller et de geindre. Quelque chose d'inerte et joli comme celle de Marie-Christine Mazurpin, qu'on pouvait couvrir de dentelles à rubans et oublier la minute suivante pour aller sauter à la corde, sans qu'un gnon ou une gifle viennent sanctionner votre négligence. Personne au demeurant n'engueulait jamais Marie-Christine Mazurpin. Au pire on la réprimandait, et sa mère l'attendait tous les jours à la sortie de l'école comme un cadeau parfumé, la main prête à cueillir son cartable.

La main de la mère de Georgette ne cueillait pas, elle tombait. Sur les joues, les oreilles, la nuque, et ses lèvres fardées articulaient des jurons qui auraient enflammé de honte sa fille si ses camarades les avaient entendus. De toute façon, personne ne s'avisait jamais d'aller chercher Georgette à l'école. On souhaitait moins sa présence à la ferme qu'on n'incriminait son absence à cause des bêtes à nourrir, du linge « à écarter » ou de la volaille « à fermer »...

A l'heure où la ville allume ses vitrines, les champs meurent dans la nuit et il n'y a guère que les regards tragiques des hiboux pour vous sauver des ténèbres. A cette époque Georgette détestait la campagne. Elle aurait donné sa vie pour habiter une façade sur rue, pour séjourner ne serait-ce qu'une journée dans les socquettes blanches et haut tirées de la fille du pharmacien, croquer au goûter un petit pain au lait au lieu d'une patate bouillie froide, prêter ses livres au lieu d'emprunter honteusement le manuel trop coûteux, et ne pas rater une leçon sur deux à cause d'une corvée au champ.

Marie-Christine Mazurpin éparpillait des boucles de soie sur ses cahiers en se penchant pour écrire d'une plume sans tache, Marie-Christine jouait à la marelle avec une boîte de pastilles Pulmoll qui sonnait devant ses souliers vernis, et quand elle levait sur les gens le bleu innocent de ses yeux, son simple regard emportait déjà un sourire. Ses mains l'hiver prenaient la couleur de ses gants en angora (elle en avait plusieurs paires assorties à ses robes) et l'été sa peau s'illuminait au lieu de foncer. Georgette gerçait avec le froid et se grattait pendant les chaleurs.

Élevée dans les vapeurs de bouse et les taloches sans sommation, Georgette vénérait l'école, ses silences studieux, son odeur de javel et d'encre, les problèmes écrits à la craie qui s'effaçaient avec un chiffon. Elle apprenait vite et récitait bien, deux qualités que ne requièrent ni les moissons ni les cochons. Ses parents, gens de bon sens, estimant que ça ne rimait à rien de la laisser péter plus haut que son cul parmi les demoiselles à dot quand sa famille suait sang et eau pour survivre, la retirèrent définitivement de l'école vers l'âge de douze ans pour la louer à des laboureurs qui cherchaient des bras pas difficiles à loger ni à nourrir. Admise à table aux heures de repas, servie après la famille et juste avant la basse-cour et les chiens, Georgette regardait les autres délester la soupière.

Guère étonnant si dans ce monde chiche en amour, la jeune fille solitaire avait cédé au premier venu capable de lui trousser un compliment.

Tout se déroula sur la paille entre deux jambes poilues comme une chèvre et une verge d'artilleur, violente et rouge, qui fendit la jeune Georgette en deux, lui arrachant un cri d'angoisse suivi d'une douleur exquise et d'une vive surprise. Il n'y eut pas d'autre dialogue au-dessus de la braguette et les derniers frissons calmés, la paille recommença à piquer. Tandis que Georgette se réajustait en secouant ses cheveux fort longs à l'époque, l'homme se reboutonna hâtivement et disparut à reculons par l'échelle.

L'amour déserta la vie de Georgette dans un vacarme de tracteur. Engrossée à dix-sept ans par ce journalier plus costaud dans son pantalon que dans ses résolutions, jetée à la porte de la ferme familiale où on ne plaisantait pas avec l'honneur, Georgette commença très tôt sa carrière de femme de ménage à l'usine pneumatique de Clermont-Ferrand. La guerre lui roula dessus mais elle en parlait moins. Les vaches maigres de la France, tout le monde les avait subies, Georgette s'en tenait plutôt à des calamités plus intimes.

Elle réussit à élever seule son garçon à la force de ses balais, et même à lui payer l'éducation qu'elle n'avait pas reçue. Malheureusement Émile devait surtout montrer des dispositions pour le foot, au grand dam de sa mère qui l'aurait bien vu faire pharmacien comme le père de Marie-Christine Mazurpin. Contraint de gagner sa vie à son tour, il commença mécano au grand garage *Roger père et fils*, fit son service militaire du côté de Charleville-Mézières et, peu après la quille et son retour chez *Roger père et fils*, épousa la manucure du salon de coiffure voisin qui le dégoûta vite de ses mains au cambouis dont même la pâte Arma ne pouvait venir à bout les samedis soir. Un beau-frère dans la confection le fit alors monter à Garges-lès-Gonesse (Val-d'Oise), où il réussit gentiment une vie neuve et propre dans la cravate façon soie et le sous-vêtement de coton.

Ce fut l'occasion pour Georgette de rompre les ponts avec son Auvergne natale. Elle trouva deux pièces à Villepinte dans les mêmes HLM que son fils, ce qui arrangea sa belle-fille (à cause du bébé) sans beaucoup la réjouir. La bru de Georgette n'était pas le moindre de ses fléaux. Georgette Binet s'était habituée aux avions qui lui traversaient les oreilles, à la cacophonie intime et souvent hargneuse des cuisines voisines et même à la routine en *o* métro-boulot-dodo du banlieusard ouvrier, mais à sa bru, elle ne réussit jamais à se faire. « On parle toujours des belles-mères, on devrait parler des brus ! La mienne me cause plus depuis son mariage, elle a eu bien trop honte de voir poser une femme de ménage sur la photo de la noce. »

Sa petite-fille racheta dans la vie de Georgette les silences apathiques (du fils) et malveillants (de la bru). Quand elle ne briquait pas des intérieurs parisiens ou des avions au Bourget le dimanche, Georgette l'accueillait sous la lampe de sa salle de séjour. Cristelle réussissait mal à l'école et sa grand-mère la gavait de multiplications et de crêpes pour l'aider. « Des crêpes aux chiffres ! » s'exclamait la petite qui s'appliquait de son mieux.

Mais même quand Georgette vous parlait de Cristelle, c'était moins souvent pour se réjouir que pour s'inquiéter de son avenir.

L'automne mourait dans les bras de l'hiver. Les Parisiens grelottaient dans des appartements mal chauffés parce que le calendrier administratif n'avait pas encore officialisé l'arrivée du froid. Georgette tordait ses serpillières dans l'eau chaude en incriminant les saisons. Quand les journaux annoncèrent l'imminence d'une éclipse de soleil quelque part en Asie du Sud-Est, elle haussa des épaules irritées en direction du ciel glauque, comme le fond de son seau. « Nous, l'éclipse de soleil on l'a chez nous tous les jours de l'année ! »

Elle s'intéressait plutôt aux emballages de lessive et de biscottes. Elle ne manquait jamais un seul jeu ou concours. Elle répondait aux questionnaires comme d'autres jouent au loto ou aux courses avec la conviction vague mais têtue d'ouvrir une lucarne, même minuscule, aux caprices de la fortune. Chez quelqu'un d'aussi désenchanté que Georgette, un espoir si naïf révélait une brèche inattendue dans un scepticisme de béton. Sans doute ces rendez-vous (toujours manqués) avec la fortune l'aidaient-ils à meubler sa vie. Elle guettait les emballages neufs comme vous comptez les jours avant les vacances, tandis que de semaine en semaine et de tombola en concours s'aggravait l'hiver (du mou et du mouillé) avec ses cortèges mercantiles de fin d'année.

Noël finalement illumina les grands magasins mieux que les cœurs. Écrasant les pieds des petits et saignant les parents, il chantait le divin enfant à tous les rayons. Quand les Pères Noël rouges se multiplièrent aux carrefours (sans réussir à sidérer un seul mouflet), Georgette bougonna : « La ville a attrapé la rougeole, regardez-moi ça, elle grouille tant ça la démange. »

2

— Ça par exemple, pour une nouvelle c'est une nouvelle ! lança Fabrice. Devinez donc qui s'annonce en Asie ? La brebis galeuse de la famille ! Mon propre demi-frère...

— Tancrède ? !

Un buffle aurait causé moins de trouble en traversant la salle à manger avec toute la gadoue des rizières sous ses sabots. Fabrice, d'ordinaire si pondéré, s'enferra dans les détails embarrassants :

— Il vient même avec Louis, c'est son fils, vous vous souvenez...

Comme tout le monde s'en souvenait, gêne et fièvre s'aggravèrent dans les yeux des convives. On devina quelques tibias heurtés sous la table dans la direction des enfants. Fabrice toussa dans son verre et Zouraïda proposa du crabe alors qu'on en était au dessert. Son zèle pour tenter de couvrir son mari ne trompa personne. Le pire, évidemment, ce fut l'ancêtre Léonida.

Foudroyée par une crise d'asthme, elle toussa littéralement sa vie dans ses batistes blanches. Les griffes du chien effrayé dérapèrent sur le marbre, ralentissant sa fuite entre les chaises. Et comme toujours dans ces cas-là, toute la famille évacua la pièce derrière lui, laissant Fabrice et sa vieille mère respirer en tête à tête.

L'asthme maternel avait terrifié sa jeunesse mais, les années passant, il avait appris à dompter la crise pour avoir escorté Léonida aux urgences maintes nuits de cauchemar. Sa force de persuasion était devenue telle que sa mère, de le voir approcher, s'apaisa.

Les enfants surveillaient toute la scène d'une fenêtre :

— Ça y est, elle respire...

— Qui c'est Louis ? demanda Anouk.

— Le fils de Tancrède.

— Et Tancrède, c'est qui ? s'obstina la plus petite, toujours à la traîne.

— Tu as entendu comme nous, le demi-frère de papa.

Une réponse qui musela Anouk, un peu ébahie de voir entrer dans la famille une moitié d'oncle.

— Il est manchot ?

— Idiote... grommela Perrine.

Et elle soupira :

— Pour une fois que la France vient à nous !

— Ce Louis doit avoir juste onze ans comme moi, murmura pensivement Aimée, la plus âgée des quatre. C'est Carmen qui me l'a dit.

— Cette vieille sorcière ne peut pas l'avoir connu, qu'est-ce qu'elle en sait ?

— Elle sait tout ! Elle a suivi Léonida à Paris autrefois avant de rentrer aux Iles avec elle.

— Il est cul-de-jatte alors ! insista Anouk toujours à propos de l'oncle.

Mais ses sœurs ne l'écoutaient plus, les yeux dans la maison.

— Ça y est ! Il lui fait sa piqûre, elle somnole déjà, c'est le moment de poser des questions, dit Marilou en glissant de sa branche.

Bien avant l'arrivée de Louis, les enfants s'enthousiasmaient déjà pour la France et le luxe de ses quatre saisons. Aux Iles on n'en comptait que trois : l'été, la mousson et l'hiver, qui n'aurait pas arraché un frisson à un singe nu. Aimée rêvait sous les manguiers du jardin, fermant les yeux sur des arbres dépouillés qui ne seraient pas morts, ou peignant des bananiers roux frappés par l'automne. Se balançant dans le même hamac, ses sœurs l'escortaient dans ses songes francophiles, même si Marilou en avait plutôt pour les coléoptères et Perrine pour les marquises et la Révolution. Toutes d'ailleurs avaient une vision assez bucolique de l'Hexagone apprise dans les livres à l'école, avec des ruelles pavées, des cathédrales et des hivers blancs. Anouk, qui ne connaissait le froid que dans le réfrigérateur, croyait encore que les flocons tombaient dans le vacarme et voyait la neige comme une cacophonie blanche.

Sous la charge de ses filles, accablé de questions, Fabrice se réfugia dans un silence philosophe, un rien malhonnête. Il avait hérité de son père — l'original Hugo — le don de fuir les discussions avec autant de sagesse que d'égoïsme, et il semblait à peine se souvenir aujourd'hui d'un neveu de onze ans qui s'appelait Louis et qui était né le même jour qu'Aimée.

D'ailleurs Tancrède, son frère si mal connu, valait-il la peine qu'il lui sacrifiât la santé de sa mère ? Léonida toussait à la seule évocation de son nom. A l'entendre, Tancrède (qui n'était jamais que le fils de son mari après tout) avait ébranlé son mariage, mutilé sa maternité et, pour finir, déshonoré la famille. Et il y avait toutes les chances pour que son bâtard de Louis lui ressemblât en tout et apportât avec lui les mêmes désordres. Plus que jamais, la France devenait sujet tabou en sa présence. On froissa donc la lettre de Tancrède, on la jeta ostensiblement au panier. On aurait jeté la France avec, si la géographie l'avait permis.

Les quatre sœurs retournèrent à Zouraïda qui, moins armée que son mari, tâtait d'euphémismes confus :

— Votre oncle Tancrède (un nom qui les pétrifiait d'admiration) n'a jamais épousé la mère de Louis. Il l'avait rencontrée dans un music-hall, un endroit que n'approuve pas votre grand-mère... laquelle n'est pas la mère de Tancrède mais seulement sa belle-mère...

— Sa marâtre, quoi ! s'illuminait Perrine.

— Oui, convenait Zou qui voyait assez bien la vieille Léonida dans le rôle. La vraie mère de Tancrède était la première femme de votre grand-père Hugo et elle est morte en accouchant. Je n'ai jamais connu Hugo mais j'imagine que cet accident ne l'a guère encouragé à jouer les papas attendris. Bref, Tancrède avait environ quatre ans quand son père rencontra Léonida et l'épousa. Élever un enfant à moitié poussé n'est pas une tâche aisée, et... votre grand-mère s'est toujours plainte de Tancrède...

Zou s'interrompait généralement là... Déroutées, ses filles imaginaient des amours fulgurantes. Perrine, avec son goût du drame, subodorait même une histoire de poison ou d'enfant mongolien. Après tout, qui connaissait Louis ? Une seule allusion à son nom et la vieille Léonida se levait en bousculant son couvert pour s'en aller bouder sur la bergère d'osier qu'on réservait à ses visites au fond du jardin.

A défaut de Louis, les filles exigèrent le reste de la France. Là encore Fabrice, ironique et vague, glissa entre leurs voix. Zouraïda, c'était encore pire. Elle se souvenait si peu et si mal. A sa décharge, sa France à elle ne dépassait guère le nom patronymique de Marcadet. Née à Chaah (Malaisie), où ses parents avaient tôt émigré avec leurs puînés pour s'attacher à l'huile et au caoutchouc, baptisée Zouraïda-Marie Marcadet pour ne pas tout à fait déparer le paysage et élevée dans la crainte du cobra plutôt que du loup, la mère d'Aimée, encore aujourd'hui, savait mieux décrire les allées rouges entre les troncs rêches des palmiers à huile que les bassins du Luxembourg où ses grands-parents l'emmenaient promener un bateau chaque été. De la France en fait, elle connaissait surtout Besançon à cause de l'austère pensionnat de jeunes filles où elle avait vu amarrer tardivement son adolescence.

La lourde bâtisse de grès rose s'appelait *Les Mésanges* comme s'il devait lui être donné de décoller un jour, et regardait le Doubs tout en subissant le climat le moins doux de France. Zou gardait le souvenir d'y avoir perpétuellement grelotté. Elle parlait de l'automne comme d'une chute, brume, nuit, feuilles, et de l'hiver comme d'une anémie du soleil. On comprenait que les enfants insistassent. Zou fouillait sa mémoire et sauvait des sorties en rang derrière la surveillante générale dont la chaîne de lunettes pendait sur la poitrine, au palais Granvelle, à la citadelle Vauban : sa France avait si peu duré...

Le lendemain de son bac, elle quittait sans regrets les uniformes bistre des *Mésanges* et le même soir dînait en famille sur la Seine. Caille aux raisins, mousse d'aubergines et champagne glissaient entre les monuments éblouis. Zou portait une jupe de cotonnade indienne sage et longue, une blouse un peu moins sage nouée sur le nombril, un carré de soie turquoise autour du cou et les cheveux rassemblés sur sa nuque sous un large serre-tête de velours. Ses bras nus avaient une exquise façon de s'appuyer sur la table, ses longues mains drapant ses coudes quand elle se penchait en avant.

Une harpiste inondait le dîner de notes, Zou mordait dans son oiseau en rêvant aux *Mésanges* — toute petite déjà elle martyrisait ses légumes après une contrariété — et la grand-mère chipotait en prenant des photos. Éloïse Marcadet regardait sa fille avec admiration et une pointe d'inquiétude en imaginant l'avenir béant devant elle. Il est difficile de parler après coup de prémonition. Toutes les mères s'inquiètent de lâcher les rênes et, au fond, Éloïse se tourmentait plutôt moins que la moyenne.

Après avoir épousé Fabrice, Zou s'était attachée aux

Iles à cause de ses enfants qui y étaient tous nés, bien qu'elle affirmât toujours que les habitants de la Malaisie, peut-être parce que c'était une péninsule, avaient beaucoup plus de jugeote que ceux des Iles. Des Français, elle parlait peu, et encore moins que peu depuis la lettre de Tancrède. En dépit de la tyrannie des enfants...

Anouk, au fond, était la seule qui ne trouvait plus de questions à poser, parce que les silences aigres-doux des grands lui échappaient et qu'elle croyait réellement sa grand-mère partie faire la sieste.

3

Ville

Nombreuse solitude
qui sait nous séparer
en nous mettant ensemble

derrière les barreaux
de nos vies parallèles

Vois le soleil lointain
les passants enfermés
qui retiennent leurs mains
et leur cri silencieux

L'amour est cimenté

Georges Charrière

Cependant, à l'époque de l'éclipse en tout cas, les remous familiaux coiffaient une situation politique autrement houleuse. On ne parlait pas encore de révolution dans les Iles, seulement d'élection présidentielle. Mais la façon dont elle s'annonçait laissait présager autour des urnes des valses macabres.

La situation s'était clairement envenimée après l'assassinat d'un dissident politique revenu au pays pour remettre l'État (et sans doute aussi ses finances) d'aplomb. Les journaux du monde entier ont assez relaté sa descente d'avion et sa chute sous les balles qui le réexpédièrent définitivement au ciel. Parce que l'assassin présumé attendait sa victime en bas de la passerelle et que la victime mourut presque au sommet, de trois balles dans le dos, il fut évident tout de suite et pour tout le monde que le crime était signé de la main de la Première Dame, chez qui la beauté (un peu épaissie avec l'âge) servait d'intelligence et qui montrait dans les affaires de l'État autant d'esprit qu'un bigoudi. Bévue ou non, le dard était planté. Les ennemis du régime avaient brusquement un chef, mort de surcroît, ce qui le mettait à l'abri des enquêtes malveillantes et promettait à la nation de dangereux soulèvements...

« Et c'est sur cette pétaudière qu'on m'envoie ! »

Lauréate consternée, Georgette usait son regard stupéfait sur le triomphant télégramme des biscottes Haldebeurre.

« FÉLICITATIONS - STOP - VOUS AVEZ GAGNÉ PREMIER PRIX DES BISCOTTES HALDEBEURRE - STOP - DEUX PLACES POUR ILES DU PACIFIQUE ET DIX JOURS A L'HOTEL SHERATON - STOP - DÉPART 8 DÉCEMBRE - STOP »

On s'en doute, Georgette visait plutôt la télévision couleur (deuxième prix) que le gros lot. Les pays lointains l'attiraient peu car de son petit écran (noir et blanc), elle avait surtout retenu les guerres et les maladies tropicales. Son rêve était beaucoup plus ordinaire. Une retraite à la campagne entre un chien, des clapiers et quelques poules pour les œufs, car les avions l'avaient dégoûtée de la ville.

D'homme, il y a longtemps qu'elle n'en imaginait plus. Une fille manouche lui avait prédit autrefois un mariage tardif avec un amateur de vin à la cannelle, et les toits d'un château par-dessus sa tête. Difficile de se tromper autant.

Déboutée des félicités ordinaires, Georgette Binet en

était doucement arrivée à traquer les destinées roses chez les autres, illuminant ses samedis solitaires à des messes de mariage auxquelles elle assistait en chapeau, recueillie à l'ombre d'un pilier jusqu'à ce que les regards l'oublient dans la pierre.

Le premier prix des biscottes Haldebeurre ne ressemblant à rien de ce qu'elle s'était jamais souhaité, son réflexe immédiat fut de s'en débarrasser auprès de son fils. Le soir même, elle courut chez sa bru qui, tout juste revenue de shampouiner une tête célèbre, exhibait son autographe à ses voisines. Peut-être à cause du cabas écossais et du duffle-coat marron, l'irruption de Georgette jeta un froid. Sa bru vit brusquement rouge et eut ces mots qui dépassaient sa pensée, ou du moins son culot habituel :

— J'croyais vous avoir dit d'plus jamais passer mon paillasson !

Un silence pénible s'ensuivit, troublé par l'arrivée du fils de Georgette dont les baskets chuintaient dans le couloir. Il hésita sur le seuil. Belle-mère et bru se taisaient toujours, mais leurs prunelles pointues l'empêchèrent de s'éclipser sur les talons des voisines. Manifestement on attendait de lui le verdict. Par faiblesse, il prit le parti de l'épouse et le bras de sa mère en marmonnant très vite :

— T'occupe don' pas, M'man, j'te raccompagne.

Résignée la première (depuis l'âge d'obéir), Georgette le suivit sans réplique avec l'indécrottable espoir qu'une fois seuls tous les deux, il trouverait enfin des mots qui lui rendraient justice. Mais il en trouva d'autres, toujours les mêmes d'ailleurs, pour disculper sa femme et mendier chez sa mère indulgence et compréhension (deux qualités dont sa femme était complètement dépourvue).

Georgette, à son bras, marchait lèvres cousues. Il voulut prendre son silence pour une approbation quand il n'était que le dépit d'avoir raison à son sujet. Son père était pleutre avant lui, un jean-fesse, une lopette, et Émile, c'était le portrait de son père. Apathie et soumission. Le premier avait cédé à sa mère, le second cédait à sa femme. La vie est une loterie qui ne sourit qu'aux chanceux.

L'idée de loterie la fit sursauter intérieurement. Ils étaient arrivés au pied de son ascenseur où le froid de la rue les poursuivit en courants d'air vicieux, glissés sous les portes du hall. Dans ces HLM en fer et béton (« enfer et béton » disait Georgette), sans tapis ni plantes vertes, on n'avait jamais vraiment l'impression d'avoir tout à fait quitté la rue avant d'avoir refermé sur soi la porte de son appartement. Georgette en frissonnant se rappela tout à coup les biscottes Haldebeurre. La laideur ambiante, la cage Otis-Piffre vérolée sous les graffitis mirent feu à sa patience qui durait depuis soixante ans. Elle sut, tout à coup, qu'elle allait garder son gros lot pour elle.

Comme toutes les grandes décisions dans la vie de Georgette, celle-ci naissait à rebrousse-poil. Georgette Binet n'avait jamais fait qu'obéir au destin. Elle avait quitté sa famille dans l'humiliation, gardé le bébé parce qu'elle n'avait pas le sou pour le réexpédier proprement chez les anges et choisi les serpillières parce que personne ne lui avait appris d'autre métier. Le 8 décembre, elle allait s'envoler sous les tropiques sans autre allégresse que celle d'éberluer son fils et d'empoisonner d'envie sa bru.

L'ascenseur était plein de bruits mais ses passagers ruminaient du silence. Georgette sortit la première. Émile, toujours placide, l'escorta docilement jusqu'au fond d'un corridor en ciment.

— Je t'offre un verre? lui susurra sa mère en tournant la clé dans la serrure.

Et c'étaient ses premiers mots depuis l'appartement de Ginette.

Émile observa longuement la pointe de ses baskets à

la recherche d'une improbable inspiration. L'intuition n'était pas son fort et il ne devinait pas l'ultime perche que lui tendait sa mère. Il n'imaginait d'ailleurs plus, depuis l'âge de raison, sa mère capable d'engendrer un quelconque émerveillement.

– Y se fait tard... Faut que j'rentre, bégaya-t-il le regard bas.

Georgette haussa les épaules et s'éloigna. Il la suivit machinalement dans l'étroit corridor qui menait à sa chambre et s'adossa au chambranle, les yeux toujours à terre comme si ses baskets lui devaient un discours. Sans chercher à l'aider Georgette s'assit lourdement sur son lit, ôta ses souliers en secouant les pieds et remua pensivement les orteils dans ses bas. Autour d'elle une quantité impressionnante de bêtes en peluche chargeait les étagères. Toucher leurs museaux gentils prêtait à Georgette un peu de cette chaleur que les enfants, les amantes et les mères réclament très naturellement à la vie et obtiennent dans la plupart des cas. A soixante ans, Georgette n'avait pas un seul souvenir soyeux ou superflu à caresser la nuit. Même d'Émile enfant, elle gardait la mémoire d'une extrême fatigue et d'un surcroît de lessive.

Elle chaussa ses mules doublées de cygne synthétique. Émile releva les yeux.

— Alors, tu restes pas ? fit sa mère, évitant son regard tant elle savait y trouver sa sollicitude engourdie.

— Pourquoi tu gardes tout ça ? dit Émile au lieu de répondre, et sa main balaya de loin toutes les moustaches de souris et toutes ces langues de feutre qui encombraient la chambre. Toi qui te plains tout le temps d'épousseter, c'est des vrais nids à poussière que tu cajoles chez toi.

— Je cajole qui je veux, l'interrompit Georgette. C'est des souvenirs.

— Mon premier ours peut-être mais tous les autres !

— C'est des cadeaux et ils amusent ta fille. T'occupe donc pas.

— Faut que j'rentre, dit le fils en haussant les épaules. On m'attend à la maison, justement Cristelle, ses devoirs tu comprends...

— Tu t'intéresses à ses devoirs maintenant ?

— Oh, écoute ! explosa-t-il avec la brusque colère des faibles, je t'ai pas raccompagnée pour que tu m'fasses un cours sur l'éducation des enfants !

— C'est vrai, qu'est-ce que j'y connais après tout ? Parle-moi plutôt de balais !

Elle rit, goguenarde, pour tuer dans l'œuf tout attendrissement sur elle-même. Un remords indécis troubla Émile.

— C'est pas ça que j'voulais dire, tu sais bien M'man.

Il l'embrassa gauchement sur la joue. La joue fuit.

Il pouvait la câliner une seconde après l'avoir poignardée. C'était sa méthode à lui, la douche écossaise, un geste qui brûle après des mots qui glacent. Mais Georgette allait leur préparer une jaunisse à sa garce de femme et à lui. Ils n'oseraient plus jamais lui causer de cette façon quand elle reviendrait de là-bas...

Émile n'insista pas. Il était déjà sur le palier, un doigt sur le bouton de l'ascenseur. Émile n'avait jamais l'air de partir, plutôt de fuir. Sa mère le rattrapa en glissant sur ses mules de cygne.

— Ça t'intéresse pas de savoir pourquoi que je me suis permis de monter chez vous ce soir ?

— Si, mentit Émile, glissé dans la cage d'ascenseur.

Georgette immobilisa la cage avec son pied.

— Je pars, je prends des vacances !

Ses yeux brillèrent dangereusement derrière ses lunettes.

— Quand ça, bientôt ? demanda le fils, évitant ce regard qu'elle réservait d'ordinaire à Ginette.

Émile détestait les histoires et trop souvent se sentait les nerfs sciés entre épouse et mère.

— Dans dix jours, oui.

— Et où c'est que tu vas, au pays ?

Le pays, c'était l'Auvergne où Georgette se rendait chaque été supporter les humeurs de sa vieille maman.

— Non !

— Et tes patrons disent rien ? fit Émile dont l'inquiétude, en imaginant les remarques de sa femme s'il tardait encore, tuait ce qui lui restait d'intérêt pour l'emploi du temps de sa mère.

— Aux îles du Pacifique ! triompha Georgette.

Alors seulement la mule fourrée libéra la porte, effaçant l'Émile, dont la figure médusée glissa lentement derrière la vitre de l'ascenseur.

Le premier ahurissement passé, Émile, tout en hâtant le pas à travers le vent aigre qui déchirait les rues, se demanda si sa mère n'avait pas plaisanté. Plus il réfléchissait, plus il trouvait ça drôle, les îles du Pacifique. C'est presque en pouffant qu'il jeta à sa femme en entrant dans le living où elle mettait le couvert devant la télé :

— Devine la dernière, Maman part en vacances !

— Tant mieux pour elle si elle peut s'en offrir ! jeta l'épouse en arrachant les fourchettes au tiroir du buffet. Moi, c'est pas au salon qu'on me donnerait du rab juste avant les congés de fin d'année !

Pas plus qu'Émile devant sa mère, elle ne voulait avouer un quelconque étonnement à propos de Georgette. D'ailleurs elle aussi pensait plutôt à l'Auvergne. Mais comme Émile piquait un bout de camembert à la pointe d'un couteau de cuisine et l'enfournait tel quel en bouche, ce qui avait le don de l'agacer parce qu'elle lui aurait souhaité plus de manières, elle ajouta sèchement :

— Ça t'ennuierait de m'aider au lieu de manger avant tout le monde ?

Puis, juste pour l'obliger à causer, elle l'interrogea :

— Et c'est où qu'elle se tire, ta mère ?

— Sais pas, déglutit Émile qui ne pensait même plus à rapporter la boutade de sa mère.

— Tu lui as pas demandé ? Elle emmène ses trucs en peluche ? Mais arrête don' de manger, que ça va t'couper l'appétit !

— Elle a dit les îles du Pacifique, manière de plaisanter, quoi...

A la tête de Ginette, au bruit que fit le gratin de chou-fleur lâché sur le formica, Émile brusquement ne douta plus du sérieux de sa mère. Ginette voyait toujours plus vite et plus loin que lui et son regard effaré lui disait qu'elle voyait les tropiques.

— La garce, elle est bien capable de nous faire ce coup-là ! fit-elle.

4

La vieille Léonida réclamait son éventail tressé, un tabouret d'osier pour les jambes, un coussin de soie pour la nuque. « Et un palmier pour l'ombre » soupirait Zou qui regrettait parfois le hasard mortel d'une noix de coco qui tombe. La plus jeune des servantes, Wella, veillait sur les mouches tandis que la vieille dame s'évanouissait dans le sommeil en maudissant la France qui ne cesserait jamais de la torturer.

Onze ans après avoir renié Tancrède, pour « turpitude et conduite écervelée », la vieille Léonida recevait encore son nom comme un coup de poing dans la figure. Elle avait la rancune tenace et l'ego si envahissant que les malheurs d'autrui paraissaient toujours lui être destinés et c'est elle, en définitive, qu'il fallait consoler. Or Tancrède n'avait pas fini de la crucifier ! Quand, à dix-neuf ans, il avait préféré la clarinette en *si* bémol au droit civil, et les planches d'un music-hall de troisième ordre aux amphithéâtres de Nanterre, pour achever de perdre sa vie entre les seins d'une fille de cabaret plus peinte que vêtue, c'est Léonida avant tout qu'il avait déshonorée. Et quand la créature avait piégé le benêt dans son ventre — une astuce vieille comme la femme —, exigeant le mariage puis le divorce dans la même année parce que Léonida avait eu l'heureux réflexe de leur couper les vivres, c'était encore Léonida qu'on avait châtiée et non l'enfant mis au monde dans la peur et la mauvaise humeur.

A vrai dire, Léonida n'avait pas toujours haï la France. Elle gardait même du Paris d'avant-guerre des souvenirs valsés au bras d'une jeunesse distinguée qu'elle se vantait de combler ou de supplicier d'un seul regard, sous sa chevelure de fée noire.

La France de Léonida s'était levée comme un volcan par une claire matinée de mai 1937 quand la jeune fille, venue découvrir l'Europe de ses ancêtres espagnols à l'ombre d'un oncle influent, avait rencontré le bel Hugo Ferté-Frênel place du Trocadéro. Paris inaugurait alors l'Exposition universelle de 1937. Deux jours auparavant, des centaines d'ouvriers étaient venus hâtivement jeter des planches sur les fondrières et retirer les échafaudages du palais de Chaillot alors en pleine reconstruction. Les drapeaux sur les trous des façades, la fanfare et la chance d'un ciel ensoleillé ennoblissaient un décor maladroit, finalement très à l'image des grèves et de l'instabilité sociale du moment. Léonida, qui commençait tout juste à découvrir l'Europe, trouva de l'allure à la France et du chic à ses Parisiennes. Seul le président Blum la déçut. Dans son pays, les chefs politiques ressemblaient encore à des rois et en montraient le faste avec davantage d'ostentation. De plus, elle comprenait encore mal le français et s'ennuyait ferme pendant les discours. Hugo la vit bâiller derrière son éventail et s'en amusa. A l'époque, lui-même ne parlait que voyages et s'enflammait pour tout ce qui portait une étiquette exotique. Or Léonida Orferino était l'image vivante des îles du Pacifique. Son extraordinaire chevelure bleu nuit, son œil fendu et ses pommettes pleines, mieux que l'Exposition, éblouirent l'explorateur. De son côté la jeune Léonida, élevée dans le culte naïf de l'homme et de l'Occidental en particulier, ne trouva rien à refuser à cet élégant personnage haut et blond, qui l'aborda en anglais et la courtisa en espagnol comme s'il avait immédiatement deviné combien, dans les grandes familles des Iles, le sang blanc prévalait sur le sang chinois.

D'éloges en mots doux, les choses allèrent bon train. La chaleur incommodait l'oncle Alfonso qui ne vit pas d'inconvénient à tester l'ombre des cafés parisiens tandis que sa nièce répétait, dimanche après dimanche, ses promenades au bras d'un ethnologue reconnu, veuf de surcroît, et père d'un petit garçon de quatre ans.

Avec sa bénédiction, le couple sillonna maintes fois l'Europe fragile de l'Exposition. Hugo s'évadait bien au-delà des ponts de l'Alma et de Grenelle, évoquant les Venises inconnues, les océans et les forêts sans nom qui les attendaient encore. Sa jolie fiancée le suivait mieux qu'elle ne s'intéressait à son propos, heureuse simplement des cailloux qui l'obligeaient à se pendre à son bras.

Ils se marièrent le 3 novembre, tandis que l'Exposition, plus près de la fermeture que de l'inauguration, achevait ses dernières constructions. Le conte de fées dura un an, à peine écorché par la nuit de noces où le corps de Léonida ne tint pas toutes les promesses qui brûlaient les yeux à travers les dentelles de ses robes... Hugo et Léonida n'en étaient alors qu'à leur première déconvenue. Très rapidement, le petit Tancrède se prit à détester la jeune épousée et les prévenances dont la gavait son père avec une tendresse que lui-même, né aux dépens de sa mère, n'avait jamais su éveiller.

Le jour où Léonida se découvrit enceinte, Hitler pénétrait en Autriche à la tête de ses troupes. Les premiers cahots de l'Europe, aggravés en France par une crise ministérielle et des grèves dans le secteur métallurgique, coïncidèrent avec la rubéole de Tancrède suivie de rougeurs identiques chez Léonida.

Une fausse couche la sauva d'un monstre.

Avec son bébé, elle perdit aussi la bienveillance affichée haut dont elle avait réussi jusqu'alors à coiffer le fils de son mari. Persuadée que Tancrède portait le mauvais œil — n'avait-il pas déjà ravi la vie de sa mère en naissant ? — elle ne cacha plus son souci de se débarrasser du gêneur et réclama pour lui un autre toit avec une impatience à peine déguisée sous des prétextes de discipline. Hugo, plus alarmé par les vociférations de Hitler que par les cris de son petit garçon, et craignant que le premier ne se contente pas d'exiger les Sudètes après l'Autriche, laissa enfermer le second sans remords exagérés, aisément persuadé de le mettre à l'abri en nourrice du côté de Clermont-Ferrand.

On sait aujourd'hui que la Deuxième Guerre mondiale n'épargna personne, ni le Nord ni le Sud de la France, ni les cinq continents, ni Léonida. La guerre de Léonida, ce fut avant tout le mal du pays, l'absence de Hugo, la joie en feu de paille des permissions et trois grossesses mal nourries, terrifiées par les sirènes et chaque fois liquidées avant terme dans le sang et l'humiliation d'un curetage.

La paix s'appela Fabrice. Léonida le couva huit mois au lit et s'étonna elle-même en accouchant vite et sans complications d'un superbe garçon de 4,2 kilos, qui ébahit le médecin par sa vigueur, et son père par le bon sens dont il avait fait preuve en refusant de naître avant la complète capitulation des forces allemandes. Fabrice vécut les premières semaines de sa vie au bord de la Salamandre, dont l'haleine torride accusait encore l'hiver des corridors. Un contraste qui devait le poursuivre longtemps, alors que l'année scolaire le cloîtrait à Paris et que les vacances le catapultaient au soleil des Iles dans le sillage de sa mère, elle-même vite lassée des voyages qu'organisait sans répit l'époux ethnologue à travers les jungles les plus inhospitalières.

Indifférent aux saisons, Hugo les rejoignait parfois en août. La violence des moussons lui était un bon prétexte pour s'enfermer dans les dépendances de la maison familiale où il s'adonnait en paix à la taxidermie parmi les trésors les plus incongrus accumulés au fil de ses explorations. Tancrède, en revanche, les suivait rarement en vacances. La présence de Léonida suffisait à le détourner de l'Asie, et Fabrice ne l'intéressait guère. D'une façon générale, il montrait peu de curiosité à l'égard de ce très jeune frère si charmeur et si doué dont Léonida, l'œil hébété d'amour, lui rebattait les oreilles.

Le jour de ses dix-huit ans, son père lui rapporta une clarinette de la Nouvelle-Orléans et ce hasard heureux (l'ethnologue non seulement oubliait généralement l'anniversaire de ce fils né dans le deuil, mais le connaissait même si mal qu'il croyait le combler en lui offrant des armes primitives troquées chez des peuplades obscures dans tous les sens du terme, et qui n'intéressaient que lui), ce hasard, donc, devait bouleverser son avenir. De mélomane, Tancrède se révéla musicien avec une telle vélocité dans les doigts, une telle émotion dans le souffle, que pour la première fois il prit goût à la vie et on prit goût à lui.

Il acheva sa scolarité dans une boîte à bachot parisienne où il surprit tout le monde en décrochant son diplôme grâce aux épreuves annexes de solfège et à un 17 en philo sur le sujet : « La musique, une science ou un art ? » qu'il aborda mélancoliquement par une citation du Littré : « Polybe nous dit que la musique était nécessaire pour adoucir les mœurs des Arcades, qui habitaient un pays où l'air est triste et froid... » Hugo le félicita du Pérou où il poursuivait le souvenir inca du côté de Cuzco, ajoutant ces mots à propos des tremblements de terre : « Le plus effrayant après les boutonnières qui s'ouvrent et se referment dans les murs, c'est le bruit des façades vitrées qui tintent ! » On identifia son corps grâce à la montre de gousset, gravée à son nom, qui ne quittait jamais sa poche.

Léonida, une fois perdu ce mari dont la passion des voyages l'avait si souvent et si opportunément débarrassée, s'accommoda au plus mal du veuvage, mais elle dut encore attendre six pénibles années la sortie du lycée de Fabrice avant de quitter définitivement la France qui l'avait au bout du compte si peu gâtée.

On sait l'usage que Tancrède pendant ce temps fit de sa clarinette, au détriment de son baccalauréat auquel il ne dut pas, c'est vrai, les succès qui l'attendaient sur les planches. Fabrice n'eut guère le loisir de l'applaudir. L'élevage des huîtres perlières et le secret du Japonais Mikemoto le passionnaient déjà beaucoup plus que la musique. Aussitôt gagné le diplôme de l'Institut de joaillerie, il partit s'installer dans les Iles, malgré la présence de sa mère qui l'y avait devancé et se réjouissait de le couver encore, poule pesante et obstinée sur son poussin grandi.

Deux ans plus tard, il rencontrait Zouraïda.

En réalité c'est elle qui le rencontra avec une brutalité innocente et pour le moins déconcertante. Sous les déluges d'un orage de mousson, sa Datsun blanche vint heurter l'antique Mercedes Benz des Orferino et y mettre inexplicablement le feu. Les enfants adoraient cette histoire ! Fabrice derrière son volant, hésitant à se mouiller pour un pare-chocs froissé, et Zou, affolée par les flammes, qui tambourinait à sa vitre.

« Le feu ! Votre coffre a pris feu ! »

Fabrice jaillit sur la chaussée où Zou tremblait, partagée entre la panique des éclairs et la terreur d'une explosion. Il sauva la situation en dénichant un extincteur dans une usine voisine, en l'arrachant aux mains d'un gardien zélé qui aurait d'abord voulu le voir signer une décharge et en maculant littéralement son coffre de neige carbonique. Zou bégayait des excuses. Fabrice la vit enfin, sculptée nue sous la pluie tant sa robe collait à sa peau. Lui-même pataugeait dans les lacs de ses chaussures avec une irrépressible envie de rire. Sans réfléchir beaucoup plus loin que son cœur, il poussa Zou à l'intérieur de sa voiture avant de la pousser dans sa vie tout entière. Il aimait se souvenir qu'ils s'étaient mouchés avant de faire connaissance, et qu'ils avaient partagé une serviette avant d'échanger leurs noms !

Une fois Zouraïda installée dans sa maison, la famille s'était vite multipliée de ce côté de la planète, et les souvenirs français étaient allés s'effilochant. La lettre de Tancrède était un accident — qui, d'ailleurs, ne passionnait que les enfants — dans une routine heureuse et simple.

La situation politique était beaucoup plus alarmante. La veuve du dissident assassiné posait maintenant sa candidature aux élections présidentielles, donnant à l'opposition un nom à jeter dans l'urne et une crise d'urémie au Président. La Première Dame se contenta d'un gloussement amusé, ne cachant pas lors d'une conférence de presse tenue le jour même son mépris pour les femmes laides endossant les rôles masculins. La Veuve s'entêta et choisit le jaune à cause d'une rengaine, *Follow the ribbon*, que chantait l'Amérique à propos de l'exil, et le jaune bourgeonna dans les rues...

L'urgence de réagir s'aggrava encore avec l'imminence de l'éclipse. Le Président était resté suffisamment superstitieux pour y deviner un présage funeste, avec lui dans le rôle du soleil par exemple, et la Veuve dans celui de la lune... Aimée rassura Anouk qui pensait que la lune allait gober le soleil tandis que Zou fabriquait des lunettes aux enfants avec plusieurs épaisseurs de négatifs.

5

En définitive, Louis devança de peu l'éclipse de soleil en Asie. Ses premiers pas en ville scièrent vite son premier enthousiasme. La circulation dépassait les pires cauchemars parisiens et la chaleur épaisse — dont nul être vivant ne saurait se réjouir que les pieds dans l'eau et la tête sous un palmier — collait au fond des rues, tuant dans l'œuf tout soupçon d'énergie. L'hôtel lui-même, en dépit de son luxe, le déçut. Ses terrasses étaient encore très loin des coquillages et des cocotiers. Dans un décor essentiellement beige, ses moquettes avalaient les pas et ses plafonds le ciel. Les palmiers se retrouvaient en pot, les perroquets en cage, les volcans fumaient des vapeurs figées sur des affiches lumineuses vantant les merveilles d'un pays que le centre-ville encrassait derrière ses pots d'échappement. Les seuls attraits de l'Intercontinental, après les carpes dans le bassin du hall et l'uniforme de toréador qu'arborait le portier, étaient les escalators où Louis promena son ennui en imitant des trains à crémaillère.

Il se retrouva presque impatient de découvrir son école. Bâtie entre pelouses et piscine, à l'ombre de grands catalpas, elle chantait l'azur des tropiques, et Louis lâcha sans se retourner la main émue de son père.

Aimée le regarda entrer dans la classe. Avant même

d'entendre son nom, elle pria Dieu et tous les farfadets des Iles de lui assigner une place auprès d'elle. Quelque chose en lui attirait l'attention, une solennité insolite à son âge ou une grâce inattendue chez un garçon, comme s'il arrivait non d'une autre planète — ou simplement d'un autre continent — mais d'un autre siècle au moins. A cause de ses cheveux soulevés en boucles blondes sur un front haut et de ses lèvres très ourlées, on l'aurait bien vu habillé de velours et dentelles. Il traversa lentement la classe en direction de la chaise qu'Aimée lui désignait. Une rougeur embarrassée, que lui-même détestait, lui avivait le teint et ajoutait encore à son aura romanesque. Pas une fillette qui ne se retournât sur lui, pas un garçon qu'il n'intriguât sur son passage. Louis charmait sans chercher à séduire, même quand il vous parlait de locomotives ou de rails.

L'arrivée sur l'estrade d'un petit homme sautillant le sauva de l'attention générale. Chenu, les sourcils bouffants et le visage sanguin, le maître portait une chemise assortie à son teint (du blanc zébré de rouge) qui jurait avec un gilet caramel à grands losanges bleu ciel. Il enseignait la géographie mais on l'aurait aussi bien imaginé vanter un élixir miracle au seuil d'une roulotte bâchée dans la vieille Amérique. A peine hissé sur la chaise derrière son bureau, il s'exclama :

— La *Fronce*, la *Frince* est un pays *cottier*, est un pays *côôtier*, corrigeant systématiquement l'accent de ses mots comme s'il y avait plusieurs façons de prononcer sa leçon et que la marteler sur deux tons pouvait la graver plus définitivement dans la tête de ses élèves.

Louis coula un regard en direction de sa voisine pour voir si l'étonnant personnage n'égayait que lui, et le fou rire d'Aimée amorça une complicité qui les chevillerait toute une vie. « Nous sommes cousins », lui avoua-t-elle.

Elle avait suffisamment compris les intrigues familiales pour s'effrayer, chez Louis, d'une animosité légitime à l'égard de la branche cadette, mais il ne semblait pas se formaliser beaucoup des vitupérations familiales. Enfant unique et passionnément attaché à l'orbite paternelle, il réservait depuis toujours sa pensée à la musique de son père et aux chemins de fer. Le visage de sa mère n'encombrait pas sa mémoire et il avait même longtemps cru que les pères enfantaient avant de langer.

Le matin de l'éclipse, une semaine exactement après l'arrivée de Louis, la directrice de l'école, alertée par une auréole verdâtre autour du soleil, frappa dans ses mains pour renvoyer les enfants à leurs foyers. Aimée voulut ramener son cousin chez elle, décidée à ignorer la gêne qui figeait les visages dès que les noms de Louis ou de Tancrède fouettaient les conversations familiales. Entre le Sheraton et le monde inconnu d'Aimée (qui lui jura qu'on n'attendait que lui), Louis n'hésita pas longtemps. Sa première victoire fut d'échapper à l'œil du chauffeur en sautant à son insu dans le car scolaire à destination des faubourgs.

L'herbe virait au mauve et le ciel trempait des nuages violets dans la piscine quand Louis traversa le jardin sur les talons de sa cousine. Les cheveux noirs d'Aimée se balançaient devant lui et l'hypnotisaient, comme la nuit qui tombait sans bruit à dix heures du matin. A peine s'il l'entendit le présenter avec une feinte désinvolture... Doucement ébahi, Louis regarda le jardin obscurci, les coquilles d'œuf plantées sur les feuilles pointues d'un agave (un rite qui porte bonheur, il faut le savoir) et les nuques renversées de ses cousines, chacune occupée du ciel derrière leurs lunettes fabriquées avec des négatifs.

Un grand chien blanc à pois noirs le surprit en se précipitant sur lui. Quelqu'un cria « Fô ! » sans réussir à l'arrêter. Louis le reçut en pleine poitrine et s'étonna de le voir sourire en retroussant des babines noires. Marilou se pendit au collier et parvint à le calmer avant que sa queue ne balaie les verres de citronnade disposés sur une table de rotin. Ses sœurs pouffèrent, sauf Aimée qui aurait voulu un accueil plus délicat pour la France...

Si Zou fut sidérée de son irruption derrière sa fille — pas un instant elle ne douta qu'il s'agissait de Louis ! — elle sut n'en laisser rien paraître et lui tendit un de ces minuscules fauteuils de rotin que se partageaient les enfants. Aimée lui passa des « lunettes-négatifs ». Le jour perdait tout chatoiement, même les hibiscus les plus cramoisis se taisaient. Seul survivait le bleu, figeant le jardin dans l'ardoise. On pouvait voir à l'abri des lunettes les deux astres glisser lentement l'un devant l'autre sur un fond de ciel lie-de-vin. Le miracle était déjà saisissant au-dessus de la capitale mais plus au sud il frôlait la magie. Les îles sombraient dans la nuit et les paysans se signaient sur les pentes des volcans. Des savants venus du monde entier vissaient leurs télescopes et plissaient l'œil. Autour de Zou, les enfants rivés à leurs lunettes n'imaginaient pas autrement la fin du monde.

— Le soleil ! Il disparaît...

— Non, c'est la lune qui le cache.

— Mais la lune, elle est bien plus petite que le soleil ! Comment elle peut le cacher, alors ?

Zouraïda s'enthousiasmait.

— C'est un phénomène rarissime ! D'abord, il faut une nouvelle lune, bien ronde, bien pleine. Ensuite, il faut que cette nouvelle lune soit suffisamment voisine de l'écliptique.

— Je les vois pas, les cliptiques ! se plaignit Anouk.

Louis lui passa ses lunettes.

— Les anciens voyaient dans les éclipses des présages fâcheux, continuait Zou, toute dans la lune.

— C'est qui, les anciens ? s'impatienta Anouk.

— Les anciens, c'est les vieux ! dit Aimée. Les très vieux, même.

— Aussi vieux que Léonida ?

— Marilou ! Je t'ai déjà dit cent fois de ne pas appeler ta grand-mère par son prénom, protesta Zou, rappelée sur terre.

— Des présages fâcheux ? répéta Perrine.

— Oui. Ça ne rimait à rien, bien sûr. C'est l'obscurité qui les affolait...

La voix de Zou faiblit. La lune opaque roulait sur un soleil aveugle. Zou ôta ses lunettes et se frotta les yeux, comme si la pénombre lui pesait. Même les vraies nuits noires, son optimisme déraillait parfois. Il lui arrivait de s'éveiller en sueur du fond d'un cauchemar inoubliable et de perdre le sommeil jusqu'à l'aube en se souvenant des brusqueries de la mort. Relevant la tête, elle considéra les enfants qui regardaient la lune avec une joie indécise, guettant le retour de l'énorme et chaleureux visage qu'ils connaissaient au ciel. Dans la demi-obscurité les boucles de Louis luisaient comme une auréole. Les réflexions les plus saugrenues trottèrent dans la tête de Zou, comme l'idée que sa mère ne devait pas être aussi oxygénée que le prétendait Léonida. Elle eut subitement pitié de cet enfant qu'isolaient depuis sa naissance des querelles plus vieilles que lui. En même temps elle songea avec une pointe de nervosité qu'il faudrait l'annoncer à Léonida. L'aïeule se terrait chez elle. Ne s'intéressant plus guère qu'à ses souvenirs, elle considérait l'éclipse de soleil un peu comme une panne d'électricité majeure, un souci de plus dont l'accablait l'univers, et bien qu'invitée à rester jusqu'à l'événement, elle avait préféré regagner sa maison et son lit, vaisseau de nuit monumental sculpté dans un sombre bois de teck.

— Alors c'est la nuit ? demanda Anouk d'une petite voix inquiète.

Zou pointa son index sur la lune grise que soulignait un duvet lumineux :

— Une sorte de nuit... C'est elle qui nous cache le soleil, mais elle va nous le rendre bientôt.

— C'est pour quoi faire les coquilles d'œuf sur les cactus ? s'étonna Louis, écarquillant les yeux sur le jardin bleu.

— C'est pas un cactus, c'est un agave, le corrigea Marilou.

— Ça porte bonheur ! l'interrompit Anouk avec beaucoup de bonheur dans les yeux.

Des quatre sœurs, c'est elle qui souriait avec le plus de lumière.

Zou rit doucement, leur taisant son vrai sentiment. Quelque chose d'alarmant gisait sous cette lune goulue. Or Zou, par la force des événements, avait appris à croire à ses pressentiments.

6

Tandis qu'Émile et Ginette s'endormaient dos à dos et ne s'adressaient plus la parole que pour geindre ou s'indigner de l'égoïsme des vieux qui ne savaient pas laisser la place aux jeunes, Georgette ne cuvait pas sa victoire sans alarme. Les îles du Pacifique accaparaient les médias pour des raisons qui avaient peu de rapports avec les biscottes Haldebeurre. Pas un soir où son poste ne lui montrât les concerts dissonants d'une nouvelle agitation. Les plus sensés continuaient de prédire la victoire du tout-puissant Président, les idéalistes celle de la Veuve, et les pessimistes humaient déjà les feux d'une révolution.

Georgette fouillait sa vie à la recherche d'une âme sœur assez folle pour partager son aventure. Mais même en promettant le paradis, elle ne trouvait aucun nom à tenter. Le monde où elle gravitait en tablier était silencieux comme la poussière. La seule sœur qui avait gardé quelques liens avec elle avait charge d'enfants, travaillait à la Poste et habitait Brest. Or ni les PTT ni sa famille n'auraient compris qu'elle parte soudain fainéanter deux semaines sur les plages du Pacifique. Quant à Cristelle, elle peinait déjà suffisamment à l'école pour qu'on n'aille pas envisager de lui rallonger ses vacances.

Georgette partirait donc seule. En dépit de toutes ses alarmes elle n'en était pas moins résolue. Dans son souvenir, son fils glissait toujours derrière la porte de l'ascenseur avec dans sa bouche déconfite toutes les questions qu'il n'avait pas su poser à temps.

Par un dimanche inoubliable et froid, elle ferma sa valise où les jupes, les blouses et même les lainages — car elle avait encore du mal à croire à un mois de décembre réellement chaud — ne tenaient guère de place. Au dernier moment, elle y ajouta la carte postale de l'église d'Orcival où autrefois, cachée dans sa pèlerine d'enfant, elle avait envié bien des mariées frileuses. Puis elle débrancha son réfrigérateur et verrouilla sa porte sans imaginer le geste définitif qu'elle venait d'accomplir...

A Émile et Ginette, elle accorda l'honneur de partager la limousine Haldebeurre jusqu'à Roissy où elle quitta seule en duffle-coat et en chapeau les journalistes, l'hiver, ses ménages et la ville, et sans doute beaucoup plus encore en traînant son caddie neuf qui roulait avec un violent bruit de pets sur les corridors caoutchoutés de l'aéroport. Émile eut ensuite un mal fou à déraciner Ginette figée jusqu'à l'hypnose par le dépit de rester et l'envie des vitrines aperçues comme un brouillard princier de l'autre côté de la douane.

Cet orphelinat, comme tant d'autres, était tenu par des sœurs missionnaires qui avaient oublié leur patrie pour s'en aller servir Dieu là où il avait le plus à faire : dans les bidonvilles torrides des pays dits en voie de développement. Coqs au piquet grattant une verdure grise, billards bancals, enfants nus sous des cerfs-volants sales et mères emmanchées de mousse accroupies devant leurs bassines de linge, la vie des pauvres débordait dans les rues sans trottoirs. Une fois l'an, à l'époque de Noël, les riches se souvenaient d'eux et les écoliers en uniforme défilaient avec leurs présents : riz, biscuits, vêtements, on faisait dans l'utile.

Dans ce triste havre adossé au chœur d'une église

peinte en jaune, Zou accompagnait les classes de Perrine et de Marilou. Après les hordes lentes de calèches vacillantes et de camionnettes trouées de rouille, la cour parut presque paisible. Une sœur indienne les reçut à voix basse sans montrer beaucoup d'émotion. La fatigue avait dû lui apprendre à économiser ses mots, et le sourire inerte qu'elle était parvenue à figer une fois pour toutes entre ses joues maigres trahissait une foi essentiellement nourrie de résignation. Elle considéra les trente kilos de riz couchés dans le coffre de la voiture — soulagée de regarnir ses cantines et persuadée en même temps qu'on pouvait toujours donner plus — et d'un geste vite compris les fit transporter aux cuisines par des bras plus costauds que les siens. Elle-même s'ébranla en direction de la porte d'entrée.

Zou rassembla son groupe d'élèves et suivit la sœur dans les deux pièces que se partageaient les quatre-vingts orphelins. Partout des lits à barreaux et dedans des gosses placides et propres, l'âme écarquillée dans les yeux à fleur de prunelles. Tête ballon et corps araignée, les plus déshérités étaient carrément tuberculeux ou arriérés mentaux. Zou ramassa un enfant qui pleurait sans bruit en ouvrant une bouche terrifiante, pleine de molaires qui semblaient écraser les gencives. Son corps était celui d'un nourrisson mais il était dur à l'intérieur, comme un fagot. La sœur lui tendit un biberon qu'il ne sut pas saisir et Zou le berça pour calmer ses larmes.

D'autres enfants s'éveillèrent, à l'affût d'un regard ou d'une main. Les écoliers naviguaient entre les bouquets de leurs doigts distribuant des biscuits, qu'ils agrippaient pour ensuite les ronger lentement, plus intrigués qu'avides.

Dans les bras de Zouraïda, le bébé osseux parut s'assoupir. Mais il retrouva ses sanglots silencieux dès qu'il fut rendu à son lit. Deux fillettes en socquettes de nylon bousculèrent Zou alors qu'elle passait la porte. Ces gamines semblaient avoir trouvé une sorte de bonheur dans leur orphelinat. Elles se poursuivaient à cloche-pied par-dessus les chaussures alignées dans le corridor qui succédait aux dortoirs. Zou dénicha dans son sac un stylo à bille pour chacune et les leur tendit sans réussir à se réjouir autant qu'elles, trop persuadée de la petitesse de son geste. Une conclusion acceptable aurait été d'arracher un enfant à son lit et de l'emporter à la maison pour lui donner tout de suite quatre sœurs et un foyer. Éloïse, sa mère, l'avait bien osé avant elle. Le plus jeune frère de Zou était noir comme l'Inde sans orgueil et sans caste et grâce à Éloïse, ce frère sombre et gai qui mangeait sans vergogne de la vache n'avait pas attendu sa prochaine vie pour croquer celle-ci à pleines dents.

Mais Zou n'avait pas les culots d'Éloïse et elle se contenta de hâter la visite, autant pour échapper à l'affection triste de ces orphelins que pour fuir son propre désarroi. Dehors, au milieu de la cour enflammée de soleil, patientait une colonne en guenilles. La soupe populaire attirait les vieux, les impotents, les chômeurs et ces femmes innombrables, jamais grasses mais toujours grosses d'un nouvel enfant. La sœur lestait d'un geste machinal les gamelles, une louche de riz mouillé d'un bouillon obscur et, les dimanches, du poisson séché. Le même soir, entre Fabrice et sa mère, Zou dînait en ville pour des sommes fabuleuses aux yeux de ces mendiants, et elle avait faim quand même.

L'Ondine était le seul restaurant qui trouvait grâce aux yeux de Léonida. Tenu par des nonnes issues des cinq continents — dont l'ordre avait été créé à Bayeux après une apparition de la Vierge —, il régalait ses hôtes dans une atmosphère dévote qui apaisait les consciences émues de se montrer gourmandes en ne les laissant pas oublier Dieu. Le menu surprenait, la première fois. Il mélangeait ingénument les spécialités gastronomiques aux maximes pieuses. On pouvait lire : « Je suis la Vierge des pauvres, le soleil appartient à tous. Mon enfant, je prie pour toi. (Troisième apparition de la Vierge, 19 janvier 1933.) » Et sur la page d'en face : « *Lapu-lapu* filet sommelier. »

Il convenait magnifiquement à Léonida, vite scandalisée des mœurs de la jeunesse indigente. Elle avait la foi exiguë, sermonnant les cigales qui ne vivaient pas comme les fourmis et se résignant vaille que vaille à la dèche des autres où elle devinait l'inéluctable mais juste punition du ciel.

A *L'Ondine*, c'était différent. A chanter des cantiques entre la poire et le fromage, Léonida n'était plus loin de s'imaginer vivre la Cène. Sa voix de contralto dominait aisément les tables. Elle affirmait (non sans dépit) qu'elle aurait su transporter les foules dans les plus grands Opéras du monde si elle n'avait sacrifié sa vie au fade quotidien de la mère de famille, à deux garçons ingrats et à l'original qui lui servait d'époux, toujours en train d'empailler une bête sauvage, gypaète ou chauve-souris vampire, quand il n'était pas occupé à des trocs encore plus laids avec les sauvages nus de Bornéo ou d'Amazonie. Elle avait probablement raison quant à ses prouesses vocales — sa voix ressemblait au violoncelle et chargeait les mots d'une émotion insoupçonnée —, mais en ce qui concernait le fade quotidien de la mère de famille, les souvenirs de Fabrice la montraient plutôt privilégiant une routine sage aux hasards truculents et toujours périlleux des odyssées de Hugo. Zou tripotait sans les lire les deux *Ave Maria* qu'une serveuse noire avait déposés devant son assiette avec une humilité presque embarrassante. On disait que ces filles avaient été sauvées de la rue et des professions honteuses en prenant le voile. On disait aussi qu'on abusait de leur dénuement et que de prostituées, on en faisait des esclaves. Perplexe, ou impatientée, Zou avait envie de manger, pas de chanter. Le remords et la colère lui avaient toujours donné faim et elle gardait encore sur le cœur la désolation de ces orphelins qui, pour nombreux qu'ils fussent, ne partageaient entre eux que la solitude et la sueur des sœurs surmenées entre les lits.

La clientèle entamait son deuxième *Ave Maria* que Zou se taisait toujours aussi étourdiment.

— Eh bien, ma petite fille, vous n'êtes pas en forme ? s'inquiéta finalement sa belle-mère entre deux strophes. Vous qui avez un si joli brin de voix ! Chantez donc, voyons. Si vous ne le faites pas pour Dieu, faites-le au moins pour moi. (Un transfert qu'elle encourageait volontiers.)

Les chants reprirent et Léonida lança son contralto le plus émouvant au secours des autres tables et de la Vierge Marie.

— Et si on en adoptait un ? finit par suggérer Zou, la tête ailleurs.

— Un quoi ? demanda Fabrice distraitement parce qu'il cherchait toujours ses lunettes sans lesquelles il déchiffrait plus qu'il ne lisait.

— Un enfant, évidemment. Il y en a trop dans les orphelinats, non ?

Interloquée, Léonida interrompit son chant et plusieurs voix déraillèrent dans son silence.

— Ma pauvre enfant, mais l'éclipse vous a tourné la tête ! glousse-t-elle avec, en direction de son fils, un sourire indulgent qui quêtait un démenti immédiat.

Mais Fabrice n'en avait plus que pour sa mousse de foie au cognac qu'il labourait lentement de la pointe de sa fourchette comme s'il se fut agi d'une matière inconnue. Il avait immédiatement compris que Zou ne plaisantait pas. A l'ébahissement succéda chez lui l'amusement et on le vit bientôt sourire largement à sa mousse de foie puis aux yeux distraits de Zou (restée en quelque sorte à l'orphelinat) ainsi qu'aux sourcils douloureux de sa mère.

Celle-ci lui rendit un soupir pour un sourire. Exprimant de la nuque la plus grave consternation, elle repoussa son assiette où refroidissait une raie au beurre noir comme si ne plus manger était une première façon de les punir, et on l'entendit murmurer :

— S'il s'agit là d'une plaisanterie, je la trouve pitoyable. Elle me peine plus qu'elle ne me fait rire. Et n'espérez pas un sou de moi pour une entreprise aussi hasardeuse ! Les enfants des autres, je sais trop bien à quelles déceptions ça mène. On s'échine à les aimer, à les instruire, à les préparer à un métier décent, et leur cervelle éclate devant le premier jupon retroussé, je ne nomme personne... Ah ! nous vivons une époque où le respect et la sagesse des anciens sont des valeurs raillées. Vous-mêmes, parents écervelés, laissez entrer le loup dans la bergerie ! Peut-être me croyez-vous trop sotte pour constater ce qui se trame au sein de ma propre famille ? Mais j'ai des yeux pour voir et des oreilles pour entendre. Je sais pertinemment qu'Aimée a reçu à la maison son cousin de si pauvre origine. Il me semble pourtant qu'elle ne manque ni de famille ni d'affection autour d'elle, pourquoi aller déterrer les malheurs anciens ?

Les théories génétiques de Léonida ne s'embarrassaient pas de détails. L'hérédité, selon elle, régissait entièrement les générations. Elle croyait dur comme fer que la canaille engendrait la canaille et les divorcés de futurs divorcés. On dit bien « La caque sent toujours le hareng », n'est-ce pas ? La proposition de Zou et l'inconscience un peu béate de Fabrice avaient de quoi choquer ses plus vieilles certitudes.

— Et d'abord, cet enfant, s'il a été abandonné, il y a bien une raison à cela, vous l'avouerez.

— Mais certainement, intervint enfin Zou. Sa mère aura trouvé que les huit ou neuf premiers la fatiguaient suffisamment comme ça. Ou bien le père n'est pas son mari et n'entend pas le devenir et...

— Ma pauvre enfant, je connais la rengaine ! coupa Léonida en agitant devant elle ses mains baguées. S'il s'agit d'une coureuse, elle n'avait qu'à commencer par le mari. Moi, j'appelle ça mettre la charrue avant les bœufs.

De la France, on voit qu'elle avait surtout retenu les proverbes.

— Des charrues, des bœufs... Maman, nous parlons d'enfants, la corrigea Fabrice en partageant avec Zou un sourire dont Léonida détesta tout de suite la désinvolture.

Le soupçon lui plissa les yeux.

— Je comprends maintenant, il s'agit d'une conspiration !

Leur supposée connivence effraya Léonida qui avait facilement l'impression que les autres se liguaient contre elle pour le seul plaisir de la tourmenter. Elle s'en était même ouverte à son curé, s'émouvant elle-même en parlant de la « veuve précoce livrée à l'ingratitude du fils d'une autre et à l'ambition égoïste du cadet qui de toute façon n'en avait que pour ses filles, sa femme et ses huîtres perlières »... Le Bon Père lui avait recommandé d'être forte. Lui aussi trop souvent se heurtait à l'incompréhension de ses ouailles, une preuve en était le toit de son église qui ne serait pas dans l'état où il se trouvait si les villageois de Sampaloc se préoccupaient un peu plus de la maison de Dieu et un peu moins de leurs combats de coqs. Et Léonida, incapable d'affection mais pas de miséricorde, l'avait très bien compris, lui payant une toiture neuve en échange d'une messe à son défunt mari.

L'Ondine chantait faux et bas, trop d'oreilles s'occupaient d'écouter leur conversation. La suprême élégance de Léonida attirait les regards, et sa colère intéressait plus qu'elle n'offusquait dans ces lieux à moitié saints.

— Harassez-moi si ça vous chante ! La vie ne m'a pas

épargnée et je sais souffrir en silence, ajouta-t-elle, remettant de bon gré le silence à plus tard. Mais ne me demandez pas d'applaudir à vos idées les plus saugrenues !

La sœur maître d'hôtel crut bon d'intervenir et d'un seul froncement des sourcils expédia les desserts. On vit le chariot des pâtisseries réussir une entrée remarquée entre les nappes damassées, poussé par une cornette noire comme le Zimbabwe. Mais Léonida, qui n'entendait pas se laisser sucrer l'âme aussi facilement, n'eut pas un regard pour les génoises et les croquembouches luisants de caramel. Elle avait la colère intarissable, une façon d'obliger les autres à l'écouter.

— Et puis, adopter un enfant ici... Mais le bébé risque d'être très foncé ! Vous y avez pensé à ça, vous ? Un Ferté-Frênel noir, on aura tout vu ! Mon pauvre Hugo va se retourner dans sa tombe !

On vit la sœur noire sursauter puis s'éloigner d'un pas vif en ballottant à fleur de jatte ses bavaroises et ses coulis.

Inerte comme la pierre jetée dans la mare et qui se moque des remous, Zouraïda parut alors s'extraire d'un abîme de réflexion comme si Dieu en personne venait de lui servir l'argument décisif.

— Mère, dit-elle en tournant vers Léonida la tendresse lavande de son regard, pourquoi vous tracasser autant ? Marie nous a donné l'exemple. D'une certaine façon, elle a bien dû elle-même adopter son Jésus puisque votre église catholique nous affirme qu'elle est restée vierge !

7

Louis acheva de gagner le cœur de ses cousines à sa deuxième apparition. Pas entièrement fortuite. Zouraïda avait accepté sur un coup de téléphone de son père, qui n'était encore pour elle qu'une voix (agréablement grave), de recevoir son neveu avant le début du concert et de le conduire à l'église où il chantait le soir de l'ouverture dans la chorale des enfants. C'était sûrement une façon implicite d'affirmer que la préhistoire de la famille Ferté-Frênel ne l'intéressait guère. Décidée à faire des frais pour la branche damnée depuis les bouderies répétées de Léonida, Zouraïda avait même promis à Tancrède de lui expédier son chauffeur à l'hôtel, d'une voix neutre qui voulait tempérer son zèle. Il avait accepté sur le même ton plat, écourtant ainsi une conversation téléphonique un peu embarrassée. Zou raccrocha en réalisant qu'elle n'avait toujours pas la moindre idée de la raison pour laquelle ce beau-frère paria venait braver le clan familial sur le fief de sa belle-mère, et elle eut toute la soirée pour se demander de surcroît pourquoi le musicien qu'il était ne conduisait pas lui-même son fils au concert.

Le festival annuel de l'orgue de bambou, avec une semaine de concerts classiques et dans les premiers rôles des voix célèbres venues d'Autriche, de France et d'Angleterre, était un événement dans la petite société mélomane de la capitale. La première nuit de Louis sous le toit des Ferté-Frênel était un événement majeur.

Il débarqua vers six heures du soir avec dans une valise légère son aube soigneusement pliée. Au jardin fanfaronnait la lune, à peine moins rebondie que le jour de l'éclipse, et plus brillante d'avoir mangé le soleil. Louis sidéré ne la reconnut pas. La maison rehaussée sur des pilotis de pierre lui parut colossale sous ses toits enneigés de lumière. Il grimpa les marches du perron en glissant la paume sur la très large balustrade. Au salon, les parquets de nara donnaient l'idée d'un lac, ou d'une laque où glisser en chaussettes entre les canapés d'osier et les palmiers en pot semés comme des îles. De fait ses cousines accoururent pieds nus et Marilou à bicyclette. Zou les suivait dans une robe lumineuse et floue qui rehaussa l'idée que Louis se faisait d'une mère. Elle l'embrassa chaleureusement, le dalmatien lui accorda une grimace et Fabrice, qui rencontrait son neveu pour la première fois, une bourrade un peu embarrassée, moins d'ailleurs par les polémiques familiales attachées à ses pas que parce que toujours environné de filles, il avait l'affection maladroite avec les garçons. Les quatre sœurs ne leur laissèrent guère le temps de se dévisager. Elles voulaient toutes voir Louis dans son aube (persuadées à raison qu'il ressemblerait à un ange) et l'entraînèrent aussitôt dans leur chambre où Fô les suivit au galop, giflant au passage les mollets de sa queue.

Louis se fit un peu prier. Le port de l'aube l'avait au début retenu d'accepter un rôle dans les vêpres de Vivaldi. Il suivit pourtant ses cousines dans la pénombre d'une pièce immense. Les moustiquaires flottaient comme des nuages sur les lits. Les filles s'assirent toutes quatre dos à la nuit, près d'un grand cheval de papier mâché rouge étoilé d'or. Louis resta debout, intrigué par la course des lézards sur les murs et leur appel stridulent.

Un rayon de lune givrait les chevelures de ses cousines installées en tailleur, indifférentes aux magies nocturnes.

Louis, lui, n'était plus loin de voir des fées.

Les grillons de Noël fêtaient le retour de la saison sèche. La nuit tropicale gonflait les rideaux, tiède comme si l'âne et le bœuf eux-mêmes les veillaient aux fenêtres. Brusquement heureux, il ouvrit son sac avec une lenteur calculée, secoua comiquement l'aube pour la déplier et disparut dessous.

Les fées attendaient l'ange. Ses bras levés en V émergèrent les premiers. Sa tête apparut ensuite, passablement ébouriffée. Il secoua ses boucles, releva le menton et se retint de rire en découvrant les yeux écarquillés de ses cousines. Satisfait du silence, il chercha une pose en accord avec son aube et les vêpres de Vivaldi. Quelque chose de grave et sage, paupières baissées. Anouk s'impatienta.

— Alors, tu nous la fais, ta danse!

En réalité, c'était là son premier spectacle nocturne et l'orgue la surprit moins que l'agitation chevelue du chef d'orchestre. La famille arrivée en retard à l'église s'était éparpillée dans un désordre de chaises aux dernières places vacantes. La main dans celle de Marilou, Anouk se glissa au premier rang et s'assit par terre. Sous la chaise voisine dormait la casquette blanche d'un officier de marine, patiente mascotte au bord des grands pieds de son maître. Lui-même en grand uniforme levait haut le menton, un sourire paternel traînant sur ses lèvres comme si Vivaldi et lui avaient servi dans les mêmes sous-marins et qu'il était venu applaudir un compagnon d'armes.

Autour d'eux la nef était comble, et torride malgré la lente giration des ventilateurs. Sous les tropiques, même les églises ont chaud. D'ailleurs, entre ces murs épais de lave grise soulignés de briques roses, et ces portes-fenêtres grandes ouvertes, flanquées de lauriers en pot, on se serait plutôt cru réceptionnant dans une gentilhommière. Georgette incrédule s'aérait le visage avec son programme, ébahie de tout : de la moiteur et des gens, de certains dos parés de perles, des éventails brodés, du bougainvillier rose corail parti à l'assaut du balcon intérieur et qui, tressé entre les balustres de bois, s'en allait presque chatouiller la nuque de l'organiste. Les tuyaux de bambou chantaient haut (avec un souffle de Barbarie), un peu comme les petits frères des grandes orgues de Saint-Étienne-du-Mont à Paris où Georgette mariait les autres depuis trente-sept ans. Mais depuis son départ de Paris, elle voguait de surprise en ahurissement.

D'abord son avion volait.

Georgette était souvent montée en avion mais uniquement pour épousseter les cabines. De leurs exploits célestes elle connaissait surtout le bruit, et à force de pousser chaque dimanche la trompe de l'aspirateur entre les sièges, elle avait fini par douter du prodige aérien, tenant ces salons volants pour des « séjours » étroits, exagérément meublés, et finalement assez pénibles à nettoyer.

Quel Dieu puissant avait su ce jour-là donner une pichenette à la terre ? Son avion volait, sa place était nette avec le sac étanche aplati sans équivoque et la couverture pliée, attendant qu'elle la froisse et non l'inverse.

Passée la stupeur inquiète du décollage, Georgette s'était autorisée à détacher sa ceinture. Elle avait marché dans le ciel en chaussons violets (distribués par la compagnie), dîné plus haut que le soleil et tiré la chasse d'eau sur les nuages (un sirop bleu et parfumé que le ciel avait siphonné avec bruit). Une hôtesse plus lisse qu'une page de magazine lui avait offert du champagne, une trousse de toilette, un jeu de cartes, des écouteurs qui agaçaient les oreilles, une deuxième couverture étincelante d'électricité. Le champagne auquel elle prenait goût et le film agité sur l'écran avaient fini par avoir raison de l'angoisse qui l'étreignait depuis l'aéroport et même depuis son lit quand elle avait dû le quitter sans la certitude rassurante de retrouver ses draps, le soir suivant. Peu à peu son appréhension avait fait place à une indéfinissable torpeur. A mi-chemin entre la stupeur et l'enthousiasme, elle s'était abîmée dans une nuit brève et abrupte qui n'avait plus rien à voir avec le lent cheminement des aiguilles sur sa montre.

Laudamus te ! Gratias agimus tibi ! Domine Deus ! Après l'avion, d'autres cieux ne la déconcertaient pas moins. Georgette écoutait résonner l'église, le cœur chaviré par les voix mieux que par les louanges à Dieu qu'elle avait tendance à prendre pour un fainéant. Pour obtenir un effet stéréo l'orchestre avait été divisé en deux, avec les cuivres et les bois distribués dans le chœur, et la chorale installée derrière les solistes au fond de la nef. Entre ces deux pôles, le public installé dans le vaisseau central suivait le concert comme un match de tennis, de gauche à droite et de droite à gauche. La musique rassemblée au plafond s'épanouissait sous la voûte habillée de bambous. Ni anges dodus, ni Vierge pâle et bleue là-haut, rien que la chaleur des bambous vernis où venait frapper la foi sonnante d'une trompette. Réexpédiée en plein ciel, Georgette s'attendrit sur ses souvenirs d'avion. A part sommeiller ou manger, que lui demandait-on là-haut ? Démobilisée, elle y avait vécu un repos béat de vingt heures, souriant aux hôtesses les moins aimables, à ses voisins les plus indifférents et aux nuages bouffons qui moussaient sous les ailes. Cette épopée l'avait provisoirement lavée de ses soucis, comme si s'arracher au sol suffisait à semer sa vie derrière soi. Toutes ses appréhensions avaient ressurgi avec l'atterrissage et la chaleur d'étuve qui tremblait à la porte de l'avion. Ses premières réflexions sur l'Asie disent assez sa perplexité : « Froid dedans, chaud dehors, c'est le monde à l'envers ici. Peut-être bien qu'où on m'emmène les gens marchent sur la tête. »

Hébétée de sommeil, elle trouva la sortie par hasard en suivant des dos plus avertis que le sien. Un orchestre à percussion la fit sursauter. Les musiciens, installés entre des pancartes annonçant « Bienvenue » dans cinq ou six langues, agitaient leurs marteaux avec beaucoup de bonne humeur et sans beaucoup de gaieté en retour tant les voyageurs allaient vite, blasés, ou au contraire ankylosés, l'œil cirant les carrelages. Georgette sauva leur journée en perturbant sans vergogne le mouvement de la foule. Déposant son bagage au milieu du hall, elle harponna un jeune voyageur et lui confia l'instamatic prêté par Émile pour qu'il photographie Georgette Binet devant « les gongs et tout ce fourbi de tubes ».

Elle eut après la douane un instant de pure panique devant la ronde lente des tapis mécaniques. Y tournaient, semblait-il, les valises du monde entier ! Sauf la sienne qu'elle se sentait de toute façon bien incapable de défendre dans la cohue des autres voyageurs. Un homme lui arracha un cri en lui jetant par-dessus la tête un collier de jasmin. Il souriait largement. Les dents de Ramon massives comme des sucres étaient son atout numéro un à la Direction des relations publiques de la filiale Haldebeurre. Il avait été dépêché au-devant de la lauréate pour son sourire polyglotte mais aussi pour ses notions de conversation française acquises à l'Alliance française à l'écoute des propos de « Pierre et Mireille ».

Mieux que ses prouesses linguistiques, le badge Haldebeurre épinglé sur la poitrine de Ramon convainquit Georgette de sa bonne foi. Dès lors, elle s'abandonna entièrement à lui. Ramon avait le teint caramel, l'œil plus rond que bridé et la mâchoire généreuse. Quand sa protégée persuadée d'un miracle lui désigna sa valise cahotant sur le tapis roulant, il s'en saisit d'un geste preste que Georgette jugea héroïque. Il poussa le chariot, exhiba certaines recommandations écrites aux douaniers et gagna la sortie derrière son sourire musclé, sans avoir subi une seule question.

Sa limousine bicolore ressemblait à une chaussure de maquereau : empeigne blanche sur talon noir. Parce qu'il avait les mains baguées et les ongles vernis, Georgette ne le crut pas seulement « drôle » mais aussi pédéraste, avant de réaliser ultérieurement que le goût pour la manucure n'était pas une exception chez l'homme des Iles. Il démarra sur un signe de croix un peu alarmant.

De sa première traversée de la ville, Georgette garde un souvenir plutôt confus. Soûlée par les efforts linguistiques de son guide et le choc du décalage horaire, elle vit la nuit tomber brusquement sur des trottoirs grouillants de monde, envahis par toutes sortes de commerces minuscules (tiroirs de bonbons, savonnettes ou poignées de peignes), rassemblés à la lueur chiche d'une bougie plantée dans une bouteille et qui devait tout juste suffire à compter la monnaie. L'hôtel Sheraton comme une perle posée sur la vase offrait un prodigieux contraste avec ce désordre. Ramon ne laissa guère le temps à Georgette de s'émerveiller.

— Vous aurez toute la nuit pour se reposer, déclara-t-il comme si l'horloge intérieure de Georgette n'affichait pas déjà l'aube.

Et, pas encore très ferré sur l'usage du « vous », il ajouta :

— Habille-toi, nous allons dans le festival de l'orgue de bambou. J'attends pour toi ici.

Georgette s'était retrouvée au concert les sens étourdis et mal ravigotée par une tasse de café sans arôme qu'elle avait d'abord pris pour du thé. Maintenant la vision blanche des enfants de chœur l'égarait au seuil du mirage. Une tête blonde et bouclée ressemblait tout à fait à l'idée qu'elle se faisait de l'ange séraphin. Guerroyant des paupières contre la rage de sommeil qui l'alourdissait sur son siège, Georgette tendit la nuque pour mieux l'apercevoir, ce dont finit par s'aviser l'officier de marine assis juste devant elle. Se gardant de déranger la fillette assise à ses pieds, il eut l'obligeante initiative d'échanger sa place avec Georgette tout en lui confiant la responsabilité de sa casquette. Georgette Binet ne saisit pas un mot de ce qu'il lui expliquait en anglais mais elle obéit à ses gestes, lui trouvant des manières exquises, voire insolites – probablement sauvegardées dans les fonds de la mer où il devait passer le plus clair de son temps.

Louis, seul avec Vivaldi et sa moitié de musiciens côté chœur, avait perdu de vue et même oublié ses cousines, tout à son chant qu'il lançait sans réserve au-dessus des violons. La tempête des archets cadencés comme des bielles de locomotive avait de quoi l'exalter, et ses « hosanna » surpassaient bien des voix. Anouk, qui entendait « ananas », souriait à son fruit préféré.

Georgette s'éteignit doucement. La fatigue triomphant de tous les sentiments, elle trouva le sommeil au bout de l'ébahissement. Le dos resté droit mais le menton vacillant dans l'encolure de sa robe à fleurs, elle s'assoupit sur sa chaise, persuadée au moment de sombrer avoir rêvé Vivaldi, les bois luisant d'un miel différent et l'orgue de bambou sifflant ses notes fluettes à l'ombre du bougainvillier. Sourde aux applaudissements, elle ne s'aperçut ni des mouvements de la foule ni des crissements des chaises. Elle n'entendit pas même la voix perçante d'Anouk s'inquiéter de Louis.

— Et comment on va le retrouver, Louis, avec tous ces gens ?

— Ne t'en fais donc pas, nous le récupérerons dans les coulisses.

— C'est quoi, les coulisses ? Les cabinets ?

Ramon attendait Georgette dehors. Il aurait pu l'attendre toute la nuit si Zou ne l'avait ressuscitée en lui secouant doucement l'épaule au passage, d'un geste gentil qui n'engageait à rien. Georgette redressa le menton, étouffa difficilement dans sa main un bâillement d'hippopotame et, la vue brouillée, s'efforça de faire face à une Zouraïda floue dont elle nota essentiellement l'éclat blond et la barrette brillante de strass qui lui soulevait une queue de cheval entièrement basculée sur le côté gauche. De Georgette Binet, il est probable que Zou ne retint rien.

Puis chacun se tourna le dos pour aller suivre les méandres de sa propre vie. Louis arrachait son aube par-dessus sa tête au risque de trébucher sur les marches usées du presbytère, Zouraïda trottait derrière ses filles en direction des coulisses, hâtée par un mari qui s'ennuyait toujours un peu au concert, et Georgette, épuisée, la tête plus proche de la lune que de la terre et de tout ce qu'elle y avait supporté jusqu'alors, suivait son guide sans plus rien souhaiter d'autre qu'un oreiller.

8

Georgette s'éveilla en sursaut, persuadée d'être devenue sourde. Depuis quinze ans qu'elle sommeillait dans le vrombissement des avions, le silence lui agaçait les nerfs. Il lui fallut plusieurs minutes pour se rappeler où elle se trouvait et encore plusieurs autres pour y croire. Elle reconnut l'Asie en découvrant les cocotiers derrière ses rideaux. Chez elle, sa fenêtre se contentait d'un marronnier dont les branches taillées en moignons lançaient des coups de poing entre le bloc C où elle habitait et le bloc B où logeait son fils.

Des balles de tennis résonnaient sur un court voisin. C'était un écho discret auquel l'avait peu familiarisée l'existence. L'esprit encore brumeux, elle s'assit sur son lit. Une fois digérée la surprise de lire dix heures sur son réveil — elle aurait déjà considéré huit heures comme une grasse matinée —, Georgette reprit sa vie en main en commençant par sa valise, laquelle après tout résumait assez bien sa personne sur ce coin de la terre qui n'avait jamais vu naître ni grandir aucun Binet. Georgette était une femme de bon sens qui trouvait la paix dans l'action. Elle fit elle-même son lit et des ablutions brèves dans une salle de bains intimidante, toute en marbre.

La faim et la joie inopinée de profiter d'une opulence qu'elle ne connaissait qu'à la télévision en regardant *Dal-*

las lui donnèrent le courage de décrocher le téléphone. Au garçon qui se présenta à sa porte, elle désigna sur la carte des mots sympathiques et presque français comme *coffee* et *croissant*, et elle accueillit — une longue demi-heure plus tard — le premier petit déjeuner au lit de sa vie. Les jalousies rayaient le soleil allongé sur la moquette comme un animal bienveillant. Elle croyait encore, alors, que ce petit déjeuner de comtesse serait le premier d'une série de dix, et en dépit du café transparent et des toasts trop blancs qui la confirmèrent dans l'idée qu'on savait mieux vivre en France, elle s'émerveilla de voir la chance se souvenir d'elle après soixante ans de débine.

Habillée, coiffée, elle osa quelques pas dans la rue. Terrassée par une touffeur moite, elle entra dans un square poussiéreux où des dinosaures en ciment salissaient les culottes des enfants. Georgette s'installa à l'ombre d'un tyrannosaure cabré. Un malaise indéfinissable lui gâchait sa sortie. Il y avait le décor, il y avait les gens aussi. Depuis l'hôtel elle avait l'impression, pas complètement illusoire, que la rue entière la regardait. Elle qui depuis soixante ans se confondait si parfaitement au milieu qu'on pouvait la croiser sans la reconnaître ou même la bousculer sans s'excuser s'effaroucha de cette curiosité. Leurs sourires réveillèrent même chez elle une certaine suspicion envers les Jaunes et les yeux bridés, suspicion héritée d'ancêtres auvergnats pour qui la France (et même le monde entier) tenait entre la Loire et le Cher.

Mal à l'aise, elle se leva et partit en rasant les murs. Des hommes la hélèrent, des grévistes qui s'ennuyaient, assis sous leurs revendications tracées en noir sur des chiffons rouges. Georgette sentit son cœur s'arrêter dans sa poitrine puis redémarrer au galop. Elle aurait volontiers suivi ce même rythme jusqu'à l'hôtel si courir à son âge et par cette chaleur de fin du monde lui était apparu comme une solution fiable. Mais là encore, la France ne l'avait pas préparée à cette vibrante réverbération du ciel sur le macadam ramolli, ni à ce soleil cru vrillant les crânes. Elle marcha donc, mais à la façon d'Émile, le regard arrimé à la pointe de ses souliers.

Passer la porte à tambour de l'hôtel, c'était presque tourner autour de la planète ! On retrouvait à l'intérieur l'haleine de décembre. Georgette éternua, récupéra la clé de sa chambre en évitant le regard un peu trop chaleureux du portier et retrouva avec un soulagement sans nom la musique sirupeuse qui hantait les ascenseurs. Elle se calfeutra dans sa chambre et alluma la télévision, décidée à n'en plus bouger jusqu'au jour du départ.

C'était compter sans Ramon, lequel s'annonça par téléphone à onze heures et apparut vers midi sans beaucoup chercher à expliquer son retard. Georgette l'accueillit avec un soulagement mitigé. Après l'expérience de l'homme de la rue, son sourire lui parut un peu trop large pour être vrai.

— Viens, on sort, je vais te montrer notre capitale et puis on va manger le déjeuner !

C'est la faim qui décida Georgette. Ramon gara la voiture dans une ruelle défoncée.

— Attention où tu marches, la rue a des travaux.

C'était apparemment le cas de toute la ville, où il était difficile de déterminer si un immeuble était en construction ou déjà en train de se dégrader. Les façades du Musée national accusaient plusieurs siècles. Georgette gravit l'énorme perron en bâillant de faim. Son récit à Émile ne tenterait aucun guide touristique : « On a déambulé une grande heure dans des corridors où les mites avaient l'air moins feignantes que les gardiens. Ça a commencé par des amphores ébréchées, des oiseaux empaillés, et ça a fini à l'étage par des poteries et des croûtes... Paraît que c'était ça l'histoire de leur pays. Pas une seule autre âme pour la subir, rien que moi et le Ramon qui me donnait le tournis avec ses explications.

On a conclu avec une brosse à dents et un couteau de cuisine sur un petit coussin de velours. Le XXe siècle faut croire, dans l'idée du conservateur. » Georgette s'étonnait sans véhémence, partant du principe que dans un coin du monde où les saisons avaient perdu la boule, les gens seraient fatalement « drôles ».

Les gens n'étaient pas seulement drôles. Dans le centre-ville ils devenaient franchement inquiétants. La campagne électorale battait son plein et les pennons jaunes de l'opposition flappaient aux portières des bus. De temps en temps, des groupes obligeaient Ramon et Georgette à changer de trottoir, brandissant haut des portraits de la Veuve. Georgette, qui leur trouvait à tous des têtes de Chouans, talonnait nerveusement son guide. Elle soupira de soulagement quand il se décida enfin à pousser la porte d'un restaurant.

— Beaucoup de choses doit changer dans notre pays, lança-t-il en traversant la salle d'une foulée aveugle, un peu comme s'il montait aux tribunes.

Mais Georgette ne l'écoutait plus. Un fumet de cochon grillé rassurait au moins son estomac. Elle tomba sur une chaise en humant l'air. Une pénombre agréable reposait la vue derrière les carreaux de capiz [1] et Ramon parut enfin se souvenir qu'ils étaient entrés là pour déjeuner. Sa mâchoire s'adoucit.

— Ici, ça s'appelle Kamayan. *Kamay* c'est la main, on mange avec les doigts ! annonça-t-il, parfaisant l'image de l'ogre.

— Ah oui ? fit Georgette en tournant un œil alarmé vers les nappes dénuées de couverts.

Son assiette était en bois, recouverte d'une feuille de bananier découpée en rond. Une serveuse en châle espagnol s'approcha et leur tendit à chacun un menu façon parchemin.

1. Coquillage translucide utilisé pour remplacer les vitres des fenêtres et fabriquer des abat-jour.

— Qu'est-ce que c'est que tu veux quoi ? lui demanda Ramon.

Georgette considéra le parchemin. Même en chaussant des lunettes, elle n'y trouva pas un seul terme intelligible.

— Pour moi c'est du chinois tout ça !

Le mot l'amusa et elle rit, soulagée simplement d'être assise, avec l'odeur du cochon grillé plein les narines.

— C'est pas le chinois, la corrigea Ramon avec son sourire indulgent, c'est notre langue.

— Tu m'en diras tant ! rétorqua Georgette, songeant à part soi que ces gens avaient beau sourire beaucoup, ils n'étaient pas doués pour l'humour.

Et pour ne pas compliquer davantage la vie de Ramon dont le front se plissait, elle retourna tout de suite au menu.

— Dis-moi qu'est-ce que tu veux et je demande, l'encouragea son hôte.

— Un cassoulet.

— Un quoi au lait ?

Georgette soupira.

— Oublie ça ; un steak-frites.

— Il y a des frites... fit Ramon un peu décontenancé, mais il y a le bifteck de chez nous (il prononçait « bisteck »), tu veux goûter ?

— Va pour le bisteck !

Au serveur venu prendre la commande, elle précisa tout de même *bleeding steak*, ce qui signifiait plutôt sanguinolent que saignant et mit le garçon mal à l'aise. Georgette secoua sa serviette avec bonne humeur. Trois musiciens rangés dans un coin grattaient guitares et violoncelle. La salle du restaurant offrait en tout un tel contraste avec la cohue de la rue qu'elle sentit fondre sa nervosité du matin.

— Et je propose aussi le Bicol express, s'emballa Ramon, et le Cicéron bien sûr, c'est le cochon grillé.

Crispy pata, on dit chez nous. Tu veux boire une San Mig ? C'est la bière fabriquée dans le pays.

— Je meurs de soif ! avoua Georgette.

Ramon sourit et se leva.

— On va se laver nos mains d'abord.

Georgette le suivit docilement. Il n'était pas question de lavabos mais de jarres en terre cuite alignées au fond de la salle et munies de cannelles. L'eau s'écoulait ensuite dans des « bénitiers marins »...

— C'est coquet mais c'est encombrant. Vous avez ça chez vous aussi ? s'étonna Georgette.

Ramon s'esclaffa.

— Non, non ! C'est pour les touristes seulement.

— Et c'est seulement pour les touristes que vous mangez avec les doigts ?

— Ah ! non, ça c'est la tradition.

Apparemment content de la tradition, il regagna leur table en se frottant les mains. La bière les attendait, servie dans un bock pour Ramon et une flûte pour Georgette... Ils choquèrent leurs verres et Georgette éclusa le sien. Après ça, même l'absence de couverts ne l'inquiéta plus autant.

Elle fit tout comme Ramon, macula ses ongles dans la marinade au vinaigre et chili, suça la couenne de porc et pelleta son riz à pleins doigts. Le service était lent mais souriant. Georgette commençait à s'y faire, à croire à une authentique affabilité à laquelle ses trajets en métro ne l'avaient tout simplement pas habituée.

— Ce soir, on va dans le cocktail de la présidence des biscottes Haldebeurre, annonça soudain Ramon en maculant le rince-doigts.

Georgette frémit comme si les instruments de musique s'étaient tus.

— On va chez la présidente des biscottes Haldebeurre ?

— Oui. Elle t'invite, normal, à cause de ton prix.

— Et c'est comment un cocktail ? Y faut s'habiller d'abord ?

Ramon pouffa de rire.

— Tu vas pas tout nu chez la présidente !

Georgette repoussa son assiette encore pleine de beignets de couenne de porc.

— Pas comme ça ! la corrigea aussitôt son guide. Tu vois, quand c'est fini de manger tu plies la feuille en deux et tout est propre.

Son doigt lui désignait la feuille de bananier qui recouvrait son assiette.

— J'ai pas dit que j'avais fini de manger. Mais qui c'est, d'abord, cette présidente ? s'agaça Georgette.

— Mme Ping. Elle coiffe tout chez nous. (Il rit.) Pas les dames, les affaires !

Georgette mal à l'aise chercha du courage dans une deuxième bière.

— Et pour ta dessert qu'est-ce que tu veux quoi ? Un milk-shake je parie ?

Georgette haussa des épaules prudentes.

— Si c'est tout ce qu'il y a... lâcha-t-elle.

Le rire de Ramon rugit.

— On n'est pas à Paris ici, il y en a pas des milk-shakes. Tu prends plutôt le halo-halo !

Georgette pouffa presque malgré elle.

— Et ça se téléphone, ton allô-allô ?

Mise en verve par la joie un peu intempestive de Ramon et par la bière, elle se sentit un peu mieux. Elle ajouta presque familièrement :

— Alors comme ça, on sort ensemble tous les deux ?

— On sort oui, et après on se quitte. J'ai une autre surprise pour toi.

— Si la première c'était Mme Ping, tu me fiches la frousse.

Le regard légèrement égaré, Ramon s'absenta dans son for intérieur à la recherche de son français. Georgette se resservit toute seule de la bière sans imaginer à quel point elle allait en avoir besoin.

— Regarde ça.

« Ça », c'était un billet d'avion.

— Si c'est mon billet pour la France, je l'ai déjà.

— Pas pour la France, pour une autre île, plus petite, plus authentique, c'est ça qu'on dit ?

Un vent de panique balaya Georgette.

— Partir encore plus loin !... murmura-t-elle avec l'enthousiasme d'un cosmonaute à qui on demanderait encore un crochet par Vénus. Et qu'est-ce que je vais faire là-bas où je connais personne, que je comprends même pas ce que les gens baragouinent ?

— Oui, dit Ramon à tout hasard.

— Oui quoi ? s'énerva Georgette.

— La mer. Tu vas voir la mer, répondit Ramon un peu dépassé.

— La mer ? répéta Georgette qui connaissait déjà la côte atlantique et estimait avoir fait le tour de la question le jour où elle avait traversé le bassin d'Arcachon en pinasse. Mais je la connais, la mer, je l'ai chez moi, la mer, en France il y a la mer...

Ramon repoussa son assiette vide et rota.

— Quelqu'un te trouve à l'aéroport. Tu vois le badge comme le mien avec les biscottes Haldebeurre.

La vie n'avait pas appris à Georgette à se rebeller. Son regard faiblissait.

— Et si on faisait plutôt d'autres musées ? suggéra-t-elle d'une voix grêle.

— Il t'emmène à l'hôtel. C'est le grand luxe, insista Ramon en retrouvant son magnifique sourire sans tact.

Georgette se fanait à vue d'œil. Elle tenta d'imaginer la tête de sa bru à qui on annoncerait la mer et l'hôtel de grand luxe, sans réussir à faire jaillir aucune joie dans son cœur.

— Et combien de jours les Biscottes m'envoient par

là-bas ? capitula-t-elle au bout d'une courageuse réflexion.

— Toute une semaine ! triompha son mentor.

Mais, soudain grave, il ajouta :

— Pour te dire le vrai, tu seras beaucoup mieux en province. Avec les élections dans la prochaine semaine, ça va barder ici. C'est ça qu'on dit en français, barder ?

9

Pendant ce temps Fabrice, adossé au manguier, se raclait la gorge, espérant sûrement gagner l'attention familiale.

— Il y a deux façons d'avoir des enfants : les faire ou les choisir, annonça-t-il soudain, au moment où tout le monde croyait qu'il avait avalé de travers. Nous avons décidé de choisir le cinquième.

Satisfait, il se tut, sans cesser de balancer mollement le hamac où ses filles pêle-mêle grignotaient des quartiers de pastèque. A travers les feuillages on distinguait la piscine dont la réverbération bleue azurait le ventre des oiseaux qui la survolaient.

— Nous avons décidé de choisir un bébé, dit-il encore comme le silence se prolongeait.

— Comment ça, choisir? s'étonnèrent enfin ses aînées.

— Eh bien, on s'adresse au ministère des Affaires sociales je suppose, et il vous met en rapport avec un orphelinat. Le pays n'en manque pas!

— Nous avons décidé de choisir une petite fille, précisa Zou, penchée sur la table d'osier où elle disposait les tasses de thé et les fruits.

Même sans la voir, on devinait un sourire dans sa voix.

— On est déjà quatre filles, est-ce qu'on ne pourrait pas plutôt choisir un singe ? proposa Marilou en attaquant le melon. Le « macaque à toque » vit en groupe et s'habitue très bien aux humains. Il a en plus l'avantage de vivre plus de vingt ans.

— Ta mère et moi avions plutôt en tête le genre humain, se défendit Fabrice.

— Merde ! Un oiseau m'a fait dessus, s'écria Perrine.

Elle s'échappa du hamac en s'essuyant l'épaule avec une feuille.

Son père eut un sursaut et sa mère un soupir.

— Ça va pas de dire des mots pareils ! lança la petite Anouk en la fusillant du regard. « Merde », c'est que pour les parents.

— On peut vraiment choisir ? insista Aimée. Je parle des bébés...

— Dans une certaine mesure, je crois que oui, répondit Zou, une main sur l'épaule de Fabrice pour l'aider à conserver sereines ces cruciales minutes. On choisirait une toute petite fille, un nouveau-né si c'est possible.

Anouk eut un soupir d'envie.

— Moi aussi, j'aimerais bien avoir été choisie.

— On s'est contentés de te faire mais on t'a pas mal réussie, non ? rit Zou.

Anouk se détourna avec une petite moue.

— Qu'est-ce qu'elle a ? demanda Lita qui, cintrée dans son tablier blanc, apportait la théière et le pain grillé.

Fabrice lui expliqua posément leur décision d'adopter. L'idée la laissa pantoise.

Qu'on aille chercher un bébé des Iles alors qu'on avait toutes les chances d'en réussir un blond chez soi dépassait son entendement. Elle eut d'abord un haussement de sourcils incrédule, puis un fou rire de collégienne qui chez les gens des Iles exprimait aussi l'embarras.

L'histoire ensuite fit rapidement le tour des cuisines

et Zou en reçut les échos variés le soir même. En gros tout le monde était contre. Lita avec son bon sourire dévoué lui suggéra de lui faire elle-même le bébé, et la vieille cuisinière Kuching renchérit en disant qu'au moins là on saurait d'où il venait tandis que dans les orphelinats... « Elles parlent toutes comme Léonida », songea Zou déprimée.

Loin d'apaiser les vieilles rancunes, les apparitions de Louis chez les Ferté-Frênel avaient envenimé le climat. Léonida n'était pas femme à se laisser marcher sur les pieds et encore moins sur les sentiments. Il ne lui suffisait pas qu'elle-même ignorât le fils maudit, il fallait encore que toute la famille le maudisse après elle.

Elle réagit en vieille dame éreintée par une crise d'asthme si alarmante que Fabrice, appelé d'urgence à son chevet, dut annuler un séjour sur une île perlière où il allait plusieurs fois par an surveiller ses filleules. (C'est comme ça qu'il parlait de ses perles en famille.) Il trouva sa mère effondrée dans son fauteuil d'osier, sifflant sa vie entre ses dents et les yeux révulsés au plafond.

La vieille Carmen, morbide et empressée, lui fit aussitôt un récit éloquent des derniers événements (anorexie, nausées, incontinence), savourant son rapport moins par sadisme que par cette obscure satisfaction d'avoir raison contre l'humanité entière qui la blâmait de flairer la tragédie partout.

— Il y a longtemps que je vous ai prévenu. Elle s'inquiète trop. A son âge, tous ces soucis avec sa famille...

Fabrice ne fit même pas semblant de l'écouter.

— Cours me chercher un docteur ! tonna-t-il, moins pour trouver de l'aide que pour se débarrasser d'elle.

Léonida se défendait avec les spasmes d'un poisson jeté dans un seau vide. Il s'agenouilla devant elle et lui saisit les deux mains, l'obligeant à copier sa propre respiration. Mais le miracle tarda. Léonida continuait de haleter sans le reconnaître, ses pupilles folles roulant dans leurs orbites. Son fils s'entêta, respirant pour deux, ses lèvres presque à toucher les siennes, ses yeux dans les siens figés jusqu'à l'hypnose.

Imperceptiblement, sa vieille mère se rendit comme un enfant qui regarde gonfler un ballon en imitant le souffleur. La vieille Carmen les trouva face à face, les mains tendrement soudées comme deux amoureux qui se dévorent du regard, et il n'est pas difficile de deviner qu'elle aurait donné son âme et son droit d'aînesse pour que l'asthme fût contagieux et que les soins de Fabrice lui échoient ensuite.

Le médecin entré sur ses pas ne vit pas tant de poésie dans ce couple mère et fils, ni rien d'enviable d'ailleurs dans le cas de sa patiente à qui il infligea une piqûre de Théophylline. Il avait même une certaine sévérité sous les sourcils quand il exigea du calme autour de la malade.

— On court aux complications cardiaques... Les contrariétés, évitez-lui donc les contrariétés ! recommanda-t-il comme s'il connaissait toutes les zizanies familiales.

Et sans doute les connaissait-il, depuis le temps qu'il visitait Mme Ferté-Frênel et que son chauffeur l'attendait côté cour, parmi la domesticité en jupon.

Fabrice réellement échaudé opina en silence, serrant toujours les mains de sa mère, avec dans l'œil quelque chose de coupable qui dut rassurer la malade en l'autorisant à faire preuve d'une courageuse humilité.

— Je vous en cause, du souci. J'aurais mieux fait de mourir. Une vieille femme comme moi n'a plus rien à faire sur terre. Depuis le temps que mon Hugo m'attend.

C'était une rengaine que Fabrice entendait sans passion depuis plusieurs décennies, mais l'alerte avait été chaude et sa conscience dut parler en faveur de Léonida. Il crut déceler derrière ses plaintes une authentique fatigue qui lui fit peur et pitié à la fois.

Il avait défendu Tancrède pour le bonheur de ses filles et pour ne pas choquer Zou qui avait parlé d'« esprit de vendetta » chez les Ferté-Frênel un soir d'exaspération. Peut-être aussi par un vague souci de solidarité fraternelle, mais c'est moins sûr. Face à la détresse de sa mère, ces arguments lui semblèrent tout à coup futiles. Il se sentit prêt à sacrifier à sa paix les deux inconnus qu'étaient après tout son frère et son neveu. D'autant plus que les balayer de sa conscience était peut-être la meilleure façon de mériter en retour l'indulgence de Léonida à l'heure épineuse où il faudrait la forcer à réouvrir le chapitre adoption... Zouraïda, qui ne voyait pas les choses si filialement, ne se laissa pas immédiatement convaincre. Il est possible cependant que l'inquiétude de son mari la touchât suffisamment pour qu'elle acceptât d'éviter aux siens tout contact avec Louis au moins pendant quelque temps.

Des quatre sœurs, Aimée réagit le plus violemment, choquée jusqu'aux larmes qu'on puisse la priver de son cousin uniquement parce qu'il était le fils de son père. Les portes claquèrent sur son passage quand elle traversa la maison et Fô faillit perdre sa truffe en la suivant dans sa chambre.

Le lendemain matin, la paix sinon le calme semblait ressuscitée. A l'abri du tohu-bohu de ses filles qui harassaient le piano en improvisant des cinq ou six mains, Zouraïda pétrissait l'argile dans son atelier, quand Wella s'annonça entre les pilotis en traînant ses tongs, que tout le monde appelait des *flip-flop*. Zouraïda redressa la tête. Elle travaillait avec un foulard sur le crâne pour protéger ses cheveux, et d'un doigt cartonneux elle releva une mèche échappée sur son front. Wella lui sourit timidement. C'était la plus jeune des servantes. Elle commença par faire semblant de balayer, à la recherche de la meilleure attitude. Autant pour la mettre à l'aise que pour terminer la tête de calao qu'elle modelait depuis la veille, Zouraïda se remit au travail.

Zou a une façon de pétrir l'argile qui donne faim. Elle assouplit des pains qu'on ne mange pas, les façonne à son idée extravagante, leur donne un regard, un torse ou un nombril et quand ils sèchent sur les claies ils sont déjà vivants. Wella s'approcha. Il était clair à son regard gêné que ça n'était pas la tête de calao qui l'intéressait.

— Qu'est-ce qui ne va pas ? l'aida Zouraïda sans interrompre le travail de ses mains.

— Je dois dire quelque chose à Maam, avoua-t-elle dans une sorte d'anglais car son dialecte ne l'avait habituée ni aux accords ni aux conjugaisons.

— Eh bien parle, je t'écoute, s'impatienta Zou comme plus rien ne venait.

Wella baissa les yeux sur son balai et sa chevelure suivit en rideau. Zou la trouva belle. Elle rêva de la voir poser nue pour elle, chose impensable dans les Iles où la pudeur des femmes touchait à la pudibonderie depuis la colonisation espagnole.

— C'est rapport aux bébés... hésita-t-elle. M. Fabrice dit... les bébés, on les fait ou on les choisit, c'est ça ?

— Oui, sourit Zou.

— Mon bébé... je peux pas le choisir, moi...

Sa voix se brisa et elle fondit en larmes.

— Allons, allons, c'est très bien comme ça. Personne ne t'oblige à adopter, il n'y a pas de raison de pleurer, l'assura gentiment Zou plus embêtée qu'émue, parce que sa terre séchait.

— Tu comprends pas, Maam, soupira Wella entre deux sanglots, je choisis pas mon bébé parce que je suis enceinte !

— Mon Dieu ! Et c'est arrivé quand ?

Zou la dévisageait à présent, à moitié stupéfaite. L'histoire était neuve sous son toit mais banale autour d'elle. On disait que les filles des Iles, si zélées catholiques les matins de messe, se laissaient volontiers piéger par l'homme qu'elles aimaient et qui tardait à leur proposer le mariage.

— C'est venu pendant mes dernières vacances en province. Mes parents ils savent pas encore. Ils seront furieux contre moi !

Wella tordit des mains mouillées de larmes.

— Allons, allons, dit Zou cherchant des yeux un chiffon à peu près propre, calme-toi, sèche tes yeux d'abord et dis-moi qui est l'heureux papa.

— Carlos. Son père a une ferme et il l'aide à la ferme. Il dit qu'il veut me marier.

Wella chercha un coin sec sur le linge argileux que lui tendait Zou.

— Peut-être pas une mauvaise solution ? Qu'est-ce que tu en penses ?

— Je sais pas... avoua Wella.

Zou réfléchit, les yeux ailleurs. Elle aperçut Anouk dans le jardin, qui goûtait sous un soleil rouge. La petite tendait haut les bras pour sauver ses biscuits de la gueule de Fô. Le cœur alerté, Zou se vit brusquement clouée devant l'une de ses filles avec les mêmes mots. « Maman, faut que je te dise... j'attends un bébé... » Du coup elle s'échauffa :

— Tu ne sais pas ! Tu l'aimes, ce Carlos ?

— Je sais pas...

Wella reniflait.

— Tu le savais, le jour où vous avez fait le bébé, non ?

Ce qui fit rire Wella, au comble de l'embarras.

En même temps Zou réalisa combien ses remarques comptaient peu. Wella n'était pas venue quérir un avis. Elle cherchait un soutien, pour avorter ou au contraire pour forcer le mariage, apaiser ses parents, rendre son tablier à Zou sans rompre les ponts. Peut-être même espérait-elle un témoin à l'église ou une marraine pour le petit ?

— Ce bébé, tu veux le garder ?

— Je crois, oui...

— Tu ne veux pas qu'on l'adopte ? fit Zou, prise d'un fulgurant soupçon.

— Non ! rit Wella qui manifestement n'y avait pas pensé. Mais si Maam peut m'avancer ma paye. J'ai ma cousine qui rentre en province demain, elle ira voir mes parents, leur expliquer.

— Et c'est plus facile en leur apportant ta paye, soupira Zou.

Wella rit de nouveau.

— Cet argent, tu en as besoin tout de suite ? reprit Zou.

— C'est que... ma cousine... elle part demain, très tôt.

Zou acquiesça avec un haussement de sourcils et Wella quitta l'atelier comme elle était venue, en traînant son balai mou en fibre de coco.

Ce même soir, Zouraïda trouvait les fameux négatifs...

Elle les découvrit par hasard dans le tiroir de la table de nuit de Fabrice en y cherchant l'argent promis à Wella. Rien n'expliquait leur présence dans ce tiroir. Les photos, c'était toujours elle qui les prenait, les triait et les rangeait ensuite dans une commode du salon. Pour que des négatifs échouent là, dans le tiroir de la table de nuit de Fabrice, il fallait que ce soit son mari qui les y eût mis. Or son mari ne s'intéressait pas aux photos et encore moins aux négatifs. Il lui fallait les albums tout cuits sur les genoux ou, mieux encore, ses filles en chair et en os autour de lui. Peut-être à cause d'une enfance un rien bornée sous les jupes de sa mère ne tournait-il guère la tête du côté des souvenirs et ne se laissait-il jamais captiver que par le présent.

D'emblée, Zou regretta de les avoir vus. Quelle curiosité imbécile, humaine et un rien malsaine l'emporta sur la raison qui lui hurlait sans voix de refermer le tiroir et d'oublier jusqu'à la couleur de l'enveloppe ? Espérait-elle encore une erreur ? Wella ou Lita déposant une enveloppe qui traînait dans le tiroir le plus proche ? Après tout ce ne serait pas la première fois qu'elles inventeraient une place saugrenue à un objet égaré... « Il faut que je sache », se répétait Zou comme si son âme et sa conscience tombées d'accord ne savaient pas déjà.

Elle s'installa dans la salle de bains dont elle tourna machinalement la clé et ce réflexe clandestin fut sa première honte, avant même celle de coiffer le sobriquet ridicule ou simplement comique de cocue.

La fille qui souriait sur une plage avait les dents noires et une chevelure blanc neige. C'est ainsi qu'on représente les sorcières dans les contes d'enfants et c'est ainsi que Zou s'imagina la zizanie faite femme. Sur d'autres clichés la même fille se blottissait dans les bras d'un homme grand et bien balancé que Zou avait cru jusqu'alors uniquement réservé à son usage. Son cœur battait si fort qu'elle entra dans la douche et s'aspergea toute habillée pour calmer ses coups de boutoir sous le vacarme de l'eau. Puis elle se déshabilla, épuisée, comme si ses muscles eux-mêmes avaient souffert un effort grave.

Elle cherchait dans des gestes banals le secours de l'habitude, mais les clichés l'obnubilaient. Une femme courait sur une plage, éclaboussant de rire l'objectif, et l'objectif, c'était l'œil envoûté de Fabrice. Ils s'étaient rejoints et joints, enlacés sans vergogne devant l'objectif (donc un troisième œil) comme Zou et Fabrice ne s'enlaçaient plus depuis longtemps sauf exceptionnellement et toujours en privé. Le temps, les grossesses (affreux mot pour un si beau miracle) avaient affadi leurs étreintes. C'est en regardant ces négatifs qu'elle réalisa le recul d'une passion qu'elle avait crue, comme tous les amoureux, devoir durer toujours. Au lieu de l'étreindre

Fabrice l'effleurait, la frôlait d'autant plus frugalement qu'il dévorait ailleurs les piments de l'amour. Zou épuisa ses mouchoirs en papier. Elle moucha ensuite son chagrin dans le papier toilette dont elle émergea le nez long et rougi. Mais comment faisait donc Wella pour pleurer joliment ?

Et quelle importance puisque Fabrice ne la regardait plus ! Depuis quand faisaient-ils l'amour en silence et depuis quand Fabrice s'assoupissait-il sur un livre, à peine couché, oubliant sur l'épaule de sa femme une main fraternelle qui n'osait ni n'appelait aucune caresse... Zou s'effraya. Tout ce que son mari ne lui faisait pas ou plus lui sautait brusquement aux yeux et au cœur. Jamais « négatifs » n'avaient si bien porté leur nom !

Après la consternation et avant la colère, il y eut aussi la culpabilité, cette nauséeuse certitude d'avoir raté leur union. Les souvenirs affluaient, le Fabrice qu'elle avait rencontré autrefois, les deux voitures carambolées, le déluge et les flammes, sa main, sa voix si rassurante. A cette époque de sa vie, Zou riait encore avec difficulté. Des terreurs nocturnes déchiraient son sommeil en la contraignant à revivre dans le carcan des cauchemars les souvenirs qu'elle voulait le plus oublier. Fabrice l'avait draguée sans vergogne, avec l'élan d'un collégien et l'aplomb d'un célibataire mûr. Il voulait tout emporter chez lui, son regard violet, son sourire, ses seins et son prénom extravagant. Sa hâte l'avait estomaquée.

Aujourd'hui, ces sombres négatifs ridiculisaient sa mémoire. Pendant treize ans elle s'était persuadée posséder tout. Avec la même exagération elle se vit brusquement dépouillée de tout.

Elle sursauta quand on secoua la porte de la salle de bains. Poussant du pied sa robe mouillée qui gisait par terre — à son image, loque souillée de larmes —, elle entrouvrit le battant et pencha ses cheveux ruisselants côté corridor.

— Maman, commença tout de suite Aimée, il faut que je te parle.

Et Zou dit oui avec un sourire machinal de mère.

— Je peux entrer ?

— Oui... C'est-à-dire, non. Je prenais une douche, comme tu peux le deviner.

Aimée insistait, un pied dans la porte déjà. Le bleu vif de ses yeux étonnait sous des boucles si noires. Zou fut troublée par sa ressemblance avec Fabrice et sentit l'attendrissement poindre. L'effort qu'elle fit pour tarir ses larmes l'empêcha d'écouter sa fille. C'est comme ça, j'imagine, que le prénom de Louis passa inaperçu et qu'Aimée arracha à sa mère l'autorisation d'un rendez-vous en ville le dimanche suivant...

Elle disparut aussi vivement qu'elle était apparue, ses cheveux sombres dansant sur ses épaules, et c'est vrai que Zou toute à son chagrin ne la retint pas. Elle était de nouveau seule avec les négatifs. Déjà ils ne lui suffisaient plus. Elle voulait des détails, même cruels, et elle expédia le chauffeur chez le photographe tout en réalisant qu'un vendredi soir, il lui faudrait patienter jusqu'au lundi matin avant d'espérer récupérer les photos.

Comme un fait exprès, jamais Fabrice ne rentra de l'atelier plus prévenant ni plus gai.

— Je te sors, ce soir ! cria-t-il encore, sur les marches de la terrasse. Edward Buckingham, tu sais, cet officier de marine plutôt snob ? Il m'a parlé d'un cocktail chez la présidente des biscottes Haldebeurre auquel a été conviée la communauté française entière. En l'honneur de leur dernière lauréate, je crois. Les discours n'auront bien sûr aucun intérêt mais Mme Ping sait régaler ses hôtes !

La dissimulation engendre la dissimulation. Zou ne voulait pas confondre son mari avant de savoir exactement à quoi ressemblait la garce qui l'ensorcelait.

— Lauréate de quoi ? s'enquit-elle d'une voix morne, dissimulant son tourment.

— Lauréate de biscottes, je ne sais pas, moi... Elle est Française et elle a dû gagner un séjour aux Iles. A mon avis, le buffet vaut le coup.

— Des biscottes, tu parles !

— Mais non, voyons. Du caviar, et du vrai ! lança Fabrice sans relever son humeur. Mme Ping a un cousin à Singapour qui troque des blue-jeans à des marins russes contre du caviar. Il n'y a pas si longtemps elle m'en proposait un kilo pour payer une perle noire en pendentif...

Zou l'écoutait en se défendant de sourire, pour ne pas être accusée rétrospectivement d'avoir joué la comédie de l'amour le jour où elle jetterait les photos compromettantes sur la table. Elle ne voulut pas non plus se montrer froide pour ne pas provoquer des questions embarrassantes.

En admettant que Fabrice s'inquiétât de son humeur...

— Fais-toi belle ! conclut-il en ponctuant son ordre d'un baiser volatil sur son front.

Puis il disparut en sifflant en direction de leur chambre. Décontenancée, Zou descendit au jardin où elle resta un long moment absorbée, à moitié consciente d'en vouloir moins au mari qu'aux clichés sans lesquels après tout elle n'aurait eu ni à feindre ni à regretter. Rien qu'à s'émerveiller du caviar ! Des éclairs de chaleur allumaient la nuit, découpant les palmiers autour de la piscine, leurs têtes hirsutes sur un tronc lisse et leurs grappes de fruits rouges. C'était un spectacle fréquent mais toujours fascinant que ce jardin d'ombres chinoises offert aussi vite que repris. Elle aimait le hamac la nuit, les fragrances proches des frangipaniers. Elle se souvenait très bien avoir choisi cette maison pour son jardin treize ans plus tôt...

« Va pour Mme Ping, songea-t-elle, sur le point de faiblir, mieux vaut encore occuper ma soirée que ruminer le pire. »

Et elle choisit une tunique longue rose indien sur un pantalon de soie moulant que Fabrice ne lui connaissait pas.

10

La maison était aux proportions de la présidente du premier comptoir asiatique des biscottes Haldebeurre : marbre et gazon épousant les salons, allées de brique entre les bassins clairs, des cailloux blancs sous l'eau et des tortues rayées assorties à la soie jaune des canapés. Georgette entra chez Mme Ping avec la main de Ramon qui la poussait dans le dos. L'ébahissement l'avait figée sur place.

« Ces dames étaient bronzées comme si elles quittaient juste d'avoir embrassé le soleil ! Y'en a on aurait dit qu'elles marchaient encore sur la plage, avec des chaînes d'or aux chevilles et des coquillages aux oreilles. » Georgette en rajouterait pour Émile et Ginette, trop contente de leur faire écarquiller les yeux. « Quand la présidente Ping a cinglé sur moi dans sa robe de gaze, de loin, avec ses manches ballons, j'ai d'abord cru à un immense papillon. De près, elle écrasait. Y'avait de l'éléphante sous ses jupes longues. Elle prenait tant de place qu'on n'avait pas fini de chercher M. Ping autour d'elle. Elle m'a enlacée comme si on s'aimait depuis la maternelle et j'ai cherché quoi dire. " C'est coquet chez vous, j'ai fini par trouver. — Enchantée de faire votre connaissance ", qu'elle a répondu, tout ça dans un français que pouvait lui envier le Ramon. Qu'elle parle français comme tout le monde m'a soulagée d'un tel poids que j'ai fait oui à tout et au pina-colada en particulier, un truc jaune trouble assez éblouissant finalement, où j'ai trouvé autant de soleil que d'ananas. “ Et de rhum ! ” m'a précisé Mme Ping qui s'intéressait à mon opinion. Elle a ajouté qu'à son avis boire du rhum c'était encore la meilleure façon de visiter ces îles couvertes de cannes à sucre et elle m'a entraînée d'un pas décidé côté pelouse. Le gazon moelleux donnait envie de quitter ses chaussures. Mme Ping a fini par me lâcher en face du buffet. Elle a eu un regard de piranha sur les montagnes de crustacés et des sauces comme j'en avais jamais vu. “ Il faut goûter nos spécialités ”, qu'elle m'a ordonné sans se douter que ses spécialités j'en sortais juste d'y mettre les doigts ce tantôt avec le Ramon. Mais même chaleureux, son sourire me laissait pas le choix. Ils ont tout de suite été plusieurs vestes blanches à s'empresser autour de moi. Je suis repartie avec une assiette chargée comme s'il s'agissait de survivre trois jours. Les tables en nappes blanches étaient comme des mariées dans l'herbe mais personne n'allait vraiment s'asseoir pour manger. J'ai vu à me débrouiller debout comme tout le monde... »

La présidente Ping avait réuni le ban et l'arrière-ban de la communauté française. Sans grand mérite d'ailleurs. Les distractions élégantes ne foisonnaient pas sur ces îles où on avait surtout l'occasion de se montrer en bikini, ce qui ne convenait pas à toutes les silhouettes. Elle avait assaisonné sa soirée de quelques personnalités en vue comme des ambassadeurs, une actrice de cinéma californienne, un officier de la marine britannique, toutes figures distinguées sinon forcément brillantes qui lui assureraient une colonne à la une dans le *Journal de l'Expat*.

La lauréate Haldebeurre fut vite gommée par le visage déchiré en sourires de l'actrice hollywoodienne — second rôle dans *Dallas* et à qui on demandait des nouvelles de JR comme s'il tenait réellement les rênes du pétrole au Texas. Les arbres chatouillaient les nuques. Couverts de guirlandes lumineuses ils ressemblaient déjà à Noël. Georgette errait avec son assiette. Une voix française lui fit tendre l'oreille. C'était un homme élégant qui discutait avec la femme de l'attaché culturel, une rousse déguisée en drapeau français dans un haut de soie bleu électrique très échancré, une jupe coquelicot et un chou blanc piqué dans le chignon.

— Vous êtes de chez nous ! s'exclama Georgette. Pour une surprise, c'en est une drôle !

— Je ne suis certainement pas le seul Français ici, se défendit Fabrice. Alors c'est vous la lauréate ?

— Georgette Binet, voui.

— Et vous vous plaisez ici ?

— Voui. Mais au fond, j'aurais préféré gagner le poste en couleur. On voyage aussi et c'est moins fatigant.

Fabrice acquiesça gentiment tandis que la rousse tentait de capter son regard.

— Et vous faites dans quoi, vous ? lui demanda Georgette pour qui le fait qu'un Français puisse de son plein gré perdre son temps hors des frontières françaises restait encore un mystère.

— Il dessine des bijoux pour les jolies femmes, s'interposa la belle rousse.

— Je travaille les perles, les perles et l'or. Venez donc visiter l'atelier, proposa Fabrice, sans qu'il soit possible de savoir s'il s'adressait à Georgette ou à la rousse.

— A des prix fous j'imagine ! minauda cette dernière en cherchant un rire malicieux dans les notes aiguës.

— Pas du tout. Je veux créer pour embellir les femmes ! Pour ça je suis prêt à casser les prix faramineux des grandes marques dont on paie le nom avant la matière. Il est temps de remettre les pendules à l'heure.

Zou observait son manège en se morfondant. Près d'elle Lucky Luke (ou son sosie) discutait en grand uniforme blanc, sa casquette galonnée sous sa chaise à l'abri d'un coup de pied. C'était l'officier de marine anglais, un homme excessivement aimable que tout semblait ravir. Dans ses yeux brillait une bonhomie heureuse qu'il promenait lentement et sans ployer beaucoup le cou sur la vaisselle chinoise, la piscine illuminée sous l'eau, le groupe de musiciens adossés autour d'un palmier, les diapositives promises par la présidente dès qu'on aurait retrouvé la rallonge électrique... Il souriait beaucoup comme s'il lui fallait racheter par sa courtoisie les grimaces de sa femme qui montrait, au contraire, toute la gaieté d'un ciel de mousson.

— Ann et Edward Buckingham, tu te souviens certainement d'eux, annonça Fabrice en les invitant à se joindre à leur groupe, persuadé à raison que Zou toujours vague en société aurait oublié jusqu'à leurs visages et leurs noms. Nous étions assis derrière eux au festival de l'orgue de bambou.

Zou acquiesça d'un regard contraint. Elle-même se sentait incapable de toute conversation et surtout d'opinion politique à une heure où tout le monde, sauf elle, semblait s'inquiéter des élections à venir et des risques d'une révolution.

— Et ça vous fait pas peur tout ce barouf dans les rues ? demanda Georgette qui s'arrimait à leur petit groupe.

— Mais non, rit Fabrice, la révolution, voyez-vous, nous la souhaitons plutôt. Malheureusement avec notre Président actuel nous aurons le calme par la force. Après tout il s'est déjà fait réélire trois fois avec 90 % des voix ! Il saura bien garder son trône une quatrième fois...

Georgette le buvait des yeux (et Ginette aussi par procuration...) « Un bien joli garçon ma foi ! Et poli avec ça. Il m'a servi du vin australien avec tant de gentillesse que j'ai pas osé lui dire comme il me rebutait, et tout le mal que ça me donnait l'assiette et le couvert dans la main gauche et le verre dans la droite. C'est lui qui a fini par me désigner une chaise. Du beau monde encore est entré, des élégantes avec beaucoup de perles au cou et aux oreilles, à croire que le bel orfèvre leur avait à toutes fait des prix... »

Mais Zou s'éloignait. Zou pesait lourd parmi ces gens qui tous parvenaient à trouver dans les bulles de champagne l'insouciance de plaire et de pouffer d'un rien. Leur gaieté la blessait. Pour une fois d'accord avec Léonida, elle en voulait à l'humanité entière de ne pas souffrir avec elle. L'homme de sa vie l'avait définitivement oubliée du côté du caviar et elle recommença à se détester. Venue avec le vague espoir d'oublier son tourment, elle était irritée de tout, du regard des hommes sur les femmes, des langueurs des femmes avec les hommes et des lieux communs empâtant la conversation.

— J'ai vu ici, dit un jeune coopérant français derrière elle, des tribus montagnardes vivre dans une symbiose admirable avec la nature. Ça n'est pas le paysan qui détruit la forêt vierge, ce sont les grosses fortunes du gouvernement qui la coupent à blanc pour vendre son bois au Japon.

Zou se retourna d'une pièce :

— Les paysans aussi, quand ils défrichent par le feu !

— Ils sont pauvres et mal outillés...

— Oui, et la pauvreté excuse tout, l'interrompit-elle, même celle qui engendre la misère ! C'est un cercle vicieux...

— Vous ne les avez pas regardés vivre, se rebiffa le jeune homme comme si lui-même les accompagnait aux champs, ils auraient des leçons à donner à l'Occident !

Zou haussa les épaules, décidée à gâcher son poème pastoral :

— Dans une vallée perdue au nord de Cagayan de Mayo, un jeune « Peace Corps » américain a mis sept ans pour prouver à la population locale que ça n'étaient pas les grenouilles et les rats qui pondaient les œufs des poissons. Vous êtes toujours preneur pour un cours de pisciculture ?

Le chagrin et le vin font rarement bon ménage. L'apitoiement de Zou sur elle-même virait lentement à la colère, un ressentiment vague contre la société entière et qui paradoxalement n'épargnait que Fabrice. Elle souffrait de tous ses regards, ayant l'impression qu'il caressait les femmes avant de leur parler et que mille connivences nouaient leurs lèvres au-delà des mots.

A bout de patience, elle retourna au buffet et se jeta sans façon sur les pinces de crabe que les autres convives, trop bien élevés pour les prendre à pleines mains, reniaient du bout de leur fourchette. Elle suça la sauce et macula ses doigts sans remarquer le regard songeur que posait sur elle un homme solitaire. Il fumait des cigarillos, installé à l'écart dans un de ces formidables fauteuils cannés chinois aux bras démesurés et qu'on appelait là-bas le fauteuil du planteur.

Plus près d'elle, un grand escogriffe au sourire onctueux l'aborda avec un rince-doigts :

— Vous n'étiez pas à notre dernière réunion... remarqua-t-il en lui présentant l'eau parfumée au citron.

— Quelle réunion ? demanda Zou d'une voix morne.

Ignorant l'eau, elle macula une serviette brodée.

— Eh bien, le traitement Pranic.

— Panique ?

— Pranic ! De *prana*, un mot indien qui signifie « absorption d'énergie ». Mais... ou bien vous avez oublié notre maître chinois, ou je me trompe de visage. Je suis Lucien et vous, vous n'êtes pas Agnès ?

— Non.

— Vous n'apprenez pas à soigner par imposition des mains ? insista-t-il.

Ses dents étaient jaunes. Il eut ce geste des paumes tournées vers le ciel pour y recueillir l'énergie, puis retournées au-dessus d'un corps imaginaire pour y nettoyer la douleur, balayant le mal de temps à autre avec le geste d'épousseter.

— Non.

— Ça m'intéresse, fit l'homme qui observait Zou tout à l'heure.

Il jeta son mégot de cigarillo et vint se glisser entre eux.

— Moi non, rétorqua Zou qui les planta ensemble sans guère s'excuser.

Les deux hommes surpris la regardèrent fendre la foule en direction de la piscine. Tancrède alluma un nouveau cigarillo.

— Vous savez soigner les auriculaires ? demanda-t-il en secouant son allumette sous le nez de Lucien.

— ... ?

— Je veux dire, avec votre méthode pratique.

— Pranic.

— Pranic. Vous savez soigner les auriculaires ?

— C'est-à-dire, hésita Lucien en retrouvant son sourire qui lui déchaussait les dents, je ne suis pas encore très bien initié. Il faudrait en parler à mon maître.

Tout en parlant il fouilla dans son portefeuille à la recherche d'une carte de visite :

— Tenez ! Voilà mes coordonnées... Avez-vous essayé le baume du Tigre, ou l'essence de fleur blanche ?

— Merci. Non, mais j'y vais de ce pas, conclut Tancrède qui semblait surtout avoir hâte de rejoindre Zouraïda.

Elle s'était réfugiée à l'extrémité du plongeoir, l'œil rêveur toujours aimanté dans la direction de Fabrice qu'elle entendait de loin discuter placements avec le directeur de la BNP.

— Je vous ai vue vous régaler avec le crabe ! lança Tancrède. Ça m'a ouvert l'appétit.

— Ah bon... fit Zou que ce souvenir rendait plutôt malade.

— Vous ne semblez pas beaucoup vous amuser, dit encore Tancrède sans parvenir à capter son regard.

— Non. (Même ton atone et des cailloux à la place des pupilles.) J'ai horreur des cocktails. On mange debout à la merci des plateaux qui passent. Ou qui ne passent pas. Ou bien on se bouscule au bord d'un buffet, l'air de ne pas avoir faim. On parle fort en happant les petits fours, on serre des mains poisseuses, on tache des robes ou pire *sa* robe, on froisse des gens en ne les reconnaissant pas...

— Fichtre! Je vous emmène dîner ailleurs?

Interloquée, Zou leva enfin les yeux.

— Quelque part où chacun a droit à une chaise, une table et un couvert, reprit Tancrède. Je ne suis pas ici depuis très longtemps mais j'ai repéré l'autre soir un restaurant mexicain plutôt sympathique, à condition d'aimer le piment évidemment...

Zou pour la première fois de la soirée sourit. Elle dévisagea son interlocuteur, des cheveux bouclés passablement grisonnants, des yeux petits mais perçants et des pattes d'oie sur les tempes. Du charme, indéniablement. Et des mains qu'elle repéra avec un regard de sculpteur. Des doigts rares aux ongles merveilleusement ovales, qui serraient une coupe de champagne avec une délicatesse presque féminine.

— Qu'est-ce que vous faites ici? Je ne vous ai jamais vu, l'interrogea-t-elle un peu abruptement.

— Vous ne m'avez jamais vu, mais vous m'avez entendu! Au téléphone... précisa-t-il tandis que le regard incrédule de Zou s'élargissait.

— Vous êtes... Vous n'êtes pas... Tancrède?

— Si. Louis m'avait bien dit que vous étiez jolie! Et il est très sévère pour tout ce qui ne ressemble pas de près ou de loin à une locomotive. A mon avis il est encore très en dessous de la vérité. Je vous emmène?

Mais Zou déjà se rétractait. Ces compliments sortis

d'une autre bouche que celle de son mari l'écorchaient. Depuis que Fabrice avait trouvé d'autres bras, elle-même ne rêvait que des siens.

Elle eut un soupir las qui exprimait avant tout sa confusion. Tancrède se méprit. Il y perçut de la méfiance, une rancune peut-être, apprise au chevet de Léonida. Au fond, il n'avait jamais douté de se voir précéder en Asie par la honte et les préjugés.

« Elle va me parler de son mari », songea-t-il avec froideur.

— C'est que je ne suis pas seule, mentit-elle, persuadée de ne jamais l'avoir tant été. Mon mari, je veux dire Fabrice, s'étonnerait de me voir disparaître comme ça !... Du moins j'imagine, précisa-t-elle dans un murmure brusquement sincère que Tancrède ne saisit pas.

Il ne l'écoutait plus. Il frotta une allumette à l'abri de sa main et tira sur son cigarillo éteint ; une tâche qui l'absorba entièrement. Puis il s'éloigna sur un signe de tête indifférent.

11

Ramon s'éternisait dans le cloître et la sacrisie où dormaient de coûteux grimoires enluminés, des chasubles alourdies d'or, des mitres d'évêque comme des gâteaux derrière la vitrine d'un pâtissier. Mais dès les premières notes de l'orgue, Georgette lui échappa. Elle avait une ouïe de chat pour tout ce qui touchait aux messes de mariage, et comme un sixième sens qui l'avertissait des cérémonies.

Brusquement très à son affaire, elle se faufila dans la nef par une porte latérale largement ouverte sur le jardin du cloître. Beaucoup d'églises dans les Iles accueillaient ainsi le moindre souffle de vent. Celle-ci semblait lancer ses voûtes en défi aux longilignes palmiers qui haussaient dans le ciel voisin leurs grappes de fruits rouges. Le chœur empâté dans le stuc gavait l'œil de volutes et d'or. Un retable colossal dressé derrière l'autel, et l'autel lui-même, semblaient travaillés dans la pâte d'amande et le beurre. Pour avoir vécu les trente dernières années de sa vie à l'ombre du béton armé, Georgette respectait le baroque. Le cœur émerveillé, elle gagna le vaisseau central d'un pas glissé qui trahissait une longue habitude. Par chance une place au bout du troisième banc restait vacante. Elle put s'y asseoir avec une circonspection silencieuse qui ne dérangea que la fillette installée devant elle. Posant un doigt sur ses lèvres, la petite lui désigna gravement la mariée courbée en prière à côté de son jeune époux.

— Chut ! Elle dort... murmura-t-elle en anglais.

Un enfant de chœur dut la réveiller avec sa clochette, car l'épousée releva la tête. Deux jeunes filles en longue robe rose vinrent épingler un pan de voile sur sa tête et celle de son mari. Aux mouchoirs humides qui tamponnaient les yeux des premiers rangs, Georgette devina avec une pointe de regret qu'elle venait de manquer l'échange des anneaux. Ramon, toujours côté cloître, la guettait d'un œil agité à l'orée de la porte que lui-même n'avait pas osé franchir en plein recueillement nuptial. Il tenta en pure perte quelques rappels à l'ordre de l'index ; Georgette l'ignora, ou tout simplement ne le vit pas, les yeux pleins de fleurs et de satin.

Les époux retournés en prière courbaient la tête, agenouillés sur le velours et presque entièrement disparus sous la profusion du voile. Georgette sentit poindre l'attendrissement. Elle était persuadée qu'il fallait cette gloire éphémère pour amadouer la vie, ce jour nimbé dans l'organza où la famille vous pleurait, les amis vous enviaient et la terre entière vous photographiait. La cérémonie nuptiale selon Georgette ressemblait beaucoup à un parachute. Elle-même ne tombait-elle pas comme une pierre depuis ce faux pas au début de sa vie, quand le destin l'avait flouée du « plus beau jour de sa vie » en l'accablant d'une grossesse honteuse ?

Cette certitude la frappa de nouveau tandis que le marié soulevait le voile de sa promise et révélait son bonheur à l'assemblée en embrassant des lèvres exquises, vernies de rouge. Un silence somptueux les entoura. Seuls chuchotaient encore les éventails d'ivoire et le ronronnement lénifiant des ventilateurs. Georgette se réjouit comme s'il s'agissait d'elle-même et s'émerveilla de se trouver là. Quel aveuglement imbécile l'avait retenue jusqu'à présent de savourer son séjour dans les Iles ?

Quelle médaille méritait donc sa France laborieuse où l'effort et non le soleil engendrait la sueur, où Dieu laissait grelotter même les mariés sur les parvis d'église comme s'il ne leur devait pas au moins ce jour-là l'immunité des anges !

Des oiseaux *bulbuls* déroulèrent leurs notes liquides dans le jardin du cloître et presque aussitôt l'orgue ébranla le cortège sous les applaudissements des invités. La mariée, d'un pas légèrement dansé, balança tendrement sa robe à crinoline. Sa traîne emperlée la suivit en bouffant, soulevée avec une certaine majesté par les mains minuscules des petites filles d'honneur. Sans l'ombre d'une hésitation Georgette mit ses pas dans leur conte de fées. Son tablier ne valait pas qu'on se languisse. Même ses peluches — qu'elles s'empoussièrent l'avait au départ beaucoup tracassée — ne justifiaient plus la hâte d'un retour.

La France était en train de perdre Georgette.

Depuis sa soirée chez l'imposante présidente Ping, avant cela même, depuis son réveil à l'hôtel dans l'écho luxueux des balles de tennis, Georgette muait. Elle butinait les diadèmes comme un papillon ébloui dont les ailes donnent soudain droit aux fleurs que la chenille se contentait de deviner sous les feuilles. Elle aurait serré sans surprise la main de Léon Zitrone sur le parvis de l'église si Ramon ne lui avait cassé son rêve en s'écriant :

— Dépêche ! Il y a du très mauvais trafic parce que des manifestants contre le Président. Je te rapporte dans l'hôtel.

Dans la seconde, Georgette vit des matraques et des boucliers. A peine si la lente limousine enrubannée d'organdi qui s'avançait devant le parvis émut ses prunelles. Elle qui d'ordinaire ne ratait jamais le départ des mariés les renia sur-le-champ. Toute joie disparue, elle suivit peureusement son guide à travers la foule. Une petite fille d'honneur ayant trébuché sur la traîne avait enrayé le cortège et on se bousculait un peu derrière la mariée. Celle-ci un instant retournée réajusta son voile en souriant. C'est cette douce image que Georgette emporta au parking et s'efforça de conserver à travers les embouteillages, tandis que Ramon démarrait sur son habituel signe de croix. Mais la foule oppressait ses sens. Habituée à vivre dans le désordre d'appartements déserts, elle subissait la rue sans jamais s'y promener. La foule, c'était justement ces retours aux heures de pointe dans les rames du métro qu'elle partageait avec d'autres comme le linge sale partage le tambour d'une machine à laver, brassé sans répit jusqu'à destination. C'était cette insupportable proximité des corps dont il fallait subir l'attouchement, l'haleine, la sueur sans les aimer ni seulement les connaître. Georgette gardait en mémoire le calvaire d'une voisine de palier qui s'était cassé le col du fémur en glissant sur le quai, expulsée du wagon par la hâte d'autres passagers et dont une armée anonyme avait ensuite enjambé la douleur.

L'humeur sombre de Ramon n'était pas pour la rassurer. Il l'avait habituée à plus de bonhomie. Boudait-il ou cédait-il à des préoccupations plus graves ? Georgette écarquillait des yeux âgés qui voyaient derrière chaque façade un gang à l'affût. Le soleil chauffait la carrosserie comme s'il avait décidé de les cuire et le tourment de Georgette marinait en dessous. Elle vivait déjà la prise de la Bastille quand un feu passé au vert parut décongestionner un peu la situation. Mais très vite, le mouvement s'envasa dans le caparaçon monstrueux des véhicules.

Fabrice étouffa un juron en frappant son volant. Les piétons submergeaient les rues. Certains passagers excédés abandonnaient carrément leur véhicule au bord de la chaussée, ajoutant à la confusion. La queue de poisson d'une jeepney butinant ses passagers au hasard d'un pouce levé acheva de l'horripiler.

— Plus crétin tu meurs ! s'écria Fabrice. Ces gens

sont donc tous impotents ! Cette jeepney, c'est la sixième fois sur vingt mètres qu'elle s'arrête...

Zou ne répondit rien parce qu'elle lui avait déjà répondu tout ce qu'on pouvait lui répondre depuis treize ans qu'il conduisait dans les Iles. L'affluence devenait extraordinaire face à la baie dans le plus vaste parc de la ville où traditionnellement se tenaient les parades présidentielles et autres cérémonies nationales. On trouvait ce matin-là autant de piété que d'insurrection chez ces hommes, femmes et enfants massés derrière les effigies de la Madone bleu pastel et de la Veuve en jaune.

— Tu te rends bien compte qu'après avoir raté la messe de mariage, nous allons rater le cocktail, soupira Fabrice, excédé.

— Grâce à qui ? C'est toi qui veux toujours partir au dernier moment ! marmonna Zou.

La nuit ne lui avait pas apporté d'autre conseil que celui de remettre sa scène de ménage au lundi au vu et au su des clichés enfin développés, ce qui exaspérait à la fois son amour, son ressentiment et, disons-le, sa curiosité.

— Parce que toi bien sûr tu savais qu'on promenait la Madone dans les rues aujourd'hui, rétorqua-t-il, peut-être surpris de son ton.

— La Madone non mais la Veuve oui. La campagne présidentielle bat son plein, tu es au courant ?

Sans l'écouter Fabrice embraya bruyamment pour forcer sa route à travers un carrefour d'où le flot inverse semblait ne jamais devoir tarir. Un agent le cueillit de l'autre côté, l'obligeant à baisser sa vitre en mimant un tour de manivelle avec sa main qu'il avait gantée de caoutchouc rose. (Le gouvernement fournissant l'uniforme sans les gants, beaucoup des agents de la circulation avaient recours aux gants de vaisselle pour leurs couleurs voyantes.)

— Vous ne m'avez pas vu ? s'écria l'agent.

— Non... grommela Fabrice à bout de nerfs.

— C'est vrai, convint d'emblée l'agent de police, je suis plutôt petit et ça ne m'aide pas dans mon travail. Mais on est tous comme ça dans la famille. Mon père, ma mère, mes frères, et encore, je serais plutôt le plus grand !

— Il ne faut pas vous en faire comme ça, compatit Fabrice, qui sentait sa bonne humeur revenir au galop. Vous devriez essayer les chaussures à talon intérieur, comme le Président...

L'hôtel Majestic dressait ses murs blancs derrière les formidables éventails des ravenalas. Fabrice et Zou avaient abandonné leur voiture face à la mer sous un palmier. Marchant beaucoup plus vite qu'ils n'avaient roulé, ils arrivèrent parmi les premiers invités. Les mariés surgirent assez tard et en définitive assez seuls, le gros de la noce ne jouissant pas des mêmes passe-droits qu'eux pour braver les cordons policiers. Cette relative solitude un jour d'habituelle célébrité ne les décourageait pas de sourire comme les rois et les reines sourient aux foules, la mâchoire plus figée que gaie, avec quelque chose d'exténué au fond du regard. Le père de la mariée, qui les suivait, s'empressa auprès de Fabrice et de Zou dont il serra longtemps les mains, apparemment soulagé de trouver un public à la réception qu'il avait organisée sans lésiner sur le superflu.

Rien ne manquait pour impressionner les regards. Ni l'estrade surélevant la table d'honneur, ni les bouquets d'arums, ni l'extraordinaire pièce montée bâtie sur un décor de dentelles roses. Fabrice voulut faire bonne mesure et félicita l'heureux père qui était aussi le propriétaire de la bijouterie pour laquelle il travaillait. Romel Gonzales Crusada l'écouta, un œil sur sa montre et l'autre sur la porte d'entrée. Zou de son côté se défit de l'épouse pour aller embrasser la mariée qui se laissa faire avec un ravissement mécanique, prouvant surtout combien elle avait déjà souri et embrassé à l'église.

— C'est bien ce que je craignais, grogna Fabrice en français, il s'agit d'un déjeuner assis, pas d'un buffet. On en a pour deux heures au moins et pas la moindre chance de s'échapper discrètement !

Zou ne répondit rien. Tout l'humour dont elle aurait normalement fait preuve un jour de si fades munificences l'avait désertée la veille en escortant un mari dont l'indifférence conjugale s'épanouissait en société. Elle s'en voulait déjà de lui avoir prouvé une solidarité qu'il ne méritait plus en l'accompagnant aujourd'hui. Ce jeu de l'épouse aimante (son rôle facile la veille encore) lui pesait singulièrement depuis l'expédition clandestine des clichés. Elle aussi, d'une certaine manière, trompait Fabrice (à cent lieues d'imaginer le lundi qui l'attendait), et elle faillit lui jeter sur-le-champ sa culpabilité à la figure pour en finir avec les mensonges, et aussi sans doute pour ne plus souffrir seule... Mais le doute, même ténu, qui subsistait en elle musela ses lèvres in extremis, l'aidant même à sourire au couple assis à la table que leur avait désignée le père de la mariée avant de suivre les héros du jour sur le podium.

Le reste de la noce déferla soudain dans la salle, couvrant les tables d'exclamations. Les femmes parlèrent chiffons, les hommes politique, et Zou s'ennuya ferme.

— Le pays court à la révolution et sa crise de nationalisme lui coûtera cher ! prédit une voix lugubre.

— Mais le pays n'est pas du tout en train de vivre une crise de nationalisme, comme vous dites. Son mot d'ordre, c'est plutôt « Dehors le Président ! » D'ailleurs depuis des siècles nous nous accommodons très bien des « Blancs » (et il eut un sourire agréable à l'adresse de Zou et de Fabrice, les seuls Occidentaux à cette table et probablement dans toute la salle à manger), c'est plutôt après la corruption des nôtres que nous en avons aujourd'hui !

— Je vais vous dire ce que c'est le nationalisme, renchérit le voisin de Fabrice avec un enthousiasme qui lui plissait les yeux. Le comble du nationalisme, c'est de construire un barrage vingt ans après la déclaration d'indépendance d'un peuple en lui infligeant les chiffres exacts du premier jour de la Nation : 17 pompes inclinées à 45 degrés et 8 ouvertures sur le canal en souvenir d'un 17 août 1945. Les Indonésiens l'ont fait à Curug, dans la périphérie de Jakarta !

— Si je comprends bien, ils peuvent s'estimer heureux de ne pas avoir attendu un 1er janvier 1989 pour proclamer leur indépendance ! s'exclama Fabrice, incrédule.

— C'est à peu de chiffres près la réflexion qu'a risquée l'ingénieur américain qui s'arrachait les cheveux sur le projet de restauration. Il n'a fait rire personne. Il a même failli perdre son poste !

Le ballet des serveurs entrés en rang d'oignons, la soupière sur l'épaule, interrompit l'ingénieur des Eaux. Il se leva et quitta la table sur une courbette amusée.

— Désolé, s'excusa-t-il avec un sourire aimable, ma place est sur le podium ! Je suis le témoin du marié.

Son départ laissa une plage de silence que personne ne s'avisa de meubler. Le déjeuner s'éternisait. Potages, rôti, sorbet, l'effort financier s'essoufflait dans les assiettes où les portions chichement mesurées juraient avec le décorum, quand Fabrice renversa le verre de sa voisine en cherchant à saisir la panière.

Elle eut un cri aigu, vite adouci d'un mot aimable :

— C'est de l'eau, heureusement !

La mare s'étala rapidement sur la nappe. Fabrice l'épongea de son mieux à l'aide de sa serviette.

— Je suis absolument désolé ! Vous n'êtes pas mouillée au moins ?

— A peine trois gouttes, vraiment ce n'est rien...

Et, comme si elle-même n'avait attendu que ce genre d'incident pour se présenter, elle ajouta :

— Je m'appelle Divina Trinidad. Je suis l'épouse du

témoin du marié qui nous a quittés pour les honneurs du podium ! Et vous ?

— Nous sommes des amis. A vrai dire je crée des bijoux pour M. Gonzales Crusada.

— Vous êtes orfèvre ? Mais c'est merveilleux. Et vous avez des enfants ?

— Des filles. Plusieurs. Nous songeons d'ailleurs à en adopter une cinquième.

Zou l'entendit étaler leur vie avec une certaine incrédulité. Adopter ! L'idée lui était presque sortie de la tête depuis la découverte des clichés. Un amour fêlé s'accommode mal d'enfants et Fabrice lui semblait tout à coup faire montre d'un culot dangereux. D'ailleurs comment pouvait-il, comment osait-il parler d'arrondir la maisonnée et en même temps prendre la porte en secret ? Il eut à son adresse un clin d'œil malicieux qui acheva de l'agacer et l'aurait probablement même poussée à quitter la table, l'humeur en feu, si Divina ne les avait stupéfaits tous les deux en même temps.

— Vraiment, alors nous sommes appelés à nous revoir ! déclara-t-elle sans imaginer l'eau qu'elle jetait sur les braises.

A l'autre bout de la salle à manger les mariés quittaient le podium pour s'approcher du monstrueux gâteau qui cachait des fondations de carton sous sa chantilly. De loin, il était difficile de dire ce qu'ils coupaient. De près, on ne le saurait jamais, car aucune miette ne parviendrait jamais sur les assiettes des convives...

— C'est moi qui m'occupe des procédures d'adoption au ministère des Affaires sociales, continua Divina. Nous pouvons prendre rendez-vous tout de suite si vous le désirez !

Fabrice et Zou se dévisagèrent une interminable seconde. Lui voyait sa vieille mère pantelante sur son lit et le regard sévère du médecin réclamant un peu d'indulgence autour de ses vieux jours. Zou voyait les clichés et le sourire noir de la femme qui hantait le même cœur d'homme qu'elle...

— Et pourquoi pas ? s'émut Fabrice le premier, sans lâcher Zou du regard.

Il lut dans son silence une louable compassion envers l'asthme de sa pauvre mère tandis qu'elle-même, à mille lieues de Léonida, l'imaginait pesant le pour et le contre de leur amour et jouant, en définitive, la carte conjugale. Jouissant alors d'une minute de très harmonieuse incompréhension, ils se tournèrent ensemble vers Divina.

— Oui, pourquoi pas ? répéta Zou.

— Disons mardi alors, enchaîna Divina le nez dans son calepin car elle savait l'urgence des berceaux surchargés dans les orphelinats. Ça nous donne une dizaine de jours pour remplir votre dossier avant la prochaine réunion.

Les mariés s'approchèrent, talonnés par les photographes. Les feux d'artifice des flashes avaient réduit à des points ce qui leur restait de regard. Le protocole prévoyait pour eux une pose photographiée auprès de chacune des tables et la salle à manger en comptait au bas mot soixante. Pour la cinquante-deuxième fois environ, ils s'entendirent affirmer que tout était parfait. Même Zouraïda le confirme. Sur la photo de l'événement, elle arbore un sourire songeur et les yeux doucement étonnés de la femme qui se découvre enceinte.

12

La jalousie consume et Zouraïda souffrait même en pétrissant l'argile. Le calme dominical qui baignait la maison, loin de l'apaiser, délabrait sa patience. Toutes ses plus chères habitudes s'enlisaient dans l'indécision où la laissait l'ignorance d'un visage. Les clichés l'obnubilaient au point qu'elle finissait par espérer les photos comme une solution à son tourment et non comme la flamme qui mettrait le feu à la poudrière. Même leur décision d'adopter une cinquième fille lui semblait insensée !

Incapable de la moindre activité soutenue, elle s'étonnait de l'aisance des autres à profiter de la vie. Fabrice, se balançant dans son gigantesque fauteuil à bascule, écoutait du Wagner, les joues gonflées. Perrine bronzait dans la piscine, assoupie sur l'orque de caoutchouc, Anouk circulait dans la maison, des jumelles sur les yeux, et Marilou coupait des feuilles d'avocatier pour son élevage de chenilles grasses et bleu ciel qui dépassaient largement la taille d'un pouce et qu'elle hébergeait dans un aquarium vide.

— Maman !

Zou sursauta au contact d'une main.

— Wella dit qu'elle peut pas me cueillir une papaye, parce que maintenant elle attend un bébé et qu'elle va tuer l'arbre si elle lui cueille un fruit. Tu veux pas m'aider ?

— Pose d'abord ces jumelles et va me chercher Wella, dit Zou d'une voix lasse.

Mais Wella, qui suivait Anouk, arriva sur ses pas.

— Ça va mieux aujourd'hui ? lui demanda Zou.

— Mais oui ! Vous voyez, je peux même sourire !

Et elle sourit en effet, de toutes ses dents ravissantes.

« Comme cette fille sur les clichés ! » songea Zou, le cœur harcelé.

— Pour cette papaye, tu seras gentille d'y aller. Je prends l'entière responsabilité de l'arbre, déclara-t-elle d'une voix sèche qui ne lui ressemblait pas.

Anouk avait déjà rechaussé ses jumelles.

— Aimée n'est toujours pas rentrée, annonça-t-elle en fixant un regard tubulaire sur le visage maternel.

Elle opéra un demi-tour mécanique et partit sans attendre la réaction de Zouraïda qui, de toute façon, n'en prévoyait aucune. Depuis deux jours, elle n'apercevait plus grand monde, moulant la mie de pain à table avec une application taciturne ou se levant sans crier gare, en oubliant la chatte lovée sur ses genoux. On avait même vu le dalmatien, truffe argileuse, fouiner dans son atelier sans s'attirer plus qu'un haussement d'épaules.

Elle sursauta pourtant quand Fabrice surgit dans l'atelier au bout de l'après-midi. C'était l'heure mandarine où les bougainvilliers flambent. L'heure oisive où les sofas tendent leurs bras d'osier sur la terrasse, complices d'une soif indulgente qui berce un glaçon dans deux doigts de rhum et un zeste de citron adouci de sirop de canne. Mais le ton de Fabrice ne promettait rien de si agréable.

— Enfin, où est Aimée ? s'exclama-t-il sans ambages.

— Aimée ? répéta Zou, atone.

Le soleil rougeoyant s'invitait partout. Perrine suivait son père, tout auréolée de lumière. Une serviette nouée sur la tête lui allait le port d'un maharadjah.

— Elle est chez une amie... Enfin, je crois...

Une roseur des joues, un certain embarras qui lui allaient comme l'humilité à une impératrice, avertirent ses parents. Fabrice, les deux mains sur ses épaules, l'obligea à faire face :

— Chez une amie... quelle amie ?

— ...

— Chez Noémie ?

— Je ne sais pas, moi.

— Tu ne sais pas, je ne sais pas, ta mère ne sait pas ! s'énerva Fabrice. Alors, elle est sortie comme ça, sans laisser de trace. Sans même demander la permission à personne !

— Non ! Elle m'a dit qu'elle avait demandé à Maman...

— Quand ça ? parut enfin s'éveiller Zou.

— Elle m'a pas dit... Elle a juste dit : « Maman est d'accord. »

— Ah ! bravo ! explosa Fabrice que l'inquiétude exaspérait. Dans un quart d'heure il fait nuit noire et notre fille de onze ans traîne on ne sait où avec je ne sais qui et ta vague autorisation en prime. Et toi, tu l'attends dans l'argile ! Mais parle, enfin, dis quelque chose.

— J'aimerais bien mais ça n'est pas facile d'en placer une, avec toi, se rebiffa Zou.

— Bon, on a perdu assez de temps comme ça, trancha Fabrice en retournant à Perrine. Ta sœur te dit tout donc tu sais où elle est. Dis-moi le nom de son amie ou cette journée va se terminer en catastrophe !

Perrine se dégagea, au bord des larmes. Au même instant Zou se souvint brusquement... Le soir des clichés, vendredi, Aimée qui frappe à la porte de la salle de bains, elle-même qui lui entrouvre chichement, n'écoutant que la cacophonie de son chagrin. Et sa fille qui demande... qui disait... mon Dieu oui ! « Dimanche, je sors avec Louis. »

— Avec Louis ! Elle est avec Louis.

— Quoi ! sursauta Fabrice. Mais je croyais qu'on avait décidé une bonne fois pour toutes de faire une croix sur ces Ferté-Frênel-là ! Comment a-t-elle pu...

— C'est moi, admit doucement Zou, je me souviens lui avoir dit oui vendredi dernier. J'étais distraite à ce moment-là...

— Distraite ! Tu te fous du monde ! Tu te fous de tout et de ma mère en particulier. J'ai épousé une astronaute, une...

— Il s'agit d'Aimée, pas de moi ni de ta mère, l'interrompit Zou, glaciale. J'appelle tout de suite l'Intercontinental, dit-elle en s'essuyant hâtivement les mains.

— Pas la peine, bougonna Perrine avant de fondre en larmes parce qu'elle ne savait plus comment s'en sortir et qu'à la peur d'essuyer une colère foudroyante s'ajoutait maintenant l'angoisse de ne plus jamais revoir sa sœur.

Les derniers bras rouges du couchant s'étiraient au ras des pelouses et le jardin rétrécissait rapidement avec la nuit.

— Chinatown, murmura-t-elle entre deux sanglots, ils sont partis dans la ville chinoise...

Chaleur, crasse et foule. Sur la chaussée défoncée, un sorcier a fait du champ. Il crache dans un micro branché sur une batterie le débit infernal d'une litanie qui fige les passants et les rassemble en foule vulnérable, indécise, comme des ouailles frappées d'anathème par un curé dément. Accroupi derrière une caisse en bois, l'homme garde une balle de mousse rouge prisonnière sous sa paume et il dribble obstinément sur la caisse. Les gens font cercle à distance respectueuse avec une curiosité nuancée de gêne. Il a déposé un œuf au centre du cercle, un verre et deux couvercles en tôle avec des messages pliés dessous. On l'écoute en silence et personne n'ose rire. Aimée cherche vainement à reconnaître un dialecte connu.

— C'est vraiment du chinois ! murmure-t-elle à l'oreille de Louis.

Entre deux interminables palabres, le sorcier soulève les couvercles, déplisse minutieusement les messages, les révèle au public avec un regard courroucé avant de les dissimuler à nouveau. Louis regarde Aimée et elle lit clairement dans ses yeux son admiration de l'avoir mené là. Du coup, elle n'ose pas lui avouer son envie de rentrer.

Louis ne rêvait que de trains. Aimée avait très vite compris que le chemin de son cœur passait par des rails, et le métro aérien lui avait paru le plus facile moyen de flatter sa marotte. La ville chinoise n'était qu'un prétexte, un but à leur périple ferroviaire. La rame survolait à vive allure la mosaïque rouillée des toits d'où s'élevait, très atténué, l'exténuant vacarme des embouteillages. Impressionné, Louis collait son regard au carreau. Les wagons encore neufs sifflaient sur les rails, balançant doucement des cohues de voyageurs habitués à s'arrimer jusque sur les toits des bus et qui acceptaient mal la nécessité de fermer les portières. Aucun plan ne venait les renseigner sur leur destination, peut-être parce qu'il n'existait qu'une seule ligne. Une voix incompréhensible se contentait de baragouiner le nom des stations avant chaque entrée en gare. C'est la voisine d'Aimée qui leur indiqua où descendre pour la ville chinoise.

Quitter le havre du métro, c'était poser le pied sur une fourmilière. Agglutinés dans les ruelles auxquelles ils tenaient lieu de nom proliféraient tous les commerces imaginables comme la rue aux dentelles, la rue aux encens, la rue à la ferraille... Louis suivait sa cousine avec un enthousiasme sans faille. Les marchands envahissaient la chaussée, serrant leurs tréteaux où régnaient le plastique, le nylon, l'aluminium. D'étranges cuisines fumaient au coin des rues dans de grands *kawali*, des mousses au chocolat jetées dans des cuvettes d'émail collaient comme des bouses de vache, de gigantesques enseignes verticales annonçaient des échoppes minuscules où cliquetaient les mah-jongs en arrière-boutique.

Aimée retrouva par miracle la rue des graveurs de sceaux. Des artisans y travaillaient le bouchon avec une célérité ahurissante.

— On y est ! Je t'offre un tampon. Qu'est-ce que tu veux qu'on grave dessus ?

— C'est que... je ne sais pas s'ils sauront, hésita Louis, surpris.

— Ils sont cap de tout ! Marilou a un aigle mangeur de singes et Anouk un edelweiss. Suffit de leur montrer un modèle, insista Aimée.

— Bon alors j'aimerais bien la Rocket de Robert Stephenson, décida Louis en extirpant de sa poche la carte postale d'une locomotive. Je l'ai vue au musée d'York avec papa l'an dernier.

— Elle est marrante ! fit Aimée en découvrant une drôle de petite machine qui ressemblait à la fille d'un poêle et d'une bicyclette. Donne, on va voir qui en veut.

Le premier graveur interrogé lisait une bande dessinée en chinois, assis près d'un outillage de gouges et de colle qui tenait tout entier dans un tiroir. Habitué à tous les caprices de la clientèle, il accepta l'offre sans marquer beaucoup de surprise et leur demanda une heure de délai. Les enfants l'observèrent un moment soulever des copeaux de liège sous son canif jusqu'à ce que la haute cheminée de la Rocket surmontée d'une frise de fer forgé surgisse avec une précision inouïe au milieu du tampon. Fasciné, Louis serait resté figé là jusqu'aux dernières bielles si Aimée ne lui avait rappelé l'heure :

— J'ai faim, dit-elle.

— Je t'invite à déjeuner ! lança son cousin. Si tu nous trouves un restaurant qui soit plus qu'une cuvette même de mousse au chocolat...

La joie lui donnait un certain aplomb.

— T'es sûr que t'as assez d'argent ? s'inquiéta Aimée

qui n'était jamais de sa vie entrée seule dans un restaurant.

— Ça dépend comment tu as faim ! hésita Louis à qui la même expérience faisait complètement défaut.

Et c'est avec une assurance feinte — puisée pour chacun dans le regard de l'autre — qu'ils pénétrèrent sur le sol glissant de crasse d'une gargote voisine.

Lent brasse-mouches au plafond, faux marbre et sous-plat pivotant, le décor était très chinois, c'est-à-dire inexistant. Les yeux pleins d'aventure, ils désignèrent des plats au hasard. Le hachis de porc arriva emballé dans une feuille de laitue brûlante et des fils de blanc d'œuf surnageaient dans une soupe indéfinissable. Tout leur sembla exquis ou plus simplement « super ». Leur indépendance, leur complicité leur donnaient des mines faraudes et un enthousiasme partial qui leur aurait fait trouver belle même la faïence épaisse du restaurant. Louis se débrouillait très mal avec ses baguettes. Ils rirent énormément au-dessus de leurs assiettes.

C'était avant de rencontrer le sorcier...

L'homme crie toujours, illuminé sous un réverbère au néon. La pression de la foule autour des deux enfants s'accroît, causant moiteur et malaise. Louis le premier ose convenir de sa gêne. Il serre comme un talisman dans sa poche la Rocket gravée sur bouchon.

— On s'en va ?

Quand ils font mine de bouger le sorcier jette sur eux un regard terrible. Les cheveux blonds de Louis, les yeux très bleus d'Aimée jurent dans les rangs et les signalent aisément. Ils brûlent sous la convergence de tous les regards. Aimée saisit la main de Louis et, se halant l'un l'autre, ils s'échappent à reculons, jouant des coudes à travers la foule qui met à les retenir une force passive et vaguement sournoise.

Rue des mécaniciens, un enfer noir et crasseux... La

nuit les y a précédés. Une pluie fine suinte sur les nuques. A l'abri d'une toile cirée, un marchant jette des grains de café dans des marrons grillés pour les noircir. Les enfants s'en offrent un sachet qui leur brûle les doigts sans leur remonter beaucoup le moral. Aimée a perdu le métro dans ce labyrinthe chinois. Ils errent longtemps en grignotant des marrons sans mot dire.

Sur les marches d'un temple rouge et or grimacent les dragons. Des cartomanciennes ont boutiques ouvertes en face de tables minuscules avec des cartes molles de crasse qui jurent argent et amour.

— Le train, nous cherchons le train ? demande Aimée en anglais.

Les vieilles femmes s'approchent, piaillantes et ratatinées. Elles sourient sur un désordre de dents inouï et certaines tâtent leurs bras blonds. Aimée songe avec un frisson à la sorcière anthropophage dans le conte *Hansel et Gretel*...

— *The metro*, précise Louis comme un éclaircissement, ce qui dans d'autres circonstances les aurait fait éclater de rire.

Ces sorcières ne sont pas si bêtes, ou si sourdes. Leurs ongles jaunis pointent une rue où les enfants se dépêchent de disparaître. La vision des énormes piliers de ciment du métro aérien leur procure un soulagement sans nom. Qui malheureusement ne dure pas...

Ils sont assis en grappes sur les marches menant aux rails et ils discutent en pique-niquant dans du papier journal. Ce sont des grévistes en mal de révolution qui ont suspendu la circulation des rames. Leurs exclamations accueillent les enfants blancs qui rougissent avant de faire demi-tour sans demander leur reste. La panique mouille les yeux d'Aimée. Elle accélère le pas autant pour fuir que pour s'éviter un face-à-face embarrassant avec son cousin. Lui la suit sans montrer la même hâte. Loin de réaliser à quel point leur course les a égarés, il n'a pas les mêmes raisons qu'elle de s'inquiéter et il s'obstine encore à déchiffrer les noms des rues quand par hasard il en trouve.

Hors d'haleine, ils s'adossent enfin contre la vitrine d'un apothicaire qui élève dans des aquariums glauques d'étranges poissons ventrus et des sirènes en plastique.

— On pourrait peut-être se trouver un taxi ? suggère Louis en comptant ce qui leur reste d'argent.

Même les poissons font la moue derrière la vitre.

— Tu parles, Charles, avec ces grèves ils sont tous pris d'assaut, on n'a aucune chance.

La voix d'Aimée chevrote et Louis qui s'en aperçoit lui sourit gentiment.

— Et si on essayait « ça » ? propose-t-il avec une gaieté un peu exagérée.

Balade obscure et vacillante sous la capote levée. Ils se sont hissés à l'intérieur d'une calèche à deux roues traînée par un cheval menu, presque entièrement disparu sous des toiles de plastique. Il pleut et la nuit ruisselle en gouttes sombres sur les pavés glissants.

Le cocher fouette mollement son cheval, il ne sait trop comment mener les enfants à bon port. Ni lui ni son cheval ne se sont jamais aventurés hors de la ville chinoise.

13

Les morts chinois se prélassent au cœur d'un quartier pouilleux dans des maisons luxueuses et vides construites sur cinquante-quatre hectares à leur seule intention. Leur cimetière est une poche ouatée de silence cernée de taudis. Aucun cri ne souille ces demeures vouées au seul confort des âmes et rien ne donne une idée du néant comme cette ville que n'use aucun soulier, à peine dérangée par la nonchalance des balayeurs ou la course en velours des chats.

Pour qui n'était pas Chinois, et Dieu sait si Georgette l'était peu, le contraste avait quelque chose d'un peu discordant.

— Chez moi, on dit que les absents ont toujours tort. Pas ici faut croire.

Elle longeait avec une curiosité incrédule ces façades où ne manquaient ni les boîtes aux lettres, ni les rideaux derrière les fenêtres. Le vieux guide que Ramon avait trouvé veillait depuis trente-sept ans sur le quartier des « millionnaires ». Lui-même habitait probablement une cahute dans la sordide promiscuité des vivants, ce qui ne l'empêchait pas de vénérer l'opulence des défunts. Il y avait beaucoup de respect dans sa façon de caresser les ferrures avant de tourner les clés dans les portes.

La plus imposante d'entre elles exigea deux bras.

— Vous entrez là chez une de nos plus illustres familles. Illustre depuis cinq générations ! chuchota-t-il comme si leurs hôtes faisaient encore la sieste au salon.

Par illustre, il voulait dire riche évidemment. Les Chinois ne lésinaient pas sur le confort de leurs aïeux et pour que les nantis sur terre le restent même au ciel, on brûlait sur leurs perrons des faux billets et des Mercedes en carton, grandeur nature. Georgette écouta ces explications avec une stupeur appliquée, consciente d'entendre des choses pas ordinaires et aussi d'en perdre un peu dans les lacunes linguistiques de Ramon qui mettait ce jour-là particulièrement peu de zèle à la secourir de l'anglais. L'approche des élections présidentielles le préoccupait manifestement plus que les célébrités chinoises, surtout décédées. Une réunion syndicale venait de le désigner pour exercer une surveillance des urnes de sa circonscription le jour du vote et la tâche n'était pas dénuée de risques.

Georgette épousseta de l'œil les marbres, les bois de rose et le cristal des lustres. L'usage de l'argent chez les riches ou simplement l'appétit d'argent chez les autres n'avaient pas fini de la déconcerter. Elle-même terrait en son sein des chimères qui ne pouvaient que la détourner de l'argent si le ciel l'exauçait un jour. Il y avait cette image de l'époux sur laquelle sa conscience désabusée ne s'attardait plus guère si ce n'est pour se désennuyer le cœur lors des cérémonies nuptiales d'autrui. Il y avait aussi, depuis trente-deux ans qu'elle vivait sous les réacteurs des avions, ce havre bucolique et bruissant d'oiseaux qui ressemblerait à son Auvergne natale, sa mère et les rigueurs agraires en moins. Une campagne sans charrue, avec des arbres plutôt que des champs et des bêtes sauvages qu'on ne soit pas obligé de traire.

« Si j'avais une maison comme ça, songea-t-elle en écoutant ses talons résonner sur le marbre, j'y mettrais pas des morts. J'y mettrais même pas des fleurs séchées. »

— *The marble comes from Italy*, expliqua le guide, en se frottant les mains comme s'il annonçait un grand cru.

— Marbre, Italie... marmotta Ramon en pointant son index sur les dalles funéraires.

— *The Portraits are from Fayoum-Guillon*, continua le vieux.

Son bras désignait cérémonieusement une fresque représentant un couple en pied et en grande tenue de gala. La réalisation était laide et coûteuse mais probablement assez ressemblante. Leurs yeux vous toisaient et il était quasiment impossible de leur échapper où qu'on se trouvât dans la pièce.

— C'est eux là-dessous, dit Georgette, son regard voyageant des portraits au tombeau.

— Oui, devina le guide, tandis que Ramon, l'oreille tendue en direction de la fenêtre, guettait la lointaine clameur des rues.

Perplexe, Georgette regarda ces morts qui la regardaient. L'aisance de ces disparus la confondait. Rien ne leur manquait, ni le mobilier, ni l'eau courante, ni même l'air conditionné.

— La cuisine et les toilettes servent surtout à la famille, reconnut le guide en escortant Georgette dans les pièces voisines.

— *Ze family ?* s'étonna-t-elle en anglais.

Et, secouant la manche de Ramon, elle grimaça en direction de son oreille :

— Qu'est-ce qu'il nous cause donc, la famille habite là aussi ?

— Mais non, se reprit Ramon en se hâtant de choisir un sourire adéquat, comme une personne myope éveillée en sursaut enfile d'abord ses lunettes. La famille, elle visite ses morts avec de la nourriture. Elle ripaille, quoi.

— Elle ripaille ? répéta Georgette un peu ébahie.

— Elle ripaille avec la musique et la cognac. Quand c'est les dimanches ou quand c'est la nouvelle année, Pâques, la Noël...

Machinalement Georgette ôta ses lunettes et les essuya, comme si ce geste pouvait lui clarifier aussi l'esprit.

— Mais dites donc, ils ont de la religion, ces gens ?

Suivit alors un conciliabule rapide entre les deux hommes puis un réel effort de réflexion chez Ramon.

— Il y en a trois religions différentes. Il y a beaucoup des bouddhistes. Et des catholiques et des protestants, mais moins.

— Des catholiques et des protestants ! s'exclama Georgette. Tu te moques de moi.

— *Yes, yes, thirty per cent catholics and protestants*, confirma le guide.

— Trente pour cent, les catholiques et les protestants, traduisit Ramon sur le même ton d'écolier.

Et le vieux guide d'opiner de la tête. Content, il leur désigna le tombeau puis le couple envahissant sur le mur.

— *Catholics, here !* affirma-t-il.

Cette fois Georgette rit, convaincue de ne plus rien pouvoir entendre de plus sot.

— Eh ! bé, on dirait que les catholiques de chez nous ne prennent pas tant soin de leurs morts ! En général, nos curés les trouvent bien pourvus avec un régime de racines de pissenlits...

Et, prise d'un soupçon soudain, elle demanda :

— Mais dites-moi, les Chinois, comment ils se marient ?

— En rouge, répliqua Ramon sans hésiter.

— En rouge ! sursauta Georgette. Et le blanc, alors ?

— Le blanc, c'est pour la deuil.

Georgette tressaillit, persuadée à nouveau que l'Asie entière baignait dans la plus grande confusion. Son métier lui avait pourtant appris à fermer les yeux sur bien des extravagances mais cette maison inhumaine, ce silence sépulcral...

Un vertige la prit. Peut-être une simple envie d'air, ou l'angoisse de disparaître ici, sans même être enterrée normalement, en noir. Ou pire, brûlée parce que les Chinois on les brûle, avait expliqué Ramon, renonçant à prononcer le mot « incinérer ». Le guide lui avait montré dans une rue adjacente un hall garni du sol au plafond d'urnes funéraires étagées sur les murs comme les tiroirs sur une layette d'horloger.

— Envie de rentrer, murmura Georgette à l'oreille de Ramon. On dirait qu'il fait déjà nuit dehors.

Une pluie fine et dense alourdissait le crépuscule. Ils fuirent les rues mornes du cimetière courbés sous le même parapluie imprimé de biscottes. Le guide referma soigneusement la grille derrière eux comme s'il craignait que le tapage des vivants n'importunât les morts. Et c'est le dernier geste avant sa chute dont se souvienne précisément Georgette.

La suite baigne dans une certaine confusion. Georgette se rappelle surtout le tonnerre des sabots !

Parti chercher la voiture, Ramon l'avait laissée seule sous le vague abri d'un auvent, scrutant la nuit et plus précisément le périmètre de sa disparition avec un malaise grandissant. Le plus proche réverbère était un calot flou et blanc à vingt mètres de là. Autour de Georgette l'obscurité grouillait de mendiants et de mains...

Peut-être était-ce la faute de ses lunettes humides ? Peut-être que si elle avait vu la rue aux justes couleurs du jour, avec ses enfants qui s'éclaboussaient dans les flaques et les marchands de cigarettes repliés autour des piliers du métro aérien, peut-être ne serait-il rien arrivé ? Mais il y avait la nuit et la pluie sur la nuit.

Et ce cheval lancé au galop !

« C'est un rat qui l'a effrayé », se défendra le cocher. Georgette, elle, ne parlait que du fracas des sabots. Elle aurait dû attendre Ramon mais Ramon n'en finissait pas de ne pas revenir et il y avait cette femme en haillons, poing serré sur sa pièce, qui collait à ses basques au lieu d'aller mendier ailleurs, et tous ces attouchements furtifs dans l'ombre. Ramon avait gardé le parapluie, Georgette s'est précipitée sur la chaussée avec son mouchoir sur la tête.

C'est dans une flaque, ou dans un trou, que son pied a glissé. Toute la rue a basculé en même temps, culbutant les maisons autour d'elle. Les sabots du cheval sonnaient comme une charge de cavalerie et tandis qu'elle s'affalait, son esprit s'emballa, questionnant l'ineptie de mourir écrasée sous une charrette à l'autre bout de la terre.

Que les sabots aient épargné Georgette dépasse l'imagination. Elle doit la vie sauve à une jante rouillée oubliée au beau milieu de la chaussée. La roue de la calèche a buté dessus, déportant violemment de côté cheval, cocher et passagers.

Le choc jeta Aimée au fond de la capote et Louis dans les bras d'Aimée. Émergeant de ses toiles de plastique, le cocher descendu en hâte rassurer son cheval parut découvrir Georgette par terre.

— Qui c'est ? fit le Chinois.

— Elle est avec moi ! cria Ramon sans prendre le temps de garer la voiture.

Georgette, affalée par terre, tâtonnait autour d'elle.

— Mes lunettes, bégaya-t-elle.

— Tes quoi ? lui demanda gentiment Ramon, qui dans sa hâte venait d'écraser le verre gauche sous son talon.

— Rien, rien, soupira Georgette déjà très au-delà du dépit.

Quelqu'un épousseta du pied les débris des verres, quelqu'un d'autre sauva le verre droit. Ramon prit le bras de Georgette et l'aida à regagner l'auto abandonnée porte ouverte au milieu de la rue. En état de choc, Georgette devinait plus qu'elle ne voyait. Ce dont elle se souvient parfaitement en revanche, c'est de l'apparition des enfants à la fenêtre.

Une brune au regard de myosotis, et un blond que la pluie frisait divinement.

— *Hou ar-iou* ? demanda Georgette en anglais.

— Vous êtes Française ? s'exclamèrent d'une même voix les deux enfants. Nous aussi !

— Vous savez, on est désolés pour le cheval.

— C'est la faute du cocher, leur sourit Georgette, le cœur tout amolli d'entendre parler sa langue. Y'a plus de peur que de mal !

Le soulagement évident des enfants l'apaisa mieux que toute la sollicitude dont elle faisait l'objet depuis sa chute, et elle eut brusquement très besoin d'eux.

— C'est dans vos habitudes de traîner à c't'heure ?

— On s'est perdus.

— On devait rentrer en métro mais il y a une grève de métro et on n'arrive pas à trouver de taxi, précisa l'enfant blond.

— A cause de la pluie ils sont tous pris.

— Je peux vous ramener chez vous ! se réjouit Georgette.

Les deux enfants se regardèrent.

— A moins que vous y teniez, à votre calèche ? ajouta-t-elle, et il y avait plus d'appréhension que d'ironie dans sa voix.

La calèche Dieu merci ne les tentait plus guère. Les convaincre ne coûta pas un mot de plus. Ils donnèrent leurs derniers sous au cocher pressé de suivre son cheval à l'écurie et s'engouffrèrent dans la voiture. Le sourire de Ramon les impressionna. De toute sa panoplie de sourires, celui réservé aux enfants surpassait en éclat tous les autres. Il prit place derrière le volant, se signa, baisa son pouce et démarra.

— Moi c'est Georgette, annonça Georgette d'une voix gaie. Et vous ?

— Lui, c'est Louis.

— Et elle c'est Aimée, ma cousine.

— Joli nom, ma foi! s'exclama Georgette Binet, émerveillée d'entendre conjuguer le verbe aimer sur la tête d'un enfant, elle qui ne se souvenait ni d'amour ni seulement d'enfance, et trouvait à sa propre vie comme une odeur de sueur et d'oignon, à croire qu'elle n'avait jamais commencé par du lait.

— Et lui? demanda l'heureuse fillette.

— Lui c'est mon guide, le Ramon, dit Georgette. Pas bien parlatif aujourd'hui. C'est lui qui me promène. Je suis venue ici avec la maison Haldebeurre rapport à un concours de biscottes que j'ai gagné à Paris même que je sais toujours pas si c'est un coup de chance ou de malchance, c'est le poste en couleur que je visais plutôt que l'excursion. Les promenades autour de la terre j'ai plus l'âge... Et vous?

Maintenant que la voiture approchait de leur destination, les enfants se taisaient.

— Vous avez peur d'attraper la volée... finit par demander Georgette.

— La quoi? l'interrogea-t-on.

— La volée. Peur de vous faire gronder.

Une moue embarrassée de chaque côté de ses épaules accentua ses craintes.

— Je leur causerai, à vos parents, si vous voulez... dit Georgette.

Elle n'eut pas à en venir là en ce qui concernait Louis. Par un heureux hasard, le fils précéda le père à l'hôtel. Aimée, qui savait, elle, ne pouvoir compter sur aucun miracle de ce genre, le quitta avec un nœud dans la gorge tandis que Georgette, les yeux papillonnants, traversait les salons de l'Intercontinental à sa suite, un peu ébahie de constater que son propre hôtel n'avait pas le monopole du luxe.

La maison d'Aimée lui fit l'effet du paradis. Le nom d'Aimée ne se contentait pas de conjuguer le verbe aimer, il était l'amour. Comme le prouvaient l'émotion de sa mère, la colère chaleureuse de son père qui bénissait son retour bien plus qu'il ne maudissait son escapade, les transports de ses sœurs, l'émoi des servantes et l'élan du chien.

Georgette se tint coite au milieu de l'exaltation générale, un peu comme le jockey gagnant descendu de cheval et dont on fêterait essentiellement la monture. Jusqu'à ce qu'Anouk, la plus petite, vienne lui prendre la main avec un regard plein de curiosité.

— T'es de la famille ou t'es juste une bonne copine ?

Elle l'entraîna vers la terrasse baignée de lune.

— Seulement une bonne copine, soupira Georgette qui s'enlisa dans les bras d'un fauteuil d'osier vaste comme un lit.

C'est là qu'on lui servit d'abord une citronnade égayée de rhum puis des pistaches fraîches et d'exquis beignets au fromage. Ni les saveurs de ce souper improvisé, ni les parfums de cette nuit chaude (en Auvergne, même les nuits d'été étaient fraîches) ne devaient l'ahurir autant que cette brusque envie de jeter sa patrie aux oubliettes et de terminer là sa vie, sous les torrents roses des bougainvilliers.

Il n'en fut pas question évidemment. Zouraïda se contenta de lui proposer un opéra chinois. Une idée que Ramon accueillit avec reconnaissance étant donné qu'il avait une réunion syndicale le lendemain soir et que ça l'arrangeait de se débarrasser de Georgette. Puis on parla des biscottes Haldebeurre, du concours qu'avait gagné Georgette, de son départ le surlendemain pour Dumaguete et, bien sûr, des conséquences hasardeuses des prochaines élections présidentielles...

A cause de Ramon, la conversation oscilla quelque temps entre le français et l'anglais, et si l'anglais ne triompha pas immédiatement c'est que Ramon affamé commença par se gaver d'anchois frais. Ses opinions politiques ne saillirent qu'ensuite, tandis que Georgette se laissait benoîtement dépouiller de l'attention générale.

Elle se débrouillait mieux avec les bêtes. Elle attira la tête du chien sur ses genoux et son geste plut à Marilou.

— Comment tu l'appelles, ton chien? chuchota-t-elle.

— Fô, dit la fillette. Mais maman dit Potiche parce qu'il a plus des couleurs de faïence que de chien.

La main de Georgette cajola le crâne rond. Elle vit dans ses yeux bruns une douce somnolence. Chez lui aussi, les voix humaines avaient l'effet lénifiant du ressac sur le sable. La tête du dalmatien s'alourdit sur ses genoux. Le jardin scintillait sous la neige chaude de la lune. De temps à autre, une main se rappelait Georgette et lui proposait une friandise, du tamarin poisseux et sucré, des mangues ou des aratilis. Elle mordait dans ces fruits étranges avec une maladresse méfiante qui amusait les enfants et les rapprochait d'elle.

L'heure de se retirer la surprit aussi cruellement que Cendrillon sur les marches du palais princier. Elle prit congé de Fabrice sans oser lui dire qu'ils s'étaient déjà rencontrés chez Mme Ping, persuadée de serrer la main à saint Pierre. Les frangipaniers embaumaient dans la nuit et elle quitta le jardin d'Aimée comme Ève après la pomme, le cœur désorienté et la nuque dévissée vers l'Éden.

14

Le paradis n'avait pas survécu au départ de Georgette. Un triste lundi soir dressa Zou et Fabrice l'un contre l'autre, lui debout, renouant mal sa cravate pour la troisième fois devant un miroir balinais en figure de chat, et Zou adossée au montant du lit, avec tout le voile de la moustiquaire ramassé dans son dos, gonflé comme une mariée au vent.

Les photos gisaient sur le dessus de lit à côté de la tunique lamée d'or que Zou n'avait pas encore enfilée. Elle était allée elle-même les chercher chez le photographe, de peur que le chauffeur envoyé à sa place ne les regarde pour vérifier qu'il n'y ait pas d'erreur...

L'erreur était de taille ! Mais elle était ailleurs, et le photographe n'y était pour rien si la femme qui enlaçait tendrement Fabrice n'était pas Zou.

C'est dans la voiture, et une nouvelle fois dans l'abri de sa chambre, qu'elle avait examiné les photos avec une minutie hagarde. Aucune scène érotique, ni baisers ni seins nus, mais une complicité manifeste qui la déconcerta plus que toutes les visions des galipettes que son mari avait pu partager sous les draps avec cette fille. Une photo de groupe en particulier alarma Zou parce qu'elle avouait une liaison plutôt qu'une simple aventure. Sur cette épreuve (et c'en était une monumentale pour Zou), ils avaient des amis, des témoins autour d'eux. Une femme plus âgée, sa mère peut-être, se tenait derrière sa chaise dans une pièce qui ressemblait à un modeste salon. Quel rôle Fabrice pouvait-il bien jouer chez eux ? C'est cette intimité dans un foyer inconnu où sa présence à elle aurait embarrassé tout le monde qui humilia le plus Zouraïda. L'idée qu'elle était de trop quelque part dans sa vie !

Et cependant, comme si les sentiments se fatiguaient en elle, comme si son ressentiment s'essoufflait d'avoir trop couru après les fantômes d'une scène conjugale, les mots de la colère ne lui parvenaient plus. Les photos étaient arrivées trop tard après la découverte des clichés. De fait elle avait bien failli jeter l'enveloppe dans la poubelle de la rue (qui n'était visitée que par l'œil indolent des éboueurs) et taire toute l'affaire à Fabrice... Mais la curiosité l'emporta. Ou bien, plus simplement, ce désir ambigu qu'il sache qu'elle savait.

C'est d'un geste assez las qu'elle avait jeté l'embarrassant témoignage sur le lit alors qu'ils se préparaient à partir pour l'opéra.

Une angoisse fulgurante figea les prunelles de Fabrice tandis qu'il s'emparait de l'enveloppe et brassait les photos au hasard. Zou lut une panique dans ses yeux. Et puis très vite, trop vite, avant même qu'elle ne puisse prendre pitié de lui, une obstination morne, presque agacée déjà...

Le silence les envahit. On entendit le dalmatien galoper au jardin à la poursuite d'invisibles chauves-souris et ses aboiements exaspérés les occupèrent quelques secondes.

— Qu'est-ce que tu comptes faire ? finit par dire Fabrice.

— Je ne sais pas, murmura Zou désemparée.

Au fond, elle n'avait jamais eu d'autre plan que celui de lui montrer les photos. Sans doute espérait-elle un repentir, une preuve d'amour à laquelle elle céderait dans le plus inavouable soulagement... Or Fabrice ne l'aidait guère. Il ne s'amendait pas, il fuyait comme si le problème n'était pas son récent comportement mais plutôt une extrême difficulté à l'expliquer. Au fond il montrait plus de confusion que de contrition.

Dehors Fô glapit à nouveau. Eux-mêmes ne dépassèrent guère quelques tirades usées. Lui : « Tu ne peux pas comprendre. » Elle : « Pas si tu ne m'expliques pas. » Lui : « Ça ne signifie rien d'important pour moi. » Elle : « Pour moi justement si ! »

Zou se leva pour aller tirer les rideaux, un geste du soir qui l'apaisait d'ordinaire. Un moineau effrayé surgit d'un pli et traversa la chambre. Il n'était pas le premier à chercher à nicher là-haut. Cet entêtement d'oiseau irritait les servantes qui devaient balayer ensuite leurs herbes et leurs crottes sur le parquet. Mais Zou qui ne faisait pas le ménage voyait une preuve de bonheur dans leur culot, comme si une maison traversée d'oiseaux devait donner des ailes à sa journée. Ce soir-là, elle ne vit que douleur dans la tête du moineau qui frappait le miroir en cherchant la sortie.

Elle suivit son envol à travers la fenêtre et souffrit avec lui des hasards des ténèbres. Fô jappait. La nuit était pleine de chauves-souris. Furtives, elles rasaient la piscine claire où elles savaient s'abreuver sans ralentir ni émouvoir l'eau. Zou les chercha des yeux entre les silhouettes nattées des palmiers. Elle eut brusquement le regret d'une vie extraordinairement simple à l'abri de longues ailes poilues où se draper le jour et s'évader la nuit dans la plus magistrale vélocité. Elle-même, rongée de doutes, s'ancrait à la fenêtre, sans la moindre idée d'où diriger ses pas si Fabrice lui lâchait la main. Elle était à ce point déroutée qu'il aurait pu regagner sa confiance d'une simple caresse sur la joue. Qu'il ne s'y risquât pas prouve sans doute un certain sentiment de culpabilité. Il se contenta de gestes anodins, comme si sa cravate seule le préoccupait.

— Ce nœud imbécile ! On dirait qu'on lui a jeté un sort...

Zou l'ignora, bien décidée à ne pas lui porter secours.

— Tu veux encore de cet opéra chinois avec moi ? souffla-t-il enfin, avec les précautions d'un chirurgien, une voix où perçait la compassion plutôt que le remords.

Et comme Zou ne se hâtait pas de répondre, il se souvint de Georgette et la jeta dans la balance.

— Il y a cette brave femme qui compte sur nous, n'est-ce pas ? Cette Georgette... heu... Georgette Pioche ?

— Georgette Binet, rectifia mécaniquement Zou.

— C'est ça, je me souvenais bien qu'il y avait du jardinage dessous.

Mais Zou ne s'éclaira pas et Fabrice dut s'en alarmer plus qu'elle ne l'imagina. Elle quitta la fenêtre et s'assit sur le lit dans un silence morne. Fabrice la vit enfin enfiler sa tunique glissante. Dans un inavouable soulagement, il proposa son aide pour la boutonner dans le dos.

— Tu as assez à faire avec ta cravate, marmonna-t-elle en le repoussant, blessée de voir où s'embourbaient leurs explications.

Dans les romans, les rôles ne retournent pas si vite aux boutons et aux nœuds de cravate. L'épouse bafouée s'en sort avec une gifle ou en cassant un vase. Elle n'accompagne pas son mari à l'opéra mais trouve une grande valise où elle jette ses affaires (à lui) avant de le jeter lui-même sur le pas de la porte où, s'affolant de tout perdre, maison, femme et enfants, il s'éloigne le cœur gémissant pour aller rompre dare-dare avec ses amours adultères. Dans un cas de figure moins heureux et tout aussi banal, les deux époux divorcent et l'épouse, conservant la garde des enfants, recommence une vie hérissée de difficultés au sein d'une famille bancale, amputée de l'amour paternel. A défaut d'être chauve-souris, Zou se sentit terriblement femme et diablement bernée.

Dans la voiture Fabrice tenta, mais trop tard, les gestes apaisants qui les auraient peut-être sauvés plus tôt, un baiser sur la tempe, un bras autour de sa nuque, qui la laissèrent de bois. Parce que l'asthme et le goût de la tragédie chez sa mère lui avaient surtout appris à dédramatiser les situations, il lui joua encore le monologue des soirées heureuses, lui contant les dernières aberrations du bureau — sa secrétaire qui jetait les glaçons de son Coca-Cola dans les plantes vertes pour ne pas grossir, une autre qui interdisait le poulet à son fils malade de la varicelle (*chicken pox...*) — comme si Zou allait lui prêter l'attention amusée et même légèrement médusée qu'elle montrait généralement devant ses discours. Mais Zou l'ignorait. Elle avait besoin d'être rassurée et Fabrice la perdait en chantant sous l'orage. Assise à l'arrière, Georgette au contraire l'écoutait discourir avec sympathie, choquée jusqu'au rire des potins qu'il servait.

— Je devrais en causer deux mots à l'une de mes patronnes, de ce régime sans glaçons, rapport à son estomac, qu'elle insulte avec des décoctions de feuilles de radis qu'un ruminant voudrait pas brouter.

Fabrice, qui l'avait un peu oubliée, eut un regard surpris en direction du rétroviseur.

— Ma secrétaire n'a pas que des problèmes de poids, elle a aussi des problèmes de cœur, enchaîna-t-il, trop heureux de trouver un écho sur la mer taciturne. Ça fait trois jours qu'elle insiste pour que je réponde personnellement au téléphone.

— Votre secrétaire !

— Oui. Elle craint de tomber à l'autre bout du fil sur un prétendant dont elle entend se débarrasser.

Fabrive avait toujours des histoires bizarres ou drôles qui vous faisaient douter du sérieux de la vie. Zou l'avait même épousé pour ça, pour qu'il comble de rires son cœur bombardé de douleur. Mais ôtez la tendresse au rire et il perd son écho...

Avant le lever de rideau, l'hymne national dressa les spectateurs dans un respect théâtral. Il bouleversa Georgette en l'associant à un élan collectif dont elle avait perdu l'exaltation depuis la libération de Paris. La prière introductrice, traduite simultanément en langage des sourds, la sidéra. Quand enfin le rideau se leva sans hâte, plissant la mer grenat de ses velours jusqu'aux cimes de la scène avec un faste qu'elle jugea inouï, Georgette Binet vit l'aurore se lever sur un monde prodigieux, inconcevable sous les ciels de sa banlieue.

La Fondation évangélique des sourds fêtait son quinzième anniversaire en grande pompe, sous des chapeaux extravagants à boules et à hélice qui menaçaient à tout moment de s'échapper du crâne des danseurs comme de bizarres hélicoptères. Les acteurs étaient légion, leurs costumes chatoyants, leurs prouesses inégales... A part quelques belles voix chez les héros, l'ensemble assez médiocrement coordonné sentait la fête patronale où le mérite mieux que le talent tenait lieu de compétence. Georgette trouva tout le monde épatant. Les tenues de soirée qui l'entouraient, loin d'embarrasser son chemisier en nylon, l'auréolaient d'un luxueux scintillement qui enchantait son regard habitué à rêver en lisière des célébrations nuptiales. Il y avait de l'ébahissement dans son éblouissement, un sentiment absolument étranger à ses compagnons qui boudaient le bonheur avant même de bouder le spectacle. Zou soulevait un regard fixe très au-delà de la foule chinoise et Fabrice croisait fébrilement ses longues jambes pour les décroiser la minute suivante. Mais pas plus qu'on ne prête des larmes aux anges, Georgette ne pouvait soupçonner de mélancolie au paradis. Elle vit du respect dans la prostration de sa voisine et de l'allégresse dans l'impatience de son mari.

Dès l'acte II, l'inspiration chuta. On retourna aux tutus roses et aux pas chassés avec des ballerines soulevées à bout de bras.

— Les chaussons ! Vous avez vu leurs chaussons ! s'exclama Georgette dans un chuchotement sonore qui dévissa quelques têtes.

— Oui... sursauta Zou.

— Ils sont en satin, gloussa Georgette avec un bonheur entendu.

L'art suprême selon Georgette — peut-être parce qu'elle avait vécu une enfance en sabots où l'effort bannissait toute idée d'esthétique —, c'était le chausson. Ce soulier merveilleusement rose et fragile qui ne marchait pas mais dansait, et ne foulait que des parquets. Zou lui céda ses jumelles de théâtre. C'est à d'autres chaussons qu'elle-même songeait, l'œil flou sous les larmes figées. Elle se rappelait autrefois — c'est-à-dire avant l'épisode des photos — les avoir souhaités en coton rose avec des pompons au bout des lacets pour amuser les doigts du bébé. A présent le dépit lui ridait le cœur...

— Épatant, non ? commenta Georgette toujours arrimée aux jumelles de nacre.

Le rideau chuta sur les ballerines et les derniers faux Chinois. L'amour de Fabrice leur ressemblait, clinquant et fardé. Son mari lui avait menti et Zou n'avait aucune idée du jour maudit où il avait commencé à le faire. Cette incertitude empoisonnait lentement ses meilleurs souvenirs. La confiance, ce doux sentiment aux forces insoupçonnées que les croyants appellent foi, les amants amour, et les enfants Maman ou Papa, s'était à son insu évanouie à leur chevet. Et ni l'un ni l'autre ne semblait savoir comment la réanimer.

Sur l'arête de la scène, la Fondation lança son défilé final. Acteurs, directeurs, fondateurs, bienfaiteurs vinrent en cortège agacer le rideau, prompts à répondre aux ovations des familles et lents à se retirer. Fabrice, levé un peu vite, se rencogna dans son siège en réalisant sa bévue. Près de lui au contraire, la patience de Zou ressemblait à de l'hébétude.

Il fallut la secouer par le coude.

— Figure-toi que c'est déjà fini, lui murmura Fabrice à l'oreille.

Elle se leva sans commentaire.

— Tu oublies quelqu'un, dit l'époux en jetant un coup d'œil par-dessus son épaule.

Les strapontins battaient les dossiers, la foule plissait des yeux fatigués sous les lustres rallumés. Seule Georgette Binet n'avait pas bougé. Repue de merveilles, elle hésitait à rechausser ses lunettes (verre gauche cassé) et contemplait les jumelles de Zou comme si le spectacle grouillait encore à l'intérieur. Elle ressemblait à ces enfants qui posent un coquillage sur l'oreille pour se coucher avec la mer.

— Vous pouvez les garder, lui dit Zou en la découvrant.

— Je croyais que tu y tenais comme à la prunelle de tes yeux, s'étonna la voix de Fabrice derrière elle. Ce sont les jumelles de ta grand-mère, n'est-ce pas ?

— Il y a beaucoup de choses auxquelles je croyais tenir et auxquelles je ne tiens plus, rétorqua-t-elle en se retournant.

Et la gratitude de Georgette se perdit dans leur dos et dans le brouhaha des bouches multipliées sur l'écho du grand hall marbré.

15

Le pays attendait ses élections présidentielles dans le plus grand énervement. Georgette, c'étaient les hélices de l'avion qui la turlupinaient. Un peu l'impression qu'elle allait confier sa vie à deux ventilateurs.

Empressé, ou pressé tout simplement, Ramon se chargea de lui enregistrer sa valise tandis qu'elle trompait son anxiété en s'étouffant l'estomac avec des donuts, ces petits pains ronds et poisseux qu'une boutique voisine vendait sous un panneau sans appel : « Ni reprise, ni échange. »

— Tu vas pas près des bureaux de vote quand c'est le jour de l'élection ! recommanda Ramon en lui confiant sa carte d'embarquement.

Georgette, sans voix, opina de la tête.

Ils ne s'étaient guère adressé la parole depuis la veille, Zou à bout d'arguments et Fabrice soucieux d'éviter l'écueil des mots. Divina, qui les menait avec enthousiasme à travers les couloirs du ministère des Affaires sociales, mit leur mutisme sur le compte de l'émotion. Après tout, leur démarche correspondait assez à une première visite chez le gynécologue ou à un test de grossesse un peu particulier... Ni vagissements ni berceaux dans cette « clinique » où n'entraient jamais les enfants mais des corridors avares en fenêtres qui s'ouvraient sur des bureaux hantés de vieilles machines à écrire. Une appréhension vague étreignait Zou, qui n'était peut-être que l'écho de sa nouvelle solitude. L'enthousiasme qui la transportait l'autre jour à *L'Ondine* et la dressait devant sa belle-mère s'était calciné sur les braises de la jalousie. Se raccommoder aujourd'hui autour d'un berceau ? Les enfants, c'est connu, font une colle peu fiable.

— Et attention le soleil qui cuit ! lança Ramon avant de quitter Georgette sur un sourire complice, comme s'ils étaient d'accord depuis le début.

En fait de soleil cuisant, une averse tardive avait surpris l'aéroport et provoqué le concert tonitruant des crapauds. La piste humidissime était un lac brillant sous le ciel blanc. Les passagers trottinèrent sous les parapluies de golf de la compagnie avant d'embarquer par le cul de l'avion comme des petits pets à l'envers.

Georgette ajusta nerveusement sa ceinture de sécurité avant de coller son visage contre le hublot larmoyant. Le prix Haldebeurre lui faisait décidément moins l'effet d'une porte ouverte sur des horizons neufs que d'un violent coup de pied dans sa vie. « A moins de 100 morts et la une dans les journaux, ça vaut vraiment pas le coup de risquer ses jours dans un coucou », songea-t-elle, tandis que l'avion tremblait jusque dans ses chevilles et s'ébranlait dans le vacarme. L'orgue de bambou, les brocarts de l'opéra et l'Éden Ferté-Frênel, tous ces émerveillements à peine ébauchés se déchirèrent sous le train de l'avion. Et la Georgette roisséenne qui n'aspirait qu'à cultiver son potager dans la paix des saisons se retrouva pour la deuxième fois catapultée sous les soleils d'un bonheur standard qui lui convenait autant qu'une piscine à un chat.

Tout ici était vétuste. Le skaï éclaté aux angles du sofa, les rideaux pesants de poussière, les machines à écrire comme des tours sur les bureaux de tôle grise où les dossiers s'effeuillaient avec un petit bruit d'automne sous les ventilateurs.

— Qu'est-ce qui vous a décidés à adopter un enfant, si vous en avez déjà quatre chez vous ?

C'était une question qu'ils n'avaient pas fini d'entendre, posée sur tous les tons.

— Une visite à un orphelinat, dit Zou la première.

Ils auraient aussi bien pu parler d'une simple promenade en ville. Déjà à cette époque, le pays dénué de toute politique nataliste s'enlisait doucement sous les naissances, et il n'était pas rare de voir sur les trottoirs des cahutes exiguës où des familles de dix, onze enfants se relayaient pour s'allonger la nuit.

Avec un soupir entendu, Divina alla prendre place derrière son bureau tandis qu'eux-mêmes s'affaissaient de l'autre côté sur des sièges mous. La secrétaire enfila un formulaire épaissi de plusieurs carbones derrière le rouleau de sa machine qui l'avala avec un bruit de fermeture Éclair, prête à digérer les détails les plus intimes.

— Une fille, vous avez dit préférer une fille, pourquoi ?

Zou hésita, à la recherche d'une réponse convaincante.

— Parce que les Français sont racistes, la devança Fabrice avec un sourire fataliste. Là-bas, une fille asiatique sera sûrement mieux accueillie qu'un garçon !

— Je comprends, murmura passivement Divina, l'œil déjà retourné à son dossier. Et vous avez une préférence pour l'âge ?

Il y avait beaucoup de bonne volonté dans le regard qu'elle leva sur eux, mais Zou hésitait à se livrer, ou tout simplement à se réjouir, le cœur moins impatient qu'ironique. Comme si depuis la trahison de Fabrice, elle devait se méfier de tout.« La vérité, songea-t-elle, c'est qu'il n'y a plus d'amour entre nous et que cette grossesse en papier tombe à pic car nous ne sommes pas près de sympathiser au lit à nouveau... »

— Nous l'aimerions la plus jeune possible, dit Fabrice qui semblait se délecter au contraire, les yeux dans un catalogue imaginaire.

— Évidemment, sourit Divina. La plupart des parents nous demandent des nourrissons. Mais il faut que vous réalisiez que pendant une période de six mois, les parents naturels conservent un droit absolu de réclamer l'enfant qu'ils ont abandonné. Et ce quelles que soient les décharges qu'ils aient pu signer.

— Ce qui signifie qu'il est impossible d'adopter un enfant de moins de six mois ! s'éveilla Zou. (Son enfant, elle aurait voulu le cueillir entre les cuisses de l'accouchée.)

— Pas tout à fait. Il est des cas où manifestement l'enfant ne sera jamais réclamé. C'est à nos assistantes sociales d'en juger bien sûr. Il n'y a pas de règles. Mais quand l'évidence de l'abandon est établie, alors nous confions immédiatement l'enfant à sa nouvelle famille, partant du principe qu'il sera beaucoup plus heureux dans ses nouveaux foyers qu'à l'orphelinat !

Zou eut un imperceptible soupir. Divina dut l'attribuer à la chaleur et pressa obligeamment le bouton d'un ventilateur qui s'ébranla en sifflant.

Les hélices fouettaient les nuages levés comme des blancs d'œuf. Georgette veillait sur leur giration comme si le pilote dépendait de sa vigilance à elle. Il y avait des yeux sur la mer, la pupille verte des atolls cerclés de sable blanc. Le nez collé à son hublot, Georgette avait un peu l'impression d'être dévisagée elle-même. Elle chaussa des lunettes noires achetées la veille dans une boutique de l'hôtel sur les recommandations de Ramon, qui lui-même ne devait guère quitter qu'au lit une copie très opaque de Ray-Ban. Il lui avait dit : « Certains de ces îlots n'ont pas encore de nom ! »

Le bout du monde commençait peut-être ici, là où l'homme n'avait pas encore collé d'étiquettes ?

— Aura-t-il déjà un nom de famille ? D'où vient-il ? Que saurons-nous du bébé ?

Zou s'effrayait des nausées de l'âme... Un bébé, c'est beaucoup plus facile de le fabriquer soi-même.

— Vous saurez tout ce que nous savons nous-mêmes, bien sûr. Les circonstances de sa naissance, l'âge, le métier de sa mère, de son père s'il est connu, et bien sûr son rapport médical le plus complet possible.

Les hélices ressemblaient à deux soucoupes grises. Georgette les regardait distraitement creuser leur chemin bleu entre les icebergs mouvants des nuages. Le soleil éclatait en poussière sur l'océan figé. Elle se résignait au voyage comme d'ailleurs elle s'était résignée à tout depuis qu'elle s'appelait Georgette Binet. De hauts massifs barraient l'horizon. L'apathie séculaire de la chaîne des Puys ne l'avait pas préparée à ces arêtes dures et noires, à ces gueules déchiquetées où s'attachaient d'innocentes fumerolles. Une vieille envie de se recommander à Dieu la saisit.

Retrouver le chant d'une prière. Les mots qu'Éloïse lui chuchotait au lit, avant de la border. « Cher Bon Dieu, bénis Papa, bénis Maman, bénis tous ceux que j'aime... » Et cependant Zou se gênait, consciente des battements accélérés de son cœur, de la chaleur qui mouillait sa jupe sur le skaï, de tout l'inconfortable inconnu qui régnait autour de leurs aspirations...

— Et quand pouvons-nous espérer une réponse ? parvint-elle à dire.

Divina sourit au ventilateur qu'elle déplaça légèrement sur la droite pour mieux jouir de son souffle en plein visage. En face d'elle, la même impatience réunit un bref instant les regards de Fabrice et de Zou.

— Notre bureau se réunit deux fois par mois pour discuter cas par cas des demandes d'adoption et les apparier le plus harmonieusement possible. C'est après-demain qu'a lieu notre prochaine session. Un peu tôt en ce qui concerne votre dossier...

— Dommage, dommage... murmura Fabrice qui s'était presque vu quitter la place un couffin sous le bras.

Zou l'ignora. Il n'y a pas si longtemps, elle aurait souri de son impatience mais aujourd'hui, tout ce qui venait de lui l'irritait, tout ce qu'il pouvait dire ou faire lui donnait envie de prendre le contre-pied. Une raison pour laquelle, sûrement, il en disait et en faisait le moins possible. Divina s'épanouit à sa place.

— Un peu de patience ! Il vous faut d'abord attendre la visite d'une de nos assistantes sociales. En gros, il s'agit de s'assurer que votre foyer soit apte à recueillir un enfant !

Elle mit un zeste d'ironie dans sa voix pour bien leur prouver qu'elle ne doutait pas de la qualité de leur environnement, tandis que ses doigts cherchaient ses lunettes sur son bureau, les trouvaient, les chaussaient.

— Vous devrez ensuite remplir ces quelques papiers. Preuve d'un revenu, certificat de casier judiciaire vierge, certificat médical concernant chacun des parents, certificat de réciprocité de votre consulat prouvant qu'un bébé français peut de même être adopté par une famille des Iles...

L'hôtesse vérifia l'inclinaison des dossiers. L'avion perdait rapidement de l'altitude et la mer retrouvait un scintillement vivant. Une ombre en croix survola un large estuaire quadrillé de parcs à huîtres avant de rejoindre assez brutalement les roues de l'avion sur une piste mal damée.

L'entrée dans l'aéroport, de la taille d'une cahute, passait par un tapis mouillé, imbibé de désinfectant destiné à préserver les insulaires autochtones des germes venus d'ailleurs... Georgette se souvint de Ramon décrivant l'isolement de l'île, sa pénurie de routes et de véhicules. Elle avait vu alors quelque chose comme les Galapagos — un voyage qu'elle s'était offert à bien moindre effort sur son petit écran — avec des grimaces d'iguanes et des siestes de phoques. Rien qui ressemblât en tout cas à cette foule toute en bras, à ces bagagistes avides, acharnés à gagner ses faveurs.

L'accueil du directeur de l'hôtel dans sa jeep personnelle la sauva de leur zèle. Il sut, cet homme grisonnant, disperser les hordes d'un geste de la main pour guider sa cliente jusqu'à son propre véhicule, un véhicule passablement rongé de rouille mais qui prit figure de limousine aux yeux reconnaissants de la voyageuse. Georgette s'y hissa non sans peine tandis que lui-même s'installait derrière le volant.

— Et les autres passagers, comment qu'ils se rendent à la ville, eux ? fit Georgette de la voix et du geste.

— *They walk*, fit le directeur, exprimant la marche de l'index et du majeur.

— Ils marchent ? s'inquiéta Georgette. Mais c'est loin la ville ? *Far ?*

Le directeur dévisagea un instant sa passagère.

— Nous sommes en ville, murmura-t-il gravement.

Cette route en méandres longeait des criques moulées dans la lave. Quand la mer se retirait, et elle se retirait loin, les roches noircies de vase ressemblaient aux croûtes de la lune. Mais côté montagne, les rizières scintillaient et l'on distinguait des huttes sur pilotis derrière les longues manches des bananiers. Tant de lumière dans cette nature émeraude, tant de paix donnait envie de s'arrêter, relâcher la garde et simplement respirer. Comme si la vie, c'était avant tout ça : respirer. On avait raison de dire que la couleur de l'espérance, c'était le vert. Georgette Binet sourit au directeur, et au zébu placide allongé pour la sieste sur un terrain de basket.

Quoi qu'ils puissent en penser ultérieurement, un certain soulagement réunit Zou et Fabrice à ce moment-là. Comme une envie de layette déjà. Les dés étaient jetés, ils avaient passé commande et quelque part dans le monde une minuscule petite fille venait de trouver des parents.

— J'ai été ravie de faire votre connaissance, conclut Divina en leur tendant la main.

— Moi aussi, affirma Georgette debout près de sa valise, tandis que la jeep, pneus crissants, emportait déjà vers d'autres devoirs le directeur et la main qu'il agitait à la portière.

Une fois la poussière retombée, Georgette vit la civilisation reculer encore d'un grand pas. Deux jeunes filles en pagne l'aidèrent à se hisser sur un char. Il était tiré par un buffle dont les cornes colossales cassaient sa nuque en arrière et lui levait le mufle au ciel dans une majestueuse attitude contemplative. Le personnel était nombreux à escorter Georgette. Ils voulaient tous des mots français, des détails sur Paris, sa tour Eiffel « qui penche » ; ils prononçaient « bouzour » en zézayant. Très haut par-dessus leurs têtes, le vent peignait les palmes. Georgette renversa la nuque, comme le buffle. Son rythme lui seyait et son flegme que rien ne choquait, pas même la surprise comique d'un groupe de macaques. Une détente inattendue lui inonda le dos et les jambes. Une guitare chanta. C'est le cocher qui jouait, un pied nonchalamment appuyé sur la croupe du buffle, les guides glissées entre les orteils.

Le char s'enfonçait entre les colonnes d'une cocoteraie sans fond et Georgette se laissait bercer. La chaleur rayée sous les troncs, les chants et les rires lui dorlotaient l'âme. Elle s'étonna de se trouver si bien, de ne plus rien désirer d'autre que ce buffle au cuir luisant, l'indolence extasiée de ses yeux sous les cils en lacets, le char sans sursaut, les ridelles fleuries. D'ordinaire, Georgette Binet ne respectait que le malheur. Avec la sagesse grise des âmes désappointées, elle se méfiait du bonheur et des représailles du destin. Mais pas ce jour-là, derrière son buffle et son odeur d'étable (familière après tout).

Elle vécut l'ineffable paix des arbres, oubliant les morsures, les piqûres, les fleurs vénéneuses et les fièvres tropicales dont s'armait la jungle dans les livres en tout cas.

Elle entendit la mer avant même de l'apercevoir, du fond de la forêt, douce lumière indigo où baignait l'ultime frange des cocotiers. Elle aurait couru pieds nus jusqu'à l'eau s'il n'y avait pas eu les autres, et cette éternelle honte d'être jugée...

16

Zouraïda regardait son jardin comme si les hibiscus ne fleuriraient plus. Il y a quelque chose de têtu dans le malheur. Zou devinait bien les fleurs invisibles dans les attentions gauches dont l'entourait Fabrice, mais elle se gardait de les cueillir, persuadée qu'une victoire trop facile l'encouragerait à pire dans l'avenir. Trois jours s'étaient écoulés depuis le rendez-vous chez Divina, trois jours sombres comme la mousson, sans que ni l'un ni l'autre ne parviennent à la moindre mise au point. A les regarder vivre, on aurait pu les croire uniquement préoccupés des procédures de l'adoption, ou encore de la tension politique agitant le pays et qui se traduisait déjà par une pénurie de sucre et d'huile dans les grands magasins. Fabrice évitait soigneusement toute allusion à sa conduite (dans son esprit une façon de plaider non coupable) et Zou, trop sage dans sa détresse, n'osait l'acculer à un choix par des ultimatums dangereux, sachant pertinemment qu'il aurait choisi l'épouse aujourd'hui à cause des enfants, et regretté *l'autre* tout le reste de sa vie...

— Dînez sans moi ce soir, lui annonça Fabrice au téléphone, je ne sais pas à quelle heure je vais pouvoir rentrer. Commande urgente à terminer.

Zou dévorée de soupçons resta sans voix. Cette

excuse anodine qu'elle avait digérée tant de fois lui donna la nausée. Clairement Fabrice dut le réaliser au bout de la ligne mais s'il s'en aperçut, il refusa de se justifier, lui jouant l'air de « J'ai ma conscience pour moi ». Toute mansuétude carbonisée, Zou raccrocha avec un sourire dangereux.

Que Tancrède, par la suite, ait réellement eu l'intention de l'inviter à dîner en décrochant à son tour le téléphone n'est pas une certitude. Zou était déjà mûre pour une aventure, et son coup de fil succédant immédiatement à celui de Fabrice ne fit que mettre la providence de son côté.

Tancrède téléphonait parce qu'il n'était pas sûr d'avoir compris ce qui s'était passé le dimanche précédent dans la ville chinoise, ni pourquoi Louis insistait tant pour inviter Aimée sans parvenir à le lui demander lui-même. Sa requête, a priori, concernait donc plutôt son fils, comme le prouvait une intonation finalement assez rogue.

— Avec ces foutues élections, l'école va fermer jusqu'à lundi. Êtes-vous d'accord de me confier votre fille aînée quelques jours ?

Mais Zou, avec une cordialité qu'il n'espérait sûrement plus depuis la conclusion bâclée de leur première rencontre chez la présidente Ping, décida :

— J'ai une meilleure idée ! Nous devons envoyer nos filles chez Léonida en province. Donnez-moi Louis et je l'expédie avec elles. Avec les élections qui approchent, ils seront plus tranquilles là-bas ! Même sous la férule pieuse de leur grand-mère... ajouta-t-elle avec une fronde sous-jacente qui ne pouvait pas lui échapper.

Il eut l'agréable intuition — à moitié juste d'ailleurs car il ignorait tout de la culpabilité de Fabrice — que Zouraïda cherchait à punir sa belle-mère, à l'embarrasser en tout cas ; une ligne de conduite qu'il se devait d'encourager.

— Et si nous discutions de tout cela tranquillement au restaurant, proposa-t-il, vous m'avez dit que vous étiez seule ce soir. Ça ne vous embarrasse pas de sortir... en famille ?

— Mais pas du tout, s'entendit affirmer Zou, surprise du plaisir un peu malhonnête qui affolait son cœur à la simple idée d'occuper sa soirée avec l'homme mis au ban de la sainte famille. Le restaurant mexicain ? hasarda-t-elle en se souvenant, non sans une rougeur invisible, de leur première rencontre chez la présidente Ping.

— A moins que vous ayez quelque chose contre la sauce au piment ?

— Certainement pas ! J'ai été élevée à la cuisine indienne de Malaisie.

— Alors je viens vous chercher en taxi.

— Non non, c'est inutile...

Quel absurde scrupule vis-à-vis de son mari l'empêcha brusquement d'accueillir un homme chez elle ? Craignait-elle qu'on jase aux cuisines ? Ou, pire, dans les chambres d'enfants...

— J'ai la voiture, c'est moi qui vous rejoins en ville, c'est beaucoup plus simple comme ça, décréta-t-elle.

Tancrède n'insista pas.

— Vous saurez où trouver le restaurant ? s'avisa-t-il quand même.

— Mais oui, je le connais, il y a des ponchos épinglés sur les murs et des calebasses vernies...

Et trois musiciens qui grattaient des guitares à l'ombre de profonds sombreros. Zouraïda ne vit pas tout de suite Tancrède installé à une minuscule table ronde sous la lumière chiche d'un lustre de paille. Lui au contraire la repéra aussitôt, lumineuse et blonde à travers la fumée des cigares. Elle portait une blouse de soie zinzoline et une jupe blanche étroite qui moulait des hanches agréables. Les guitaristes semblaient fêter sa seule arrivée, il se sentit confusément troublé.

Elle hésita. Une gêne qu'elle n'avait pas prévue au téléphone l'accabla soudain. Elle balaya la salle d'un regard aveugle. Prétendre ne pas l'avoir vu et s'esquiver en toute bonne conscience... Elle y songea mais n'osa pas.

D'ailleurs Tancrède lui souriait avec beaucoup de chaleur dans les yeux. Une certaine affinité — peut-être leur antipathie commune pour l'égoïsme borné de la vieille Léonida, ou simplement la hardiesse humée dans les margaritas — facilita immédiatement leur conversation. Avec le sixième sens des célibataires endurcis, Tancrède flaira les combats intérieurs de Zou. Par ailleurs, il ne trouva rien à redire à sa silhouette, rêvant sûrement d'explorer les dessous de la courte jupe blanche. Il eut alors ces mots incongrus :

— Zouraïda ! Vous n'êtes pas la femme d'un seul homme.

Un bref ahurissement agrandit les yeux de Zouraïda qui avait une vision foncièrement monogame de la vie. Elle se trompa sur le sens de sa remarque, crut un instant qu'il avait deviné l'inexprimable, la douleur ensevelie qui avait labouré sa première jeunesse. Elle resta muette.

Convaincu d'avoir fait mouche, Tancrède sourit de son ébahissement. Un sourire un peu fat sans doute, très masculin sûrement. Tout en réalisant sa méprise, Zouraïda détesta sa suffisance.

— Vous n'y êtes pas du tout ! jeta-t-elle.

Et ses doigts palpèrent le tacos qu'elle venait de fourrer de viande et laitue hachée. Elle parut hésiter entre mordre et parler.

— Je vais vous raconter mon mariage, décida-t-elle tout à coup, renonçant au tacos.

Un peu désarçonné par le tour sage que prenait la conversation, Tancrède s'intéressa à son margarita.

— La famille proche, des amis intimes, de quoi remplir la chapelle exiguë où chacun cherchait l'ombre autant que le Bon Dieu, commença Zou tandis que son auditoire se resservait de haricots rouges comme on se prépare à soutenir un siège. Ça se passait en Malaisie, précisa-t-elle encore, comme si ce détail importait plus à Tancrède que la sauce au chili qu'il cherchait du regard.

Elle lui tendit la sauce au chili.

— Sortis de l'église dûment bénis pour la vie — du moins c'est ce que j'imaginais ! — nous nous sommes dirigés à pied vers la maison de mes parents. Le soleil éclatait sur le sol de latérite rouge, c'était si beau, j'ai cru que Dieu nous accompagnait et qu'il avait laissé l'église vide derrière nous ! (Une certaine exaltation perça dans sa voix tandis que Tancrède, qui n'était pas venu marier Zou, savourait ses haricots rouges.) Ce même jour, nous avons planté un jeune tulipier pour qu'il grandisse avec nous et nous nous sommes promis des enfants avec ses premières fleurs. Joli, non ?

— Oui, admit Tancrède, sans déceler l'ironie malheureuse qui vibrait sous les paroles de Zou.

— Nous sommes partis en hiver pour notre voyage de noces, poursuivit-elle, envahie par une émotion qu'elle avait crue morte pour avoir tant souhaité la tuer, mais qui ne se révélait qu'engourdie. Et nous avons rapporté de Savoie un grand dalmatien taché d'encre qui nous suivait partout comme un enfant. Le Cancre, on l'appelait le Cancre à cause de ses taches...

Ici Zou eut un sourire vague qui ne concernait plus du tout Tancrède, tandis que sa fourchette distraite ridait une purée verte de guacamole sur son assiette.

— Vous n'avez plus faim ? hasarda son commensal.

— Un an plus tard, jour pour jour, l'ignora Zouraïda, il se faisait écraser sous les roues d'un camion qui charriait les drupes d'huile à tombeau ouvert. La mort de ce chien m'a laissée stupéfaite, ahurie de chagrin, un peu comme si nous avions perdu notre premier enfant. Vous pouvez sourire...

Tancrède ne souriait pas. Légèrement agacé, il alluma un cigarillo. Il n'avait aucune idée d'où elle voulait en venir, et sa propre jeunesse lui avait plutôt appris à se méfier des histoires de famille. Il hésita à placer la mort de son chat.

— A vingt ans, au seuil d'une enfance protégée, j'étais persuadée que le malheur ne frappait que les autres, reprit Zouraïda. Maintenant qu'il nous avait trouvés, j'avais l'intuition qu'il ne s'en tiendrait pas là. J'ai commencé à avoir peur, des trajets en voiture, des orages tropicaux, de la vieillesse qui décontenançait mes parents, de la nuit, d'un peu tout. Très abattu lui aussi, mon mari nous organisa une seconde lune de miel et nous sommes repartis en Savoie.

— Vous skiez ? s'éveilla Tancrède, trop content de changer de sujet.

Mais Zou déjà très loin n'entendait plus d'autre voix que l'écho lancinant de sa mémoire, et son récit un peu haletant n'autorisait plus la moindre déviation.

— Un jour de neige comme la Sibérie seule peut en inventer, une gamine de quinze ans rencontrée à l'hôtel et qui skiait avec nous a dérapé dans une combe et ne s'est pas relevée. Affolé, mon mari s'est précipité auprès d'elle ! J'ai filé jusqu'à la gare du téléphérique chercher de l'aide. Secouristes, civière, retour à la guérite du téléphérique. Mais la petite réclamait des soins urgents. Il a fallu alerter un hélicoptère de la gendarmerie. Notre blessée souffrait beaucoup. Elle ne voulait pas lâcher la main de mon mari et il a décidé de l'accompagner en vol. Nous nous sentions responsables d'elle, vous comprenez ?

— Je comprends... marmonna Tancrède.

— Et puis je crois bien que l'idée d'un trajet en hélicoptère le séduisait, enchaîna Zou impassible à tout commentaire. Moi aussi, je les aurais bien accompagnés ! Mais il n'y avait pas de place pour moi dans l'hélicoptère, il n'y avait de place que pour la civière, le docteur, le pilote... et mon mari...

Son regard angoissé glissa au-delà de Tancrède, croisa les musiciens qui s'approchaient, courtois, impatients de chanter.

— Dieu sait si j'aurais souhaité moi aussi les accompagner... leur dit Zou en français, paralysant leur révérence.

Les musiciens renoncèrent. Soirée gâchée, soirée sinistre, Zou en prenait vaguement conscience mais le passé l'empoignait, l'obligeait à vomir sa douleur jusqu'à l'ultime renvoi.

— Depuis la mort de notre chien les angoisses se multipliaient dans ma tête et l'idée de me séparer de mon mari dans cet affreux blizzard m'affola. Il a dû le sentir, il m'a dit de ne pas monter dans le téléphérique si j'avais peur, qu'il reviendrait me chercher, que je l'attende tranquillement dans la cafétéria... Une horrible salle en ciment nu, où je me détestais de souffrir alors que l'accidentée c'était la petite, pas moi. J'ai regardé par la vitre l'hélicoptère décoller dans une pétarade neigeuse. Le ciel de fer l'a littéralement gobé. Il ne nous a laissé que le vacarme de son moteur. Transie, j'ai essayé d'avaler un chocolat chaud, abominablement aqueux, dont le gobelet de plastique me brûlait les doigts. Vous voyez que je n'ai oublié aucun détail !

— Je vois, dut convenir Tancrède, persuadé à présent qu'elle avait le margarita triste.

Baissant la nuque, elle laissa une mèche longue glisser entre ses yeux. Elle n'y prêta aucune attention, considérant pensivement le set de table — un combat de coqs sur une place de village.

— Curieusement c'est le silence qui m'a prévenue, le *silence*...

Le souvenir d'un effroi aussi grand que l'effroi luimême lui figea les prunelles. Jusqu'à présent Tancrède n'avait suivi son récit que d'une oreille vague, irrité d'inviter à dîner une jolie femme pour ne l'entendre l'entretenir que de son mari. L'extrême douleur dans sa voix lui donna l'alerte.

— Zou, êtes-vous sûre de vouloir continuer? murmura-t-il avec une douceur inattendue.

— Oui, avoua-t-elle piteusement, horrifiée des larmes qui lui gonflaient les paupières.

Les images se bousculaient dans son esprit :

— Un silence abrupt, une falaise de silence! J'ai couru comme une folle dehors, j'ai hurlé : « L'hélicoptère! Je ne l'entends plus... »

— Zou, calmez-vous...

Elle se tordit les doigts :

— Ils ont dit qu'il était probablement déjà loin... Mais je savais bien, moi, qu'il était arrivé un malheur! s'énerva-t-elle.

Elle respirait péniblement. On aurait dit qu'à retenir ses larmes, son cœur se noyait à l'intérieur d'elle-même. Sa voix franchit difficilement ses lèvres :

— Le bruit avait cessé tout d'un coup. Je le savais, je le suivais ce bruit, je le gardais dans mes oreilles, une façon d'accompagner mon mari, vous comprenez? Nous sommes partis à pied, en file indienne, trébuchant dans la neige. Le deuil est blanc en Asie. C'est eux qui ont raison, on pataugeait dans la mort.

Tancrède lui saisit doucement les mains sur la table mais c'est son regard que retint Zou... Lui aussi autrefois avait appris à calmer l'asthme de sa belle-mère. Et comme son frère Fabrice, il avait dans son regard une autorité pacifiante, ce don de saisir où elle gît la sérénité que chacun porte et néglige au fond de soi.

Zou respira mieux. Sa voix maîtrisée à nouveau s'exhala comme une plainte qui soulage.

— L'épave gisait au fond d'une combe voisine, horriblement froissée. Une pale arrachée et toutes les vitres brisées. Le pilote et mon mari étaient morts sur le coup. La jeune fille, évanouie seulement, ne semblait plus souffrir. Miraculeusement épargnée, elle s'en est sortie avec une jambe cassée. On s'écrit encore aujourd'hui. Elle est la toute dernière à avoir tenu la main d'Éric...

Elle aperçut seulement la sienne logée dans celles de Tancrède, des mains chaudes et musclées.

— Je suis confuse, bredouilla-t-elle, convaincue d'avoir gâché leur soirée. D'habitude je ne suis pas si... si expansive... Je ne sais pas ce qui m'a pris. Ou plutôt si, c'est ce que vous avez dit tout à l'heure, que je ne suis pas la femme d'un seul homme. Car je le suis ! Je l'étais en tout cas, Fabrice n'est arrivé qu'après. Il m'a... Il m'a énormément aidée... à l'époque.

Elle s'embrouillait, consciente de trop parler de maris.

Tancrède l'écoutait avec une gentillesse réfléchie qui la touchait au-delà de ce qu'elle souhaitait se permettre. Partagée entre le désir d'être réconfortée et la crainte de choquer, elle lui retira sa main qu'il ne songea malheureusement pas à retenir.

— Mais vous, qu'est-ce qui vous a pris de brusquement traverser la planète ? se reprit-elle. Pas l'espoir de renouer avec la grande Léonida, j'imagine ?

Tancrède haussa les épaules et Zou regretta aussitôt ses mots.

— Je me doutais que vous alliez finir par poser cette question... dit-il presque froidement. Votre belle-mère et votre mari ont déjà dû vous cuisiner à ce sujet quand ils ont appris que nous nous étions parlé.

— Certainement pas ! se défendit-elle. D'ailleurs s'il y a un nom qu'on ne prononce jamais chez nous, c'est bien le vôtre. C'est à peine si la France existe chez les Orfe-rino !

Tancrède fronça des sourcils sombres. Son regard oblique avait perdu toute chaleur, toute connivence. Il devait déjà s'abriter sous ces paupières de vigogne, enfant, dans les internats où l'expédiait sa belle-mère et l'oubliait son père. Un instant les guitares vibrantes à l'autre bout de la salle semblèrent le fasciner. Son regard étudia la danse véloce des doigts avant de se dérober brusquement, comme un oiseau effrayé par un chat.

— L'heure est aux confidences, j'imagine...

Un désarroi inattendu, une certaine vulnérabilité l'humanisèrent :

— Ce sont ces doigts qui m'ont conduit là, un accident de voiture idiot !

Zou se garda de tout commentaire. Elle aurait aimé oser prendre cette main qu'il exposait sur la table, sans la lui destiner clairement.

— Trois fractures entre l'épaule et le poignet, et puis ces deux doigts irréparables, continua-t-il sur le ton de la plus grande consternation, le deuil d'un corps hémiplégique au moins.

Il remua son auriculaire gauche avec d'extrêmes difficultés puis le souleva de sa main droite avec une violence exaspérée :

— Et l'annulaire, c'est pire !

— Ils manquent de souplesse en effet, constata poliment Zou sans bien comprendre son accablement.

— Allez expliquer ça à ma clarinette, sourit-il sans joie. Le virtuose est mort et parfois l'homme a envie de suivre...

Il y avait trop de chagrin dans sa grandiloquence pour que Zou en sourît.

— C'est arrivé comment ?

— Je vous l'ai dit, un stupide accident de voiture. Ce n'est même pas moi qui conduisais.

— Et vous êtes venu dans les Iles pour leurs guérisseurs ? devina-t-elle soudain.

Elle rougit, ce qui lui allait bien.

— Oui, la méthode Pranic ! Vous vous souvenez ?

L'humour de Tancrède semblait ressusciter.

— Vous y croyez, aux guérisseurs, vous ? ajouta-t-il avec des yeux vifs et fondants, qui frappèrent Zou au cœur...

Tancrède aurait désarmé la foudre quand il regardait le monde de cette façon-là.

— Jamais eu affaire personnellement à eux, avoua-t-elle, mais j'ai entendu parler d'un village dans les montagnes. Je vous y conduirai ! lança-t-elle avec un enthousiasme qui l'embarrassa sur-le-champ.

Après la trahison de Fabrice, elle voulait sûrement charmer plutôt qu'être charmée. Or elle trouvait des attraits dangereux à son beau-frère. Revenue à plus de retenue, elle écorna son soutien, maladroitement. Les enfants, la distance, trouver le temps... (Notons qu'elle ne mentionna pas son mari.)

Tancrède ne fut pas dupe. Peu désireux lui-même de se compromettre, il approuva avec un flegme assez bien joué qui désorienta Zou plus qu'il ne l'apaisa. Elle opina de la tête et tous deux se contentèrent ce soir-là d'organiser le bonheur de Louis et d'Aimée, avec toute la détermination dont ils n'avaient pas été capables envers eux-mêmes.

17

« Et si vous voulez connaître Dieu, ne vous préoccupez pas de résoudre des énigmes. Regardez plutôt autour de vous et vous le verrez jouant avec vos enfants. »

Khalil Gibran, *Le Prophète*

C'est une bâtisse oubliée, colossale, couvée au cœur épineux des bougainvilliers. Une resserre assombrie sous les fleurs, traversée dans toute sa longueur par la colonne vertébrale d'une baleine bleue. On y pénètre par une lourde porte en bois jaune, et tout de suite il faut baisser la tête sous les singeries immobiles des macaques empaillés, les ailes mitées des chauves-souris et l'élan figé de toute une volière ahurissante, raide et fanée, qui ressemble autant à la vie que la nuit au jour.

Stupéfait, Louis se laisse traîner à petits pas derrière sa cousine qui, moins émue, semble à peine voir les os pendus au-dessus de leurs têtes.

— Je ne savais pas que Hugo chassait, siffle son cousin sous l'énorme trompe d'un éléphant retenu à la muraille par une chaîne qui lui traverse les joues.

Aimée lève sur les défenses de vieil ivoire le regard placide qu'on accorderait à un portemanteau.

— Oh ! d'après Léonida, il les a pas tués lui-même. Son truc à lui, c'était plutôt d'empailler et de collectionner. Léonida dit que c'était une vraie maladie. Devine combien de papillons là-dedans ?

Son doigt toque sur le tablier de verre qui recouvre une commode massive.

— Ouah ! s'émerveille Louis, des centaines...

— Des milliers ! triomphe sa cousine. Ça c'est le Kallima mauve et feu de Java, et ça le Sphinx des Philippines. Regarde bien ceux-là, tu ne remarques rien ?

Louis se penche avec quelque réticence sur la dernière planche éclaboussée de couleur.

— Qu'est-ce qu'il y a, tu n'aimes pas les papillons ?

— J'ai mal aux épingles, finit-il par avouer.

— Moi aussi je les préfère dehors, mais regarde mieux, t'as pas compris ?

Louis fronce les sourcils. Pétrifié, il s'exclame :

— Ça alors ! C'est dingue...

L'alphabet poudré gît là. Pas une lettre qui ne manque ou qui ne soit parfaitement identifiable sur les ailes déployées, comme si le Bon Dieu s'était amusé à écrire le monde après l'avoir créé.

— Il paraît que Hugo a mis dix-huit ans à réunir ces papillons, explique Aimée. Au début il en a trouvé un, le H de Hugo justement. Tu penses qu'il l'a gardé. Puis le P, le C, et des années plus tard le L de Léonida qui ne lui a jamais pardonné de ne pas avoir été découverte en premier.

— Dommage qu'ils soient morts, dit Louis songeur. Imagine ces trente-six papillons échappés dans cette salle.

— On pourrait se faire un scrabble volant.

— Non, y'a pas assez de E...

Une cloche lointaine du côté de la grande maison les interrompt. Aimée sursaute.

— C'est la cloche du déjeuner, dépêche-toi ! Je veux te montrer quelque chose de terrible...

Ils étaient arrivés le matin même par un ciel théâtral où gonflait rapidement l'incendie du soleil levant. La vieille jeep familiale, carrosse rutilant aux cinq chevaux d'aluminium fixés sur le capot, était venue chercher les enfants à l'aéroport de Baheli pour les conduire jusqu'à l'embarcadère. Vingt minutes en lacets sur un sol de latérite vérolée de nids-de-poule qui obligeaient le vieux Bong à un savant slalom. Louis, ballotté comme les autres et pas entièrement persuadé qu'on avait déjà inventé la roue dans les Iles, s'ingéniait à visualiser un train pour échapper à l'inquiétude croissante que lui causait Léonida. De cette aïeule pour le moins difficile, son père lui avait parlé avec un œil froid et ses cousines n'avaient guère humanisé le tableau en dépeignant les façons d'un dragon geignant plus que d'une vieille dame. Louis avait cessé de poser des questions.

La route mourait sur un éperon de sable alangui dans la mer, où poussaient en désordre quelques cahutes de pêcheurs. Des coqs au piquet grattaient le sol sous les pilotis.

— J'aimerais bien être un coq ! murmura Louis songeur, trouvant tout à coup leur vie admirablement simple et la sienne terriblement compliquée.

— Eh bien pas moi, dit Anouk, pour qu'on me mange toutes mes poules...

Aimée et Perrine s'impatientèrent, plantées devant la barque rouge et blanc de Léonida, leurs chaussures de toile à la main.

— Alors, jamais vous venez !

La proue oscilla doucement. Ses balanciers de bambou lui donnaient l'air d'une grosse libellule posée sur l'eau. Difficile d'y grimper sans pieds mouillés, au grand bonheur de Louis qui commençait seulement à croire aux Iles promises sur les affiches de l'hôtel Intercontinental.

Le départ sur une eau lourde et vermeille à peine troublée par le tam-tam du moteur l'enthousiasma. Il n'avait pas trop d'yeux pour embrasser les montagnes lavées de violet derrière eux et les îlots semés dans la baie comme les poussins autour de la poule. La marée haute, proche de les avaler, ne laissait à fleur d'eau qu'un feuillage fourni et luisant. A chaque nouvelle apparition, Louis pointait son doigt :

— C'est celle-ci ? C'est l'île de Léonida ?

— Pas encore, pas encore ! s'écriaient ses cousines aussi impatientes que lui, c'est Lobo.

— Et Naga...

— Tuamuni et La-Io.

Des chansons qui le transportaient au bout du monde plus sûrement que l'avion. Dans la fièvre du voyage, la grand-mère de ses cousines devenait presque accessoire.

D'un point de vue strictement esthétique d'ailleurs, sa silhouette le rassura plutôt. Des jumelles de théâtre sur les yeux, elle les guettait à l'ombre d'un immense manglier rescapé de la mangrove florissante sur tout le reste de l'île mais qui avait été éclaircie devant la maison pour y dégager une aire sablonneuse. Louis la trouva superbement mise et l'oublia sur-le-champ en découvrant les premiers buissons de corail sous les transparences de l'eau. Lui qui pour la première fois de sa vie ne partageait une île avec personne débarqua sur Mojicap avec une âme de Robinson. Un Robinson prudent qui cherchait bras en croix son équilibre sur une jetée de bois guère plus élaborée qu'un fagot déroulé.

A l'autre bout, la vieille Léonida se leva, effrayant un oiseau turquoise.

— Un martin-pêcheur « cigogne » ! lança Marilou tout excitée, figeant la file des enfants derrière elle.

Léonida cria :

— Ouhou !

Il n'y eut pas grand écho chez sa descendance.

— Vous avez vu son énorme bec rouge ! dit Marilou, mais plutôt à propos de l'oiseau.

— Avance, grogna Perrine, on s'en fiche de son bec.

Sa hâte ne concernait pas sa grand-mère mais la peur d'un faux pas, ou simplement l'impatience d'étrenner son nouveau maillot de bain violet sur la plage. Les enfants la suivirent à la queue leu leu, pointant du doigt les trésors scintillants devinés sous l'eau qu'ils dominaient d'une bonne hauteur d'homme.

— Regardez là ! Une étoile de mer orange à clous noirs !

Louis aurait aimé s'asseoir, jambes ballantes, et regarder encore. Mais le respect les rassembla tous autour de la vieille dame. Léonida, qui n'embrassait jamais que les matins d'anniversaire et le soir de Noël (et aux dires d'Aimée c'était encore trop car ses baisers piquaient) déposa sur le front de chacune de ses petites-filles une croix tracée avec un ongle aiguisé qui se souvenait sûrement mieux de la crucifixion de Jésus que de sa vie et de ses bontés. Louis ne reçut rien, pas même une poignée de main ni l'ombre d'un regard. Ou plutôt si, l'ombre seulement.

Un instant décontenancé, il souhaita son père d'une façon urgente. C'est Aimée qui le délivra en lui poussant gaiement l'épaule.

— Avance ! Viens voir la maison.

L'immense demeure, ridée par les typhons et les canicules de l'été, surprenait sur cette île retirée. Avec ses toits de tuiles rondes, sa large façade en bois de teck montée sur un premier niveau de pierre, ses volets de capiz et ses balcons ouvragés, on l'aurait mieux imaginée aux abords de la capitale ou sur une île majeure en tout cas. Mais Léonida savourait son isolement, ne recevant plus guère que sa couturière à l'office et le curé de Sampaloc dans son boudoir (pièce ronde et calfeutrée qui, d'après Perrine, méritait pleinement son nom étant donné les mille raisons que Léonida y trouvait de bouder la vie).

Les chiens de Mojicap étaient restés dehors mais Fô avait suivi les enfants dans le hall, au pied d'un immense escalier. La rampe à barreaux dorés s'achevait au bas de la spirale par la saisissante statue d'un sculpteur d'une soixantaine de centimètres de haut. Moustache et bouc, sa blouse entrouverte, il soulevait le buste d'une femme en plâtre avec un regard pétillant de convoitise. Les enfants l'avaient longtemps cru vivant et frappant la pierre dès qu'on ne le regardait pas. (Anouk, encore aujourd'hui, cherchait à le surprendre.)

— Tu regardes le sculpteur, dit Léonida oubliant tout à coup que Louis n'existait pas chez les Orferino. Mon mari l'a rapporté de Rome en 1946 et installé là lors de la réfection de l'escalier d'honneur. Certains disent qu'il ressemble à Dali. Moi je trouve qu'il a l'œil de Satan.

Fô baissa l'échine en le contournant.

— Tu vois, même les chiens l'évitent, murmura Léonida sur un ton inquiétant.

Et sans autre transition, elle ajouta à l'adresse de ses petites-filles (elle ne voyait de nouveau plus que quatre enfants) :

— Le petit déjeuner est servi dans le *lanay*. Je vous y attends dès que vous vous serez lavé les mains.

Le sculpteur comptait parmi les rares trophées de Hugo honorés dans la maison de maître, peut-être parce que soudé à la rampe, on ne pouvait le déloger sans dégâts. Le reste s'empoussiérait dans la remise colossale, Maria Dolores pleurant des larmes de diamants, chars somptueusement ouvragés, crânes et cercueils de Sulawesi... Un conseil de famille avait fini par lui abandonner ce bâtiment à demi disparu sous les bougainvilliers, qui abritait déjà tout un fourbi ancien et presque oublié de bidets carrés montés sur pattes d'ours, layette jaunie et berceaux à barcelonnette.

Après la disparition de Hugo, Léonida n'avait pas osé bazarder ces horreurs. Elle aimait mentionner son esprit de sacrifice mais il était clair autour d'elle que personne n'aurait osé se charger d'une telle tâche, à cause des fantômes...

— De justesse ! s'exclame Aimée en voyant Louis retenir à deux mains le guéridon qu'il vient de heurter dans la pénombre.

— Qu'est-ce que c'est que ça ? demande-t-il en écarquillant les yeux.

— Oh ! ça, fait sa cousine blasée, un orchestre de grenouilles...

Leur peau est parcheminée et elles tiennent dans leurs pattes fripées de minuscules instruments de musique.

Louis les lâche avec une mine dégoûtée.

— Marilou les adore ! Elle a demandé à Léonida de les lui léguer quand elle mourrait et Léonida a failli l'exaucer sur-le-champ en mourant d'une crise d'asthme. Heureusement que Papa était dans le coin. Il est parfait dans ces cas-là.

Bien qu'elle parle à mi-voix, ses mots lancent d'étranges échos sous les vieilles charpentes piquées de soleil. La cloche lointaine les rappelle à l'ordre du côté de la grande maison.

— Dépêche-toi avant qu'ils nous découvrent ici !

— Ta grand-mère ne veut pas qu'on joue là ?

— Non ! Elle dit que c'est dangereux. A cause des Taong-Lupa.

— Des quoi ?

— Taong-Lupa, des fantômes quoi...

— Ça ressemble à quoi un Taong-machin ?

— Ça ! personne ne le sait trop, ils sont si petits. C'est

des sortes de nains presque invisibles. Le danger, c'est de marcher dessus justement.

— Et qu'est-ce qui se passe si tu marches dessus ? faiblit Louis.

— Carmen dit que tu tombes très malade.

— Qui c'est, Carmen ?

— La vieille cuisinière de Léonida. Elle dit que tu peux même mourir. Elle a une voisine dans son village qui avait marché sur un Taong-Lupa sans le faire exprès et qui est restée des semaines au lit sans pouvoir se lever, en hurlant des insultes à des visages invisibles.

— Et elle est morte ?

Dehors, Louis aurait ri de ces sornettes mais là, sous les vertèbres fibreuses de la baleine et les grimaces mortes des singes, elles prennent un relief inquiétant.

— Non, le Hilot est venu. C'est le guérisseur. Il a enfumé la fille sous un drap en brûlant toutes sortes de racines puantes. Il paraît que ça a été radical.

— Une petite claque dans les mauvaises odeurs, plaisante Louis mal à l'aise.

Mais sa cousine lui tourne déjà le dos. Elle file à l'assaut d'un minuscule escalier en colimaçon qui mène à un balcon intérieur.

La chaleur est étouffante là-haut. Ils sont sur un pont suspendu qui domine l'épine dorsale de la baleine et la jungle empaillée. Ça sent la pierre humide, le poil et le bois. Louis serre des doigts blancs sur la balustrade, troublé comme si le Facteur Cheval en personne leur avait ouvert son salon.

— Louis, tu viens ?

Il sursaute.

— Je t'ai fait peur ! sourit Aimée.

Il hausse les épaules mais se hâte de la rejoindre. La pièce est obscure et les meubles sous housses pèsent sur le plancher. Aimée court à la fenêtre, dont elle écarte les doubles rideaux. Le soleil éclate de rire sur le parquet poussiéreux, évinçant les Taong-Lupa. Louis respire. Les yeux de sa cousine brillent de façon étrange. Elle soulève le couvercle grinçant d'un coffre incrusté d'os de carabao.

— Touche pas mais regarde ! chuchote-t-elle audessus du papier jauni.

Elle dégage avec soin un objet de la taille d'un œuf d'autruche.

— Ça se casse ?

— Non, c'est seulement racorni.

Elle écarte soigneusement les pelures de papier de soie jusqu'à découvrir une tête humaine, sombre et rabougrie comme un vieux marron d'Inde.

— C'est... en cuir ? s'effare Louis en se souvenant de l'orchestre de grenouilles.

— En peau d'homme ! C'est une vraie tête d'homme, une tête réduite comme il en existe presque pas dans le monde. Hugo l'avait expédiée de Bornéo à Léonida pour leurs dix ans de mariage...

18

Le thé arriva dans une théière sans couvercle alors qu'elle ne l'espérait plus. Toujours mal à l'aise dans le rôle de la cliente, Georgette l'avait réclamé d'une voix confuse à un serveur nonchalant qui s'appelait Nelson mais n'avait jamais mené personne ni grand-chose à la victoire. Les pieds vagues, il avait disparu avec sa commande le temps que d'autres mettraient à bouillir une lessiveuse.

L'hôtel avouait un luxe déjà fatigué en dépit de ses parquets cirés et de ses somptueuses charpentes de bambous. Les portes-fenêtres en capiz coulissaient avec le poing mieux qu'avec le petit doigt, il manquait une ampoule à l'une des lampes de chevet et par une distraction de l'électricien, les interrupteurs des tables de nuit commandaient chacun la lumière opposée... Après quelques réclamations de base dans un anglais mimé — cintres, ventilateur, savon —, Georgette s'était tant bien que mal installée, moins dérangée d'ailleurs par l'inconfort que par l'obligation de faire face à une vacance extraordinaire à laquelle son existence ne l'avait guère préparée.

Georgette n'avait tout d'abord pas su quoi faire de Georgette.

Bâties sur pilotis, les chambres étaient comme des

îles au milieu d'un océan de feuillages. Elles s'ouvraient chacune sur des terrasses au plancher parfois vermoulu, qui rejoignaient la salle à manger par un réseau méandreux de passerelles en bois. Des coassements inquiétants crevaient la vase en dessous. La chaleur vibrait dans l'air et le cœur de Georgette battait jusque dans les veines de son cou. L'idée d'une sieste ne lui traversa pas l'esprit. Dans son Auvergne natale, on luttait contre la canicule en fermant les volets et on ne s'allongeait de jour que malade ou mort. Se rafraîchir sous une douche ne l'effleura pas non plus, ses ablutions quotidiennes et très méticuleuses mouillaient rarement plus qu'une « lavette » tordue au-dessus de l'évier, et le bain savouré à l'hôtel Continental restait dans son souvenir une parenthèse cocasse dont elle n'aurait su abuser.

Tournant le dos à des générations de Binet qui s'étaient reposées sur le saucisson et le gros rouge, elle accueillit le retour de Nelson et la théière avec un plaisir incrédule. Il y a dans le cliquetis des soucoupes et cuillers un bonheur distingué qui l'avait frappée les mardis après-midi, quand l'une de ses patronnes recevait à goûter autour d'un service Minton. Surprise de trouver au fond de son corps tant de goût au désœuvrement, elle ferma les yeux sur un soleil vert tamisé derrière l'enchevêtrement palmé des arbres. Des visions extraordinairement sentimentales lui traversèrent le cœur. Ramon qui lui sauvait son bagage à l'aéroport et l'escortait au restaurant, Fabrice qui l'installait sur leur terrasse baignée de lune, Ramon encore qui la ramassait devant la calèche !... Autant d'égards inimaginables sous son propre toit, où c'était toujours à elle de veiller aux casseroles et de tendre la louche les rares fois où Émile venait en famille partager son couvert.

Cette euphorie romanesque, qui n'eut d'autres témoins que les arbres et un gang de moineaux friquets, dura le temps qu'il fallut à Nelson pour venir récupérer la théière sous le prétexte de rapporter des sachets neufs. (En réalité il manquait de théières et ne devait plus réapparaître.) Pincée au milieu de son rêve, Georgette le laissa faire sans oser se défendre, même en français. Redevenue Binet, lucide et rustique, elle vit ses mains ridées par les détergents, ses ongles ras et ses mollets pileux qui juraient avec la distinction envisagée plus haut. C'était la première fois de sa vie que ses jambes l'embarrassaient. En France elle portait toujours des bas foncés et n'avait pas le temps de s'y intéresser de toute façon, laissant à sa bru l'angoisse du poil et le soin hebdomadaire de s'épiler à peu près tout sauf les cheveux. Peut-être aurait-elle dû commencer son séjour par le salon de beauté de l'hôtel, comme Ramon le lui avait suggéré le jour de son arrivée ?

— Tu as encore utilisé mon rasoir pour tes jambes, lança Fabrice.

Zou ne daigna pas se retourner :

— Ton rasoir est rangé à sa place dans le verre en grès. C'est le mien que tu as pris sur l'étagère.

Il y avait aussi des rasoirs sur sa langue et Fabrice ne voulut pas envenimer le débat. L'humeur de sa femme, la tension politique dans la capitale et maintenant ce bébé qu'il leur fallait attendre dans les ténèbres d'une paperasserie de ministère (et qui plus est sans le consentement de sa vieille Maman), tout cela lui pesait plus qu'il n'y paraissait.

La ville entière sentait la poudre et la corruption.

— De toute façon, je ne vois pas pourquoi tu tiens tant à te rendre au bureau justement la veille des élections, quand toutes les têtes sensées se réjouissent de rester tranquillement au bercail. Tu risques une balle perdue...

Fabrice haussa les épaules :

— Tu exagères toujours...

— D'ailleurs il n'y aura sûrement personne là-bas, insista Zou en même temps qu'un bref soupçon la broyait.

Fabrice ne broncha pas. D'une voix calme il trouva les mots exacts qu'il ne fallait pas dire :

— Ma secrétaire sera là, elle m'a promis de venir.

Zou pâlit. La vie lui parut soudain singulièrement dangereuse. Un désarroi sans maquillage balaya sa colère. C'est peut-être pour ça que Fabrice, brusquement inspiré, lui prit les mains dans un élan affectueux.

— C'est notre bébé qui te tracasse ? demanda-t-il en toute bonne foi.

Comme si de tous leurs problèmes, celui-là seul pouvait ébranler leur quiétude conjugale.

Zou eut un mouvement de recul, plus surprise par sa perspicacité que par son geste. Indéniablement, derrière sa jalousie bouillonnait un autre malaise : ce bébé dont elle ne savait rien, pas même s'il était né, qui n'existait nulle part en elle, qu'il lui fallait entièrement inventer dans son imagination sans le secours de minuscules coups de pied au ventre ou d'un cœur à écouter chez le gynécologue. Toute l'appréhension d'une grossesse invisible ! Les pères, croyait-elle, dans ce domaine-là étaient mieux épargnés.

— Non, dit-elle, niant son trouble, ou plutôt ce trouble-là.

Et c'était suffisant pour qu'un homme haïssant les histoires comme les haïssait Fabrice retournât satisfaire ses préoccupations quotidiennes.

— Trouve pas mes lunettes, s'agaça-t-il.

Sa femme les lui tendit avec de grands yeux songeurs.

— Je t'adore, dit-il tout à fait rasséréné, et il lui tamponna un baiser léger sur la joue.

La bonne humeur de son mari l'horripila. On se venge toujours par dépit. A l'origine en tout cas, Tancrède n'y était pour rien.

— Bon, j'y vais, fit l'inconscient.

— Bon, moi aussi, rétorqua Zou avec la voix du Chaperon rouge et le regard du loup.

— Où ça ? Tu m'as dit que tout était fermé en ville ? s'étonna tout de même son mari. (Première minuscule victoire.)

— A Bantok, dans les montagnes. Je vais profiter de l'absence des enfants pour emmener ton frère dans les montagnes.

— Et il ne peut pas se débrouiller tout seul, mon frère, dans les montagnes... bredouilla Fabrice interloqué.

— Il ne s'agit pas de tourisme. Je lui ai promis de l'aider à trouver un guérisseur pour ses doigts. Il ne t'a pas parlé de ses doigts l'autre soir chez la présidente Ping ?

— Non... il y était ?

— C'est vrai que pour deux frères, vous ne vous adressez pas beaucoup la parole. J'ai dîné avec lui l'autre soir, quand tu n'étais pas là. (Sa voix chantait mais son regard défiait.) Il s'est blessé deux doigts dans un accident de voiture. Paralysie du nerf, il ne peut plus jouer de la clarinette et les plus grands spécialistes parisiens ne peuvent rien pour lui. C'est pour ça qu'il est venu dans nos Iles, pour les guérisseurs. Et j'ai promis de l'aider, il est un peu perdu dans ce pays, tu imagines.

Zou en rajoutait. Peut-être dans l'espoir d'être contredite, retenue, saisie avec passion... Mais Fabrice ne réagissait pas. Pris dans les mailles de sa philosophie libérale, il avalait toutes les couleuvres en opinant de la tête et sa passivité obligea paradoxalement Zou à aller jusqu'au bout de son culot.

— Je pars deux jours, peut-être trois... annonça-t-elle soudain avec une nonchalance qu'elle était loin de ressentir.

Le plus surpris dans tout ça fut encore Tancrède,

quand sa très récente belle-sœur lui annonça au téléphone avec un enthousiasme presque menaçant :

— Préparez votre valise, on a trois jours devant nous pour aller découvrir les guérisseurs avant le retour de nos enfants. Que diriez-vous de partir demain ?

Si son aplomb le surprit, il n'eut guère l'occasion de le faire savoir. Zou ne l'aurait pas seulement laissé tousser tant son propre courage avait besoin d'élan pour ne pas éclater en miettes. Elle ajouta précipitamment, comme s'ils en étaient déjà aux détails d'un projet mûri de longue date :

— Je vous préviens, les cars démarrent tous horriblement tôt, le mieux c'est encore de se retrouver à la gare routière.

Tancrède lui céda volontiers pour le bénéfice de ses doigts paralysés. A l'entendre converser au téléphone ce soir-là, c'est même sa main blessée uniquement qui partait avec Zou en voyage.

L'âme sœur lui manquait. Des yeux avec qui partager sa route, ses ornières et ses paysages. Mais quand Georgette osa le restaurant, le premier geste du serveur fut d'ôter le deuxième couvert sur la table carrée qu'il lui désigna.

La salle était encadrée d'arbres verts et encore assombrie par des moustiquaires. Toutes sortes de stridences inconnues cernaient les terrasses derrière une verdure épaisse et fournie. Georgette s'assit en épiant les visages autour d'elle. Pas grand monde, mais toujours plusieurs voix échangées par-dessus les nappes, plusieurs avis effeuillant les menus. Elle-même n'avait que ses lunettes (et un seul verre à ces lunettes) à qui demander conseil, et ressentit sur le coup un découragement vif, insoupçonné jusque-là étant donné qu'à Paris elle n'allait jamais au restaurant. Elle vit passer des glaces un peu affaiblies par le trajet et la chaleur. Le service très assoupi n'énervait personne et surtout pas le personnel. Ses yeux errèrent quelque temps sur les tables voisines. Un couple de touristes bedonnants et rougis considérait en silence la fiancée asiatique de leur fils (un grand dadais blond), un peu ahuri par sa boulimie de crabes. Georgette commanda comme eux des crevettes et des nouilles chinoises. Elle les attendit ensuite très longtemps et très patiemment, n'ayant pas idée de la façon dont elle allait occuper les journées qui suivraient ce repas puisqu'elle ne savait pas nager ni bronzer, ni adresser la parole à des inconnus...

Elle finit par gagner la plage au bout de son labyrinthe sur pilotis et s'y aventura pieds nus, en balançant ses souliers à la main. Brûlant, le sable de lave grise lui dévorait la plante des pieds, l'obligeant à sautiller jusqu'au rivage.

L'eau la ressuscita. Les vagues mouraient sous ses orteils en creusant des cratères minuscules qui la chatouillaient délicieusement. Depuis combien de temps n'avait-elle plus marché pieds nus ? Plaisir d'enfant, elle qui l'avait si peu été. Souvenir d'été quand il y avait encore des écrevisses dans les ruisseaux auvergnats. Georgette n'avait pas de maillot de bain. Sa robe mouillée collait ses fleurs à ses mollets. L'eau délicieuse l'appela tout entière et elle aurait fini par lui céder si elle avait réussi à oublier qu'elle ne savait pas nager. Elle s'allongea sur le sable et s'y assoupit sans même s'en rendre compte.

C'est une voix qui la réveilla. A l'extrémité de la plage, ses voisins de salle à manger s'éloignaient à pas lents, avec sur leurs visages repus le grand silence de la digestion. Les deux plus jeunes balançaient leurs mains jointes en grimpant le sentier de la falaise. La fiancée pointa du doigt le sommet et Georgette leva la tête aussi. Tout là-haut, une croix se détachait dans un ciel vaste et jaune.

La plus modeste chapelle était un appel chez Georgette. Elle se hissa dans leurs pas.

Le soleil baissait, Georgette montait, les deux rougeoyaient rapidement. Elle avait du goût pour la marche et ses souvenirs d'enfance les plus réussis escortaient les vaches avant la tombée de la nuit. De toutes les corvées dont l'éreintait la ferme, c'était la seule qu'elle sût de bonne foi tourner en bonheur, toute au bien-être de ménager ses jambes parce qu'on ne bouscule jamais une vache sinon le lait tourne, et de grappiller en paix les saisons, fraises, mûres, noisettes...

Une brise agréable l'accueillit au sommet. Très loin sur la plage, les quelques parasols désertés ressemblaient à des coulemelles. Georgette laissa échapper un soupir de satisfaction. Des vaches bossues broutaient une herbe filandreuse et coupante, et c'était juste l'accueil qui lui convenait. Elle prit le temps de s'éponger le front en cherchant son souffle et la croix.

Posée sur quatre menhirs, la chapelle soulevait un toit de pierre sans murs. La vue depuis l'autel était époustouflante. La mer étalait jusqu'à l'horizon une robe sans plis où dérivaient en silence des voiles cousues de couleurs. Le soleil fondant traçait sur l'eau un chemin scintillant qui venait mourir au pied de la falaise juste dans l'axe de son regard, comme si Dieu la pointait du doigt. De se voir désignée ainsi, Georgette eut l'âme toute remuée, touchée par la sérénité du soir et plus encore par l'exquise harmonie des lieux où pas un son ne blessait l'oreille, pas une couleur ne jurait, pas une essence ne lui frottait les narines. Elle eut alors la vision consternante de sa propre rue, de l'asphalte humide et noir comme du pétrole, du vent hargneux qui crucifiait les parapluies — et le contraste entre ces deux mondes la bouleversa.

Une silhouette sous un arbre secoua son désarroi. Le jeune couple qui l'avait précédée sur la falaise s'enlaçait sous le feuillage verni d'un amandier indien. Ils s'embrassaient avec une passion embarrassante, obligeant Georgette à tousser...

— Le jeunot a lâché la bouche de sa petite amie qui à mon avis me doit la vie, vu comme elle s'est mise à respirer tout à coup.

Cristelle s'étouffait de rire au récit de Georgette.

— Et y'avait des mariages là-bas ?

— C'est la même question que je leur ai posée. Ça les a mis muets. Ils ont regardé la chapelle, les menhirs et leurs parents adossés aux menhirs comme s'ils existaient pas la minute d'avant. Autant demander son chemin sous l'eau à un poisson ! Leurs parents étaient plus causants... Ils s'épongeaient le front à tour de rôle en se passant un mouchoir à carreaux. Des mariages, la dame en avait vu oui ! Elle causait avec un accent qui me rappelait un gruyère rapporté par ta tante, celle mariée à un Fribourgeois. " Des Japonais surtout ", son homme m'a fait. " La vie est si chère chez eux qu'ils ont meilleur temps de se marier ici ! "

— Et y se marient comme nous les Japonais ?

— Pas ceux-là ! Tu vas pas me croire. Y se mariaient en druides. Paraît qu'ils montaient le dimanche, la mariée emballée dans un drap de lit et le promis dans un sarong, et tout ça sur un char tiré par un buffle.

— Dans un drap de lit ? Mais pour quoi faire ?

— Pour faire druide je te dis. T'as bien fait les druides à l'école ?

— Et l'orgue, alors ?

— Ben y'avait pas d'orgue. Juste des gongs.

Georgette aussi avait des cérémonies plus classiques dans le cœur mais l'émerveillement des lieux durait. Elle y retourna le lendemain et le surlendemain, pendant que le reste du pays s'énervait autour des urnes et ensuite autour du compte des voix. Elle ne vit rien des batailles ouvertes devant les mairies, des magouilles dans les isoloirs, des fusils et des cris...

Elle escaladait sa falaise, un peu grisée, comme on se hâte vers un rendez-vous. Et c'est un rendez-vous en effet qu'elle s'offrait avec les zébus paresseux, les derniers milans bercés en rond sur d'invisibles courants ascendants et les stridences étourdies des hirondelles dans ce grand ciel balayé de cuivre.

Elle y emmena ses rêves, son Ramon. Un Ramon dont elle apprivoisait l'image et l'humeur au fil des soirs. A qui elle parlait maintenant des carillons de son pays avec toujours cette idée au fond du cœur que dans le monde chrétien, quelque part, des cloches n'attendaient qu'elle (et Lui) pour sonner...

Peut-être même les entendait-elle, ces cloches, en questionnant des yeux mer et ciel, lune et soleil, tout ce que sa vie besogneuse négligeait à Paris ? Paisiblement adossée à la pierre, dans le silence indulgent des lézards, Georgette rêvait, loin du tohu-bohu des hommes.

19

Il s'agit de faire vite avant le retour de Léonida !

Embarquée tôt ce matin sur la *banka* vermillon, au milieu de toute sa domesticité oscillant de la poupe à la proue, elle est partie prêcher l'exemple et voter en grande pompe à la mairie de Bahile. La seule à oser lui tenir tête et qui manque à son troupeau est la vieille Carmen dont l'acrimonie chronique ne s'accommoderait d'aucun candidat de toute façon.

— Enlève tes *naïss*, dit Aimée.

Sa voix résonne dans la grande maison désertée.

— Mes quoi ? fait Louis.

— Tes tongs, tes *slipers*, tes *flip-flop* quoi !

Elle donne l'exemple en secouant les chevilles. Ses *naïss* volent et elle s'élance dans le corridor. Fô la suit, la queue gaie. Leurs pattes et pieds nus laissent des pépites de sable blanc sur le parquet de nara.

La porte à doubles battants de la chambre de Léonida, sculptée d'anges pacifiant certains courroux bibliques, présente toute la simplicité d'un tympan de cathédrale. D'instinct les enfants chuchotent.

— Et si on nous entend ?

— Puisqu'ils sont tous partis, je te dis ! D'après Léonida, ils en ont au moins pour la journée.

— Mais tes sœurs...

— Anouk fait la sieste, Marilou chasse probablement l'hippocampe et Perrine l'inspiration. Elle écrit, tu ne savais pas ? Des histoires invraisemblables qui finissent mal. Alors ça l'arrange qu'on se débrouille tous les deux seuls.

— Mais Léonida et les autres, s'ils rentraient plus tôt que prévu... insiste Louis.

— Alors ça, ça m'étonnerait ! Papa a prédit la « chienlit » partout, garantit sa cousine avec un aplomb vaguement dégoûté.

Louis, qui aurait horreur d'avouer qu'il ne connaît pas ce mot, se rend avec un soupir fataliste. Aimée a déjà une main sur la poignée d'émail. Il y a une façon de la soumettre silencieusement, en la tirant avant de la visser, qu'elle maîtrise visiblement de longue date. Elle se glisse à l'intérieur d'un pas de cambrioleur.

— Ouf ! J'avais peur qu'elle l'ait fermée à clé...

Louis la suit comme on entre chez un pharaon, la nuque humble et le cœur battant. Les rideaux de brocart tirés devant les fenêtres devancent le crépuscule. Vert et argent, on dirait le fond d'une rivière. D'instinct il cherche son souffle. Ils viennent de quitter la plage brûlée de lumière et ici tout est glauque, même l'ivoire des éléphants morts qu'il a fallu massacrer avant de réussir à sculpter leurs défenses en forme de nouveaux éléphants.

— On aurait dû prendre nos tubas, murmure Louis, caressant les statuettes du bout des doigts. C'est comme si on marchait sous l'eau ici.

— C'est vrai, on n'y voit rien dans cette chambre.

Il règne chez Léonida le souterrain silence des cryptes et toute la douleur du Christ d'argent crucifié sous globe, à côté de la pendulette de cuir. Louis, qui ne s'attendait pas à des Mickey Mouse sur les murs, trouve quand même que la grand-mère d'Aimée pousse la rigueur un peu loin. Le lit à colonnes a les proportions d'un mausolée et son couvre-lit trop lisse des plis de pierre. On dirait la couche d'un gisant.

— Léonida se plaint toujours du soleil, chuchote Aimée à son oreille. On se demande pourquoi. En France, Papa dit qu'elle bramait tout le temps après...

Des silhouettes dans l'obscurité verte les paralysent soudain !

Ils ont un fou rire nerveux en se reconnaissant dans les glaces de l'« *Aparador de tres lunas* [1] ». Louis s'observe, impressionné, dans les trois miroirs de la colossale armoire où la chambre perd ses murs. C'est comme ces rêves où, traversant une maison connue, on découvre des pièces insoupçonnées.

— Regarde ça !

Aimée l'arrache à ses réflexions en le tirant par le coude. Son doigt pointe une gravure du côté de la table de nuit.

— Qu'est-ce que tu vois ?

— Une dame assise devant sa coiffeuse...

La jeune femme a les cheveux relevés en chignon. Elle est assise de dos et se sourit. On aperçoit son visage dans le miroir, et sa main droite qui hésite entre différents onguents alignés sur sa tablette.

— Regarde mieux.

Louis contemple l'image avec une stupeur grandissante tandis que se précise, dans l'ovale de la psyché, la forme d'un crâne dont les flacons sont les dents espacées.

— Elle est morte, confirme Aimée.

Les détails prennent corps. Dans le crâne, les cavités noires des orbites...

— Ça s'appelle *Vanité,* tu lis, là ? Comme quoi ça sert à rien de se maquiller.

Aimée hausse des épaules philosophes. Louis songe à Yvonne, l'insupportable maîtresse de son père.

— Il y en a une autre, là.

Même gravure légère au premier coup d'œil et fatale au second. Trois jeunes femmes en train de causer sont

1. Volumineuse armoire espagnole.

réunies sur un canapé. Amabilité de surface qui lentement fait place au visage hilare de Satan. Ses cornes et ses sourcils cruels sont les plumes d'aigrette sur les chapeaux de ces dames.

— Tu comprends maintenant pourquoi Léonida n'invite jamais personne chez elle. Elle dit que les langues, c'est des poches à venin. En plus, elle se méfie des postillons qu'elle trouve pas hygiéniques.

— Ah bon, fait Louis qu'au fond les froideurs silencieuses de la vieille dame arrangent plutôt, en lui évitant de composer avec un passé humiliant.

Fô bâille et tombe sur la descente de lit. Il écrase la tête sur ses pattes avant mais ses sourcils vivants poursuivent le dialogue.

— Bon c'est pas tout maintenant, il faut commencer à chercher, décide Aimée. Tu fouilles la commode, moi je me charge de l'*Aparador*.

Un silence affairé s'installe où soupire Fô et glissent les tiroirs. La pendulette sonne tous les quarts d'heure, insistant sur les heures. De plus en plus nerveux, Louis désespère.

— Je l'ai trouvé ! triomphe Aimée à point.

— Pas si fort ! Tu vas nous faire repérer...

— De Bahile ? La maison est vide, je te dis, et Carmen est à moitié sourde. Regarde...

Ses mains soulèvent un épais recueil cartonné, relié sous toile bleu marine. De l'intérieur glisse une multitude de carnets gris aux coins usés.

— Le Journal de Hugo... s'émerveille-t-elle à mi-voix.

Elle tourne une page au hasard et tout de suite commence à lire :

« Manille, 17 juin 1933. Cette vieille femme noire me conduit au bout d'une impasse, dans un jardin tout en ombres et en troncs. Les pelouses montées en graine masquent en partie la façade écaillée. Le charme ne survit pas à l'intérieur. Les murs sont recouverts de très laids papiers peints, moisis aux coins. Des corridors obscurs comme des tunnels mènent, ou plutôt vous égarent, à travers des pièces caverneuses et des salles de bains moisies. J'ai repéré une trappe inquiétante dans la chambre des maîtres. Il traîne encore des bondieuseries çà et là. Auparavant la maison en était pleine, c'est la gardienne qui me l'a dit avec un respect inquiet. Son mari a expulsé lui-même au jardin le dernier *Christ souffrant*. (Je l'ai retrouvé au fond d'une tonnelle à demi effondrée sous les bougainvilliers. Il m'intéresse, prix à négocier avec la propriétaire... Aussi repéré deux gentils moutons de plâtre qui avaient perdu leur crèche.) »

— Génial, non ? s'interrompt Aimée.

— Super ! Mais pourquoi Léonida le cache, ce Journal ?

Ils se sont installés sur la courtepointe satinée, le Journal de Hugo étalé devant eux.

— Pas convenable... répond Aimée laconique.

— Tu veux dire qu'il y a des gros mots ?

— Des dames plutôt...

Et comme son cousin demeure perplexe et qu'elle-même ne sait pas trop bien de quelles « dames » a parlé Fabrice en plissant des yeux ironiques, elle reprend vite sa lecture.

« Rencontré ensuite la propriétaire, une étrange figure confite en religion. Elle a eu douze enfants dont trois sont morts et quatre fous, mais elle en parle comme s'ils étaient toujours vivants. Les servantes ont visiblement peur de la maison. Disent que les pièces du sous-sol sentent l'encens la nuit. J'ai vu des rats marcher au salon et longer le mur de ma chambre. (J'ai recloué depuis la plinthe pour masquer leur trou.) »

— Brr, ça vous fait froid dans le dos.

— Ça devrait plaire à Perrine...

Louis tourne la page.

« Elle m'a aussi mis en garde contre l'eau. Parle d'un

mauvais esprit dans les robinets. Je pense plutôt au plomb dans les soudures. En réalité la maison entière menace. Je ne serais pas étonné de la voir s'effondrer un jour sous les termites... »

— Chut, écoute !

Un bruit de moteur résonne au loin.

Ils courent à la fenêtre, penchent leurs visages au-dehors, éblouis, heureux d'avoir peur ensemble. Vent et soleil cirent les feuilles géantes des bananiers sauvages au pied du mur. Sur une mer d'aluminium, un point grossit.

— C'est Léonida ! glousse Louis, énervé.

— Grouille ! crie Aimée.

Les tiroirs volent en place, la courtepointe hâtivement lissée retrouve un sommeil de marbre, la porte claque. Larcin sous le bras, les deux enfants glissent à califourchon sur la rampe tandis que tremble tout en bas le sculpteur au bouc pointu.

Léonida débarqua courroucée en tête de ses « fidèles » (c'est ainsi qu'elle nommait son personnel de maison), l'ombrelle agressive plantée en cadence devant ses pas. Arrivée à huit heures devant les portes de la mairie de Bahile, elle s'était vue renvoyer dans ses pénates après sept heures de queue et quatre registres à signer...

Sans seulement voter !

« Les bureaux ferment », avait brusquement décidé le énième guichetier avec un sourire contraint et une certaine vacuité dans la pupille destinée à désarmer toute confrontation. Sur quoi les autres employés de mairie — regards bas et dos affairés — s'étaient mis à cadenasser toutes les entrées aux urnes avec une diligence d'autant plus suspecte qu'ils n'en avaient guère fait usage jusque-là. Ni les appels à leur bonne conscience, ni les blâmes, ni les menaces d'excommunication n'avaient pu les ramener à la raison, et la retraite de Léonida n'avait soulevé que de la poussière. Sifflante et scandalisée, elle avait regagné Mojicap et son lit sans même remarquer le dalmatien oublié derrière sa porte par les deux cousins...

Au bord d'une crise d'asthme, elle s'affala dans ses oreillers en réclamant la chocolatière et le téléphone.

Ses fidèles réagirent avec plus de philosophie. Soumis depuis bien avant leur naissance — génétiquement en quelque sorte — aux ukases des colons et des dictateurs, ils s'éparpillèrent à leurs tâches sans aigreur ni zèle (autant dire comme d'habitude), persuadés depuis des siècles que les riches avaient d'abord raison.

Léonida saisit le téléphone comme un masque à oxygène mais la voix de Fabrice se fit désirer.

— Oh ! de l'air, de l'air ! Je suis à bout. Mon éventail, où est mon éventail ? Non, la Punkah [1], qu'on m'agite la Punkah nom de nom ! Carmen ! Ah ! j'étouffe, je meurs. Aimée ! Perrine ! Les enfants ! Mais où sont donc passés les enfants ?

Dans la lingerie déserte. Ils repassaient au fer des tranches de pain beurré — une recette de Marilou pour amollir le chocolat du goûter sur les tartines — qu'ils consommaient sur place, adossés au parfum des piles de draps propres.

— Allô ? Allô ?

— Ah ! Fabrice, tout de même tu me réponds ! s'irrita-t-elle comme si c'était sa faute. Le téléphone marche de plus en plus mal dans ce pays !

— Il paraît que les grossièretés indisposent les satellites ! C'est écrit noir sur blanc dans le journal.

— Qu'est-ce que tu me chantes là ! s'impatienta Léonida. Tu ne devineras jamais quel tour odieux ce gredin m'a joué ! (Fabrice eut l'intuition qu'il ne s'agissait pas de Dieu mais du Président.) Figure-toi qu'il ne m'a pas laissée voter ! Ni moi, ni mes gens... Sept heures de queue

1. Éventail géant fixé au plafond et balancé au moyen de poulies et de cordes par un domestique.

pour m'entendre dire au dernier guichet : « Désolé, nous fermons. » Comment tu avales ça, toi ?

— Tiens, c'est amusant, je ne connaissais pas encore ce truc-là... dit Fabrice.

— Amusant ! Tu trouves ça amusant ! explosa sa mère.

Fabrice perdit la suite dans le brouhaha de l'office. Zouraïda surgit et traversa la véranda en trombe, à la recherche de son sac de voyage et s'énervant de ne le trouver nulle part.

— Ça fait trop longtemps que Wella confond ranger et cacher ! jeta-t-elle en claquant une autre porte.

Fabrice se garda bien d'intervenir. Au fond, l'énervement de Zou le rassurait plutôt. Si un réel enthousiasme avait motivé son départ avec Tancrède, elle aurait trouvé calme et patience dans sa joie : et probablement son sac... Il s'aperçut que Léonida avait raccroché et il alluma la télévision.

Le désordre familial sous son toit semblait s'exacerber dans les rues de la capitale. Il vit des mairies en feu et des matraques tomber sur les nuques, et se réjouit de savoir ses filles sur leur île. Zou retraversa la pièce, une lueur pointue dans l'œil. Elle venait de découvrir son sac dans la buanderie et le balançait en marchant comme si elle voulait lui donner suffisamment d'élan pour qu'il partît seul en voyage. Fabrice hésita, leva trop tard un bras apaisant. Zou avait déjà disparu au bout du corridor.

Il zappa avec un haussement d'épaules. Le Président lui sourit. La chaîne 4 était son fief et il y souriait comme ça beaucoup sur fond luxuriant de rizières et d'enfants bien nourris à califourchon sur des buffles. En dépit d'une sale mine plombée et de bajoues tuméfiées, il conservait face aux caméras un aplomb réellement présidentiel. Les journalistes se bousculaient devant lui en braquant leurs micros.

« Et si la presse internationale vous fait remarquer que les élections se sont déroulées malhonnêtement, que ferez-vous ?

— Je m'efforcerai de convaincre les foules du contraire.

— Et si des observateurs impartiaux, les journalistes étrangers par exemple, vous disent avoir constaté de leurs propres yeux des malhonnêtetés...

— Je leur dirai qu'ils sont là pour observer, pas pour juger ! »

Fabrice eut un sourire las qui ne plaignait pas seulement le pays, mais lui-même. Un gecko cria au jardin. Hugo lui avait dit autrefois que les Chinois écoutaient attentivement son appel, en comptant les « Gue !-Ko ! » Mais il n'arrivait pas à se souvenir si c'était un nombre pair ou impair qui annonçait un malheur...

20

« On raconte par ici que des " mainates des collines " se sont suicidés par milliers ! Les Indiens disent qu'il ne faut pas les quereller, ni les brusquer, ou simplement tordre un objet devant eux, sinon ils se dévissent la tête et meurent. »

Extrait du Journal de Hugo,
Narbadapur, 5 septembre 1925

— Tu entends ça, Marilou ! Où est Marilou ?

— Elle tartine de miel la lunette des W.-C. de Carmen, répond placidement Aimée.

— Mais pourquoi ? !

C'est Louis qui s'étonne. Perrine lève les yeux au ciel :

— Parce que ça se voit moins que la confiture, pardi !

Ils sont dans le musée bien sûr, dont les bougainvilliers roses chargent les carreaux des fenêtres. Le soleil éclate en poussière phosphorescente sur les dalles où Perrine, assise en tailleur, la recueille sur l'encre pâlie de Hugo. Les autres enfants l'écoutent, confortablement adossés contre l'arbre aux singes.

— Mais pourquoi elle fait ça à Carmen ? insiste, naïvement, Louis.

— Carmen est méchante, elle a jeté le cocon du grand paon de nuit qu'elle conservait dans le garde-manger.

— Dans le garde-manger ?

Louis lève des yeux incrédules sur ses cousines qui semblent, elles, parfaitement d'accord entre elles.

— C'est son aquarium qui est trop petit, finit par expliquer Aimée avec beaucoup de patience dans la voix.

Elle se hisse à cheval sur un canon japonais avant de poursuivre :

— Le paon de nuit est un énorme papillon. Il s'abîmerait les ailes en naissant.

— Le treillis du garde-manger fait une serre idéale, confirme Perrine.

— D'après Marilou.

— Et pas Carmen...

— Ça promet du grabuge...

En fait de grabuge, la situation électorale s'envenime. Trois jours après le vote, la Commission électorale n'affiche aucun résultat définitif. La « Commission du peuple » organise un compte parallèle des voix. Clairement la Veuve mène en dépit des ruses présidentielles mais le Pouvoir, tout à la tâche de s'organiser une majorité fantôme, fait durer interminablement le ramassage des bulletins. On voit des incendies éclater dans des mairies, des écoles, et des centaines d'urnes s'envoler en fumée...

Par prudence l'École française garde ses portes closes et Fabrice décide, malgré un calme déprimant dans les chambres, de prolonger le séjour des enfants à Mojicap. Zouraïda l'a quitté sur un sourire un peu énervé.

Leur autocar a l'air conditionné, des sièges inclinables et la télévision. A priori l'écran les rassure pour meubler un voyage qui peut durer jusqu'à une douzaine d'heures et où tout — l'inaction, l'étroitesse des sièges, le receveur zélé qui vient tirer les rideaux et les fige dans une pénombre louche de chambre d'hôtel — les force à une intimité insolite qu'ils ne sont pas encore persuadés de souhaiter.

Sur l'accoudoir mitoyen, la main distraite de Zou cherche appui et vient se poser avec une douceur gênante sur celle de Tancrède qui l'y avait précédée. Le contact les fait sursauter et chacun se retire précipitamment comme si l'accoudoir brûlait.

Le générique explose à point nommé sur l'écran pour les tirer d'embarras. Tancrède chausse des lunettes qui plaisent à Zou parce qu'un homme à lunettes a quelque chose de vulnérable, presque d'attendrissant.

La télévision joue très mal son rôle. Elle sert des navets musclés où tous les dialogues sont tenus par les mitraillettes. Incapable de déguiser son ennui, Zou épie l'approche des montagnes en soulevant un coin de rideau. Dans le chatoiement vert cru des rizières, une aigrette blanche s'envole maladroitement, comme ces cigognes de contes de fées chargées de nourrissons. Fabrice lui manque brusquement. Intolérablement, il y a ce bébé commandé dont ils devraient se réjouir ensemble le soir sur l'oreiller. Leur désaccord conjugal lui semble soudain terriblement futile et tellement banal...

Tancrède somnole en lustrant sous ses paupières le profil de sa jolie voisine, souligné de lumière contre la vitre. S'il la désire déjà, il reste réservé. Son enfance lui a appris à rester prudent dans ses élans. Ainsi chacun veille à laisser l'accoudoir en zone neutre. Ce qui leur manque pour se découvrir vraiment, c'est l'occasion de rire ensemble. Mais depuis la gare surchauffée et la cacophonie des klaxons, ils n'ont guère eu l'occasion d'échanger que les mots des voyageurs absorbés par leurs billets et leurs sacs.

Le bus a calé en pleine côte sur un grincement douloureux de l'embrayage. Le chauffeur descend et soulève son capot tandis que le receveur rampe dessous. La panne promet de durer. Les passagers quittent leur siège, contents de se dérouiller les jambes. Le paysage donne le vertige. Au-delà d'une gorge profonde où coulent surtout des cailloux, les montagnes lèvent des croupes roses et nues. Y survivent, comme des échardes, les quelques arbres épargnés par les tronçonneuses et qui se souviennent de la jungle. Zou, surprise par la fraîcheur après la touffeur poisseuse de la ville, se frotte les avant-bras pour les réchauffer. La fatigue du trajet pèse dans ses membres. Avec un soupir, elle avoue :

— Je me demande bien quand nous arriverons !

Tancrède, qui se tient tout près d'elle, a un sourire indifférent. Musicien sans autre famille que son fils unique, il ne semble pas attacher aux heures le rôle strict que les gens leur assignent. Du temps où rayonnait sa gloire, son public l'attendait à n'importe quelle heure et l'ovationnait simplement d'apparaître comme s'il avait besoin de sa clarinette pour survivre à la nuit. Tancrède en a conservé une indifférence aux horloges qui, le soir, l'incite à repérer les premières étoiles plutôt que les aiguilles sur sa montre.

— Quelle importance ! fait-il. Regardez, Zou, la lune s'habille, elle commence à briller...

Zou entend Éloïse reprocher à son père de vérifier l'heure chaque fois qu'il a faim. Une bouffée d'amour l'envahit, une joie inattendue qui chasse le fantôme de Fabrice et la rapproche de Tancrède à son insu. Au même instant, le chauffeur siffle ses ouailles. Une petite vieille à chapeau de paille, qui promenait providentiellement son cochon, vient de le tirer d'affaire avec un morceau de fil de fer. L'autocar démarre poussivement. Nouveaux lacets, nouvelles côtes. Du maïs rouge sèche sur le pas des maisons à même la chaussée, forçant le car à un slalom hasardeux. L'écran s'est tu et les rideaux réouverts dansent aux carreaux.

Leur premier fou rire est une borne kilométrique annonçant avec une précision renversante dans un pays où l'approximation est la règle : Solilam, 14,95 km. Tancrède se penche pour le pointer du doigt et Zou, singulièrement troublée, reçoit son visage tout près du sien. Il a des notes de clarinette dans les yeux. Une chaleur musicale qui donne envie de l'accompagner très loin. Le respect familial dans laquelle il la tient lui paraît soudain accablant. Elle voudrait l'avoir rencontré aujourd'hui, dans le bus, et ne rien savoir de leur lien de parenté.

Léonida, qui ne s'est pas encore remise de l'affront infligé aux urnes et ne déteste pas l'idée de punir la ville de Sampaloc en la privant de sa présence au premier rang de l'église, a décidé d'envoyer les enfants seuls avec Lita à la messe. Tâche ingrate pour ces âmes qui confondent Dieu avec la vie et le rencontrent partout en dehors des bancs de l'église.

— Je pourrai goûter au biscuit de Dieu ? demande Anouk en prenant, résignée, la main de Lita.

Après la course en mer et en triporteur, un duvet lumineux s'échappe de ses nattes et son chapeau de paille a glissé sur sa nuque. Lita résiste au plaisir de lui embrasser une joue.

— Dis-moi d'abord, c'est toi qui as mis le miel sur le siège des toilettes de Carmen ?

Anouk rougit très fort. Elle lève un regard embarrassé en direction de l'église écaillée de rose qui domine des jardins brûlés de soleil et la cascade sèche de très vieux escaliers. Au ras des premières marches, l'eau scintille d'un éclat presque insoutenable.

— Le Bon Dieu n'aime pas le miel ?... murmure la fillette comme si le paysage lui-même l'accusait.

— Le Bon Dieu n'aime pas le miel sur le siège des toilettes, non.

Lita sourit en prenant d'assaut le premier escalier.

Ses jambes avalent sans effort ni hâte les marches inégales, et les enfants trouvent une sorte de paix à suivre son pas régulier.

— C'est mon idée à moi, dit Marilou, yeux baissés. Laisse-la goûter l'hostie. Moi je trouve que le Bon Dieu a un goût de carton, de toute façon.

— Il ne faut pas dire ça du Bon Dieu, Marilou, proteste Lita sans interrompre sa tranquille ascension. Le Bon Dieu est partout, il est à l'intérieur de toi aussi n'est-ce pas ? Et tu n'as pas un goût de carton.

— Grand-mère dit qu'il est au ciel, la corrige Anouk.

— Par terre aussi, dit paisiblement Lita.

Un groupe de moineaux sautillent quelques marches plus haut.

— Dans ces moineaux alors ?

— Dieu est partout. Dans une pierre il est une pierre, dans un moineau il est un moineau, et dans une petite fille il est une petite fille.

— Alors, c'est Dieu qui a mis le miel sur la lunette des toilettes de Carmen ! s'exclame Marilou.

— Pas tout à fait, rit Lita. On n'écoute pas toujours ce que le Bon Dieu nous dit à l'intérieur de nous. Et il est trop bon pour nous obliger à l'écouter tout le temps.

— C'est pour l'écouter qu'on va à l'église ? se fige Anouk, essoufflée par l'ascension.

— Non, corrige Aimée boudeuse, c'est pour écouter le curé.

— Et se montrer en chapeau, grommelle Perrine.

Lita secoue un visage indulgent où les sourcils ne se froncent jamais :

— Montez les enfants, montez, on va être en retard.

Dieu à l'intérieur de Louis est un funiculaire. Heureux d'escorter ses cousines, même à la messe.

Georgette, quant à elle, ne se hâte plus. Elle s'habitue à l'hôtel et à son confort somnolent... Elle ne lutte plus contre la chaleur, elle y trouve au contraire une justification au repos que réclament toutes les cellules de son corps. Et elle s'étonne d'avoir couru après la besogne toute sa vie. Allongée sur une chaise longue, dans la bienveillante torpeur de l'après-midi — deux jours auparavant elle aurait parlé de canicule —, Georgette en paix avec Georgette repose sa cheville en écoutant la mer invisible dont le lénifiant ressac bat le sable à quelques pas de là.

Elle s'est acheté un grand maillot de bain à volants qui lui avantage la silhouette et des mules en plastique pour marcher sur la plage. Elle s'est baignée plusieurs fois dans la mer, avec des sauts de fillette sur les vagues.

Les soubresauts politiques n'ont pas traversé l'éventail géant des palmiers ravenalas autour de sa terrasse. L'agitation mondiale autour de Georgette se résume encore à un tapage agréable d'oiseaux et de cigares. Avec la marée montante, les dernières vagues viennent lécher les pilotis de la terrasse. Elle les entend fouiller le sable sous le plancher, presque sous sa chaise longue, et elle s'endort en bateau.

Tancrède et Zou n'ont plus de problème pour partager l'accoudoir. Une complicité amusée rassemble leurs mains tandis que Rambo sue et mitraille ses ennemis.

L'autocar tient le coup jusqu'à Solilam où changer de vitesse lui devient un supplice. Il abandonne ses passagers dans le premier garage. Tancrède récupère leurs deux sacs et monte avec Zouraïda dans la cabine d'un triporteur, profonde comme un œuf. C'est comme s'ils allaient naître ensemble. L'épaule de Zou trouve une place agréable au creux de la clavicule de Tancrède, et Tancrède ne déteste pas les cheveux flous de Zou qui lui chatouillent le menton.

S'ils regrettent d'atteindre aussi vite la gare routière, ils sont encore trop empotés pour se l'avouer. Ils font même semblant d'être soulagés de trouver si facilement une jeep pour les monter à Bantok. La nuit fraîchit. Zou frissonne et Tancrède après une brève hésitation se décide à la cueillir sous son bras droit. Ce geste affectueux — que Fabrice a oublié depuis longtemps — la trouble profondément et, loin de se dégager, elle souhaite la nuit épaisse et longue.

Sous les tropiques, la nuit assomme le jour mais la mer survit longtemps sous des blancheurs de suaire. Georgette s'éveille avec la fin de la chaleur quand le sable s'alourdit sous le serein du soir. Ses pas forgent de menus cratères mauves. Des nuages tout en joues s'amoncellent sur la mer. Du haut de la falaise, leurs colonnes violettes semblent écraser l'horizon.

L'orage encore sec palpite derrière les carreaux, illuminant brusquement le jardin.

— Alors ! Qu'a dit M. le curé ?

Léonida considère gravement les enfants qui prennent place autour de la table. Ils n'ont pas faim. L'heure d'avant, installés à califourchon sur les flotteurs de la *banka,* ils croquaient des tranches de pastèque salées par les vagues.

— Il a parlé du péché... hasarde Aimée.

Prises de court, ses sœurs ne bronchent pas. Le tonnerre gronde au loin comme un avion qui passe.

— Eh bien ! les relance Léonida à travers les vapeurs avenantes de la soupière.

— Il était contre... affirme Perrine en tendant son assiette.

Leur voyage s'achève dans le brouillard et le froid. Tancrède et Zou débarquent dans l'unique ruelle boueuse d'un village rouillé où règne la tôle ondulée. Tout y est insolite, ce froid de nuit de Noël, les façades terriblements bleues autour de l'hôtel Greenview, l'agréable flambée dans la cheminée habillée de fausses briques rouges. Zou et Tancrède suivent un jeune garçon et leurs sacs par un escalier raide et ouvert à claire-voie. Leur chambre est au troisième étage, avec une vue époustouflante sur une gorge froide qui rappelle mieux le Saut-du-Doubs que les tropiques. Au fond de l'obscurité mugit une rivière.

Le garçon, peu loquace, pousse la porte 31 tandis que ses clients jettent par-dessus son épaule des regards pleins d'arrière-pensées. Le confort est monacal, une seule table de nuit, un seul cintre dans la penderie branlante, et un lit double, fort étroit, qui les décide brusquement intimidés à louer une deuxième chambre... Le lavabo est sur le palier avec cet écriteau qui ne fait pas de concession : « Exclusivement pour la clientèle seulement. » L'humour parfois mène à l'amour. Tancrède a voulu prendre le panneau en photo et Zou a voulu Tancrède à son côté.

Ils se sont photographiés là, ensemble pour la première fois, en posant l'appareil sur deux chaises superposées et en l'abandonnant au déclic de sa minuterie. La photo existe toujours. Zou a écrit au dos : « Le voyage de M. et Mme Hulot. »

21

Les bougies palpitent dans les chambres, peureuses lumières dans l'obscurité hurlante. Depuis plusieurs heures déjà, le typhon gémit derrière les volets de capiz en secouant brutalement la maison. Incapables de trouver le sommeil, les enfants se sont réfugiés sous la moustiquaire de Perrine où ils écoutent sa belle voix théâtrale déclamer le Journal de Hugo :

« Le marché bâti sous des bâches est une véritable fournaise ! J'y bute sur une toute petite vieille noire et fripée avec une queue de cheval blanchie. Apparue sans crier gare entre les pyramides de riz, elle met une grande détermination à me bloquer le passage. Au fond, je suis certain qu'elle me guettait... »

Un éclair l'interrompt. Sa lumière fulgurante tranche les volets, crevant les moindres interstices et crayonnant la chambre comme un chat griffe. Sa menace n'est pas vaine. La foudre déchire le ciel en secouant les cœurs les mieux préparés. Anouk se couvre la tête du drap.

« Obligé de m'intéresser à elle, continue Perrine obstinément, j'ai baissé les yeux sur le panier recouvert d'un chiffon grisâtre qu'elle transportait à son bras. Il y avait tant de passion dans ses prunelles fanées que contrairement à tous mes principes, je me suis juré de lui acheter ce qu'elle transportait là, quoi que ce fût ! »

Perrine hausse le ton avec le tonnerre qui roule ses charges sur les toits. Sa voix solennelle rassemble les regards que la foudre avait éparpillés. Anouk réapparaît de sous le drap.

— Y'avait quoi dans son panier ?

— Chut ! crient les autres.

« Nous avons marchandé avec les doigts et une lueur de triomphe a illuminé son regard quand nous avons fini par convenir d'un prix (fort modeste). Je n'avais toujours pas la moindre idée de ce que je venais d'acheter ! »

Nouvel éclair qui transperce les murs et blesse les pupilles même à travers les paupières closes. Anouk tremble mais il y a beaucoup d'impatience dans sa peur.

— Alors ! T'arrête pas !

« La vieille a écarté les plis du chiffon avec tant de précaution que j'ai craint la fourche d'un serpent. Ses doigts étaient longs et ridés comme ceux des sorcières... »

— C'est peut-être une pomme empoisonnée ? s'exclame Anouk, les nerfs à vif.

— Plutôt un scorpion ! lâche Marilou en plissant les yeux.

La foudre explose dans un fracas magnifique, si proche de l'éclair qu'on la dirait tombée sur la maison. Les cinq enfants sursautent en même temps.

— Et si elle met le feu à la maison...

— Impossible, avec toute cette flotte ! (Mais le rire d'Aimée manque de conviction.)

Le vent se tait. C'est le propre des typhons, ces pauses abruptes comme une chute avant les prochains coups de butoir. L'ouragan cherche ses forces, il revient fouetter les murs en sifflant.

— Tu crois qu'Il sait qu'on est là ? murmure Anouk.

— Qui ça, « Il » ? s'agacent ses sœurs.

Mais elles savent toutes qu'elle veut parler du vent. Le vent des Iles a la force d'une armée, une voix et même un nom. Elles n'ont pas oublié Bibing qui, l'année précédente, saccageait mille hectares de plantation à quelques kilomètres de Mojicap.

— Qui ça, « Il » ? répète Louis.

« Des œufs. C'étaient des œufs minuscules, lit Perrine impassible, au moment où tous les autres songeaient ouragan. Des œufs minuscules, à son échelle... »

— Des œufs ? ! glousse Aimée prise d'un irrépressible fou rire.

Un bref instant ses sœurs et Louis la considèrent avec la surprise peinée d'un croquemort qui verrait la famille pouffer autour du caveau.

— Des œufs, le grand voyageur Hugo a acheté... des œufs ! sanglote Aimée avec des larmes de joie aux coins des yeux.

L'ineptie même de son rire a quelque chose de terriblement contagieux. Marilou pouffe dans sa paume, les autres tombent à la renverse, hilares. C'est leur frousse qui vole en éclats de rire. S'ils devaient mourir cette nuit-là, le rire les tuerait avant la tempête.

Adossé à la porte, le fantôme de Hugo croise des bras bienveillants. Anouk est la seule à le voir clairement mais elle se garde bien de le signaler aux autres. Les petits enfants savent taire ces rencontres-là, de peur qu'on se moque et les efface en les effarouchant.

Ce sont les rugissements de la mer qui donnent l'alerte à Georgette. Tout de suite, elle se méfie de l'air. Elle se réfugie dans sa chambre et s'y terre toute la journée, incapable de rien faire d'autre qu'écouter ce vent pas ordinaire qui pleure comme un chien à la chaîne. Au fil des heures il balaie une haleine mouillée sous la porte, soulève la paille du toit et des rigoles inattendues pardessus les parois.

Quand sa paillote prend l'eau, Georgette réfugiée sur son lit s'alarme pour de bon. Elle se précipite sur la porte qu'elle parvient à glisser avec peine. La vue de la terrasse redouble sa panique.

Noé l'a oubliée. Les arbres cassés, tronqués, étêtés, ont quasiment disparu. La mer est partout. Elle enfle de seconde en seconde, bousculant des troncs morts jusque sous ses pilotis. Un éclair éblouit son eau grise comme une peau de crocodile. Georgette s'épouvante de l'extraordinaire hauteur des vagues à l'horizon. Sans réfléchir, elle fait volte-face, s'habille en un tournemain, arrache son sac à main au cintre où elle l'avait dissimulé dans le placard et file par-derrière avec toute la terreur des raz de marée à ses trousses.

Louis serre la main d'Aimée. Ils promènent leurs ombres à travers les pièces derrière une lampe tempête trouvée aux cuisines. Il y a longtemps que l'orage a fait sauter les plombs, mais de telles charges d'électricité courent sur les parquets humides qu'ils ne sauraient marcher pieds nus sans se brûler la plante des pieds. Des flammèches blanches s'échappent des prises de courant. Le vent lugubre boude et hurle tour à tour, frappant les portes comme s'il s'était juré de se les faire ouvrir.

— Regarde ! fait Louis. Quelque chose a bougé là-bas...

Dans la véranda déserte et marbrée de flaques, sa voix résonne étrangement. La table ovale, ses vases et les bergères d'osier ont été repoussés la veille à l'intérieur du grand salon.

Il montre le tapis roulé le long du mur. Les deux enfants s'approchent avec précaution. Dans le tunnel de laine, leurs torches éblouissent deux pupilles de hibou. Antoine n'a pas cillé. C'est un chat placide et malin, qui attend la fin du typhon à l'abri des courants d'air. Il observe les enfants avec une telle infaillibilité dans les yeux que pour un peu, on croirait qu'il a lui-même roulé le tapis. Fô est moins fier. Aplati sous la banquette du piano, les oreilles agitées de tics, il refuse absolument de suivre Louis dehors.

— T'es fou ! Pour se prendre une branche sur la tête... se rebiffe sa cousine entièrement d'accord avec le dalmatien.

— On n'a qu'à prendre un parapluie.

S'envoler comme Mary Poppins ! Tentant...

Elle est partie à l'aveuglette, n'emportant que son sac à main et son parapluie écartelé. Dumaguete n'a plus rien de Doux-ma-gaieté. Une réelle démence anime les éléments. L'ouragan chargé d'eau envase les sols durcis par le soleil, tord les arbres et dévisse les troncs. Le ciel écrasé ne laisse plus filtrer qu'une chiche lumière verdâtre. Georgette trébuche à chaque pas. Un petit groupe s'éloigne devant elle, courbé sous la bourrasque. Le cœur fou d'espoir, elle s'élance à leur suite, dérapant, hurlant un murmure que lui renvoie la tornade avec un rire féroce.

— Hou... Hou !

Elle rejoint les silhouettes à l'instant où elles disparaissent derrière la première colline. Piètre miracle ! Eux aussi fuient la mer, et la peur domine leurs pas. Un éclair blanchit la côte, bref et blafard comme une lune éclatée. La mer est une gueule sans fond, et la chapelle aux menhirs sa dernière dent sur la gencive de la falaise. En quelques heures, c'est toute la planète qui a changé de visage. Comme ces mouettes assommées sur la grève, Georgette croit à la fin du monde. Les paillotes du hameau voisin ne lui suffisent plus. Il lui faut du compact, du parpaing. Quand ses compagnons d'infortune s'écroulent, exténués, sous le premier abri de *nipa* en vue, elle décide de poursuivre son chemin, même seule, et s'éloigne cassée en deux sur les méandres boueux qui doivent la mener à la « ville »...

Des éclairs arborescents émaillent le ciel, arrachant à la nuit des feuillages en vrille et des branches déchiquetées en échardes. Autour du musée, les pétales des bougainvilliers tourbillonnent comme des papillons effrayés. Trempés jusqu'à la moelle, Louis et Aimée poussent la lourde porte jaune. Ils n'ont pas trop de leurs forces conjuguées pour refermer le battant car c'est le ciel tout entier qui cherche à s'engouffrer derrière eux, avec ses nuages monstrueux, sa fureur et ses cataractes.

Il fait sombre à l'intérieur. Le squelette de la baleine jette une traînée pâle au-dessus de leurs têtes. Aimée trouve dans la « salle épiscopale » deux cierges qu'elle se hâte d'allumer. Un parfum suave réveille un souvenir de citronnelle et de génuflexions.

— On gèle, dit-elle en se frottant les avant-bras.

Dehors, le ciel en eau continue de s'écrouler sur la mangrove et les troits de Mojicap, ses lamentations à peine assourdies par l'épaisseur des murs. La muraille suinte autour des lucarnes et les flammes des cierges vacillent. Il est bien temps de regretter son lit. Le typhon n'a pas fini de s'époumoner. Tenter le trajet du retour serait pure folie à présent.

— Si on se déguisait ? propose Aimée.

— Se déguiser !

— Ben oui, ça nous ferait des habits secs. Regarde, t'as qu'à choisir, dit-elle avec un geste royal en direction des vitrines.

Louis se décide pour le « T'nalak » de la tribu « T'boli » (c'est écrit sur l'étiquette), une veste de cérémonie rouge à rayures bariolées, dont l'étoffe de chanvre irrite la peau. Tant qu'à faire il enfile aussi la coiffe (à perles et à plumes) d'où s'échappent comiquement ses cheveux blonds. Aimée, qui a disparu derrière l'argent miroitant d'un char de corso fleuri, réapparaît flottant dans une robe de mariée, la nuque et les poignets raidis sous les broderies en fibre d'ananas. La lueur des cierges promène des reflets de lune dans sa chevelure mouillée.

— T'es super ! fait Louis d'une petite voix étranglée.

— Peut-être mais ça gratte ! C'est toutes ces dentelles amidonnées...

— Le mien il pique, j'aurais pas fait long feu chez les T'bolis.

— Viens, j'ai froid.

Elle l'entraîne jusqu'à une ravissante calèche à deux roues dont les timons reposent sur un tréteau.

— Là, on sera très bien installés, assure-t-elle en se hissant à l'intérieur.

Les roues sont rouges et le toit plat vert bronze. Des rideaux de tulle ornent les fenêtres. Louis ravi dénoue les rubans fanés.

— Tout ce tulle, on dirait une voiture de mariés ! C'en est une, c'est la *tartanilla*. Autrefois c'est là-dedans que les Orferino après l'église mettaient les voiles au galop !

— Moi, je me marierai dans une locomotive, annonce Louis en la regardant profondément dans les yeux.

Aimée rougit. Ou bien c'est la douce lumière du cierge qui lui rosit les joues (un cierge qu'ils ont transporté avec son socle d'argent et installé entre les deux timons).

— Et tu te marieras où ? demande-t-elle, parce qu'elle n'ose pas lui demander avec qui.

— A Torrent, évidemment. Et c'est moi qui construirai la locomotive. Papa m'aidera, il est très fort en bricolage. Quoique depuis son accident...

— Quel accident ? s'inquiète Aimée à la fois déçue et soulagée de changer de sujet.

— Un accident de voiture. Il s'est bousillé deux doigts et pour un clarinettiste, se bousiller deux doigts, c'est pire que perdre les deux jambes...

Louis s'est brusquement assombri. Sous sa coiffe T'boli, il a l'air d'un clown triste. Aimée la lui retire délicatement et il se laisse faire, terriblement beau sous ses boucles en désordre et la tristesse bleu marine de ses yeux. Une émotion inconnue envahit Aimée.

— Où c'est, Torrent ? demande-t-elle comme il se tait.

Elle a dit les mots qu'il fallait car Louis s'éclaire d'un seul coup.

— Torrent, c'est chez nous, au cœur du massif Central !

— Tu as de la chance, soupire-t-elle. Toi, tu connais la France. Chez nous, avec Léonida, c'est à peine si elle a le droit d'exister. J'ai jamais vu la tour Eiffel, je ne connais même pas la neige !

— Moi, je t'invite à Torrent quand tu veux ! proteste Louis. Je t'emmènerai voir le viaduc de Garabit. C'est encore plus beau que la tour Eiffel et c'est aussi Eiffel qui l'a construit.

— Chiche qu'on s'y rend aux vacances de Pâques ? s'enflamme sa cousine.

— C'est que... Ça dépend de Tancrède, marmonne Louis ramené aux réalités.

— Et de mes parents et même de Léonida ! Je sais... s'irrite Aimée avec un tremblement dans la voix.

Louis hausse des épaules fatalistes. Un courant d'air effraie la flamme du cierge. Les ombres vacillent autour d'eux et c'est un peu comme si la *tartanilla* bougeait. Le tonnerre est un galop lointain devant eux. Aimée se tait. Songeuse, elle frotte machinalement l'ongle de son pouce sur sa lèvre inférieure. On dirait une vraie mariée ravie aux siens, à son enfance, et qui se demande ce que sa nuit de noces lui réserve... Louis la dévisage du coin de l'œil.

— Tu crois en Dieu ? lui demande la mariée à brûle-pourpoint.

Estomaqué par l'ampleur de la question, Louis reste muet. Si Dieu, c'est la voix du curé ce matin à la messe, la foi l'ennuie. Si Dieu est le ciel en désordre de ce soir, la foi l'effraie !

— Je ne sais pas... hésite-t-il enfin. Bastien dit que Dieu, depuis le temps qu'on en parle, il doit se faire vieux. Trop vieux. Qu'il s'en sort même plus avec les saisons. Il dit qu'il est temps de nous le changer.

— C'est qui, Bastien ?

— Le vieux jardinier de Torrent.

— Eh bien, ton Bastien se trompe ! Dieu existe et il va même nous aider...

— En nous emmenant tous les deux à Torrent ? rétorque Louis avec beaucoup d'ironie dans la voix.

Aimée se garde d'argumenter. Elle saute à bas de la calèche, charge vivement sa traîne sur son bras droit et se dirige vers la salle des trésors épiscopaux. Louis la suit en tripotant sa coiffe T'boli.

— Et voilà ! proclame sa cousine, en désignant sur le mur un vaste portrait du Christ tracé à l'encre. Lita m'a juré que si on faisait un vœu devant ce Christ, il serait exaucé. Un soir de panade où on s'était laissé enfermer à clé dans le musée, je lui ai demandé la sortie...

— Et ça a marché ? doute Louis qui ne le trouve même pas beau, ce Christ sans couleur.

— Je veux ! Dans la seconde où on avait fini de souhaiter la sortie en se concentrant bien fort, les mains jointes et les yeux serrés, Fô repérait un rat sous cette crédence, là... Il s'est mis à gueuler de toutes ses forces, tout à fait comme ce qu'on lui demandait de faire avant, pendant qu'il se taisait sagement. Le gardien l'a entendu et il est vite revenu nous ouvrir.

— C'est grâce au rat !

— Mais non, à Jésus ! Le gardien est sourd comme un pot !

Louis hésite entre le ridicule et la crédulité. Sa cousine l'étonne facilement mais cette fois elle exagère un peu.

— Et il faut absolument que ce soit ce Jésus-là ?

— Évidemment, il est unique au monde ! Regarde-le mieux ! C'est pas vraiment un dessin, c'est un Christ écrit à l'encre avec des mots plus ou moins appuyés. Il y a tous les versets du nouveau testament entre ses cheveux et sa barbe et on dit qu'il a fallu une année entière pour l'écrire. Tu comprends qu'après un tel effort on puisse lui demander un service en retour !

Par quel miracle échoue-t-elle à Gertel Resort, hôtel épave et noirci de pluie à plusieurs kilomètres à l'intérieur des terres ? Il n'en reste que le gardien sous une pergola crevée, une piscine à l'état de carie dans le sol et quelques chambres désertes à peine d'aplomb. Mais la mer est loin et sa gigantesque colère assourdie. Le gardien accepte sans un mot son billet. Il enfile un sac en plastique sur la tête et la précède à la lueur exténuée d'une vieille torche électrique.

Une modeste lampe à huile éclaire difficilement les quatre coins d'une véranda où trois fauteuils Emmanuelle se font la gueule. Les moustiquaires mal vissées, trouées, bringuebalent sous le vent. Le gardien est reparti sans une question ni une parole d'encouragement en quelque langue que ce soit. Georgette tombe assise sur le lit. La couverture a le poil gras sous ses paumes. L'unique serviette sent le pipi de cafard, le lavabo goutte, les draps ont des auréoles malhonnêtes... C'est là qu'elle passe la nuit la plus terrifiante de sa vie à prier, en écoutant les branches casser comme des os et les âmes damnées gémir dans le vent.

22

Ils s'éveillent frileusement chacun dans leur lit et c'est finalement Tancrède qui prend l'initiative d'aller frapper à la porte voisine. Zou, qui a pourtant eu toute la nuit pour se convaincre que Tancrède n'était pas son genre, s'épouvante de lui ouvrir avec une tête ébouriffée et met une heure à retrouver sa brosse en prétendant chercher sa clé.

Quand elle lui ouvre enfin, il n'attend plus derrière la porte mais penché sur la rambarde du balcon, le regard perdu côté précipice. Il porte une chemise claire à épaulettes qui met en valeur son dos large, et Zou est presque choquée du plaisir qu'elle prend à le revoir. Il se retourne en entendant ses pas. La bonté nonchalante qui flotte dans ses yeux a de quoi l'émouvoir.

— Mon Dieu c'est vous ! s'exclame-t-elle comme si elle avait des raisons d'en douter.

— Oui, fait Tancrède, laconique, taisant les autres mots que ses yeux disent.

Et Zouraïda, qui porte un long T-shirt rose pâle, prend brusquement conscience de la pointe de ses seins dardés sous l'étoffe. Elle s'empresse de briser un silence trouble.

— Déjà huit heures ! annonce-t-elle, oubliant combien l'heure lui importe peu. Il est grand temps d'aller prendre un petit déjeuner si on ne veut pas se mettre en route trop tard...

Tancrède l'approuve d'un hochement de tête. Une fossette adoucit encore son sourire. Zou n'est pas loin de se souhaiter le rôle de Lara dans les bras du docteur Jivago, et se méprise de se troubler ainsi.

— Bon, eh bien, dans ce cas-là, je m'habille en vitesse, déclare-t-elle sans bouger tandis qu'un nouveau silence les paralyse face à face.

Un loriot crie dans la vallée, un cri éblouissant comme ses ailes jaune citron.

— C'est ça, répond enfin Tancrède, dépêchez-vous ou vous allez prendre froid pieds nus sur ce carrelage. Je vous retrouve en bas.

Il est soudain dans l'escalier, il file si vite qu'on dirait qu'il a rendez-vous avec l'oiseau. Déçue Zou reste quelques secondes sur le pas de sa porte à se sentir rouge et sotte. A présent elle jette les deux frères dans le même sac et ne sait plus lequel des deux l'irrite le plus, Fabrice de ne plus la regarder ou Tancrède de la regarder de cette façon-là. Elle s'habille hâtivement avec une maladresse rageuse qui rétrécit son blue-jean et lui donne toutes les peines du monde à l'enfiler.

La salle à manger du Moonhouse est une vaste pièce aux boiseries de pin clair, généreusement ouverte sur les gorges où le brouillard n'en finit pas de rejoindre le ciel. Tancrède est déjà assis devant une tasse de café. Il ne voit pas Zou arriver. Il tripote distraitement sa cuiller en levant ses doigts un par un comme des petits soldats; une revue militaire qui lui est presque devenue un tic depuis son accident. Il est facile de deviner l'agacement grandissant que lui donne l'inertie des deux derniers... Zou, entrée avec un air pincé, sent fondre sa retenue.

Elle s'assied en silence. Lui dire sa compassion, elle n'oserait pas. A défaut de paroles, elle donnerait beaucoup pour oser lui prendre la main, distraire ses doigts dans sa paume, l'arracher à ses tortures intimes. Malheureusement, elle se sait incapable d'une telle audace. Des parents très amoureux l'ont persuadée que la fidélité était la clé de tous les bonheurs, et son éducation aux *Mésanges* ne lui a pas appris à consoler un homme qui n'est ni son mari ni son frère, et dont le regard de surcroît n'est pas tout à fait innocent.

Tancrède, toujours seul au monde, pianote sur sa tasse de café. Zou s'autorise une longue inspiration.

— Pas bon ? murmure-telle enfin avec un délicieux sourire.

Tancrède lève des yeux surpris qui ne la reconnaissent pas immédiatement. Il est grave, comme celui qui s'arrache à un cauchemar et n'identifie pas tout de suite la lumière du jour. Zou a un geste comique et résigné à la fois en direction de la cafetière.

— Le café...

— Pas bon du tout ! s'éveille-t-il soudain.

Ses doigts disparaissent sous la table et une lueur chaleureuse envahit son regard. Il a de nouveau cette fossette dans la joue qui donne à son sourie la gaieté d'un enfant.

Du coup c'est Zou qui rougit. Elle se plonge dans l'étude du menu.

— Je vois des *lumpias*, s'exclame-t-elle d'une voix légèrement altérée.

Lui demande ce que c'est. Elle lui décrit des sortes de crêpes roulées dans une feuille de chou. Ça leur évite des sujets plus difficiles, comme leur solitude jumelle ou leur complicité de la veille. Ils redeviennent Zou et Tancrède Ferté-Frênel, conscients de porter le même nom et de la mission spirituelle qui les attend s'ils veulent sauver la carrière du virtuose.

Quand la serveuse dépose les *lumpias* sur la table, Zouraïda a retrouvé son calme.

— La seule chose dont je me souvienne précisément,

déclare-t-elle en versant sur ses crêpes une sauce caramélisée assaisonnée à l'ail et aux cacahuètes, c'est du nom du hameau : Mayaoyao, un nom qui ne s'invente pas.

— Et on s'y rend comment à... Mayaoyao ?

— Je n'y suis jamais allée. C'est l'ancien directeur de l'École française qui ne jurait que par son guérisseur.

Zou lève les yeux de son assiette, croise le regard insistant de Tancrède, à nouveau y découvre cette chaleur troublante. Elle bredouille.

— On peut demander aux *lumpias*... je veux dire à l'hôtelier, c'est-à-dire si on le trouve...

Tancrède sourit gentiment. Il allume un cigarillo, s'adosse confortablement sur sa chaise, les yeux vite revenus sur Zou. Il fume les mêmes cigarillos que Fabrice et ça la dérange. Elle n'a pas besoin de Fabrice entre eux en ce moment.

— La fumée vous gêne, suppose-t-il en la voyant se rembrunir.

— Oui, ment-elle parce que c'est plus simple.

Tancrède éteint docilement son cigarillo et Zou regrette aussitôt sa sécheresse. Lui se montre plutôt sous un jour accommodant. Il a fait l'effort de se raser à l'eau froide, un supplice évident qui lui laisse une roseur attendrissante sur les joues. Zou se répète ses résolutions de la nuit. Que son mari seul compte, que leur amour cimente leur famille et pas seulement leurs enfants, qu'elle n'a pas quitté Fabrice par représailles mais pour porter secours à autrui (son demi-frère de surcroît), que d'ailleurs elle ne l'a pas quitté du tout, que son escapade avec Tancrède a un but strictement médical et qu'il ne faut pas confondre amour et altruisme, bref qu'elle ne va pas compliquer une histoire de fesses avec une autre histoire de fesses !

A se demander pourquoi elle s'est maquillé les yeux avec tant de soin devant le miroir minuscule de son poudrier.

— Patron ! lance-t-elle d'une voix décidée, cherchant à reprendre la situation en mains.

— Voilà voilà, je vous entends tout bien !

C'est un Suisse marié à une fille du pays à qui il a appris à jouer au Yass et à cuire les *roestis*.

— C'est à propos d'un guérisseur : Virgilio. Vous en avez entendu parler ? demande-t-elle.

— C'est pour vous ? demande le Suisse.

Il ajuste derrière ses lunettes un regard complice qui l'autorise à s'asseoir à leur table.

— Non, pour moi, intervient Tancrède. C'est loin ?

Il fourre sa main dans sa poche, une façon qu'il a d'oublier ses doigts.

— Pas tant que la Suisse ! plaisante le Suisse. Mais c'est comme les Rochers de Naye, il faut le mériter avec ses jambes. Encore qu'avec le train à crémaillère...

— Vous y êtes déjà allé ?

— Aux Rochers de Naye ? Ma foi, plus d'une...

— Chez ce guérisseur ? l'interrompt Tancrède.

Déçu l'espace d'une seconde comme si on venait de lui arracher les Alpes des mains, le vieil expatrié retrouve rapidement sa langue, trop content de bavarder en français... L'isolement doit parfois lui peser dans ce village boueux où la pluie règne tout l'hiver.

— Tous ces *business* de rebouteux, de « guérisseurs de la foi » qui vous passent les mains à travers la peau, j'y crois pas trop. J'essaie de rester lucide, vous comprenez. D'autres diraient sceptique, moi je dis lucide.

— Donc vous ne savez pas où le trouver, soupire Zouraïda.

— J'ai pas dit ça. J'ai dit que moi-même, faire tout ce chemin à pied par-dessus le marché pour se trouver face à du charlatan, j'ai meilleur temps de rester au fourneau. Mais si ça vous chante d'aller vous promener là-bas, il y a le tailleur de l'autre côté de la rue qui saura vous renseigner. Il a une belle-sœur qui est mariée dans le même hameau.

Tancrède et Zou sont déjà levés.

— Faut prévoir des bonnes chaussures et des sandwichs, ajoute le Suisse. Malheureusement plus grand-chose à vous proposer. Avec cette pluie, les livraisons ne montent plus si haut. Vous aurez meilleur temps d'attendre demain...

Le tailleur est musulman et les reçoit en sarong, son calot de prière sur la tête. Il les fait asseoir sur un banc devant son échoppe minuscule. Deux Singer à pédale mitraillent le fond de leur conversation sous l'éclairage violent d'une lampe à acétylène.

— Loin, très loin, Mayaoyao ! Mais mon neveu il sait, il vous conduit là-bas. Éto ! ! !

C'est un gamin haut comme trois mangues, à la tignasse tirant sur le roux et au sourire bavard. Éto se débrouille plutôt bien en anglais et leur présente une liste de mots à traduire en français. Il a déjà comme ça un cahier entier de mots étrangers qu'il exhibe fièrement. Plus tard il veut sept enfants, de préférence des garçons parce que ça vous fait les travaux durs aux champs et ça revient vous rendre visite, même mariés dans des villages lointains, pas comme les filles. Le camion dentelé de rouille qui les a pris en stop les ballotte les uns contre les autres sur les cahots d'une piste taillée à flanc de montagne. Cabine et plateau tiennent ensemble par la grâce de rubans noués au montant depuis que la rouille a réduit en poussière tout espoir de vis ou de clous. Éto, dans cette effrayante cacophonie de tôles mal jointes, parle comme si de rien n'était, comme si le précipice ne risquait pas de manger les roues à chaque virage, comme s'il y avait des freins sous cette carcasse pourrie et pas seulement un klaxon pour effrayer les poulets.

La piste prend fin en lisière de forêt et c'est un soulagement de se retrouver sain et sauf sur ses deux jambes. Le chauffeur agite gaiement la main par la fenêtre sans vitre puis les quitte dans un virage sur les chapeaux de roues.

Ils sont seuls avec la montagne et l'étrange appel du coucou aux ailes rousses. « Boup ! Boup ! Bou-houp-houp-houp-houp ! » Il pleuviote mais c'est souvent le cas par ici, leur dit Éto, à moins que ce ne soit la queue d'un typhon qui fouette le sud du pays...

Le réveil n'est pas glorieux. Silence du ciel honteux qui laisse pendre bas ses nuages épuisés. Il a tant plu, le sol n'a plus d'odeur. Les collines comptent leurs arbres, les arbres leurs moignons et les oiseaux leurs nids. Georgette, qui n'a jamais osé abuser de l'alcool, verrait assez les lendemains de cuite ainsi. Fatigue insurmontable sur fond de désespoir. Il lui en coûte autant de se lever que de rester couchée sur ce lit malpropre.

La douche est au fond de la cour. Elle se résume à un bac juste à côté des cabinets, qui donne l'impression de se rincer avec la chasse d'eau. Ses mollets sont maculés de boue. Ni savon ni gant, Georgette gratte la gadoue avec ses ongles et regagne sa chambre enroulée dans son drap. Ses habits n'ont pas eu le temps de sécher et le plus pénible à enfiler, ce sont ses souliers cartonnés dans les flaques. Elle n'a plus qu'une hâte, gagner une ville digne de ce nom, trouver un téléphone et entendre la voix de Ramon. Elle serre contre son flanc son précieux sac à main où elle a rangé son passeport, ses billets d'avion et tout son argent. L'idée d'aller rechercher sa valise ne lui traverse même pas l'esprit tant elle est persuadée que son hôtel gît au fond de l'océan, réduit en fagots. Le gardien toujours muet lui désigne l'horizon. Son geste est vague, Georgette devine la ville cachée derrière la colline...

Une tempête de coassements prend la relève du vent, fêtant les inondations qui consternent les hommes. Georgette s'élance à l'assaut d'un sentier de chèvres, esquivant les bonds flasques des crapauds. Elle boite sur le sol argileux mais s'acharne, appelant Dumaguete de tous ses vœux, avec ses murs en dur, ses toits étanches et son aéroport. Une chaleur moite alourdit l'air qui loin de sécher ses vêtements les mouille de sueur. Dans les flaques sombres autour de souches arrachées, des myriades de libellules s'affairent en zigzag. Mais leur fabuleux nuage irisé n'enchante plus Georgette qui voudrait au moins des ailes de Boeing au ciel, et pas ces dentelles d'insectes.

Le brouillard promène ses fantômes entre les troncs des fougères arborescentes. Le sentier est parfois si raide qu'il faut s'agripper aux racines. Zou se réjouit de l'effort. Depuis des jours elle vivait à l'affût de la douleur, les yeux brûlés de jalousie, épiant les silences de Fabrice, un retard, une conversation au téléphone. Aujourd'hui l'innocence magistrale des arbres agit comme un baume. La jungle vit et meurt autour d'elle. Racines aériennes étouffant les géants, macérations parfumées, cris ludiques, amours et agonies mélangés dans un concert constant, souvent tonitruant et cependant harmonieux, comme si d'emblée l'oreille acceptait ces sons inventés par un ordre naturel plus sage que l'être humain. Zou calque son effort sur le dos balancé de Tancrède qui la précède sans hâte, des musiques plein la tête. La sueur mouille leur dos quand ils touchent au sommet. Une gargote inespérée les accueille sous l'élan formidable d'un tronc de teck. L'abri est sommaire, coiffé de palmes et monté sur des troncs de fougères arborescentes. Le bois plein d'yeux les regarde comme si Dieu lui-même l'avait sculpté au canif. Zou essoufflée s'affale sur le banc. Tancrède ouvre son sac, sort les tranches de pain préparées par l'hôtel et lui propose un sandwich-à-rien.

Éto, d'un coup de pied, réveille son frère qui dormait sous la table. Il va leur dénicher de la bière tiède qu'ils avalent sans se plaindre, en renversant la nuque jusqu'à perdre la cime des arbres dans les nuages. Puis Éto sort son cahier pour perfectionner sa liste où il inscrit, en tirant une langue appliquée : « j'ai soif », « merci », « je vous en prie » et « tire-bouchon ».

La chaleur grandit avec le jour, soulevant des buées bleues par-dessus la cime des forêts.

— C'est encore loin ? demande Zou impressionnée.

— Non, affirme Éto qui n'a pas plus la notion des distances que celle du temps.

Et son doigt pointe un nouveau col à l'horizon des montagnes.

Georgette est si lasse de végétation et de coassements que le poste de police égaré sur l'autre versant de la colline lui fait le même effet que la Maison-Blanche à un Sioux. Adossés au ciment gris, deux policiers règnent sans képi, rasés de l'avant-veille et la bedaine gonflée de bière. Ils mangent des bananes sous les lettres écaillées du fronton : « Département de l'assistance au public. » Promesse très surfaite que Georgette ne saurait traduire de toute façon. Ce qui l'attire, c'est leurs bananes car elle n'a rien mangé depuis la veille. De son côté la police ne cache plus un haussement de sourcils en la voyant surgir.

Le plus galonné des deux policiers s'avance, mine martiale, en reboutonnant sa veste.

— *Papers*, exige-t-il, épuisant là son vocabulaire d'anglais.

Puis il fourre les deux pouces dans sa ceinture.

— Dumaguete, ville ? rétorque Georgette complètement obnubilée par la route qui lui reste à faire.

Un peu interloqué, l'officier fait un signe à son adjoint. Celui-ci jette sa peau de banane et s'approche avec toute la gendarmerie dans les yeux. Georgette, ça lui fait presque plaisir, cette hardiesse virile qui nie en bloc toutes les peurs et probablement aussi les typhons. Elle devient toute gesticulation, mimant des autobus, des avions, des téléphones.

Les policiers écarquillent les yeux.

Bientôt ils s'épongent le front. Leur zèle va s'effilochant. Georgette change de registre et leur tend un billet. Profitant d'un conciliabule entre les deux hommes qui trouvent l'offrande un peu chiche, elle s'empare d'une banane courte comme un pouce et elle s'esbigne dans le dos de la loi sur la route gondolée qui doit lui rendre la civilisation.

Les champs sont si escarpés que les femmes y travaillent debout, la terre dans la figure et les chevilles vissées dans la boue. Chargées de hottes, elles se déplacent avec une aisance lente, sans jamais regarder le précipice où roulent les cailloux de leurs champs.

— Qu'est-ce qu'elles ramassent ? demande Zou.

— Le gabi, dit Éto, on dirait comme la patate douce. Mais il faut pas le manger trop tôt après l'avoir cueilli sinon ça donne l'*utircaire*, ça gratte, quoi.

Zou, songeuse, regarde les femmes au travail.

— Le sexe faible... soupire-t-elle.

— Et voilà le fort ! chantonne Tancrède.

C'est un Ifugao. Un vieil homme qui s'en va pieds nus, coiffé de plumes, un bec de calao sur le front et les reins ceints dans une écharpe tissée rouge vif et noir. Difficile de dire d'où il vient et où il se rend. Il semble surgi de nulle part, du fond de ces vallées enfouies jusqu'à l'oubli dans les failles des massifs où les siens agrippés au relief colossal ignorent encore la roue, l'essence et l'électricité. Tout ce qu'il doit à la civilisation, c'est un vilain tricot sans forme qui lui laisse à nu des cuisses ligneuses et cuites au grand air.

— Le pull nuit un peu au panache tribal, constate Tancrède à l'oreille de Zou.

Elle aime la proximité de sa joue et elle rit.

« *Photo, money* », dit en passant l'Ifugao.

— La civilisation ne lui a pas seulement légué le chandail, remarque Zou en cherchant une pièce dans sa poche.

Éto la regarde faire avec indifférence. Lui-même ne rêve que de blue-jeans et de baskets. Il reprend sa marche du même pas vif en dépit de ses tongs en plastique épuisé.

— J'entends de l'eau ! dit Tancrède à l'écoute d'un gouffre tapissé de végétation.

— C'est la Tapia, murmure Éto avec respect, les yeux perdus dans le précipice. C'est le nom d'un type qui a sauté dedans il y a cent ans et qui est pas mort.

Zou se rapproche du vide et c'est le bras de Tancrède qui l'arrête.

— Attention ! Vous n'avez peut-être pas la tête aussi dure que Tapia.

Zou rit et prend machinalement appui sur son épaule. Éto se détourne comme s'ils allaient s'embrasser.

— Vous avez des enfants ? demande-t-il dans leur dos.

— Cinq ! répond gaiement Tancrède toujours soudé à Zou.

« Bientôt six » s'affole Zou dans son cœur. La vie lui semble à nouveau terriblement compliquée. « Il y a mon mari qui court une autre femme, et moi qui le boude en draguant son propre frère, et en pleine collision il y a nous qui décidons d'adopter un enfant comme si saccager le bonheur de quatre filles en nous détestant ne suffisait pas. » Désemparée, sa main glisse de l'épaule de Tancrède et retourne pendre au bout du bras auquel elle appartient. Lui n'esquisse pas le moindre geste pour la retenir. Zou lui en veut, ou s'en veut d'avoir espéré l'« aventure ». Elle se referme. Son précoce veuvage lui a mieux enseigné la résignation que la sérénité.

Elle n'est pas au bout de ses peines ! La chaussée, qu'un souvenir de goudron tache de lèpre, colle aux semelles de Georgette. Les premiers fils téléphoniques qu'elle rencontre baignent dans l'eau des rizières, où gisent en rang d'oignons les poteaux cassés au pied. Georgette les contemple comme Napoléon comptait ses grognards noyés dans la Bérézina.

La petite ville de Dumaguete est à l'image de ses sentinelles téléphoniques, jonchée de débris, de tôles et de branches cassées. Ses habitants balaient dans leurs cours des montagnes de feuillages plus grandes que l'automne en forêt d'Orléans. D'autres réajustent un toit, une porte. Certains pique-niquent assis par terre, dans des assiettes en feuille de bananier. Georgette arrache des sourires en demandant le téléphone à des gens qui n'ont plus ni l'eau ni l'électricité, et n'espèrent pas de miracle du gouvernement.

Elle finit par réfugier sa fatigue dans une gargote sombre où les mouches collent sur les tables comme une varicelle. La serveuse en savates lui signale d'un geste du menton les gamelles en aluminium alignées sur l'étagère. Georgette va soulever des couvercles sur des jus noirs qui n'égaient guère son estomac. Au hasard, elle pointe une obscure soupe de lentilles.

— Aéroport ? demande-t-elle à la serveuse qui hausse des épaules ahuries.

— Avions ! insiste Georgette bras en croix et la bouche en forme de réacteur.

Un sourire inattendu éclaire le visage de la femme.

— *No, no airplane ! Walang airplane ! Closed the airport !* explique-t-elle, soudain volubile.

La consternation rétrécit Georgette sur sa chaise. Elle la regarde sans réagir lui servir des lentilles molles et aqueuses tout en lui répétant gaiement.

— Pas d'avion, *walang airplane,* mieux manger !

Georgette remue une cuiller triste dans son assiette,

incapable d'avaler une bouchée. Cette femme se trompe, elle doit se tromper. Ces gens ne savent rien, ils vivent dans leur mouise. Rentrer chez elle ! Ça tourne à l'obsession.

La serveuse sortie sur ses jambes grasses lui indique la direction de l'aéroport et la regarde s'éloigner avec dans les yeux une sorte d'indulgence silencieuse. Georgette la quitte sans se retourner. Probablement qu'elle lui en veut, comme elle en veut au ciel tropical d'inventer ces ouragans et à tous les gens d'ici de si mal se défendre. Elle donnerait plusieurs années de sa retraite pour se retrouver catapultée dans le désordre familier des cuisines sales dont elle savait si bien venir à bout avec les armes sans péril de la femme de ménage. Elle marche avec une obstination sans joie, une foi têtue où manque la lumière. De temps en temps elle s'arrête pour écoper ses chaussures, masser sa cheville, ou, surtout, écouter le ciel ; un grand ciel feutré, épais, où semble s'être enlisée toute l'aviation des Iles.

L'aéroport ressemble à un marécage. Avant même d'avoir reconnu l'unique piste d'atterrissage, elle voit la manche à air en loques... Pas un son dans le ciel, pas une âme autour du hangar, on dirait un bateau échoué. L'entrée de l'aéroport est cadenassée derrière une grille. Georgette y accroche ses doigts comme un singe triste au zoo. Rien ne bouge dans le hall où se bousculaient, il y a seulement quatre jours, les chauffeurs de tricycles et les marchands de cacahuètes. Les larmes aux yeux, Georgette se rappelle leur irritante assiduité.

Elle s'obstine à scruter le ciel, persuadée encore que le secours doit venir d'en haut dans le sens le plus prosaïque du terme. Un vol de canards atterrit et traverse la piste en se dandinant. Georgette vacille. Elle s'adosse au grillage et s'affaisse lentement sur ses talons, certaine à présent d'avoir atteint l'extrême limite de ses forces.

Le panorama est somptueux. Dans le vaste cirque des montagnes, les rizières en terrasses, creusées il y a plus de mille ans, sculptent un escalier gigantesque. Un ciel mouvant court à travers les champs inondés. Éto pointe un groupe de huttes rondes au toit de cogon [1], niché dans un pli de la vallée.

— Mayaoyao. J'attends ici, déclare-t-il en s'accroupissant confortablement sur ses talons.

Il sort ses chewing-gums et son cahier d'écolier. Il y a dans son regard toute la patience du monde, Tancrède et Zou auraient tort de se hâter pour lui.

Descendre ces rizières demande une adresse de funambule. Ils s'élancent comme deux oiseaux maladroits, bras en croix, mollets vacillants sur les murets de pierres enchâssant les champs. Un petit berger armé d'un bâton long comme une canne à pêche escorte à la baignade une flottille de canards. Ça fait une myriade d'yeux malicieux qui regardent passer Tancrède et Zou.

Un crépuscule blême jaunit l'horizon et les canards ont tous disparu. Georgette a froid dans ses chaussures mouillées. Elle ne sait plus combien d'heures elle est restée prostrée, avachie contre son grillage. L'épuisement aidant, elle a dû somnoler. Elle n'a rien avalé depuis la banane des policiers mais ne ressent aucune faim malgré les gargouillements de son estomac. C'est l'approche de la nuit qui réveille sa panique. Elle se lève avec difficulté, défripe machinalement sa jupe, consciente de garder les muscles, les os et même le cœur cruellement chiffonnés. Elle reprend la route au hasard, sans remarquer l'ombre qui la suit, courbée dans la nuit.

Quand elle entend tout à coup un pas derrière ses talons, il est déjà trop tard. Quelqu'un lui arrache son sac !

1. Longues herbes plates séchées et utilisées pour confectionner les toits des huttes à l'image de nos toits de chaume.

Éperdue, Georgette s'arrime à la bandoulière. Perdre son sac à main, c'est enterrer tout espoir de regagner sa vraie vie, c'est finir clocharde au bout du monde et mourir oubliée de tous ! En un éclair, Georgette mesure tout ce qu'elle possédait et négligeait d'apprécier. Son Émile timoré mais bon gars et sa douce Cristelle pour qui elle ne jetterait plus jamais dans la poêle des « crêpes aux chiffres ». Elle se débat pour eux mais l'assaillant s'énerve, lui brutalise le bras. Pendue à son sac, Georgette se défend avec une ténacité horrifiée, griffant, mordant, balançant des coups de pied.

Un poing la frappe au menton. Sous la violence du coup, elle bascule en arrière et s'écroule à terre, embrassant toujours son sac.

Quand brille la lame d'un couteau, elle hurle de terreur. Mourir assassinée, c'est pire que mourir deux fois. Elle se débat au sol, frappe l'air, la nuit, l'épouvantable force de l'agresseur. Elle ne défend plus son sac mais sa vie. La courroie glisse entre ses doigts, lui échappe ! Elle hurle plus fort. Elle n'en peut plus de hurler et pourtant son cri dure, comme s'il n'existait plus rien d'autre que ce cri à l'intérieur de la pauvre Georgette Binet.

DEUXIÈME PARTIE

23

« Les villageois mangent du riz et des boyaux bouillis en se bousculant gaiement. Entre les pilotis d'une lourde hutte en bois, un cadavre de vieux est assis. On l'a ligoté sur une chaise de bambou, le menton pendant, la bouche béante et vide de dents. Un gamin agite un brasse-mouches. L'odeur commence. Ça fait deux jours qu'il est installé là et il y en a encore cinq avant la crémation. »

Extrait du Journal de Hugo, *Mayaoyao*

Du sommet une femme les regarde prendre d'assaut l'ultime côte qui les hisse jusqu'aux huttes de Mayaoyao. Un crachin tombe, aggravant la pente où leurs semelles glissent à chaque pas. Zou n'ose imaginer le retour, avec le flanc de la montagne comme un toboggan sous leurs pieds.

— Mayaoyao ? s'enquiert Tancrède arrivé le premier.

Le village entier semble posé sur des dalles massives et grises. La femme qui les a observés monter sourit en hochant la tête. C'est une femme tranquille et vaste, aux assises têtues.

— D'abord il faut vous asseoir. Ensuite nous pourrons parler, dit-elle dans un anglais qui ne ferait pas rougir la reine.

Elle leur désigne un banc au pied d'une hutte poilue, brûlée par la fumée des cuisines. Sous l'auvent de chaume pend le nécessaire, deux brosses à dents dans un verre, un peigne, une valise en carton, des crânes, des mâchoires de cochons prouvant une certaine richesse.

— Virgilio, le guérisseur, il habite bien ce village ? demande Zou.

— Je vais vous montrer, mais reposez-vous d'abord. Je vous ai vus monter. Vous n'avez pas l'habitude !

— Oui, oui... fait Zou un peu agacée. Dites-nous seulement si la maison du guérisseur est encore loin.

— Ça n'est pas loin, répond la femme avec une note de nonchalance amusée, puisqu'il habite dans cette maison.

Elle se retourne pour désigner la hutte voisine et Zou remarque alors seulement un bébé dans une écharpe nouée sur son dos. Elle n'a pas le temps de s'attendrir. La mère fait à nouveau face. Elle semble ennuyée tout à coup et leur annonce avec beaucoup de bonté dans les yeux :

— Il y a un problème... Le guérisseur est absent. Il est parti dans la capitale. Des malades à soigner là-bas.

Tancrède accuse le coup et Zou sent l'écho de sa déception dans son cœur. Tant d'efforts pour aboutir à la case départ ! Sa fatigue lui pèse, soudain.

— Vous en êtes certaine ? insiste-t-elle.

Depuis quinze ans qu'elle habite les Iles, elle a appris à remettre en question à peu près tout ce qu'on lui affirmait.

— Certaine, confirme paisiblement la femme à l'enfant, qui ajoute avec une ironie désarmante : parce qu'il habite chez moi. Le guérisseur, c'est mon frère.

Zou et Tancrède se regardent, intrigués. Une grande sérénité se dégage de cette femme. Sa nonchalance les repose mieux que le banc où ils se sont effondrés. Elle ajoute :

— Suivez-moi. Nous serons à l'abri dans l'atelier de mon mari. Il est orfèvre.

« Comme le mien » songe Zou frappée de la coïncidence.

— Vraiment, ça ne vous dérange pas ? s'inquiète Tancrède.

La femme sourit comme si elle n'attendait qu'eux.

— Je m'appelle Normah. Bienvenue dans notre village !

L'agora appartient aux poules et aux cochons de lait, mais Normah traverse le village avec une majesté qui ennoblit le décor. On dirait l'étrave d'un navire sur un fleuve sacré.

— Quinze huttes pour quinze familles, explique-t-elle avec le geste rond d'une châtelaine sur ses terres. L'atelier de mon mari est au bord de la falaise.

Trapues et carrées, les huttes soulevées sur des pilotis épais disparaissent quasiment sous le chaume de leurs toits. On y respire par une seule ouverture guère plus large que le trou d'un poulailler d'où s'échappe une échelle amovible en bambou. C'étaient déjà leurs maisons il y a mille ans. Tancrède et Zou perdent le XXe siècle dans les pas de Normah.

La pluie les lâche au seuil de l'atelier de l'orfèvre. Trois murs de planches, et un toit de tôle qui tinte sous les gouttes. Dans un coin l'orfèvre, chétif et pensif, lime en silence un dieu accroupi emmanché au bout d'un coupe-papier. Il est accroupi lui aussi, à même la terre battue.

— Le dieu du riz, leur présente Normah. Et mon mari... ajoute-t-elle en anticipant leur sourire.

Tancrède et Zou s'installent par terre avec un plaisir inattendu. La rumeur de l'eau glissant sur le monde, lavant les feuillages et les champs, a un pouvoir étrangement lénifiant. Ils sont face au vide et ils sont bien. Comme s'ils avaient traversé ces montagnes uniquement dans le but de venir s'asseoir sur ce sol dur, entre le silence de l'orfèvre et le sourire de son épouse. Elle a ramassé un chiffon et se met à polir les bijoux de laiton nés des mains de son mari ; des *carabaos* [1], des signes de fécondité, des aigles et des dieux. Ses gestes sont lents mais précis. Dans son dos, son dernier fils suce un rêve de lait. Elle le berce machinalement, sans fatigue ni répit.

— J'ai sept enfants avant lui, dit-elle avec une douce lumière dans les yeux.

Zou songe aux siens, le cœur attendri.

Mojicap ressemble aux premiers versets de la Bible. La lumière, l'eau, les premières racines où glissent les premières écailles et les premières carapaces. La mangrove est une forêt clapotante que les marées pénètrent intimement. Marilou marche en tête, enjambant les mille croche-pattes des racines cambrées. Louis, courbé sous les tunnels branchus, s'émerveille sur les traces de ses cousines. Ses pas crèvent une eau lisse et rouillée qui résonne comme une grotte sous les jeux verts des arbres. Les filles lui ont promis des hérons, des martins-pêcheurs, le galop d'un varan...

Les dieux reconnaissants brillent dans les mains de la femme de l'orfèvre, qui les polit comme elle polit sa vie, avec sérénité. Dans les mains de Normah, le bonheur semble extraordinairement simple. Elle caresse le jour comme un chat et l'amour ronronne sur ses genoux. Zou ressent une douce félicité l'envahir. Tancrède contemple un fruit sur l'arbre de la corniche.

— Envie de pamplemousse ? lui demande-t-elle avec une joie indéfinissable.

1. Buffles d'eau.

— De ce pamplemousse, là !

Il lui désigne le fruit jaune et lourd.

— Ça n'est pas vraiment un pamplemousse, c'est un pomélo.

— Ça se mange ?

— Oui, si on a un couteau pour le peler. C'est un peu comme un pamplemousse en bois !

La femme de l'orfèvre a suivi leurs yeux. Elle sourit déjà. C'est le dernier fruit sur l'arbre, qui arque une branche frêle au ras du précipice.

— On peut l'acheter ? demande Zou. (Elle a mauvaise conscience, à cause des sept enfants.)

— Non ! se défend Normah, je ne peux pas vendre un fruit sur un arbre.

Elle se lève avec précaution pour ne pas heurter le sommeil de son bébé. Ses yeux sourient :

— Je peux seulement le donner.

L'abondance naît dans ses mains qui saisissent le pomélo, fendent son écorce à la machette, déshabillent la pulpe avec les soins d'une mère. Il y en a suffisamment pour tous comme il y a suffisamment de lait dans son sein et de temps dans ses journées pour combler chacun. Zou, le cœur dilaté, rêve qu'elle aime Tancrède et Fabrice à la fois. Normah dit :

— Mangez lentement. Quand la pluie s'arrête, je vous ramène chez vous.

Zou lui offre des biscuits, Tancrède leurs allumettes (mouillées). Elle les accepte avec une sorte de respect heureux qui attache aux objets quotidiens une valeur oubliée chez nous. Avec la même application, elle a ramassé la peau du pomélo pour la jeter à ses cochons.

— Je dois vous donner l'adresse de mon frère, annonce-t-elle.

Tancrède lui tend son carnet, dont les pages sont pleines de notes de musique. Normah les observe un moment. Elle prend les croches pour des oiseaux. Tancrède lui explique avec des mots simples, musique, chansons, et elle approuve :

— Oui, je comprends, je vois les oiseaux !

Elle trouve une page blanche où elle trace l'adresse, sans hâte ni maladresse, un peu comme on dessine.

Zou penchée sur son épaule a un clin d'œil en direction de Tancrède :

— Je vois où c'est, je vous y conduirai !

Un soulagement singulier l'habite maintenant qu'elle tient un bon prétexte pour le retrouver dans la capitale. Une impatience malicieuse qui atténue tous les soucis du moment, la pente, la pluie, le retour, le prochain face-à-face avec son mari. Fabrice lui semble presque vulnérable tout à coup, et c'est avec un remords proche de l'attendrissement qu'elle s'apprête à séduire un autre homme.

A l'orée de la mangrove, là où finissent les troncs massifs et torves pleins de nœuds de sorcières, le feu blanc du soleil éclate dans leurs yeux. Le sable, lavé par l'ouragan, est éblouissant. Avec la marée descendante, l'île gagne un long kilomètre d'envergure, une crinoline scintillante et soyeuse sous la plante des pieds nus. Les dernières sentinelles des palétuviers ressemblent à des plumeaux, une branche, trois feuilles, parfois seulement la graine pointue de l'arbre fichée comme un stylet dans la vase brillante. Difficile d'imaginer la violence des éléments, la nuit passée...

— Ici ! triomphe Marilou en pointant du doigt un trou emperlé de sable.

Vivement elle creuse et, soudain, lève une main gantée de vase. Un crabe turquoise s'immobilise dans sa paume. La peur le tétanise en boule, on dirait une bille d'agate.

— Montre ! dit Louis qui n'a jamais vu de crabe aussi bleu.

Elle le dépose dans sa paume qu'il chatouille en s'éveillant. Louis le lâche avec un cri. A peine touche-t-il le sable que le crabe se met à le fouiller avec une extraordinaire vélocité. Il s'enfonce d'une pince, et de l'autre se bâtit un plafond sur la tête. Il disparaît.

— Super ! s'exclame Louis revenu de sa surprise. On dirait une pierre précieuse...

Les enfants se dispersent. Le soleil brûle leurs cheveux. Indifférents, ils usent leurs ongles à forer les galeries. Petits bédouins penchés sur le sable immense, emballés dans de vastes T-shirts qui leur tombent aux genoux, ils escortent la caravane lente des étoiles de mer. Il y en a tant, on dirait que l'orage de la veille les a décrochées du ciel. Les enfants les ramassent, les comparent, dérangent bien des accouplements bleu et orange, tandis que la mer généreuse glisse au loin, emportant ses reflets jusqu'au bout de la terre là où l'œil flou, aveuglé de lumière, ne distingue plus qu'un horizon presque noir à force d'être violet.

Le jour s'effiloche dans la pluie et baisse rapidement. Tancrède saisit la main de Zou et se lève avec elle. Son sang n'est plus si sage, Zou ne déteste pas sa poigne forte et chaude. Il est des bonheurs contagieux...

— Ça m'étonnerait que la pluie cesse avant la nuit, dit-il. Nous devrions rentrer.

Zou scrute l'abîme devant eux, la vallée floue sous les voyages de la pluie. Le sentier qui les avait menés jusqu'ici coule avec la fureur d'un torrent.

— Ne vous en faites pas. Je connais un autre chemin. Suivez-moi.

L'orfèvre soulève sa main en signe d'adieu. Il n'a pas plus de mots dans la bouche que ses figurines en laiton. Tancrède et Zou ont un sourire amusé. Ni le crachin entêté, ni la nuit pressée de tomber ne les inquiètent plus. Normah est là. Elle les mène à travers le village de son pas tranquille. La dernière hutte a le toit crevé et les premiers brouillards nocturnes s'engouffrent par le trou béant.

— Le dernier typhon, explique paisiblement Normah en suivant leurs regards. D'habitude, ils ne sont pas si méchants. Ils frappent plus loin.

Pour cette femme comblée, c'est ailleurs que la vie semble difficile. Elle a cette réflexion étonnante au moment du départ :

— Trop de pluie. Vous allez vous mouiller, c'est ennuyeux.

— Mais vous aussi ! s'exclame Tancrède.

Normah sourit avec indulgence :

— Pour moi c'est facile. Je peux me changer à la maison.

Zou imagine sa hutte, sombre, enfumée...

— Nous aussi, nous pouvons nous changer à l'hôtel.

— Oui, mais vous m'avez dit que vous voyagez en car demain. Vos vêtements seront mouillés, et les vêtements mouillés sont très lourds à porter !

Elle leur a distribué de longs bâtons en guise de cannes pour les aider à trouver leur équilibre entre les rizières. Elle-même porte haut son parapluie et glisse avec l'aisance de Mary Poppins dans les airs.

Un rayon de soleil inattendu conclut leur marche. Le monumental escalier des rizières se trempe de rose. Baignés de lumière, Tancrède et Zou escaladent les murailles comme on escalade le ciel, muets d'émerveillement. Il faudrait la clarinette de Tancrède pour décrire pareil soleil couchant.

Tout en haut de la pente, Éto les attend patiemment sous son arbre dans la position adoptée au moment de leur départ. Un grand geste du bras leur signale qu'il les a vus. La mission de Normah prend fin. Elle s'arrête et saisit les mains de Zou puis de Tancrède avec affection.

Ils ont convenu entre eux d'une somme à lui donner

mais Normah regarde le billet comme s'il sentait mauvais. Les allumettes, les biscuits, c'est différent, c'étaient des cadeaux. Une réelle douleur lui fronce les sourcils. Son hospitalité, elle la donnait.

Tancrède et Zou prennent conscience de leur maladresse. Ils n'imaginent pas encore les ressources intarissables qu'engendrent ces âmes sages et ils s'inquiètent des huit enfants.

— Pour vos enfants ! Vous leur achèterez un cadeau, insiste Zou.

Normah hésite. Parce qu'on ne se dispute pas sur la tête d'enfants, elle finit par accepter leur argent avec un sourire bienveillant, comme on pardonne une bévue. De fait, on dirait encore que c'est elle qui donne.

Tard dans la soirée, Tancrède et Zou secouent leurs souliers crottés dans le petit hall du Moonhouse et viennent tendre leurs mains aux flammes de la cheminée.

Ils sont entrés dans la pièce avec la nuit collée à leurs talons. Zou tombe sur le sofa, épuisée, heureuse, invitant du plat de la main son compagnon à la rejoindre sur la cretonne fanée. La montagne l'a ressuscitée. Elle savoure le sentiment, neuf, de s'appartenir en entier. D'être Zouraïda avant d'être épouse, mère ou belle-sœur... Elle se sent femme et disponible, et lance un oui sonore au patron suisse qui décapsule deux bières.

Tancrède, lui, ne réagit pas. Les flammes dans la cheminée l'auréolent de rouge.

— Je croyais que ce jour serait différent, dit-il enfin. Depuis des semaines, j'attendais ce moment. La main du guérisseur sur ma main, une chaleur magique dans les nerfs et mes doigts souples et obéissants comme avant... Le vrai miracle, quoi !

Zou mesure brusquement l'abîme qui les sépare. Quand, dans son sillage, elle berçait ses angoisses conjugales, il tentait de ressouder sa vie. Elle avait oublié sa main, à si bien dorloter son spleen. Elle se rattrape comme elle peut, elle a tant besoin d'exister pour lui à présent.

— Il n'y a pas eu de miracle parce qu'il n'y a pas eu de guérisseur ! Mais nous le trouverons en ville. Je vous aiderai...

Tancrède ne la voit pas. Ses yeux sont perdus dans les flammes.

— J'ai une maison, reprend-il au bout d'un silence pénible. Au cœur du Bourbonnais. Avec des cheminées profondes, des murailles en pierre et en lierre... Torrent, c'est son nom. Louis aussi y est très attaché. Il a en projet la construction d'un train dans nos bois...

Tancrède lui tourne le dos. Il parle aux flammes et Zou le sent terriblement loin, aussi loin que le Bourbonnais est loin du Pacifique.

— Si mes doigts ne guérissent pas, je ne sais pas comment je vais m'en sortir... avoue-t-il enfin. Il va falloir tout vendre.

Il est devant les flammes, droit, terriblement désarmé.

— J'aimerais bien avoir le centième de la sérénité de Normah, juste pour vous convaincre que votre guérison est proche ! remarque Zou à mi-voix.

Il se retourne d'une pièce. Une gaieté inattendue remue des flammes dans ses prunelles, comme s'il emportait le feu avec lui.

— Avant de ressembler à Normah, il faudrait d'abord que vous attrapiez des hanches et des grands pieds stables ! affirme-t-il soudain.

Ses mains accompagnent son regard sur le corps de Zou. Manifestement, il est revenu du Bourbonnais.

— Tu es comme ton frère ! se récrie Zou choquée, sans s'apercevoir tout de suite qu'elle vient de le tutoyer. Vous vous vantez d'aimer les femmes... à condition qu'elles soient jolies !

— Des hanches et des grands, grands pieds, insiste-t-il avec un geste comique en direction de ses souliers.

— Normah est belle à l'intérieur, murmure-t-elle, sottement attendrie.

— Je sais (il y a de nouveau beaucoup de bonté dans son sourire), et toi... tu me plais comme tu es. Je grille mon âme à résister à ma belle-sœur, ma trop belle-sœur...

Il est debout derrière elle et lui enlace le torse. La surprise arque Zou.

Qui ne se défend pas longtemps.

Il frôle sa joue de sa joue. Un chant dans son oreille. Quand Zou se retourne, étourdie, rose et consentante, le visage de Tancrède est déjà sur le sien, ses lèvres cherchant les siennes.

Vous savez comment sont les portiers d'hôtel, des yeux tout autour de la tête ! Celui-là ne leur a tendu qu'une seule clé.

24

Georgette Binet aurait très bien pu disparaître à jamais au cœur de cette nuit profondément humide et noire. Qui l'aurait reconnue de ce côté du globe, vomissant ses viscères ? Qui se serait préoccupé de rapatrier son humble dépouille ? La Seine-Saint-Denis, c'est si loin...

On l'aurait pleurée chez son fils, même sa bru aurait trouvé des larmes à montrer aux voisins. Puis, lassé d'angoisser sur son énigmatique disparition, on aurait inhumé un cercueil vide, sûrement bazardé ses peluches et vendu son buffet bressan, unique orgueil de sa salle de séjour. Sa petite-fille Cristelle aurait été la seule à croire à un couronnement sur la pente d'un volcan inconnu, avec des cannibales agenouillés et Georgette Binet sur le trône, soulevant sa poêle à crêpes comme un sceptre.

En vérité cette Georgette-là gisait, tétanisée par la peur, sous la hargne de son agresseur. Quand une violente lumière creva la nuit, elle-même crut en avoir fini pour toujours avec Georgette Binet. Elle prit le rayonnement des phares pour le regard de Dieu et y vit la confirmation divine que la mort n'était pas seulement un trou noir.

La galopade qui emporta son sac lui rendit ses esprits.

— Mon sac ! hurla-t-elle sans voix, les cordes vocales éreintées.

Elle tenta de s'asseoir mais les phares l'aveuglaient. Deux bras lui soulevèrent les épaules. Elle hurla de nouveau.

— Lâchez-moi ! Lâchez-moi !

— Calme, du calme... fit une voix douce avec l'accent de Ramon.

— Ramon... c'est toi ? demanda Georgette complètement ahurie, tandis qu'un espoir insensé explosait dans ses veines.

— Non, moi c'est Djuma.

Le conducteur de jeepney la remit debout et l'aida à traverser les phares du Bon Dieu en la soutenant par le bras. Elle avait mouillé sa culotte de terreur et marchait avec dégoût. Un vertige nauséeux la saisit au bout de quelques pas. L'homme dut la hisser à bout de bras à l'arrière de son véhicule. Les passagers glissèrent sur la banquette pour lui faire de la place et une âme charitable lui tendit une énorme noix de coco verte où trempait une paille.

— Tu bois !

Les mains de Georgette tremblaient comme les dernières feuilles avant l'hiver. Incapable de saisir le fruit géant, elle se laissa mettre la paille à la bouche et aspira péniblement le jus tiède, mi-salé, mi-sucré. D'avoir tant crié lui donnait l'impression d'avoir avalé une paille de fer à récurer les casseroles. Djuma vit son geste sur sa glotte et réapparut avec une canne à sucre.

— Maintenant, tu suces ça pour que tu vas mieux.

La tige fibreuse rendait un jus de miel qui lui rappela la cire volée aux ruches de son enfance. La paille de fer s'amollit et Georgette retrouva un filet de voix.

— Mon sac... gémit-elle.

— Ton sac ? Il est parti au galop ! rit Djuma.

Tout le monde guettait ses réactions avec sympathie.

Georgette, à bout d'héroïsme, se contenta de s'affaler sur la banquette. Son regard bascula derrière ses paupières et elle s'évanouit dans les ballons de baudruche et palmiers qui couvraient le plafond de couleurs.

Zou n'a détaillé à personne sa deuxième nuit au Moonhouse. Ses ultimes réserves volèrent en éclats à l'instant où Tancrède, claquant la porte de la chambre d'un coup de talon dans son dos, lui couronna le sein de sa paume. Manifestement ce musicien n'était pas seulement doué pour la clarinette. L'audace du geste, loin de la choquer, la combla. Ses seins dans sa paume, on aurait dit que le Bon Dieu lui-même les avait moulés ensemble à seule fin de les réunir un jour. Une chaleur inavouable lui monta des cuisses et mit le feu à ses joues. Zou tomba sur le lit.

Une secousse la réveilla brutalement. Djuma arrachait son véhicule à la caillasse d'une rivière sans pont. Le moteur s'emballa, puis cala sur l'autre rive. La plupart des passagers étaient descendus. Georgette s'assit péniblement, cherchant Djuma des yeux. Il lui souriait paternellement par-dessus le jerrycan dont il sirotait l'essence à l'aide d'un tuyau. Elle le dévisagea comme s'il était Zorro mais n'osa pas encore lui demander d'où lui venait son français.

La jeepney redémarra. Aux ponts effondrés s'ajouta le cauchemar des cocotiers renversés. Tous les cent mètres il fallait descendre du véhicule et pousser un tronc pour dégager la route. Chacun y mit du sien. Seule Georgette se désintéressa de la situation. Au premier pneu crevé elle commenta, lugubre :

— Quand la poisse vous colle à la peau en naissant, elle vous lâche pas jusqu'à la tombe.

Djuma rit (pas certain d'avoir compris) et déboulonna sa roue en sifflant. Les voitures, c'était son rayon et il ne lui déplaisait pas d'étaler son savoir-faire devant l'étrangère. Il ne lui fallut pas plus de cinq minutes pour troquer un pneu plat contre un pneu lisse.

Après la deuxième crevaison, la jeepney finit entre deux colonnes de pneus dans l'abri noirci et laid d'une boutique de vulcanisation. Épuisée, Georgette ne décolla pas de sa banquette et s'assoupit dans une odeur de caoutchouc brûlé.

Une odeur d'herbe lui ouvrit les yeux. Descendue de la voiture comme une somnambule, Georgette vit dans les phares les hibiscus rouges, une truie noire endormie sous les pilotis, les marches de bambou qui sentaient le verni. A part le toit de la remise, la maison protégée des assauts du vent par le flanc de la colline avait bien résisté au typhon.

Elle refusa toute nourriture mais voulut se laver. La famille se récria. On ne se lave pas les pieds ni les mains après un effort violent ! Et c'est vrai que sa cheville prenait les proportions d'une courge.

Georgette obtint tout de même qu'on l'abandonne seule dans la douche (un réduit en ciment avec un baquet d'eau et une casserole), où elle savonna en catimini le gros de son désespoir. Ces brèves ablutions autour d'une cuvette lui rappelèrent l'Auvergne et la maison de sa mère où l'eau ne « courait » pas encore... Elle s'aperçut à peine d'une chemise de nuit qu'on lui passait par la tête, comme à une poupée de chiffon. Elle avait des clarines au fond des oreilles et s'endormit sur-le-champ, étonnée du poids de ses paupières et profondément indifférente à tout ce qui n'était pas ses monts Dore.

Elle s'éveilla dix-huit heures plus tard, complètement déboussolée sous les ailes floues d'une moustiquaire jaune. Le lit était dur, l'oreiller aussi, le mur était nu avec juste deux fenêtres sans vitre aux contours mangés de lumière. La charpente de bambous d'une complexité inouïe lui occupa le regard un moment.

Puis elle se souvint du chauffeur qui parlait français.

Il y avait un lit près du sien. C'était d'ailleurs le seul autre meuble de la chambre. Quelqu'un avait roulé la natte qui le recouvrait et noué la moustiquaire contre la paroi. Georgette, mal à l'aise, se demanda qui avait bien pu coucher là, si près d'elle... Des événements de la veille, elle gardait un souvenir ténébreux qui confondait le typhon et son agresseur. Elle eut le sentiment angoissant d'avoir perdu tout contrôle sur sa vie. Même durant la guerre, où la trouille collait comme sueur à sa peau, elle n'avait jamais éprouvé pareil fourvoiement. Elle ne reconnaissait rien, ni l'endroit, ni sa cheville bouffie comme une joue, ni la chemise de nuit rose à volants de nylon qu'elle portait. Elle chercha un miroir pour vérifier si son visage ressemblait encore à celui de Georgette Binet et boitilla jusqu'à une glace ovale, au cadre chargé de coquillages.

Quelqu'un d'ébouriffé la dévisagea sans passion. Et c'étaient bien les mêmes yeux marron.

Guère plus rassurée pour autant, elle tourna en rond dans la pièce en lissant ses cheveux avec ses mains. Murée depuis quarante ans dans une solitude besogneuse, Georgette était particulièrement dépendante de sa routine et de ses objets familiers. Démunie de tout, même d'un peigne, elle sentit sa raison vaciller. Des voix étrangères filtraient à travers le plancher de bambou. Son premier réflexe fut de retourner se terrer sous son drap et d'y attendre la mort.

Dieu merci, là où la raison culbute, l'estomac regimbe. C'est la faim qui la poussa dans l'arène.

Il y avait des mules en plastique au pied de son lit. Étouffant une horde de scrupules hérités d'une éducation austère où la devise était « Avant tout ne jamais rien devoir aux autres », elle finit par les enfiler sans autre autorisation que la sienne, prit une inspiration comme si elle avait décidé d'explorer en apnée le fond de l'océan Pacifique, et descendit l'escalier.

A l'étage du dessous, la journée sentait le café et le poisson frit. Il y avait des femmes, des enfants partout, et une aïeule somnolant dans un fauteuil à bascule. Georgette pria le ciel de lui rendre Djuma mais ne l'aperçut nulle part. Tout le monde lui sourit. Georgette sourit en retour, bien obligée.

Ce fut à qui la ferait s'asseoir et manger. Elle devinait plus qu'elle ne comprenait leur anglais et, comme avec Ramon, opina beacoup de la tête. Elle se laissa verser du café, beurrer des tranches de pain, mais s'inquiéta de la mayonnaise et du poisson frit... Un moteur pétaradant la fit sursauter. Il s'éteignit sur une explosion. Des pas ! Zorro entra, un panier d'huîtres sous le bras. Un soulagement indescriptible envahit notre Georgette.

— Levée déjà ! lança Djuma en marchant droit sur elle.

Et il répéta sa phrase dans leur langue pour que tout le monde puisse rire.

Tout le monde rit. Il avait un bon visage lunaire que sa gaieté plissait à l'horizontale et une voix de basse assez séduisante. Georgette rougit, ce qui ne lui était pas arrivé depuis le jour de sa première communion.

— Regarde ce que j'apporte, dit Djuma en soulevant le panier d'huîtres sur la table.

Elles étaient énormes et rugueuses, mais Georgette n'avait d'yeux que pour lui. Son sourire lui éclaboussa le cœur.

— Votre français, vous l'avez trouvé où ? demanda-t-elle, heureuse de partager quelque chose avec lui.

Djuma crut qu'elle lui parlait des huîtres.

— Au marché, répondit-il, content.

— Vous avez appris le français au marché ?

Il pouffa.

— Mais non ! Je croyais les huîtres. Le français, il vient de la capitale.

— De Paris... soupira Georgette, le cœur glissant.

— Pas Paris, la nôtre de capitale, celle des Iles ! Ma mère travaillait dans une famille française là-bas. J'ai grandi avec eux. Le fils a pareil d'âge que moi.

Le reste de la famille resserra le cercle autour d'eux. A part la sœur de Djuma, pas un ne savait le français mais tous l'écoutaient comme s'ils comprenaient chaque mot.

— Adella ! cria Djuma. C'est ma sœur, glissa-t-il en aparté à Georgette.

Adella s'approcha. Elle avait un sourire chaleureux dans un visage plat où ses narines très épatées lui faisaient comme trois nez. Elle emporta les huîtres et les jeta dans de l'eau bouillante.

— C'est pas des moules ! s'écria Georgette, effarée. Faut pas les faire bouillir !

— Et tu leur fais quoi donc, toi ? fit Djuma, surpris.

— Je les ouvre avec la pointe d'un couteau et un torchon dans la main gauche pour pas me couper. Et je les avale crues avec un filet de citron, expliqua Georgette qui reprenait du poil de la bête.

— Nous, on les ouvre avec l'eau bouillante. Après on les jette toutes nues dans du vinaigre à l'oignon. Tu goûtes comme chez nous.

— Des oignons (elle prononçait « ouagnons ») ou de l'échalote ? Parce que chez nous ça se fait aussi avec le vinaigre, mais les huîtres, on les avale crues.

Georgette était fin cordon bleu. L'échalote et l'oignon, ce fut comme un pont entre leurs deux continents, entre sa cuisinière à gaz et la pierre où chauffaient leurs mets sur son lit de braise. Un jargon universel en quelque sorte, qui déjà lui donnait un réconfort inattendu.

25

Tancrède et Zouraïda renouèrent contact sans enthousiasme avec la capitale. Leur complicité avait eu le temps de s'émousser pendant le trajet en car. A l'anonymat ingénu des montagnes succédait le retour au foyer et aux responsabilités. Zou avait charge d'âmes à pleine maison, Tancrède avait une carrière à sauver en guérissant sa main.

— Je te téléphone dès que j'ai récupéré les enfants, dit Zou avec sa voix de mère de famille.

— D'accord, répondit Tancrède, terriblement conscient de s'adresser à la tante de son fils. C'est très gentil à toi d'avoir pris Louis sous ton aile.

Dialogue tiède, qui prouve seulement combien l'être humain a le bonheur ingrat. D'une connivence en feu de paille, il ne restait que les cendres au fond de leurs yeux. Ils se quittèrent sans autres effusions devant le portier costumé en toréador.

Zou entra alors dans une grande période de perplexité. Manifestement, d'avoir couché avec Tancrède ne la réconciliait pas avec Fabrice. C'était comme ajouter du sucre dans un plat trop salé. Loin d'équilibrer la situation, ses frasques lui tricotaient des nœuds dans l'estomac.

Fabrice, par peur d'entendre une vérité désagréable

ou, pire, par indifférence, ne lui posa aucune question sur son voyage et elle ne sut pas si elle devait s'en féliciter ou le regretter. La placidité naturelle de son mari s'effritait avec la tension politique. La joaillerie s'entend mal avec les révolutions, et Fabrice n'en avait que pour la conjoncture économique, comme si tous leurs soucis étaient nés dans la rue. Beaucoup d'expatriés, d'ailleurs, voyaient la fin d'une ère luxueuse et prédisaient au bout de cet interminable compte des voix la violence d'un coup d'État militaire. Certains foyers prudents thésaurisaient déjà les dollars, d'autres avaient même acheté leurs billets d'avion. Les Japonais réexpédiaient carrément leurs femmes et enfants au bercail nippon. C'est un collègue de Fabrice qui, très excité, leur téléphona le mardi soir :

— Ça sent le roussi... Ma femme a rapatrié tous nos albums de photos par la poste !

Moins pessimiste, Fabrice, qui de toute façon n'avait pas d'adresse en France où expédier leurs albums de photos, s'écria :

— Des tricheries, il y en a toujours eu ! Et la presse n'apprend rien à personne.

— Peut-être, mais c'est la première fois en vingt ans qu'il existe un compte parallèle des bulletins de vote. Qui sait comment va réagir le Président ? Ça sent le roussi je te dis ! Colette m'a dit : « On met les photos en sécurité. Tout le reste après, on peut toujours le remplacer... Préviens Zou ! »

Zou avait bien d'autres soucis en tête. Le cœur déchiré à l'est et à l'ouest, elle rêvait de fondre les deux frères dans un idéal masculin combinant les tendres élans de Tancrède avec la bonhomie de Fabrice. Son âme, qui n'aurait dû lui parler que layette, se perdait en conjectures oiseuses. C'est finalement la visite inopinée de la directrice adjointe au ministère des Affaires sociales qui lui remit le cœur en place.

Divina entra sans cacher son éblouissement. La maison lui plaisait et tous ses regards le disaient. Marilou l'accueillit tout excitée.

— J'ai trouvé un crapaud ! s'écria-t-elle en désignant la gamelle du chien (où baignait un batracien pustuleux de la taille d'un cantaloup).

— Dis bonjour, l'interrompit Zou en repoussant discrètement la gamelle du pied.

— Bonjour madame.

— Tu peux m'appeler Divina !

Le crapaud s'évada en trois bonds flasques. Zou, le cœur agité, entraîna Divina sous la véranda :

— Mon Dieu, je suis si contente de vous revoir ! Vous avez du nouveau ? Mais asseyez-vous d'abord... Je ne sais pas où elles sont passées... Lita ! Wella ! Bon, je vais vous chercher quelque chose à boire.

Elle se hâta en direction des cuisines, non sans jeter un regard sévère à ses filles qui signifiait : « Occupez-vous d'elle, pour le crapaud on en reparlera plus tard... »

— Tu veux du vent ? s'empressa Anouk en arrivant avec son éventail.

Divina se laissa décoiffer le front.

— Je peux aussi te prêter mon livre. C'est l'histoire d'une princesse très belle mais très méchante.

— Raconte-la plutôt à Perrine, jeta Aimée entrée derrière elle. Elle a tendance à croire que la beauté et la bonté vont toujours de pair...

Anouk parut réfléchir un moment.

— Elle a pas complètement tort. Regarde, moi, je suis jolie *et* je suis sympa !

— C'est vrai ! rit Divina en lui caressant les cheveux qu'elle avait flous et bouclés tout autour du visage.

Zou réapparut, transportant sur un plateau la citronnade et un cliquetis de glaçons. Divina lui sourit largement.

— C'est le paradis, chez vous !

Zou rougit. Autrefois, elle le pensait aussi.

— Je dois vous poser quelques questions personnelles, continua Divina. Pour établir l'épouse et la mère irréprochables que vous êtes !

Elle sourit sans malice en disant ces mots. Zou baissa un regard voilé de cils et s'affaira au-dessus des verres. D'un geste vif, elle chassa ses filles agglutinées autour d'elle. Trop d'oreilles autour de leur conversation...

— Enfin tranquilles, soupira-t-elle, comme si c'étaient ses enfants uniquement qui l'embarrassaient. Avec ces élections qui n'en finissent pas, l'école n'a toujours pas repris et nous aurions mieux fait de laisser les enfants à Bahile chez leur grand-mère.

— Votre mère ?

— Non, ma belle-mère.

— Elle habite dans les Iles ?

— Oui, c'est le père de mon mari qui est Français. Mais il est décédé depuis longtemps.

— Et vous-même, où êtes-vous née ?

— En Malaisie. Mon père avait une plantation à Chaah. D'huile et de caoutchouc. J'ai grandi au milieu des palmiers et des hévéas. Heureux jours dans le cocon familial !... ajouta-t-elle, une note de mélancolie dans la voix.

— La ville, les autres enfants, ça ne vous manquait pas ?

— Pas le moins du monde ! Le cauchemar, ça a plutôt été mon entrée en pension en France. A Besançon. Mes parents étaient tous les deux Français. Ils auront voulu me donner des racines...

Elle s'interrompit, la mine songeuse. On aurait dit une fleur coupée, qu'on aurait fichée en terre par erreur. Divina lui trouva du charme. Elle en oubliait de prendre des notes.

— Et vous avez des frères et sœurs ?

— Quatre. Deux sœurs et deux frères. Mon petit frère

est d'ailleurs adopté. Un jeune Tamul noir comme la nuit !

— Ainsi vous suivez les traces de vos parents, aujourd'hui !

Zou hésita. Elle voyait mal Éloïse tromper son Pierre avec qui que ce soit. Un froncement de sourcils embruma son visage, que Divina ne s'attarda pas à déchiffrer. Elle était retournée à son carnet.

— J'imagine que vous pouvez espérer tout leur appui lors de cette nouvelle adoption ! dit-elle, satisfaite.

Cette fois Zou acquiesça en toute quiétude.

— Et vos filles ?

On entendait leurs cris dans le jardin, entre les troncs de bananiers.

— Elles sont ravies bien sûr. C'est un peu comme si on leur promettait une poupée qui rit et qui pleure, mais en vrai !

Divina sourit. Perrine passa devant elle au galop, portant cape et couronne. Le dalmatien la poursuivait de près.

Zou brisa son élan.

— Perrine ! Je t'ai déjà dit cent fois de mettre des socquettes jusqu'à ce que ton pied soit guéri... Elle s'est entaillé le talon sur un corail, chez ma belle-mère, précisa-t-elle à l'adresse de Divina.

Sa fille lui fit face, croisant les bras.

— Oh ! Maman, soupira-t-elle, les yeux au ciel, les princesses ne portent pas de socquettes !

Divina eut un fou rire et Zou l'envia. Elle ne cessait d'imaginer la grimace qui figerait la bonne humeur de la conseillère des Affaires sociales si, grattant le vernis du bonheur familial, elle découvrait par-dessous la triviale vérité : l'hostilité déclarée de la grand-mère paternelle, les frasques du père, et maintenant la mère incestueuse !

Mais Divina ne voyait qu'un jardin luxuriant, flou à force d'ombre et de soleil, où couraient des enfants ravissants et sans complications.

— Donc un cinquième enfant ne vous fait pas peur ! conclut-elle.

— Au contraire ! s'exclama Zou, pour la première fois sincère. C'est eux qui nous aident à rire...

Une trace de chagrin flotta sur ses lèvres comme le regret d'un Éden disparu. Mais elle se reprit vite.

— Hier, dit-elle, Marilou est venue nous trouver avec son cahier d'histoire. Elle se plaignait de ne pas savoir qui était Charlemagne. Fabrice lui a dit que Charlemagne avait inventé quelque chose qu'elle aimait beaucoup. Les pères veulent toujours que leurs enfants aiment l'école ! Alors elle s'est exclamée avec une surprise pleine d'admiration : « Charlemagne a inventé le hachis Parmentier ? ! »

Divina prit le temps de rire, bien que ni Charlemagne ni le hachis Parmentier ne trouvassent beaucoup d'écho dans sa mémoire. Puis elle ferma brusquement son bloc-notes en le faisant claquer entre ses mains.

— Eh bien, je crois avoir une bonne nouvelle à vous annoncer ! fit-elle gaiement. Dans trois jours a lieu notre prochaine réunion concernant l'attribution des orphelins aux parents et il n'est pas du tout impossible que votre petite fille soit du lot !

Zou sursauta comme ce jour où la gynécologue lui avait annoncé pour la première fois : « Le test est positif, madame, vous êtes enceinte... » Elle eut envie de se jeter sur l'appareil pour appeler Fabrice tout de suite.

C'est plus tard seulement qu'elle se réjouit de son réflexe. Rêvant au bonheur reposant d'aimer son mari, et seulement son mari...

26

« Ce sont des gens accueillants, prompts à partager le couvert. Leur vin est un jus de canne à sucre qu'ils laissent fermenter dans de grandes jarres en terre cuite scellées à la cire. On les enterre à un mètre de profondeur et on plante dessus une noix d'arec. Quand l'arbre est là, il est temps de déterrer la jarre et de consommer le vin... »

Extrait du Journal de Hugo,
Batan, Batanes

Déjà peu performantes en temps normal, la Compagnie nationale des télécommunications et la Compagnie générale d'électricité, gagnées par le roulis électoral, tardaient à porter assistance aux provinces sinistrées. Georgette, privée de tout contact avec la réalité, leur dut une ère fortuite de douce félicité... Mise dans l'incapacité d'entamer aucune démarche administrative, elle eut tout le loisir de pousser plus avant la langue simple et savoureuse du potager. C'est elle qui introduisit en Asie du Sud-Est le pâté de pommes de terre et la rissole tout en s'initiant à l'arôme insolite du sinigang (très amer) et aux sauces douces à base de lait de coco.

Au début en tout cas, le temps ne lui pesa pas. Il travaillait pour elle, chaque jour la rapprochant de l'instant où Ramon finirait bien par renouer le contact. De toute la semaine, elle ne quitta guère l'abri rassurant de la maison de Djuma. Clopinant sur sa cheville enflée, entourée, consultée, goûtant pour la première fois le privilège de jouer un rôle : « la Francès » ou « l'Americana » (les deux étant blonds et riches dans les esprits natifs de Dumaguete), elle trouva la patience, et même une sorte de paix intérieure à attendre dans le silence irréel d'un ciel sans avion (inconcevable à Villepinte !) un signe de la Mère Providence. Si une voyante lui avait montré dans sa boule de cristal sa silhouette nouée dans un sarong bariolé de rouge et sa chevelure luisante rincée à l'écorce de gogong, elle ne se serait tout simplement pas reconnue...

L'arrière-grand-mère de Djuma, âme sans âge mais qui au vu de ses rides avait dû naître peu après Abraham, soigna l'enflure de sa cheville avec des compresses de gingembre bouilli dans le kérosène. L'odeur était épouvantable mais la recette fit effet. Le dimanche suivant, Georgette marchait comme vous et moi. Pour célébrer l'événement, Adella eut l'idée du salon de beauté, et c'est Djuma qui les conduisit dans sa jeepney.

L'intérieur de son estafette ressemblait à une boîte de nuit. Georgette avait oublié ses guirlandes clignotantes et sa musique tonitruante ! Les passagers ne tardèrent pas à affluer. Georgette, assise à l'arrière, les regarda se caser avec incrédulité. Même la banquette du conducteur fut prise d'assaut. Djuma ne refusait jamais personne et il était de plus en plus difficile de définir, vu de dos, qui tenait le volant. Imperturbable, il conduisait de biais, les coudes au corps, avec une bonne humeur sans faille. Quand il atteignit la gentille ville de Dumaguete, les billets pliés entre ses doigts chargeaient sa main de pétales. Georgette, qui se croyait rompue à tout en matière d'affluence, mit pied à terre avec un indicible soulagement.

Les ruelles balayées, réparées, lui parurent presque pimpantes. Sur les haies vives, le linge savonné blanchissait au soleil. Une brise agréable animait la chaleur. Djuma ouvrit un parapluie. Le soleil s'adoucit sur leur tête. Les ombrelles ont l'avantage sur les parapluies de donner la démarche légère, et Georgette perdit d'un coup vingt ans sous ce parapluie-là.

C'est avec Djuma que Georgette commença de croire aux miracles, aux fantômes et même au prince charmant.

— J'ai une surprise pour toi, lui annonça-t-il, les yeux brillants d'excitation.

— Le téléphone remarche ! s'écria-t-elle dans un sursaut.

— Non, dit-il, satisfait. Dimanche, je t'emmène à la mer et peut-être qu'on retrouvera *ta valise*.

— Ma valise ! répéta Georgette au bout d'un silence ahuri, comme si elle n'avait plus que des points d'exclamation dans la bouche.

Le fait est que, soignée, choyée comme jamais dans son existence, elle avait presque oublié son bien. D'un coup, Paris lui remonta aux yeux et elle eut quelques battements de cœur affolés à se demander si elle reverrait jamais sa Cristelle. Djuma souriait toujours. Persuadé de lui faire plaisir, il ne mesurait pas bien tous les détails de son désarroi. C'est Adella qui la tranquillisa en lui prêtant une robe de plage en tissu batik et des sandales de toile. Adella avait toujours les gestes simples qu'il fallait au bon moment.

Dimanche, place du marché, les coqs d'aluminium vibraient sur le capot de la jeepney. La clientèle s'amassait sur les banquettes et semblait toujours trouver quelques nouveaux centimètres carrés pour les derniers montés. Au milieu d'une kyrielle d'autres véhicules, Djuma multipliait les faux départs et les coups de klaxon.

— Pour appeler les clients. On part que quand la jeepney est pleine, précisa-t-il à Georgette qui dans ce cas-là serait partie une heure plus tôt.

Mais l'affluence ne la rebutait plus comme avant. Sur les instances de Djuma, elle s'était assise à l'avant et de sentir sa cuisse s'imprimer contre la sienne lui procurait un agréable trouble juvénile. Elle s'épongea le front et vérifia sa frange dans le rétroviseur. La chaleur stagnait sous la carrosserie où les dames trouvaient juste assez d'espace pour agiter leurs éventails de paille multicolore. Djuma héla un marchand qui poussait sa glacière à roulettes au ras des fenêtres, en agitant une cloche. Il lui offrit une boule à l'*Ube* [1] juste avant de démarrer pour de bon. C'était mauve, avec un parfum indéfinissable, mais c'était offert avec une telle gentillesse... Il était difficile de ne pas se réjouir des cadeaux de Djuma. D'ailleurs Georgette le trouvait beau dans sa chemise à palmiers.

Cette glace mauve, Georgette en parle encore. Le trajet conserva tout au long les nuances de l'*Ube* sous un ciel profond qui donnait envie de s'envoler. Où étaient la pluie noire et les forêts torturées traversées cinq jours auparavant ? La mer plate mélangeait tous les violets imaginables entre le rivage et la ligne d'horizon, et pour la première fois depuis son arrivée en Asie, Georgette se sentit réellement en vacances. Ils avaient liquidé les derniers passagers dans le dernier hameau du coin et Djuma sifflait en conduisant. De profil, ses yeux bridés semblaient rire continuellement au-dessus d'une joue de Bouddha. Georgette se réjouit

1. Racine de couleur mauve réduite en pâte et mélangée à du sucre pour confectionner des friandises ou des crèmes glacées.

sans vergogne de leur intimité, loin de la horde des clients ou même seulement de la tribu familiale, si affectionnée soit-elle... Elle n'aurait pas voulu de fin à cette journée, et c'était un sentiment neuf dans son existence.

L'hôtel existait encore, ses toitures en moins. Les huttes de front de mer avaient aussi perdu une bonne portion de leurs murs. On aurait dit les ruines d'un village fortifié romain. Un type en blouse, assis sur un fauteuil de salon auquel il manquait tout le salon, se frottait les orteils avec une brosse à dents. S'approchant de sa cuvette, Djuma lui demanda la réception. Au bout d'un silence surpris, le type lui désigna du manche une musique lointaine qui traversait les moustiquaires crevées du hall.

— Je reconnais le coin ! dit Georgette en conduisant Djuma dans ce qui restait de la salle à manger.

Deux jeunes filles essuyaient des cuillers en répétant une chanson à la mode à côté du juke-box branché sur une batterie de voiture. La troisième tenait un micro et dansait en chantant. L'irruption de Georgette et de Djuma ne les intéressa pas immédiatement.

— On cherche une valise, expliqua Djuma en anglais.

— Quoi ? cria l'une à cause du juke-box.

— Une valise, répéta Djuma.

— *My* valise, renchérit Georgette en franglais.

Celle qui tenait le micro eut l'idée de baisser le volume.

— Allez voir là-bas, dit-elle enfin.

Son micro leur désigna une porte. Dans un cagibi sombre où dansait la poussière, Georgette distingua un monceau de bagages. Sa valise lui fit l'effet d'un fossile.

— Alors, tu la vois ? s'inquiéta Djuma.

— Oui, là...

Et elle s'étonna de ne pas ressentir la même impatience.

Djuma l'arracha de la pile et l'ouvrit. Georgette n'éprouvait toujours rien et le regardait faire sans songer à l'aider. Les vêtements jetés à l'intérieur étaient indéniablement les siens, mais ils paraissaient appartenir à une autre femme. Ils ressemblaient trop à la Seine-Saint-Denis et à la belle-mère de sa bru.

Elle promena une main molle à travers ses affaires, moins pour se rassurer que pour ne pas décevoir Djuma. Une carte postale glissa, un peu froissée. C'était l'église romane d'Orcival.

— C'est quoi ? s'intéressa Djuma.

Georgette contempla la carte en silence, saisie d'une douce nostalgie.

— Une église de mon pays... s'éveilla-t-elle enfin. Quel âge tu lui donnes ?

— Vingt-cinq ans ! répondit-il, se doutant qu'elle était ancienne.

A cause du regard de Georgette, il se reprit tout de suite :

— Peut-être même un siècle !

— Tu en rajoutes sept et tu as juste ! exagéra-t-elle.

Il siffla : « C'est trop vieux ! » et revint au XXe siècle :

— Bon, tu as bien vérifié, il manque rien à ta valise ?

— Manque rien, non, fit Georgette en claquant le couvercle comme si elle voulait lui clouer le bec.

Elle était brusquement certaine de perdre son temps.

— Je vais te montrer ma chapelle, dit-elle avec une joie inattendue dans l'œil. Viens !

Djuma la suivit sur la plage. La mer poussait sur le sable une marée silencieuse. Ses eaux innocentes fondaient dans le ciel, effaçant l'horizon. Une voile rapiécée de grands ronds voguait sans hâte en direction de la falaise. On l'aurait dite cousue de parapluies. Djuma et Georgette la regardèrent un moment en silence, étrangement heureux simplement d'être là, à respirer la mer.

L'instant d'après, ils pourchassaient les crabes au galop, même Georgette qui ne courait plus qu'après les autobus depuis l'âge de raison. Mais Djuma lui aurait demandé les pas du french cancan qu'elle les aurait inventés pour lui.

Ils prirent d'assaut le sentier de la falaise. La croix de la chapelle penchait dans la direction des collines. Georgette reconnut les menhirs avec l'impression de retrouver des amis. En même temps il lui sembla les avoir quittés depuis très longtemps, tant cette nuit de cyclone avait scié son existence en deux siècles différents.

Djuma la suivit à l'intérieur, encore essoufflé par leur ascension. Sans se retourner, Georgette écouta son pas, son haleine. Elle s'aperçut de la place énorme qu'il avait prise dans sa vie. Ou bien, c'était la pierre sacrée de l'autel qui l'inspirait... En tout cas, elle se vit l'embrassant passionnément, elle se vit dans du blanc l'épousant ici même le dimanche suivant. Une fois mariée, elle aiderait Djuma dans sa jeepney, elle cuirait des beignets pour les voyageurs. Elle mettrait de l'argent de côté et leur paierait un voyage de noces en France pour montrer son bonheur à la famille, la tour Eiffel à Djuma, avec un petit crochet par le Puy-de-Dôme pour lui prouver qu'on a aussi des volcans par chez nous.

Elle en était là de sa délicieuse rêverie quand soudain une mouette, tranchante et blanche dans les nuées, se moqua : « Idiote ! Djuma ne t'aime pas d'amour, Georgette ! Retourne dans ta vie où tu n'aurais jamais dû laisser tomber tes balais. Tu n'es pas à ta place ici ! »

Frappé au coin du bon sens, le cœur de Georgette flancha. Ses yeux marron, qu'elle croyait arides depuis longtemps, se brouillèrent de pleurs, des larmes si fécondes et si lourdes que l'une s'écrasa sur sa paume, et de là, roula sur la main de Djuma.

— Tu pleures ? fit-il, sidéré.

Alors il eut ce geste que personne n'avait jamais eu pour Georgette. Pas même sa mère, ni son fils ni le père de son fils. Il lui ôta ses lunettes, prit son visage dans ses paumes et la contempla avec une bouleversante tendresse. Le cœur affolé, Georgette ferma les yeux, tremblante à force d'immobilité, respirant à peine tant elle avait peur d'effacer cet instant.

Et Djuma dit, avec son visage tout proche du sien :

— Ne pleure pas ! Tu sais comment je fais, moi, pour ne pas pleurer avec toute la misère qui embrasse le monde ? Mes pensées, le matin, je les rassemble au-dessus de ma tête, dans une bulle, et cette bulle je la souffle dans le firmament.

— Le firmament ! Tu en sais des jolis mots pour quelqu'un qui pratique pas le français.

Elle avait conscience de renifler et que renifler n'allait pas avec un si joli mot. Mais Djuma souriait toujours.

— C'est toi qui les fais venir, alors... dit-il.

Elle rougit avec un indicible bonheur.

— Et alors ta bulle... bredouilla-t-elle.

— Ma bulle ? Avec toutes mes pensées, tout ce fourbi dedans, je l'offre au Bon Dieu et je lui dis : « Tiens ! Prends-les ! Je te les confie. Chéris-les, mets de l'ordre dedans, et renvoie-moi-les à mesure que j'en ai besoin. » Tu saisis ?

Georgette rit, pas certaine de comprendre. Djuma raffermit encore ses paumes autour de son visage. Bercée dans ses mains, elle ferma les yeux. Même ainsi, derrière ses paupières baissées, Georgette continuait de voir son regard, et elle n'avait plus honte de sa vieille peau ni de ses paupières fanées. Elle était jolie dans ce regard-là. Elle sut que les mouettes riaient mais ne se moquaient pas.

A l'instant où les lèvres de Djuma effleurèrent les siennes, des pas les dérangèrent. Ils se séparèrent précipitamment. Quand ils virent les vaches, c'était déjà trop tard, le charme était rompu. Ils n'osèrent pas se reprendre. Ils ne se marieraient pas en sarong sur un char tiré par un bœuf. Ni sous les voûtes en pâte d'amande de San Augustino, ni à la Seine-Saint-Denis. Ils n'étaient pas de la même planète et Djuma avait l'âge d'être son fils.

27

« Presque toutes les créatures, ô Kamal, ressemblent à la feuille qui, en tombant, tournoie dans l'air, vole et chavire en tout sens avant de rouler sur le sol. D'autres au contraire, le petit nombre, ressemblent aux étoiles ; elles suivent une route fixe, aucune bourrasque ne les en fait dévier ; elles portent en elles-mêmes les lois qui les régissent. »

Hermann Hesse, *Siddharta*

Le pays attendait toujours un Président, et Zou sa cinquième fille. Tandis que l'opposition proclamait haut le triomphe de la Veuve, et que la Commission électorale confirmait sans vergogne la victoire du Président, Zou se débattait avec la paperasse et la mauvaise foi du consul. N'adopte pas qui veut et comme il veut. La loi veille, qui n'a pas la logique du Bon Dieu et encore moins ses provisions d'amour. En l'occurrence, M. le consul, jeune Vietnamien aigri par une enfance d'immigré dans les faubourgs parisiens, ne lui cachait plus son hostilité.

De retour chez elle, Zou se précipita sur le téléphone et fondit en larmes en entendant la voix de Fabrice.

— Qu'est-ce qu'il y a ? Un accident chez les filles ?

s'inquiéta-t-il d'une voix blanche, brutalement convaincu qu'il ne survivrait pas une heure à ses enfants.

— Mais non, se hâta de le rassurer Zou, c'est juste le consul ! Ce prétentieux petit fonctionnaire qui joue au tyran. Il nous déteste parce qu'on veut adopter un enfant asiatique et maintenant il prétend qu'il n'a aucun pouvoir pour nous rédiger le certificat de réciprocité !

— Eh bien, nous passerons directement par l'ambassadeur ! J'irai lui parler personnellement. Tu arrêtes de t'en faire ?

— Oui... murmura Zou.

Un certain soulagement l'envahit, comme autrefois quand elle s'éveillait bercée dans les bras de Fabrice, au sortir d'un cauchemar neigeux où l'hélicoptère s'écrasait pour la millième fois. Elle eut à nouveau envie de son mari, timidement, sans s'avouer haut et clair la défaite de sa revanche, espérant toujours au fond de leur dialogue une excuse, un remords exprimé à haute voix.

Mais Fabrice n'avait pas les tendresses qu'il fallait. Un peu trop désinvolte, comme s'il voulait d'abord prouver que tout allait pour le mieux dans le meilleur des mondes et que c'est elle qui avait imaginé l'enfer... Trancrède se débrouillait mieux. Il lui téléphonait au cœur de ses matinées quand il lui savait les mains dans l'argile. Il s'inquiétait de ses projets, de ses joies et même de ses tenues qu'il lui faisait décrire au téléphone, l'obligeant à chuchoter dans l'appareil avec des fous rires d'écolière.

Ils finirent par se revoir en tout bien tout honneur. Ou plutôt, en tout bien tout bonheur... Tancrède vint lui-même récupérer son fils chez Zouraïda. Dissimulant très mal un plaisir qui l'embellissait, celle-ci voulut le retenir à dîner. Mais peu soucieux de rencontrer Fabrice, il ne s'attarda pas, décevant énormément ses quatre nièces éblouies par le panache d'un oncle célèbre en France et qui improvisait au piano des blues poignants en dépit de ses doigts maladroits.

La fête de Noël de l'École française les réunit à nouveau le surlendemain. Zou se retrouva installée dans une position plus cocasse que réellement inconfortable, entre les deux frères dont les regards excessivement attentifs au théâtre des enfants dissimulaient mal l'embarras de devoir raccommoder à la hâte vingt ans d'incommunicabilité. Le spectacle prit fin avec l'entrée du Père Noël en traîneau tiré par six enfants-rennes. La distribution des cadeaux allait bon train quand Anouk, les joues rouges d'émotion, accourut dans les jambes de ses parents.

— Ce Père Noël, c'est pas le vrai ! chuchota-t-elle.

— Et comment le sais-tu ? demanda Tancrède en l'attirant sur ses genoux.

La fillette eut un regard en coulisse en direction du gros homme rouge dont la barbe de coton glissait sur les joues de carton. Puis cette réponse mystérieuse :

— Parce qu'il m'a parlé...

Tancrède se retint de rire. Il adressa un clin d'œil amusé à Zou et à Fabrice qui avaient entendu aussi. Et l'espace d'un instant, d'un sourire, ils formèrent tous les trois une vraie famille.

Après cela, Zou trouva parfaitement normal d'accompagner son beau-frère chez le guérisseur.

Il n'est guère plus de six heures du matin, mais le soleil brûle déjà haut dans le ciel. Dans la ville explosent un peu partout les premières rumeurs d'embouteillages. Le calme surprend par contraste dans cette courette abritée de hauts murs. Une femme frotte les marches du perron rouge avec la tranche d'une demi-noix de coco pour faire briller la pierre. Des chatons miaulent sous une carcasse de Mercedes. Zou et Tancrède suivent une femme silencieuse à l'intérieur. On se croirait dans une église, à cause des bancs alignés. Un rideau jaune cache une table où le guérisseur traite ses malades.

Peu de monde. Une jeune fille agitée chiffonne une photographie dans ses doigts. Elle ne tient pas en place et ses pupilles roulent dans ses orbites comme si elles fuyaient le diable. Sa mère la fait rasseoir plusieurs fois.

Quand le guérisseur apparaît, les deux femmes se précipitent ensemble, lui tendent leurs mains qu'il garde dans les siennes avec beaucoup de bonté. Au premier abord, il ne paie pas de mine. Il ressemble à Charles Bronson, avec moins de muscles, les mêmes pattes d'oie et sa tignasse poivre et sel.

Ce sont ses yeux qui surprennent ! Il a les prunelles sombres et cependant, une lumière intense au fond de la pupille. Son regard ne vacille pas. Il se pose et vous tient, sans aucune arrogance. Immédiatement, Zouraïda s'y sent bien. C'est un regard qui donne confiance, et en même temps qui appelle des questions, parce qu'il voit profondément en vous des choses dont on a perdu la conscience. C'est un regard infiniment sage, plein de réponses tues.

Quand Tancrède disparaît derrière le rideau jaune, Zou s'étonne de l'envier ! Avec Fabrice, elle ne s'est jamais intéressée à ces médecins ésotériques. Aujourd'hui, une curiosité insoupçonnée lui fait désirer la même attention. Elle aussi souhaiterait s'allonger sur le lit dont elle n'aperçoit que le drap blanc qui le recouvre.

— Vous pouvez entrer aussi s'il est d'accord, suggère le guérisseur avec un à-propos troublant.

Sa voix est douce, presque féminine. Tancrède, manifestement plus à l'aise que sa trop belle-sœur (c'est ainsi qu'il l'appelle depuis leur aventure en montagne), l'encourage gaiement :

— Tu ne vas pas me laisser seul dans les mains du sorcier !

Et elle le suit derrière le rideau jaune.

Sur une tablette à la tête du lit reposent une Bible

ouverte, l'huile de coco dans un bol, de l'eau et du coton. Le lit, une table en fait, est recouvert d'un drap, avec un petit oreiller emballé dans une serviette blanche. Tancrède s'est allongé sur le dos. Il hésite à raconter son mal. Chez un médecin ordinaire, il aurait tout naturellement détaillé ses symptômes mais là, sur cette couche insolite qui sent la noix de coco plus que l'éther, quelque chose en lui se défend. Un désir de rester lucide encore plus grand que l'émotion d'être surpris, une exigence rationnelle, et toute occidentale... Tester la magie asiatique !

Le guérisseur ne semble pas s'en formaliser. Il chantonne sans remuer les lèvres et lui sourit :

— Détendez-vous, je vais vous ausculter.

Avec beaucoup de délicatesse il prend son pouls à son poignet, puis à sa cheville, sans cesser de fredonner. Ensuite il glisse lentement une courte serviette blanche le long de son corps en commençant par le cou et en se dirigeant vers les pieds. Son regard est très attentif.

— Vous avez peur, conclut-il en se redressant. Ne craignez rien, les choses s'arrangeront. Vous vous en faites pour ceux que vous aimez. C'est mauvais pour eux...

Zou étonnée cherche une étincelle d'humour sur le visage de Tancrède, mais il n'a d'yeux que pour le guérisseur et semble plus frappé que sceptique.

— Et mes doigts, qu'est-ce que vous en pensez ? demande-t-il soudain avec la confiance d'un enfant.

Virgilio saisit sa main sans hâte, comme s'il savait déjà. Immédiatement, son œil va droit au mal et il articule délicatement l'annulaire et l'auriculaire morts.

— En France, les médecins disent que c'est le nerf. Qu'ils ne peuvent rien faire si le nerf est mort... s'ouvre Tancrède qui ne dissimule plus son inquiétude.

Sans répondre, Virgilio lui sourit. Il trempe ses doigts dans l'huile de noix de coco et lui masse la main paralysée. Tancrède ferme les yeux et semble s'assoupir, mais

Zou est tout yeux. Virgilio a d'étranges mains brunes et sèches, aux ongles presque noirs. Maintenant, il balaie l'air au-dessus de la main — balaie quoi ? du vent ? du rien ? Zou se souvient tout à coup du Lucien rencontré au cocktail de la présidente Ping. Il avait eu ce même geste sur son corps. De quelle énergie parlait-il donc ? Parnic ? Pranic !

Comme cette soirée lui semble lointaine à présent... Fabrice était son unique souci. Elle n'avait pas même su donner un nom au visage de Tancrède. Et aujourd'hui, la voilà tendrement penchée sur lui avec un œil de mère, ou d'épouse. Et l'image ne lui paraît pas incongrue.

Virgilio a transporté la Bible sur le lit.

— Tancrède, je vais vous opérer.

— M'opérer.

— Oui.

Les yeux du guérisseur s'éclairent. Ou s'amusent !

— N'ayez pas peur, une opération sans douleur.

— Très bien, acquiesce Tancrède soudain calme, tandis que Zou hausse des sourcils qu'elle voudrait moins naïfs.

Fabrice aurait haussé les mêmes sourcils. Pour commencer, il ne serait jamais entré ici et Zouraïda en ressent un étrange dépit qu'elle chasse de ses pensées.

Virgilio se recueille un moment, ses deux mains soulevées au-dessus de la Bible ouverte. Puis il saisit un morceau de coton, le trempe dans l'eau du bol, prend la paume de Tancrède et cherche à y enfoncer ses doigts. Il y met un effort évident qui lui rougit le front.

Alors Zou médusée voit clairement ses premières phalanges disparaître dans la chair à travers un petit cratère sanguinolent. Tancrède n'a pas bronché. Mais Virgilio fouille sa paume avec une telle ardeur, et son sang est si vrai qu'elle s'effraie pour lui.

— Ça va ? Tu n'as pas mal ?

— Non, mais ça chatouille, l'entend-elle dire placidement.

Allongé comme il est, il lui est difficile de suivre aussi précisément que Zou les détails de l'opération. Les doigts du guérisseur ont à moitié disparu dans sa paume que Zou continue de voir béante et sanguinolente. Elle distingue même la trace blanchâtre des os à l'intérieur de la main. Virgilio arrache à la plaie des caillots qui rougissent le bol. Un autre morceau de coton vient éponger le sang. Ces caillots, Fabrice aurait eu le culot de les emporter à l'hôpital pour les faire analyser ! Mais Zou, le cœur submergé de questions, n'ose pas le proposer à Tancrède. Une envie de croire l'envahit, de croire avec son âme et non avec son cerveau. Dans ce domaine, Tancrède la devance. Les yeux au plafond, il se laisse faire sans la moindre impatience.

Virgilio a fini. La plaie, si plaie il y a eu, a disparu. A peine une trace rose sur la main de Tancrède que l'opéré considère avec étonnement.

— Laissez-moi vous donner de l'énergie, poursuit le guérisseur, ensuite, vous pourrez bouger vos doigts.

Il soulève la main gauche, paume tournée vers le ciel, et place la droite au-dessus de la main de Tancrède. Les yeux clos, il prie en silence. Dans son dos, une tapisserie quelconque montre le visage du Christ. Zou met beaucoup de bonne volonté à se recueillir à son tour, mais les doutes l'assaillent. Elle réalise combien l'angoisse de Tancrède est devenue la sienne et comme sa guérison lui importe à présent. Qui est cet homme devant eux ? Un charlatan ou un saint ?

Tancrède s'assied et se masse la main d'un geste machinal. Le guérisseur a quitté discrètement la pièce tandis qu'il se rechaussait.

— Alors, elle fonctionne, ta main ? s'inquiète Zou.

Tancrède dresse ses doigts comme des marionnettes. L'auriculaire et l'annulaire bougent. Avec effort mais ils bougent !

Curieusement, il ne semble pas aussi éberlué que

Zou. Il parle d'une voix calme, comme s'il était encore sous une influence plus forte que sa raison :

— Il m'a conseillé de revenir pour parfaire son œuvre...

Zou se retient d'ironiser « pour grossir sa note ». Quelque chose lui dit que Tancrède a perdu tout sens de l'humour. Il considère sa main en silence, comme hypnotisé. Sur sa peau, pas la moindre trace de cicatrice. A peine une roseur insolite. Il reste assis, profondément songeur. Mais c'est un songe gonflé d'espoir. D'ailleurs un pli a disparu entre ses sourcils, que Zou avait noté même au cœur de son rire.

Virgilio réapparaît, il fume une cigarette ! Ça cadre mal avec le personnage et cependant, Zou se lance :

— Moi aussi, j'aimerais un contrôle... C'est-à-dire, si vous avez le temps... s'embarrasse-t-elle.

Il sourit gentiment :

— J'ai le temps.

Zouraïda rougit, comme prise en faute. Elle se souvient de Normah, la sœur de Virgilio. De sa bienfaisante disponibilité. C'est un cadeau si rare, la disponibilité. Elle voudrait s'allonger sur ce lit comme si elle avait la nuit devant elle.

Virgilio est tranquillement parti jeter son mégot dans un cendrier. Quand il revient, les notes qu'il fredonne le précèdent. Cet homme semble contenir plus de musique que de mots, et Zou y découvre un repos insoupçonné. Il prend son pouls soigneusement, aux poignets, aux chevilles. Puis ses mains, si noires dessus, si roses dedans, voyagent en direction de sa tête.

Maintenant, il se tient à la tête de Zou, il frôle ses cheveux, se recueille un instant. Puis il dit, avec beaucoup de bonté dans la voix :

— Il y a des choses que vous avez pardonnées mais pas oubliées. Il faut oublier aussi.

Zou a rougi. Tancrède, qui la regardait avec affection,

comprend sa prière et se retire discrètement derrière le rideau. Zou reste seule avec le guérisseur et en ressent un inavouable soulagement. Au fond de son cœur, elle trouve assez d'aplomb pour lancer d'une voix légère :

— Vraiment ? Je croyais les avoir oubliées.

Virgilio contourne le coin du lit afin de lui faire face. Une fraction de seconde, ils échangent un regard très intense. Où tout est révélé.

— Que faites-vous de la jalousie ? murmure alors Zou, horrifiée des larmes qui tremblent devant ses yeux.

Virgilio pose une main sur son épaule avec beaucoup d'affection. C'est un homme petit. Il n'est guère plus haut qu'elle mais elle le trouve immense.

— Pleurer, c'est soulager déjà. Ne vous en veuillez pas de pleurer.

— Je ne peux pas. Je ne peux plus, je ne sais tout simplement plus quoi faire ! sanglote-t-elle au cœur d'un monde flou.

— Vous avez des enfants, n'est-ce pas ?

— Oui, quatre. Peut-être cinq.

Virgilio ne semble pas trouver sa réponse bizarre.

— Et vous arrivez à les aimer tous ?

— Évidemment !

— Tendrement ?

— Évidemment, tendrement !

— Vous voyez ! triomphe le guérisseur, avec toujours cette lueur réconfortante au fond du regard. C'est possible. On peut aimer plusieurs personnes à la fois. Si je vous dis que votre mari vous aime, vous me croyez ?

Étrangement, oui, elle le croit.

Loin d'être choquée, une Zouraïda méconnue se réjouit d'entendre exactement les mots qu'elle attendait. Ni sa mère, ni sa meilleure amie n'auraient été capables de ces mots. Leur juste courroux les aurait poussées à la défendre contre son mari, à jeter en avant sa confiance flouée, à exiger un repentir ou la vengeance d'une trahison.

Zou découvre brusquement qu'elle a moins besoin de justice que d'amour.

— Je vais vous donner un truc, ajoute le guérisseur en la voyant se calmer. Quand j'étais petit, j'étais malade, très malade. Les gens n'étaient pas tendres. Ma propre mère perdait patience avec moi ! Et vous savez ce que je faisais pour adoucir les gens ? Je les emballais dans des ballons roses. Dans mon imagination, je les peignais en rose. Ça marche, essayez !

Il n'en dit pas plus. La parole est un chemin glissant où dérape la vérité. Il semble rechigner à s'exprimer en phrases, mais son silence rayonne. Une indulgence infinie voyage dans ses yeux. Il s'éclipse comme il est venu, en chantant à mi-voix de l'autre côté du rideau jaune. D'argent, il n'en sera jamais question. Un tronc muet recueille librement la générosité des patients...

28

Un fil téléphonique
passe au travers d'un arbre

Les oiseaux y conversent
et leurs cris sont aigus

Moi je regarde l'arbre
et j'attends qu'il me parle

Georges Charrière, *Communication*

Noël approchait et Georgette recommença à se faire du mouron. Elle dormait mal et s'éveillait avec le sentiment confus de s'être fourvoyée, d'avoir étourdi sa conscience au soleil éphémère d'un exotisme qui lui allait comme une barbe de coton à un Père Noël de supermarché. Sa hotte n'avait plus de jouets et pesait sur son dos. Noël, c'était son fils, sa petite-fille, sa main dans la sienne quand elle allait la surprendre à la sortie de l'école, le sapin en nylon défroissé tous les 1er décembre et juché à l'honneur sur son buffet bressan. Il était temps de rependre sa houppelande au cintre, de retrouver sa rue, sa tour, sa vie même grise, parce qu'elle était sa vie et qu'on ne change pas de vie. Ou alors, il faut commencer par mourir...

Ces réflexions moroses fêlaient son sommeil et lui faisaient tout espérer de la remise en service des lignes téléphoniques. La chaleur, la promiscuité familiale, le poisson frit l'achevaient. La prenaient tout à trac une inavouable envie d'entendre parler le français, une fringale de cassoulet, de baguette et de bleu d'Auvergne.

Une envie bleue d'Auvergne... Les mots se bousculaient dans sa tête, la nuit surtout, usant ses nerfs et durcissant son lit. A transpirer sous la moustiquaire, loin des siens et de toute logique saisonnière, elle se sentait pousser des racines au cœur de la France. Où la neige ouate les Noëls, où la pierre de lave assombrit les murailles, où les matins sont vifs et les volcans comme des dromadaires pacifiques à l'horizon. D'insondables résurgences lui désignaient tous les mêmes paysages quelque part entre Orcival et Rochefort Montagne. Un attendrissement insoupçonné l'appelait sur les pentes des monts Dore comme si elle n'y était pas seulement née mais y avait bâti sa vie aussi, réduisant à une simple parenthèse un séjour à Villepinte de presque quarante ans.

Bien sûr, il y avait Djuma. Djuma levé au chant des cigales et qui sifflait en se rasant, content d'être vivant et chauffeur de jeepney. Djuma, dont il ne fallait surtout pas manquer le départ sous peine de l'attendre ensuite toute la sainte journée, priant chaque nouvelle pétarade pour qu'elle soit le son de son pot d'échappement (lequel aurait bien mérité quelques soudures, toujours remises au lendemain). Mais Djuma lui appartenait si peu... Sa générosité s'éparpillait alentour dans cette maison sans épouse mais lestée de femmes toutes générations confondues, qui tourbillonnaient autour de lui dès l'aurore, préparaient ses casse-croûte, lui massaient la nuque au retour, et la plante des pieds. Georgette ne faisait pas le poids. Georgette qui aurait secrètement rêvé le servir seul, lui savonner ses cols, ne cuisiner que pour lui, une omelette aux cèpes, une salade de noix, l'étonner avec des parfums qu'il n'imaginait pas.

Djuma envolé, la famille retournait à sa langue étrange et Georgette restait seule dans une maison pleine, noyée dans le chœur familial comme sous l'eau d'une rivière qui la traverserait sans déposer son limon.

Jusqu'à ce jour brutal, inoubliable, où Djuma surgit au milieu de l'après-midi. Il criait des mots que Georgette, encore éberluée, ne saisissait pas. Il dut lui prendre les épaules, les secouer jusqu'à ce que, enfin, sa joie tonnât dans ses oreilles :

— Le téléphone, le téléphone remarche, tu m'entends ! Viens vite, je t'emmène !

Une bombe, le téléphone. Mais ni Georgette ni Djuma ne le savaient encore. Ils se sont réjouis comme des gamins dans la jeepney. Le vent décoiffait Georgette et la rajeunissait de vingt ans. Djuma l'observait du coin de l'œil, plus attentif à l'ébranlement de son chignon qu'aux péripéties de sa route. Georgette s'en aperçut. Il y avait de la liqueur dans ses prunelles et ses regards lui montaient à la tête. Quand dans un élan inattendu il l'enveloppa de son bras droit, elle grelotta de rire.

Djuma sentait bon. Il avait la peau lisse d'une fille et la paume caressante. Son bras pesait agréablement sur sa nuque et Georgette savourait un bonheur inconnu qui voyageait dans son cœur mieux que dans ses sens. Elle gloussa quand il lui confia le changement de vitesse.

— Puisqu'il me manque un bras !

Elle n'avait que l'expérience d'un Solex mais se débrouilla bien avec des fous rires insoupçonnés quand les cahots la jetaient contre la poitrine de son professeur.

— Je t'embauche ! s'exclama Djuma.

Georgette rougit comme s'il lui avait proposé sa vie, mais personne ne s'en aperçut car personne ne monta.

— Pas de clients aujourd'hui se réjouit Djuma, c'est plus un taxi, c'est une Rolls, d'accord ?

Ils garèrent la Rolls à l'ombre des tamariniers. Djuma descendit le premier, contourna le capot et tendit son bras à Georgette. Il aurait ouvert sa portière si elle avait existé. Georgette vit la reine d'Angleterre dans ses yeux. Elle croyait encore que cette journée serait celle de tous les succès. Une impatience magnanime, la certitude d'être entendue bientôt, lui firent trouver le ciel plus transparent, moins torride, les rues fleuries sous la poussière, les passants aimables et même la poste et la queue au guichet pittoresques. (A Villepinte, la responsable des cabines téléphoniques ressemblait à ses aiguilles à tricoter : son regard pointu empalait.)

La postière mangeait. Elle plantait ses fiches entre deux bouchées de nouilles à la crevette et Georgette la trouva tout de suite sympathique. Mais elle aurait trouvé sympathique un rat s'il avait montré la même célérité à sonder l'annuaire.

— *Ze numbeur of ze biscottes Haldebeurre, plise ?*

La femme écarta son plat de nouilles, mouilla un doigt sur sa langue et entreprit de fouiller l'annuaire fatigué. Par-dessus le comptoir, Georgette épiait la danse claquante des pages jaunes. Enfant, elle aurait posé les mêmes yeux sur la Bible. Cette femme n'était-elle pas l'ultime marche du temple, la dernière voix avant celle de Ramon !

— 842-22-16... Vous me remplissez la fiche d'abord, articula-t-elle la bouche pleine, et elle lui tendit un crayon attaché à une ficelle.

La joie de Georgette courait au bout des doigts. Elle faillit inscrire Djuma au lieu de Ramon en dessous du destinataire.

— Cabine 3, marmonna la postière toujours arrimée à ses nouilles.

A cette minute-là, Georgette était encore persuadée que le téléphone était la plus grande invention de l'humanité. Elle pénétra dans la cabine 3 comme Bernadette Soubirous dans sa grotte.

Cabine 3, la communication commence par un temps mort, beaucoup de grésillements, un désenchantement suivi d'un énervement croissant chez Georgette. La chaleur stagne dans le réduit minuscule et elle sent sa vie palpiter dans ses tempes. L'écouteur poisse, muet, exaspérant...

— *Ramon, plise Ramon*, répète-t-elle, cramponnée à sa propre voix comme un aveugle à sa canne.

Mais le ciel reste sourd et l'enfer s'éveille. Une voix s'insinue entre les parasites, morne, précise, implacable. La main de Georgette se crispe sur l'écouteur. Une sueur froide, reptilienne, glisse entre ses omoplates et lui mouille l'échine.

— Taisez-vous ! C'est pas vrai, taisez-vous... implore-t-elle tandis que la terre tremble dans ses genoux.

Georgette glisse dans un silence de glace mais à l'autre bout du fil, la voix s'entête :

— Allô ? Allô ! Vous m'entendez ? Ramon est mort. Il a été assassiné... Allô ? Allô ?

Les parasites brouillent les antennes et les informations pirouettent de bouche à oreille dans les rues. On dit que le général E. et le Premier ministre ont lâché le Président. On dit qu'ils sont entrés dans le palais présidentiel, mais c'est moins sûr. Fabrice froisse le journal et vise la corbeille à papier.

— Et dire que la télévision, c'est pire !

Il l'allume tout de même et y surprend le Président en pleine conférence de presse. On a dû le transporter là en civière tant il semble abattu. Ses officiers lui font une auréole morose dans le dos. Fabrice intrigué se sert un gin-tonic et s'assied.

— Zou, regarde ça !

Juste derrière le Président se tient le général V., embarrassé jusqu'à la moelle par l'incohérence du vieux tyran qui ne semble plus du tout réaliser la précarité de son trône. La maladie a laissé un grand désordre dans son esprit. Il perd le fil de ses phrases, répond à côté deux fois sur trois et fréquemment lève au ciel des regards pathétiques qui réclament une infirmière plus qu'un mandat présidentiel. Buvant sa honte, son général et homme de main tente de lui glisser à l'oreille une once de cohérence mais ses interventions ne font qu'irriter le valétudinaire qui le chasse de la main comme on écarte un moustique.

Le téléphone sonne. Léonida s'affole au bout du fil, respiration sifflante.

— Fabrice, la situation est grave ! On court à la révolution !

— Bonne nouvelle. Tu as vu notre Président, chaîne 4 ?

— Bien sûr que je l'ai vu. Et ton affaire, qu'est-ce qu'elle va devenir au milieu d'une révolution, tu as pensé à ça ?

— Mon affaire, comme tu dis, survivra bien à une révolution. On n'est pas en France, on ne tranche plus les cous. Il m'en restera sûrement à orner de perles.

— Ça te va bien de plaisanter aujourd'hui, attends de voir demain !

— Demain sera peut-être débarrassé de la corruption.

— Ton optimisme indécrottable te perdra...

— Mais non, Maman. Il faut prendre les choses du bon côté, comme les Bangladeshis.

— Comme quoi ?

— Les Bangladeshis du Bangladesh. Je lis dans la *Far Eastern Economic Review* : « Chiconta, la situation des inondations s'améliore : 21 morts. »

— Je ne te parle pas du Bangladesh, nom d'une pipe ! Je te parle de ce général E. qui vient de lâcher le Président. Ce dissident (elle prononce dissident avec la même répugnance que communiste, les deux dans son esprit menaçant les quiétudes familiales) vient de prendre ses quartiers de résistance chez lui, c'est-à-dire à deux pas de chez vous !

— Je suis au courant. Ça va nous faire de la compagnie.

— Du grabuge, tu veux dire ! Et cesse de plaisanter de tout. Si tu veux à tout prix risquer ta tête, épargne au moins celle de tes enfants et renvoie-les-moi tout de suite avant que tous les aéroports ne ferment. Après tout, les vacances de Noël commencent dans trois jours.

— Écoute, Zouraïda...

— C'est à l'homme de prendre les décisions graves ! l'interrompt sa chère Maman. Dans notre famille, j'a toujours laissé Hugo décider de tout.

— Mon père est mort quand j'avais dix ans, ça t'a donné le temps de régner aussi.

— Tu ne vas pas me reprocher mon veuvage tout de même !

— Maman, je ne te reproche rien d'autre que de t'affoler prématurément.

— Alors c'est d'accord, tu m'envoies les enfants ?

— Ce que j'essaie de te dire justement, c'est que ta bru préférée vient de me le suggérer en apprenant la fermeture des écoles jusqu'à nouvel ordre ! Zou est d'accord et elle te donne en prime ton petit-fils Louis...

Une quinte de toux secoue l'appareil.

— Et ne le mange pas tout cru, insiste Fabrice avec une ironie au fond de la voix. C'est un bon petit gars.

— Tu n'en as jamais fait qu'à ta tête ! s'écrie Léonida en retrouvant sa voix. Au mépris de ta vieille mère et de sa santé. Envoie-le-moi aussi ce neveu déshonorant puisque de toute façon mon avis t'indiffère. Mais ne compte pas sur moi pour le traiter en petit-fils qu'il n'est pas.

— Maman, c'est le petit-fils de Hugo.

— C'est le fils de Tancrède et d'une traînée dont je ne

veux jamais apprendre le nom. Ne mêle pas ces gens-là à Mojicap, tu m'entends ? Jamais !

Et elle tousse péniblement dans l'appareil, une méthode qu'elle a mise au point depuis longtemps avec son asthme pour emporter le dernier mot.

Tombé sous des balles perdues (sauf pour lui), Ramon est mort près de l'urne qu'il surveillait avec quelques compagnons bénévoles. Georgette suffoque dans la cabine 3 qui prend soudain les dimensions d'un cercueil. Elle s'accroche à l'écouteur, flageolant sur ses jambes comme si seul l'espoir de renouer avec Ramon les avait tenues droites jusque-là. Sa panique mélange l'anglais, le français et même l'auvergnat. Elle réclame la présidente Ping en personne.

On lui répond dans un bain de friture de passer aux bureaux. A moins que ce ne soit de ne pas y passer. Ou encore de rappeler, la ligne est si mauvaise... Georgette a l'impression de défendre sa vie contre une poêle à frire. Une sonnerie soudain guillotine l'ultime trace d'humanité au fond de l'appareil. On lui a raccroché au nez, mais Georgette Binet n'a jamais su déclencher les gestes héroïques.

La queue s'allonge dans son dos. Elle ne peut se résoudre à poser le récepteur qu'elle pince dans sa main. Son âme glisse en chute libre. A travers un vertige épuisant, son cerveau déroulé comme une toupie visionne l'étendue de sa déconfiture. Même Djuma, l'énorme bonne volonté de Djuma, ne saurait la sauver de cette débine-là. L'argent ne pousse pas sous les pneus des jeepneys et les Rolls n'ont jamais roulé que dans sa tête.

Quelqu'un crie « Binette ! » du côté des guichets.

Georgette parvient à reconnaître son nom. Elle quitte la cabine comme une somnambule, abandonnant le récepteur qui oscille au bout de son fil. Un client marmonne quelque chose d'hostile qu'elle ne comprend pas.

Djuma est en train de régler leurs deux communications au guichet. Georgette a un élan vers lui, le désir désespéré de son rire bienveillant, l'envie folle de se lover dans ses bras et de pleurer dans son cou pour que ses mains la retrouvent, comme dans la chapelle là-haut sur la falaise, et lui prennent son visage et qu'il l'embrasse devant toutes les vaches et toutes les postières du monde. Qu'il l'embrasse définitivement, qu'elle meure en apnée dans sa bouche.

Manifestement Djuma a d'autres projets en tête que mourir sur-le-champ, même d'amour. Il froisse des billets dans son porte-monnaie avec une sorte de rage contenue qui ne lui ressemble pas. En douze jours, elle ne se souvient pas l'avoir vu s'emporter, même contre les moustiques. Elle a soudain le sentiment d'avoir abusé, d'avoir lapidé son salaire au téléphone. Elle s'effraie de tout ce qu'elle lui doit déjà quand elle a encore tant à lui emprunter !

— Djuma, bégaie-t-elle, j'ai la fée guigne à mes trousses.

Il n'a pas l'air de l'entendre. Il engrange ses sous avec une gravité inhabituelle. Georgette se tait et l'escorte à l'intérieur de son silence jusqu'à la jeep où il monte sans prononcer un mot.

Comme ils sont loin de la Rolls et de la promenade sous les tamariniers ! Il conduit depuis un certain moment (hargneux avec les vitesses) quand il paraît enfin se souvenir de sa présence.

— C'est ma fille, lâche-t-il entre ses dents, elle a pas encore dix-huit ans, et elle m'annonce un bébé. Le con qui a fait ça élève des cochons dans le Nord.

— Tu as une fille de dix-huit ans ? s'ahurit Georgette que sa paternité confond.

— Oui, dit Djuma sinistre, et elle attend un bébé sans même avoir dit oui à l'église avant.

A présent, sa colère prend toute la place dans la voiture et il conduit trop vite. Sur le bord de la route, des piétons lèvent un doigt innocent. La jeepney les dépasse en trombe, soulevant un méchant nuage de poussière.

— Tu vas nous faire attraper un accident, murmure Georgette.

Elle pose une main sur son bras sans réussir à le calmer.

— Tu leur fais confiance, tu leur trouves une bonne place, et qu'est-ce qu'elles vous font dans le dos, un bébé !

— J'avais pas réalisé que tu étais marié, dit Georgette, mâchant sa propre déconvenue.

Ah ! foutre sa vie en l'air, rejoindre saint Pierre et Ramon, et renaître dans le berceau des rois pour changer... Elle tremble de dépit quand Djuma se tourne vers elle, inopinément.

Il a ses yeux d'avant. Du chocolat.

— Et toi, tu l'as eu, ton Ramon ?

Georgette bafouille. La surprise lui pique les paupières.

— Mon Ramon comme tu dis, il suce les pissenlits par la racine. Il s'est fait descendre aux urnes le jour des élections.

— Il t'a parlé ? insiste Djuma, perplexe...

Georgette lève au ciel un regard exaspéré :

— Et comment qu'il m'aurait causé ? La poste de Dumaguete est pas branchée chez saint Pierre que je sache ! Le Ramon il est mort je te dis, tué, canné, trépassé devant son urne !

Un agacement croissant la sauve d'un sanglot ridicule. Plus elle parle et plus elle en veut à Ramon. De l'avoir expédiée dans la gueule des typhons, livrée aux maraudeurs, et de mourir ensuite sans même la tirer d'affaire !

— Jésus, Marie, Joseph ! lance Djuma qui a enfin compris, et il évite de justesse une chèvre. Ce sont sûrement les hommes du Président ! Y'a pas, ce régime, faut qu'y saute !

Georgette, qui n'entend pas le problème sous un angle si politisé, a un soupir las.

— Et dans ta révolution, qui c'est qui voit à me rapatrier... ?

29

Fô gémit. Les margouillats sur les murs gobent leurs dernières mouches avant de se retirer derrière les tableaux. C'est la première heure du jour, quand la lumière n'attaque pas encore mais caresse les surfaces. Bonheur exquis de s'éveiller à Mojicap ! Un oiseau siffle, un autre lui répond, leurs chants façonnent les feuillages. Mais Fô gémit et Aimée n'a plus de sandales à lui balancer à la tête.

Maudissant le sommeil plus opaque de ses sœurs et de son cousin, elle cède enfin au chien. Une brise subtile gonfle les moustiquaires blanches sur les lits. Aimée traverse pieds nus l'immense chambre tandis que le dalmatien se jette dans ses jambes. Ils se retrouvent ensemble sur le palier. Le soleil coule par les hautes fenêtres des regards obliques où danse la poussière en galaxies minuscules. Traversant le corridor, l'enfant et le chien surprennent la porte de Léonida ouverte. Certaine d'avoir été entendue, Aimée n'ose emprunter l'escalier sans la payer d'une attention. La vieille dame a toujours l'oreille fine à mauvais escient.

Elle entre donc, halant par le collier un Fô contrarié. Léonida repose entre ses oreillers de dentelle comme dans sa vie, lasse et majestueuse. Sur ses genoux brille l'argenterie du petit déjeuner, théière, sucrier, pot à lait fessu.

— Bonjour Lola, dit Aimée s'approchant (Fô toujours ennuyé dans son dos), et Léonida lui embrasse le front.

— Tu es déjà réveillée, ma petite fille ? s'étonne-t-elle.

Elle étale sur des biscottes Haldebeurre une gelée de tamarin sombre, et les délices de la confiture donnent une sorte d'indulgence à sa voix. Le thé au jasmin embaume. Aimée a presque envie de s'installer auprès d'elle, dans la crème fouettée des oreillers.

— C'est Fô qui m'a réveillée, il voulait absolument sortir. Mais toi, as-tu bien dormi ?

— A mon âge, ma petite fille, dormir est un bien vain mot. Ah ! vraiment, je ne te souhaite pas de vieillir aussi loin que moi. Mon pauvre Hugo a eu cent fois raison de disparaître dans l'éclat de sa jeunesse.

— Tu as pourtant bonne mine, proteste Aimée, cherchant des mots réconfortants.

C'est à cet instant-là qu'éclate sur le parquet un bruit de cataracte. Aimée paniquée se retourne, voit le regard flou de son chien, son arrière-train affaissé, un certain bonheur dans ses babines. Les dalmatiens sont capables de lâcher au matin des lacs grands comme la Dalmatie. Un étang glauque gagne rapidement en direction du tapis d'Anatolie — une merveille ivoire et bleu du XVe siècle. Léonida n'a pas bronché. Aimée arrache son chien par la peau du cou et s'évade sur un sourire penaud.

Elle surprend Louis sur le palier, en train de bâiller sa nuit qu'il n'a pas tout à fait terminée. Ils ont débarqué très tard la veille à Mojicap, après des heures d'attente dans un aéroport bondé, assis sur leurs sacs comme des réfugiés.

— Une serpillière, vite, dans le placard des waters ! lui crie sa cousine en bousculant le coupable dans l'escalier. Fô vient de pisser chez Léonida !

Autant demander à un gardien de zoo d'aller éponger la fosse aux lions. Louis tremble, serpillière à la main, sur le point d'affronter le courroux d'une ancêtre déjà peu inspirée à son égard. Il entre sans voix et sans yeux.

— Quelle sotte, ta cousine ! lui lance Léonida presque gaiement (et c'est déjà plus de mots qu'elle n'en a utilisé à son égard durant tout son séjour précédent). Ce pauvre chien qui meurt d'envie de se soulager et la petite qui vient d'abord me rendre visite et qui s'installe, comme si la nature n'avait pas des urgences incontrôlables !

Louis lève des yeux éberlués sur l'aïeule. Elle sourit paisiblement, une biscotte dans la main droite. Est-ce la satisfaction d'avoir donné raison au chien ? Il y a comme une diablerie au fond de son regard.

— Et maintenant c'est à toi qu'elle fait passer la serpillière. Vraiment ça n'est pas la peine d'avoir un chien si on ne comprend même pas ses plus simples besoins... Ah ! tes cousines m'étonneront toujours !

Louis acquiesce lâchement. Il baigne dans son ébahissement et n'a pas fini de nager.

— C'est fou ce que tu ressembles à mon pauvre Hugo, dit encore la nouvelle Léonida.

Le petit-fils de Hugo regarde son bas de pyjama, l'écœurante serpillière grise dans ses mains, et se demande s'il faut prendre ces mots pour un compliment. La vieille dame croque paisiblement sa biscotte :

— Hugo avait les mêmes cheveux bouclés quand je l'ai rencontré, et ce grand front têtu...

Louis rougit. Léonida le trouble. Il lui prêtait jusqu'à ce matin toute la mansuétude d'un loup-garou mais il songe sérieusement à réviser son opinion. Il verrait plutôt une abeille à présent. Léonida se cache quelque part entre dard et miel...

— Laisse donc ta serpillière, s'impatiente-t-elle, la bonne s'en occupera.

Elle énerve une clochette sur sa table de chevet avant d'ajouter :

— Viens t'installer près de moi.

Il se débarrasse de la serpillière et s'essuie gauchement les mains sur son pantalon de pyjama. Puis il s'approche du lit à colonnes avec l'humilité de Moïse sur le mont Sinaï. Dieu l'attend, adossé dans ses nuages de dentelle et reflété trois fois dans les miroirs de l'*Aparador*. Sa main baguée lui désigne le pied du lit. Louis s'assied, très incertain de ce qu'il convient de penser ou de dire, tandis que Léonida l'observe avec la patience d'une mante religieuse, une vigilance un peu effrayante à la surface de son regard. Il voit son propre visage déformé dans les flancs joufflus de la théière, et donnerait n'importe quoi pour aller se refléter ailleurs.

— Tu regardes ma théière ?

— Oui, admet-il d'une toute petite voix.

— Elle vient de Manille. Tu sais où c'est, Manille ?

Le temps de jouer à pile ou face dans sa mémoire, il tente :

— En Amérique...

— Presque, ironise la grande Léonida : aux Philippines. Mon pauvre Hugo nous y a emmenés pour notre voyage de noces. Ce n'était pas le genre de mari à se contenter de Venise ou des lacs italiens. Il lui fallait la planète tout entière. Notre voyage de noces a été interminable, in-ter-mi-nable.

— Tout le tour de la terre ! s'émerveille Louis.

— Tout le tour. En bateau, en train, à mulet, que sais-je encore. J'ai été une jeune mariée moulue avant l'heure. A Manille il m'a emmenée dans un restaurant libanais : absurde, non ?

Louis hésite entre défendre ou charger le « pauvre Hugo ». Il aurait horreur de déplaire à Léonida dans la situation embarrassante où l'ont abandonné sa cousine et le chien.

— Oui... pépie-t-il.

— Et tout ça à cause des loukoums ! C'est ce que mon

pauvre Hugo affirmait en tout cas, mais il y allait pour les danseuses évidemment. Les hommes sont tous pareils, les yeux dans leurs jambes de pantalon...

Louis voit le cochon qu'il deviendra dans le regard sévère de la vieille dame, mais elle reprend presque aussitôt :

— On se serait cru à l'intérieur d'une pâte d'amande, du vert et du blanc jusqu'au plafond. Avec ça un spectacle misérable, une seule danseuse, une gourde aux yeux bridés qui ressemblait autant à une Arabe que moi à une Esquimaude. Il fallait la voir s'essayer à une gymnastique abdominale en se trémoussant dans un maillot de corps à clochettes. Pathétique ! Trop de clochettes et pas assez de tissu. Hugo a fait semblant de ne s'intéresser qu'aux loukoums... Mais il a bien vu ma mine horrifiée. C'est pour se racheter, le lendemain, qu'il m'a offert ce service en argent. On dit qu'il a appartenu au général Ruiz Lopez de Villalobos.

— Vraiment ? fait Louis comme s'il savait qui était le général Ruiz Lopez de Villalobos.

Léonida croque sa dernière biscotte avec son dentier un peu lâche qui l'oblige à un grignotement menu de hamster et prolonge ses bouchées. La confiture de tamarin décidément lui adoucit l'âme.

— Tu ne vois pas de qui je parle, évidemment. Je parle du grand général espagnol qui a décidé d'appeler Philippines les Philippines. En l'honneur du prince héritier de la couronne espagnole. Il n'y a pas de honte à l'ignorer, dit-elle, s'humanisant inexplicablement. Moi aussi je l'ignorais avant mon mariage. Mais épouser Hugo c'était un peu comme ouvrir sa porte à toute la bibliothèque du Congrès à Washington. Il n'y a guère de choses que mon mari.. (et là, une hésitation extraordinaire la fait se reprendre)... que ton grand-père nous autorisait à ignorer. Quelle perte que sa mort...

Elle soupire, épuisée d'avoir trop parlé, ou trop

donné. Une quinte de toux la saisit. D'un geste de la main, elle chasse Louis au moment où la vieille Carmen apparaît, lente et maussade sur ses *flip-flop*. Louis par contraste rayonne. La grande, la chère, l'impossible Léonida ne vient-elle pas de lui reconnaître un grand-père ?

Aimée éclate de rire.

— Ça te va bien de rigoler, rétorque Louis un peu vexé. Toi tu as tout ce qu'il faut comme grand-mère et grand-père, mais moi je viens de nulle part.

— Mais non justement, l'informe la même cousine en retrouvant son sérieux. Personne ne vient de nulle part, même pas les orphelins ! C'est faux d'imaginer qu'avant nous il y a nos parents, et puis nos grands-parents et ainsi de suite jusqu'à Ève !

Ils sont confortablement installés dans le secret de leur calèche, au cœur du musée de Hugo, et Louis s'attend aux plus étranges révélations.

— Alors dis-moi ce qu'il y a avant nous, si c'est pas nos parents.

Les yeux bleus d'Aimée plongent dans les siens :

— En vrai, explique-t-elle — et elle respire profondément à la recherche des meilleurs mots —, avant nous il y a d'autres nous dans d'autres vies. On vit plusieurs fois sur terre, tu comprends ? Quand on n'est pas sur terre, on vit toujours mais on n'a plus besoin de corps. On n'est rien que son âme, même que Lita dit que c'est ça les meilleurs moments qu'on connaît. Dès qu'on est prêt à nouveau, on se rechoisit une naissance et on remet ça. La famille là-dedans, c'est rien qu'une sorte de gare, des stations quoi, qu'on traverse comme tes trains, en rugissant.

— Pour aller où ? demande Louis, saisi par une telle vision ferroviaire.

— Ça, il y a que le Bon Dieu qui le sait ! Les curés croient que c'est pour aller chez le Bon Dieu justement, mais Lita dit que chez le Bon Dieu on y est déjà puisqu'il habite à l'intérieur de nous. C'est plutôt pour nous donner le temps de le comprendre, de vivre enfin à sa façon, tu piges ?

— Elle en sait des choses, Lita ! s'étonne Louis avec un soupçon d'ironie.

— Oui, réplique sa cousine, imperturbable, elle sait même guérir avec ses mains. Quand on tousse, le docteur nous prescrit du sirop mais Maman nous le donne pas. Elle laisse Lita mettre sa main sur nous et on arrête de tousser. Maman croit ces choses-là. Papa moins, mais il laisse faire Maman. C'est parce qu'il l'admire.

Louis réfléchit un moment. Tous les animaux empaillés du musée respectent son silence. On n'entend plus que les grillons et le froissement de soie du ressac au loin.

— Je suis pas sûr que Papa ait jamais admiré beaucoup ma mère, dit-il, désenchanté. Sinon il m'en parlerait plus souvent.

Aimée lui donne un coup de coude affectueux.

— Arrête de flipper ! L'important c'est pas tant que ton père admire ta mère ou le contraire, l'important c'est que tu t'admires, toi. Si les gens s'admiraient plus, ils s'aimeraient plus et il y aurait moins de guerres.

Louis sourit dans sa mélancolie.

— C'est Lita aussi qui dit ça ?

— Oui ! Et Lita se trompe jamais sur les gens. Elle a été la première à voir que Wella attendait un bébé, bien avant qu'elle l'avoue à Papa et à Maman, et elle sait déjà que ce sera un garçon et tu verras qu'elle aura encore raison !

Mais Louis, pensif, voit d'autres images.

— Je crois que mon père a arrêté de s'admirer le jour de son accident.

Ses lèvres tremblent.

— L'accident de voiture que tu m'as dit ?

— Oui. C'est Yolande qui conduisait, elle devait avoir trop bu, comme d'habitude. Faut toujours qu'elle entraîne mon père à des cocktails guindés. Elle a besoin de montrer *son* artiste. Ou plutôt de se montrer elle à côté de son artiste.

— Qui c'est, Yolande ? murmure Aimée.

— Une conne avec des gros seins, une voix haut perchée et des avis tranchés sur tout. Elle a pas d'amis mais des relations, et ce qui l'intéresse le plus au monde, c'est que les autres sachent quels gens célèbres elle connaît.

— Et ton père l'aime ?

— Personne n'est parfait ! soupire Louis. Ça doit être à cause de ses nénés, sinon je vois pas.

— Moi j'espère que j'aurai jamais de nénés, déclare Aimée. Comme ça, je serai sûre que le garçon qui m'aime, ce sera pas pour ma façade !

Louis rit enfin.

— De toute façon, moi, je te trouve super même sans nénés. Il y a que les adultes pour s'attarder à des détails pareils. Yolande, elle passe des heures à poudrer son visage, à huiler ses bras et ses jambes, comme si elle avait honte de sa vraie peau et de ce qui se cache dessous. Et quand elle a fini de se maquiller, elle s'arrange pour emmener mon père à des cocktails comme celui de la nuit de l'accident.

— Tu étais dans l'auto ?

Il grogne :

— Penses-tu, les soirs de cocktails, on me couche à six heures !

— Qu'est-ce qui s'est passé ?

— Il y avait du verglas, Yolande conduisait trop vite, comme d'habitude. La voiture a fait un tête-à-queue avant de capoter dans le fossé.

— Elle est morte, Yolande ? demande Aimée qui ne se souvient pas d'une conversation aussi passionnante depuis le jour où Perrine lui a expliqué quelles étranges gesticulations accompagnaient la conception d'un enfant...

— Penses-tu ! Quand Yolande mourra, elle s'arrangera pour faire au moins la une des journaux. Yolande, c'est l'*Amoco-Cadiz*, faut qu'on parle d'elle tout le temps. Elle allait pas mourir dans un obscur tournant de campagne. Elle s'en est sortie avec un œil poché et des frais de maquillage en plus. C'est mon père qui a perdu ses deux doigts, et la prochaine fois, c'est encore elle qui prendra le volant. Elle est nulle mais mon père, qui est plutôt un type bien, est complètement miro quand il s'agit de Yolande. C'est pour ça que je la déteste, parce que le jour où elle le suppliera de l'épouser, il saura même pas lui dire non !

— Il a besoin d'elle tu crois ?

— Il a surtout besoin des deux doigts qu'il a perdus dans l'accident...

— Mais moi, j'ai vu tous ses doigts quand il est venu !

— Tu comprends pas : il a pas perdu ses doigts, il a perdu l'usage de ses doigts. Mais pour lui, ça revient exactement au même. Mon père, il marchait avec ses doigts, tu comprends ? Il respirait avec sa clarinette ! Dans le fond il aurait mieux valu qu'il s'en sorte cul-de-jatte..

Aimée lui serre la main et plante ses prunelles myosotis dans les siennes :

— Eh bien moi, je le trouve génial ton papa, et il joue du piano comme personne.

— C'est parce que tu l'as pas entendu *avant*, insiste Louis têtu. Maintenant, même quand il rit il fait semblant, et moi je fais semblant de croire qu'il rit pour pas l'inquiéter.

Son soupir trouve chez Aimée un écho qui l'étonne. Elle appuie sa tête dans le creux de son épaule (ce qui l'oblige, lui, à se grandir un peu car ils sont presque de la même taille à cette époque). On dirait qu'elle cherche à éviter son regard. Les mots lui viennent difficilement.

— Tu sais, quand je t'ai dit que Papa admirait Maman...

Et elle se tait, un bouillon de larmes au fond de la gorge. Ses cheveux chatouillent la joue de Louis qui écarte une mèche pour vérifier s'il a bien entendu ce chagrin au fond de sa voix.

— Eh bien, on dirait qu'en ce moment ils s'admirent moins tous les deux, poursuit-elle. Je ne sais pas quelle mouche les a piqués. Tiens ! Ils se sont mis en tête d'adopter un bébé : génial, non ? Ils devraient en parler tout le temps ! Eh bien non, c'est comme s'ils voulaient éviter le sujet. Et quand ils s'adressent la parole, c'est pour se chamailler sur des choses qui n'ont aucune importance. A quoi ça sert alors d'avoir des idées géniales ?

— Tes parents se chamaillent ? répète son cousin incrédule.

Depuis sa première nuit chez les Ferté-Frênel, il prend la famille d'Aimée pour un train Pullman et il a toutes les peines du monde à imaginer le moindre grincement d'essieu dans le convoi familial.

— Pire, ils se taisent. Ils se taisent *ensemble*. Pas comme nous deux quand on est bien dans la calèche et qu'on joue à respirer avec la mer. Ils se taisent comme... comme deux chaises qu'on aurait rangées côte à côte et qui en ont rien à faire de se retrouver côte à côte.

Aimée, comme lui, a mal à ses parents ! Louis considère sa cousine avec une compassion neuve.

— Tu sais, la rassure-t-il, il faut parfois être patient avec les grandes personnes. J'ai souvent remarqué comme elles ont tendance à se jeter dans le pétrin et à le reprocher à leurs enfants ensuite. Je ne crois pas qu'elles le fassent exprès. Sans doute qu'on perd de la jugeote en grandissant.

— C'est sûrement vrai à propos de Léonida, soupire sa cousine.

— Tu dis ça mais ta grand-mère, y'a pire.

— ...

— Y'a pas de grand-mère du tout, par exemple.

Et, fort d'une expérience toute neuve, il ajoute :

— Léonida, il faut la prendre comme une aventure, tu l'écoutes et tu pars en voyage. Même pas besoin de répondre, c'est comme avec le Journal de Hugo !

Aimée sourit soudain. Elle réalise combien elle a craint de voir son cousin détester Mojicap à cause de Léonida. Mais Louis ne voit rien comme les autres. Déjà avec les trains, il semble vivre des merveilles là où les autres ne font que subir un trajet.

Rassérénée, Aimée lui rend son parfait regard bleu. Elle admet d'une voix redevenue légère :

— C'est vrai que les grandes personnes ont tendance à compliquer les choses les plus simples... Je me demande même s'ils se souviennent que Noël, c'est plus que dans neuf jours.

30

Plus compliqué qu'on ne croit !

Il a parlé de rose, de ballons roses. Depuis son retour de chez le guérisseur, Zou n'a cessé de penser à ses mots. Virgilio parlait d'envelopper les êtres dans un nuage rose.

Fabrice face au lavabo se rase, les hanches nouées dans une serviette blanche. Zou se concentre mais le rose lui vient malaisément. Il jure sur un corps bronzé et quand, à force d'application, ce rose enfin triomphe, c'est un rose épais, un rose flamant-rose finalement très ordinaire. Difficile de lui attribuer une charge un tant soit peu spirituelle...

— Pourquoi me regardes-tu comme ça, j'ai pris du poids ? s'inquiète Fabrice en se rinçant le visage.

— Mais non !

— Alors quel est ce sourire sur tes lèvres ?

— Il n'y a pas de sourire sur mes lèvres, et je me moque de ton poids.

— Excuse-moi, je croyais que tu me dévisageais, mais c'est la couleur de ma serviette que tu cherches à déterminer.

Zou hausse les épaules et charge de dentifrice sa brosse à dents. L'ironie de Fabrice la désarçonne facilement en ce moment. Elle-même se défend mieux dans le silence. Le va-et-vient de sa brosse à dents lui donne une contenance, le temps de reconstruire sa concentration. Fabrice s'essuie le visage et sort s'habiller sans ajouter un mot.

Quand il réapparaît, en costume, il flotte dans une délicate nuance hortensia. Zou le contemple rêveusement.

— C'est mon nœud de cravate cette fois ? l'interroge Fabrice, un rien décontenancé.

Ils se sont si peu regardés ces dernières semaines...

— Non.

— Alors qu'est-ce qu'il y a ? Qu'est-ce que tu regardes ?

— Toi !

— Moi ? Et tu me trouves comment ? demande-t-il gracieusement.

Elle va répondre « rose », mais se ravise et loupe ainsi un rendez-vous subtil avec l'amour.

— File ! Tu vas être en retard.

Fabrice a-t-il conscience d'avoir frôlé une réconciliation ? Au seuil de leur chambre, il se retourne :

— Aimée m'a dit quelque chose d'étrange avant de partir à Mojicap. Elle m'a demandé si je t'admirais toujours, et si je pensais que tu m'admirais toujours...

Le cœur serré, Zou balbutie :

— A moi aussi, elle a parlé... Elle m'a demandé pourquoi on ne discutait jamais du bébé qu'on voulait adopter, et si on parlait aussi peu d'elle quand on l'attendait.

Fabrice semble désemparé :

— C'est vrai qu'on ne parle plus beaucoup ensemble, reconnaît-il, contraint. Mais tu es si... irritable depuis quelque temps.

— Depuis les photos ? le coupe Zou, immédiatement sur la défensive.

Le ballon rose explose quelque part au-dessus de la tête de Fabrice, qui prend une longue inspiration exaspérée.

— Tu ne veux pas comprendre. Tu ne comprendras jamais ! Mais regarde donc autour de toi pour changer. Regarde tes filles, ta maison, ta sculpture ! Il y a des vies pires que la tienne, non ?

La porte claque et l'amour fuit sur ses jambes de lièvre.

Avec toutes ces portes qu'on claque, on se retrouve toujours très seul à l'intérieur de son malheur. Le père s'afflige en Djuma et Georgette ne trouve pas auprès de lui l'appui espéré. Honte et colère brouillent son jugement. Il fulmine contre sa fille, tantôt il la renie, tantôt il l'enferme ou lui tue son amant. « Qu'elle rentre et qu'on s'explique ! » « Qu'on m'explique comment je dois rentrer », supplie l'écho dissonant de Georgette.

Leurs prières se croisent et ne se rencontrent pas.

C'est Adella, comme souvent, qui apaise les esprits. Djuma ne peut s'absenter à cause de sa jeepney, c'est donc elle qui prendra le bateau pour la capitale où elle se fait fort de régulariser la situation d'une façon ou d'une autre. Georgette l'accompagnera et toutes les deux logeront chez la cousine Loleng, ce qui donnera du temps à Georgette pour régler ses propres problèmes de rapatriement.

Georgette acquiesce en dodelinant de la tête. Depuis son retour de la poste, elle survit en état de stupeur. Il faudrait au moins que Djuma la demande en mariage pour égratigner le silence où l'enlise son désarroi. Mais Djuma ne lui propose rien de la sorte. Lui-même n'a guère desserré les dents depuis ce jour où le téléphone ressuscitait dans la province de Dumaguete.

La voix de l'opposition, sur Radio Veritas, multiplie les appels au calme. On y affirme que la Veuve tient la victoire ! Les foules en liesse inondent les rues de la capitale, les tracts pleuvent, à midi on marche sur une neige en papier. Par contraste l'après-midi semble presque calme mais c'est un silence délétère où couve la violence. Deux bases militaires dans la capitale se sont rebellées contre l'Autorité. On craint des représailles armées...

Alors s'enclenche un phénomène extraordinaire.

Les civils descendent dans les rues et leur flot converge tout entier vers le boulevard qui sépare les deux camps. Ils partent défendre leurs soldats. Ils y vont en foule, armés de leur seule détermination. Pas un couteau, pas une matraque sur eux, ils partent comme à une kermesse en chantant la messe et en transportant leurs derniers-nés sur les épaules. Ils inondent le boulevard de l'Épiphanie. D'heure en heure, leur crue s'étend, braquée sous les caméras du monde entier.

De façon tout à fait inattendue, l'ambassade de France se souvient de ses ressortissants et leur conseille par téléphone de ne pas bouger de chez eux... Ni Zou ni Fabrice n'arrivent à prendre la situation tout à fait au sérieux. Comme s'ils avaient plus grave en tête. Les révolutions ne pillent pas les orphelinats mais elles saccagent l'ordre ancien et endiguent les procédures. Zou, aujourd'hui, ne redoute qu'un avortement administratif détruisant la grossesse en papier dont elle n'aura pas suffisamment su se réjouir.

Un amas pauvre de maisons sur pilotis au bord de l'eau. Dans la baie, un trois-mâts blanc immobile ennoblit le paysage. Une lavandière en *banka* passe de barge en barge, transportant son baluchon de linge bariolé. A peine si Georgette l'aperçoit. Elle racontera surtout la mauvaise humeur de la mer toute en pointes vertes et mousseuses... Du bateau elle a retenu la rouille, la proue qui sent l'oignon et la poupe les cabinets. « La seule différence entre ce bateau et une caisse, c'est sa taille. »

Elle y embarque d'un pas lourd et presque indifférent, résignée à toutes les colères des éléments depuis la mort de Ramon. Les ponts sont encombrés de lits cannés en plastique. Pas le moindre espace où déambuler, pas un seul bastingage où s'accouder en paix. Georgette campe sa torpeur entre les épaules des autres passagers et regarde rapetisser Djuma sur le quai. Un arc-en-ciel tend ses rubans par-dessus l'horizon. De sa vie, elle n'en a vu d'aussi long. Il a toutes les couleurs de la jeepney de Djuma et la réconcilie un bref instant avec le ciel. Il se met à bruiner. Il bruine sur l'océan et sur ses lunettes. Djuma s'est adossé au flanc de sa jeepney et elle voit sa silhouette familière se brouiller de couleurs. On dirait un bonbon acidulé qui fond sur le quai. Le Seigneur a donné, le Seigneur a repris... Georgette donnerait soudain la France entière pour se retrouver sur la falaise, avec ses joues dans les paumes de Djuma, et sa détresse lovée dans sa bonté.

Ses doigts blanchissent sur la lisse qu'elle serre désespérément, longtemps après que les autres passagers se sont retirés à l'abri et que le quai a disparu. En mal d'Auvergne, en mal d'amour, Georgette voyage debout, le cœur inquiet, seule face à un océan froissé. L'arc-en-ciel pâlit déjà et c'est comme si le destin lui effaçait Djuma pour la deuxième fois.

— Viens, il pleut, on va voir la cabine ! propose Adella en lui saisissant le bras.

Par quel miracle Djuma leur a-t-il encore dégoté une cabine de première classe ? Georgette se laisse entraîner à travers une forêt de transats tendus de toile cirée moutarde. Cette cabine n'a de première classe que le nom. Rien n'y caresse l'œil. Avec son lavabo en tôle et ses murs écaillés, on dirait plutôt une geôle. Mais Adella qui n'a jamais voyagé que sur le pont s'y installe comme dans un palace.

Georgette regarde l'océan battu de pluies et sent la nausée lui retourner les entrailles. Au mal du pays succède alors le mal de mer qui a au moins l'avantage de réveiller son corps. Elle arrache son estomac à sa couchette et vacille jusqu'au trou des W.C. Elle vomit longtemps. Son riz, sa peur, les larmes que ses yeux n'ont pas su verser, la mort de Ramon, son idylle avortée, sa bile, presque sa vie. Sa tête est vide. Son âme est tombée dans son estomac. Elle ne connaît plus d'autre itinéraire que celui-là, couchette-W.C.-couchette, et c'est presque un soulagement d'y oublier son cafard.

Combien de temps a duré l'agonie de sa nausée ? Le soleil pointe au zénith quand Georgette rampe jusqu'au hublot, assoiffée d'air. Le sentiment de défaite qui l'écrasait depuis l'annonce de la mort de Ramon s'allège avec l'embellie. Elle hume l'odeur des vagues et son regard dolent s'hypnotise dans le concert scintillant des rayons émiettés sur l'eau. Un banc de poissons volants crève la surface. Légers comme des hirondelles, ils jouent aux oiseaux sur une distance ahurissante.

— *Vôlà !* Ces poissons, on dirait des anges !

— Quoi ? s'éveille Adella dans son dos.

— Des poissons volants tout noirs avec des ailes blanches ! Là ! Regarde, lààà...

— Des poissons ? répète Adella songeuse. Dieu que j'ai faim !

Qu'Adella s'éveille et la vie redevient simple... Georgette se retourne, un peu déconcertée. Elle ne se croyait plus capable de fonctionner comme les êtres humains.

— Viens, on cherche à manger, décide Adella qui a de la suite dans l'estomac.

Dieu a noyé ses anges sous la surface de l'eau. Pour ne pas rester seule avec sa misère, Georgette suit sa compagne jusqu'à la salle à manger. Elles prennent place devant deux assiettes en plastique. Sous la frange d'Adella perce une préoccupation mais Georgette ne s'y attarde pas. Des questions, elle en a tant qui traînent sans réponse à l'intérieur d'elle-même. Elle s'amarre aux rites, aux infimes certitudes du quotidien — le menu compris dans le billet, le riz servi dans une assiette plate et la soupe de poulet dans une assiette creuse...

Le service s'achemine au rythme lymphatique du bateau qui progresse poussivement, bizarrement incliné sur l'eau en dépit d'une mer plate comme une carte postale. Georgette mâchonne sans dégoût ni faim. L'heure sur l'horloge murale ne signifie plus rien. Tout ce dont elle se souvient encore, c'est d'avoir égaré son Auvergne il y a des siècles et qu'elle a autant de chance d'embrasser les monts Dore que de percuter une étoile.

Un balayeur, qui lui ne doute ni de l'heure ni de sa destinée sur terre, pousse les rognures et détritus entre les souliers des clients. Il a le front têtu, appliqué à sa tâche. Georgette lève un pied obligeant. Ses façons réveillent sa mémoire. Il n'y a pas si longtemps, c'était elle qui tenait le manche des balais et son avenir lui monte brusquement au cœur comme une nouvelle nausée.

Qu'est-ce qui l'attend en France, sinon la poussière de la France ?

Elle accueille l'ananas avec un soupir tragique et c'est encore Adella qui, attentive à ses humeurs, lui propose une promenade digestive sur le pont.

A forcer d'errer à travers la jungle des transats et des gens, elles se retrouvent sur la passerelle du commandant, ouverte à tous les vents. Les gens vont et viennent au milieu des marins indifférents. Aucune consigne ne semble réellement digne de respect à bord. Un escalier de fer les hisse à travers la timonerie jusque sur le toit du bateau. Elles trouvent un coin où s'adosser sous la suie des cheminées jaunes, entre le télescope sans verre et une énorme boussole rouillée. Le soleil écrase la mer sans un faux pli. Georgette sombre enfin dans le sommeil, son visage las et tout son désespoir à l'abri d'un mouchoir.

31

Aimée l'avait prévenu : « Tu n'as jamais rien vu de pareil. Disneyland, c'est nul à côté ! » De rivière souterraine, lui-même ne connaissait que la Lesse perdue dans le calcaire des grottes de Han (Belgique), dont il gardait avant tout le souvenir du train qui hissait les visiteurs jusqu'à l'entrée et du coup de canon tiré avant la sortie.

Il couve la rive du regard. A trois heures de l'après-midi, le ciel est d'une pâleur éblouissante et les longues plages ont des blancheurs de lune. Le vieux Bong lâche sa pagaie pour allumer la torche qu'il a fixée à la proue. La pirogue oscille sous son pas. Creusée dans un tronc de cocotier, elle grille les cuisses nues des enfants. Bong retourne à sa pagaie. Des nuances rouillées dans l'océan trahissent l'embouchure de la rivière. Au cœur des rochers, dans une anse étroite et cernée d'arbrisseaux, s'ouvre une faille obscure.

A l'instant où la pirogue et ses passagers se faufilent à l'intérieur, la flèche rouge et turquoise d'un martin-pêcheur raie la crique, et c'est le dernier souvenir du jour qu'ils emportent.

Ils pénètrent dans une caverne béante et noire. Le cri du martin-pêcheur loin derrière leurs nuques n'appartient déjà plus au même monde. Marilou dit :

— C'est comme ça que je vois l'intérieur d'une baleine.

Anouk avale difficilement sa salive.

— Tu dis toujours des trucs qui font peur, se plaint-elle.

Le vieux Bong à la poupe rame à contre-courant avec un calme qui cache beaucoup de force. Accroupis au fond de la pirogue, les enfants se taisent. La torche fume des messages noirs au-dessus de leurs têtes. Une haleine froide tombe des murs suintants comme si quelque bête monstrueuse respirait derrière. Anouk se pelotonne entre les jambes de Louis. Aimée, juste derrière Louis, lui chuchote à l'oreille : « Tu vas voir, le marbre ! »

Et comme si elle n'attendait que ces mots, la grotte se tapisse de couleurs. Ils voyagent dans les rouille, les gris cendre, les vert-de-gris, les ocre et les mousses. Louis fasciné n'a pas assez d'yeux. Ces couleurs ne ressemblent pas à la pierre. On dirait un décor de théâtre et il songe à son père.

— Papa devrait venir jouer de la clarinette ici. Je suis sûr que l'acoustique est géniale.

Aimée dit alors quelque chose qui le frappe en plein cœur. Elle dit :

— Peut-être qu'il est déjà venu jouer de la clarinette ici ! Bien avant ta naissance...

Son cousin reste muet. Aimée a raison. Tancrède enfant a sûrement accompagné ses parents à Mojicap, et Bong a tout à fait l'âge de l'avoir promené en pirogue aussi ! Cette idée le réjouit singulièrement, comme si elle lui donnait droit à ce paysage. Il ouvre des yeux encore plus grands, des yeux bienveillants de propriétaire...

La terre improvise une digestion lente, ses parois se resserrent. Travaillés par les marées, les murs ondulent, on dirait du cuivre repoussé où le noir saigne comme de vieilles blessures. Des nuées volantes les escortent, tissant un nuage strident autour de la pirogue.

— Des chauves-souris ! s'écrie-t-il avec un frisson heureux.

— Mais non, corrige Marilou. C'est pas des chauves-souris, c'est des hirondelles.

— Des hirondelles qui voient clair dans les grottes !

— Ben oui. On les aide avec notre torche, d'abord.

— N'importe quoi, grogne Louis.

Au même instant, une jeune hirondelle s'assomme sur la rivière. Elle bat des ailes pathétiques, alourdies d'eau. Marilou s'élance à son secours au risque de faire chavirer l'embarcation. Perrine et Louis n'ont que le temps d'agripper la ceinture de son short pour l'empêcher de piquer une tête. Marilou a saisi l'oiseau.

— Tu vois bien que c'est pas une chauve-souris, triomphe-t-elle, indifférente au roulis de la pirogue.

Louis hausse les épaules et Marilou s'adoucit :

— Tu peux la caresser si tu veux.

— Oh ! Moi, moi ! supplie Anouk.

Les voix des enfants résonnent entre l'eau et la pierre, et c'est comme si la grotte cachait des milliers d'enfants dans ses murs. Des chauves-souris, des vraies, tachent la roche claire de grappes velues. La rivière s'élargit et le plafond s'envole au-dessus de leurs têtes. Ils pénètrent dans une caverne où l'eau clapote doucement le long d'une plage obscure. Bong échoue la pirogue sur le sable, un sable sans lumière, comme du sang séché. Il faut un certain courage pour oser débarquer. Des formes étranges les observent entre les colonnes de stalactites et de stalagmites ; pieuvre anthracite, scories rouges, fenouil rouillé...

— Venez ! crie Perrine en allumant une lampe de poche.

Ils se rassemblent derrière elle. Bong les regarde s'éloigner mais ne semble pas s'en faire. Adossé au flanc de sa pirogue, il allume un cigare très feuillu.

L'odeur du cigare escorte les enfants et les rassure. Il

fait de plus en plus sombre derrière Perrine. Sa lampe est à peine un coup de crayon jaune sur les cailloux. Marilou trébuche. Elle tient toujours l'oiseau frileux dans ses paumes. Autour d'eux l'obscurité est si compacte qu'ils ont l'impression de marcher à l'intérieur de la pierre. Louis se frotte les avant-bras. Il a froid mais ne donnerait sa place à un autre pour rien au monde.

Ils escaladent des boulets glissants et trouvent à s'asseoir sur un rocher plat, moins humide que les autres. Un moment, ils considèrent en silence les entrailles de la terre, ses jupons aux rayonnements de taffetas et ses suies noires comme des fonds de cheminée.

— Est-ce qu'on est au centre du monde ? chuchote Anouk.

— A six mille kilomètres près, oui, confirme Aimée.

— Regardez ce drôle de petit rocher pointu comme un gros champignon, intervient Marilou.

— On dirait la maison d'un troll.

— C'en est sûrement une, affirme Perrine.

— T'es bête, ça n'existe pas.

C'est à peine si leur parvient encore l'odeur du cigare.

— Les trolls, je ne sais pas, mais les Taong-Lupa oui. Demande à Lita, elle te dira ! T'en as jamais vu parce qu'ils sont tout petits et qu'ils se cachent.

— Encore les Taong-Lupa ! dit Louis.

— Et pourquoi ils se cachent ? demande Anouk. Moi j'aimerais bien en rencontrer un.

— Parce qu'ils sont riches ! Les vrais trolls sont des nains riches. Pas comme les hommes qui sont nains.

— Tu en connais toi, des hommes nains ?

— Ça existe, j'en ai vu en ville avec des jambes plus courtes que leurs pieds et des bras qui leur permettent à peine de se gratter la nuque...

Anouk en a soudain assez de l'obscurité et des stalactites où l'eau perle comme des larmes. Elle voudrait revoir la mer, son soleil et ses hérons. Un certain malaise gagne aussi les autres, les écrase au fond de la grotte où la torche lointaine soulève un halo diffus. Ils ont peur soudain de finir nains aussi. Ils se précipitent vers la pirogue avec une hâte qu'ils ne cherchent plus à dissimuler. Dans la lumière chiche et mouvante, les stalactites respirent. On dirait des soldats postés là, en sentinelles. C'est la voix de Bong qui les sauve...

— *Dali ! Dali !* (Vite ! Vite !) *Malapit sa a las cinquo !*

— Qu'est-ce qu'il dit ? demande Louis tout essoufflé.

— Qu'il est bientôt cinq heures, s'impatiente Marilou, et qu'on va rater les chauves-souris.

— Quelles chauves-souris ? Il y en a plein ici !

Aimée pose un doigt sur ses lèvres :

— Chut ! T'as rien vu encore !

La pirogue plisse l'onde. Ils sont longtemps dans les entrailles chamarrées de la terre, cernés par les loopings des oiseaux. Quand le jour enfin se décide à ouvrir un œil rond tout au fond du tunnel, les enfants poussent un cri de joie.

Après l'obscurité, retrouver l'océan ressemble à une naissance. Un accouchement sans douleur et sans complications. Sur la berge, des macaques surpris par leur apparition se laissent tomber des arbres comme des bombes. La pirogue longe la falaise mangée par les broussailles. Marilou, la première, pointe l'orifice.

— C'est là, ça commence ! s'écrie-t-elle.

— Qu'est-ce qui commence ? demande encore Louis.

Aimée vérifie l'heure à son poignet. Les premières chauves-souris apparaissent à 17 h 20. Elles s'échappent d'une ouverture située assez haut dans la roche. Leur groupe s'épaissit rapidement, devient nuage. Elles sont bientôt si nombreuses qu'un vrombissement s'élève de leurs ailes. Des aigles et des milans qui veillaient eux aussi sur leurs montres invisibles s'élancent, serres plantées en avant. En dépit de la multitude, leurs efforts sont rarement récompensés. Les chauves-souris semblent insaisissables ! Et leur flot dure, compact comme une eau brune à travers le trou de la falaise.

Il dure pendant cinq minutes montre en main. Pas une de plus, pas une de moins. Après quoi tout retourne au silence du soir, aux trilles des oiseaux, au clapotis de l'eau.

— C'est dingue ! fait Louis. Y'en a toujours autant ?

— Toujours. Et elles sortent tous les jours pile à la même heure...

Louis s'émerveille d'une telle précision. Respectueux des horaires comme tous les amateurs de chemin de fer, il ne déteste pas que les cérémonies de la Nature soient exactes. Il y a tant de tergiversations dans l'esprit humain qu'il y trouve une sorte de réconfort. Le soleil est comme du miel sur ses épaules. Sans crier gare, Louis se jette à l'eau, devant ses cousines qui explosent à sa suite comme un groupe de grenouilles effrayées sur un nénuphar.

Et la mer clémente les réchauffe et les porte.

— Marilou a lâché l'hirondelle qui s'est envolée sans trop de difficulté. Elle était presque complètement sèche et a terminé de sécher sur un rocher au soleil. Anouk aurait bien voulu la garder à Mojicap comme les loutres que Bong avait sauvées des filets d'un pêcheur. Mais Marilou n'a pas voulu. Elle a dit qu'elle risquait de mourir, chez nous. Que les petites loutres aussi étaient mortes, malgré les biberons qu'on leur donnait plusieurs fois par jour. C'étaient des bébés loutres encore très fragiles. Le frère et la sœur. Et le frère a essayé de téter sa sœur et lui a fait des tétines toutes rouges. Oh ! Maman... (Sa respiration résonne dans le téléphone.)

— Oui ? dit Zouraïda.

— Maman, tu te souviens que c'est bientôt Noël ?...

— Ma chérie, bien sûr !

— Ouf ! Et on le fête où ? A Mojicap ? Tu vas venir avec Papa ?

— On aimerait bien. Ça dépendra des avions. Il faut attendre sagement que le nouveau gouvernement s'organise. Mais ça ne saurait durer, rassure-toi !

— Maman...

— Aimée ?

— Maman, Louis, il peut rester avec nous pour Noël ?

— Ça te ferait très plaisir ?

— C'est notre cousin après tout, dit Aimée prudente. Tu nous as toujours dit que Noël était une fête de famille, n'est-ce pas ?

— C'est vrai, sourit sa mère. Je vais essayer d'arranger ça avec son père...

— Oh ! oui, avec Tancrède ! Ce serait super ! Maman...

— Oui.

— C'est toi qui en parleras à Léonida ?

— Je t'ai déjà dit de ne pas appeler ta grand-mère par son prénom !

— C'est toi qui en parleras à Lola ?

— C'est moi, d'accord.

— Promis ?

— Promis !

La voix d'Aimée redevient légère.

— Des nouvelles du bébé ?

— Pas encore, mais avec tout ce chaos dans le gouvernement... Divina a dit qu'elle téléphonerait.

— Je raccroche, alors !

— D'accord, mon amour. Je t'aime. Embrasse bien tes sœurs pour moi. Et ton cousin aussi, bien sûr !

— Compte sur moi !

Aimée raccroche sur un point d'exclamation qui ressemble au bonheur. Zouraïda raccroche aussi, mais un peu plus tard. Baigné dans la douce lumière du soir, le jardin ne lui parle ni d'élections, ni de révolution. Pour un instant, elle a oublié l'élan de la nation et les tergiversations de son âme. La voix d'Aimée continue de résonner dans son cœur, sa première fille, tant désirée, promesse de tant de bonheur qu'au jour de sa naissance, il était clair déjà qu'elle ne pourrait s'appeler qu'Aimée.

Zouraïda sourit. Jusqu'à ce que ses yeux tombent sur les papiers restés étalés sur sa table. Qu'elle connaît quasiment par cœur pour les avoir tant de fois relus...

Le fameux certificat de réciprocité du consulat français manque toujours. L'inquiétude de Zouraïda se réveille en même temps que le soleil finit de sombrer à l'horizon. Quand le téléphone sonne, elle sursaute nerveusement.

— Pourrais-je parler à Mme Ferté-Frênel, s'il vous plaît ?

— C'est moi-même !

— J'ai une bonne nouvelle pour vous, dit la voix de Divina. Un bébé, une petite fille !

32

L'horizon flambe à l'ouest où des îlots bombent leur dos noir. Georgette, assoupie dans ses rêves, balbutie des mots :

— Eh ! bien, si j'm'attendais à ça !

— Si tu t'attendais à quoi ? demande Adella.

Son amie ouvre une grande bouche muette. Elle insiste :

— Je te regardais et tu as parlé en dormant.

— Et où c'est que t'as vu que j'ai parlé en dormant ? fait Georgette sidérée qu'une âme ait pu veiller son sommeil.

— Je te regardais dormir et tu as dit : « Eh ! bien, si j'm'attendais à ça » et là-dessus tu te réveilles, répète Adella.

Georgette reste perplexe. Elle n'a jamais raconté ses nuits à personne et croit même rêver très peu.

— Je connais bien les rêves, insiste Adella. Ils vous parlent et il faut écouter ce qu'ils vous disent.

Georgette, gênée, referme les yeux mais son rêve lui échappe. Elle fouille son sommeil où elle devine des cauchemars pavés de souricières. Et soudain, elle revoit un oiseau !

— Ça me revient... c'est un énorme oiseau, vilain comme un pou. Il me guette sur ma route. Il est mauvais, c't'oiseau, il a des plumes noires comme les péchés du monde, et des yeux cruels et des serres comme des mâchoires. J'ai peur, il faut fuir. Je vais pour faire demi-tour sans attirer son attention mais je trouve le vide derrière moi ! Y'a pas d'autre issue que l'oiseau.

Adella l'écoute attentivement et Georgette en ressent un plaisir d'enfant.

— La trouille me cloue sur place, poursuit-elle. C'est l'oiseau qui s'approche d'un bond. Il est pas si vilain que ça après tout. On dirait un bébé autruche, un peu ballot, avec une tronche cocasse et des yeux jaunes. Je suis tout éberluée... Il vient se faire cocoler dans mes jambes et quand je le caresse, il devient carrément joli. C'est plus une autruche, tiens ! c'est un canard, un col-vert de chez nous. Eh bien, si je m'attendais à ça, je fais, et je me réveille.

Adella lui tend un sac de mangues sèches. Sa nature indulgente semble toujours en train de transporter quelques provisions. Elle dit de sa voix tranquille :

— Ton oiseau, c'est tes pensées. Et ta route, c'est ta vie. Tu vois sur ta route des obstacles terribles qui te font peur, mais ces obstacles ils existent pas réellement. C'est toi qui les fabriques avec ta peur. Si tu caresses l'oiseau, il devient un canard et tu te sens bien avec lui parce que tu connais bien les canards et que tu as plus peur. Tu entres dans ta confiance.

— Et ça veut dire quoi ça, dans la réalité ?

— Que ton problème, c'est pas ton problème, c'est ta peur.

Georgette reprend une mangue. Ça l'aide à réfléchir.

— C'est pas que pour toi, tu sais, la rassure Adella. C'est pour tout le monde pareil. Quand j'étais petite et que je me faisais mal ou qu'une amie voulait plus jouer avec moi, ma grand-mère me prenait dans ses bras et elle me disait : « Ce qui compte, c'est pas ce qui t'arrive, c'est comme tu prends ce qui t'arrive ! »

Georgette écoute une musique nouvelle à ses oreilles. C'est moins la philosophie des mots que la voix d'une amie qui lui berce le cœur. Les mangues sont moelleuses, un régal qui l'étonne. Elle n'y croyait plus depuis la défaite de son estomac au départ et de tout ce chagrin inquiet qu'elle transportait dans ses tripes.

— Et toi, jamais tu t'en fais ?

— *Zouss, Mario, Zip !* (Jésus, Marie, Joseph !) soupire Adella, qui se signe furtivement.

Son regard s'échappe vers l'horizon, là où le sillage du bateau mousse très blanc sur la mer assombrie.

— C'est rapport à la fille à Djuma ? devine Georgette.

Adella, songeuse, berce ses jambes dans ses bras, le menton sur les genoux.

— Tu peux pas comprendre, murmure-t-elle dans la nuit qui épaissit le ciel. Ton pays c'est pas comme le nôtre...

— Ça, je l'ai déjà remarqué, fait Georgette. Les bateaux penchent, le vent arrache les maisons et les saisons ont le cul par-dessus la tête.

Adella risque un sourire tendu. Il y a aussi de la prudence dans sa voix.

— Tu ris mais tu vois, la femme à Djuma elle est pas disparue comme tout le monde. Et je voudrais pas que sa fille, elle finisse pareil...

— Je croyais qu'elle était morte, la femme à Djuma.

Adella marque un temps d'hésitation.

— On pense, oui... On peut dire que oui, maintenant.

— Qu'est-ce que tu me racontes, ça se voit quand même, quelqu'un qui est mort ! Elle était malade ? Ou elle a eu un accident ?

Adella sourit tristement :

— Oui... Enfin, oui et non... Je t'ai dit, chez nous c'est pas comme chez vous !

— Dis toujours, lance Georgette.

Mais Adella ne parle pas tout de suite. Elle s'adosse

plus confortablement contre le flanc jaune de la cheminée. Ce n'est pas seulement le vocabulaire français qui lui fait défaut, ce sont les mots. La peur de choquer Georgette, de perdre son respect.

— Tu vois, l'épouse à Djuma, elle était pas tout à fait comme les autres, commence Adella, et il y a une prudence inquiète dans sa voix... Sampagita, qu'elle s'appelait, comme ces fleurs blanches de chez nous qui sentent le miel et le jasmin. Elle était belle, si belle que ça vous donnait un peu envie de pleurer de la regarder. Pas de dépit ou d'envie ou rien de noir comme ça. Simplement d'émotion de se dire que ça existe autant de grâce et de formes là où il faut dans un corps si menu. Les hommes ça les rendait fous de regarder Sampagita marcher ou tirer l'eau ou porter un panier avec ses cheveux qui se balançaient comme un manteau de soie. Elle les trouvait bêtes je suis sûre, et elle préférait rire pour qu'on la laisse tranquille. Je sais pas pourquoi elle a choisi Djuma, ou plutôt si je sais, parce que Djuma c'est un homme bon et qu'avec lui elle trouvait du calme, de l'air pour respirer. Je crois que les autres lui faisaient un peu peur à tourner autour d'elle comme des fauves.

— Et ils se sont mariés ? demande Georgette, saisie d'une impatience familière.

— Faut voir comme ! Dans la jeepney à Djuma encore toute neuve avec des rubans multicolores partout. On aurait dit une flamme allumée devant l'église.

— Et sa robe ? fait Georgette (avec toutes les cloches de Saint-Étienne-du-Mont qui résonnent dans son imagination).

— C'est Loleng qui l'a cousue. Je la revois encore comme si c'était hier, blanche avec des frous-frous partout et qui remontait par-devant. Ça lui faisait comme une vague pour montrer ses genoux jolis comme des galets polis dans l'eau. Et par-derrière ça faisait traîne, pas longtemps, juste ce qu'il faut pour lui donner l'allure d'une reine qui monte sur son trône. On y croyait dur comme fer au bonheur, ce jour-là ! Je te jure...

La nuit fige le ciel sous les cris scintillants des étoiles. Adella exhale un profond soupir qui remplace les mots qu'elle a de plus en plus de mal à s'arracher, et Georgette pressent les plus étranges confidences...

— Alors ? insiste-t-elle.

— Alors la petite avait pas deux ans quand tout a commencé. Sampagita faisait une bien jolie maman, un peu gamine peut-être. Je sais plus exactement quand elle a commencé à parler de lui...

— Qui ça, lui ?

— Un homme... Mais pas un homme de chez nous !

Adella lève un regard embarrassé sur Georgette, qui l'encourage.

— Un étranger ?

— Non ! Pas un étranger non plus... Un homme venu d'ailleurs...

Son doigt pointe la Voie lactée au-dessus de leurs têtes :

— Un type d'une autre étoile, qui voulait l'emmener chez lui.

Georgette ne trouve plus le sol inconfortable ni le bateau si lent.

— C'est E.T. ! s'exclame-t-elle.

— Iti ?

Adella lève un sourcil surpris :

— Non, non, il s'appelait Greig. C'est ce qu'elle disait en tout cas, parce qu'y'avait qu'elle pour le voir et qu'elle pour causer avec lui. Elle disait qu'il était habillé tout en blanc, qu'il avait un œil de plus au milieu du front et pas de dents sur la gencive du haut. (Ici, Adella joint une grimace explicative, mais ses dents à elle sont massives et blanches.)

— Enfin, tu l'as vu toi, ce type ? s'effare Georgette qui trouve tout de même le café un peu fort.

— Pas moi bien sûr, mais je l'ai vue elle quand elle le voyait. J'ai vu Sampagita parler à quelqu'un et y'avait personne en face d'elle. Et les voisins aussi l'ont vue, plus d'une fois !

— Mais qu'est-ce qu'il lui voulait donc ce E.T. ?

— Pas Iti, Greig.

Georgette refoule son ironie. Adella est aussi loin de plaisanter que de mordre le croissant de lune au-dessus de leurs têtes.

— Je t'ai dit, il voulait l'épouser. Il lui disait qu'il était riche, qu'il allait l'emmener chez lui, que pour ça il lui suffisait de mourir.

Adella se frotte les avant-bras comme si elle avait froid soudain.

— C'est là qu'elle a commencé à maigrir, poursuit-elle d'une voix presque éteinte. A se tenir le ventre, à dire qu'elle avait pas faim.

Georgette hésite à se pincer la main. Elle regarde les étoiles avec un ahurissement neuf. Elles sont comme des yeux brûlants sur son front.

— Vous l'avez tout de même emmenée chez le docteur, insiste-t-elle, rivée à son bon sens.

— Pour sûr ! Mais ils ont rien trouvé, évidemment. Et ça faisait pitié de voir ce joli corps s'étioler sur le lit de l'hôpital, avec des tuyaux partout et pas les mots qu'il fallait. C'est Djuma qui a insisté pour qu'on la lui rende à la maison. Quand la fièvre s'est installée, c'est lui-même qui est allé chercher l'*albulario* dans sa jeepney.

— L'abul-à-quoi ? fait Georgette.

Son ignorance déplisse le front de son amie.

— L'*albulario* ! sourit-elle doucement. Le guérisseur ! Quand il a pris les mains de Sampagita, elle a sursauté de douleur. Nous, on pouvait encore la toucher mais pas l'*albulario*, parce qu'il a du pouvoir et que son pouvoir effraie les démons.

Georgette se garde de l'interrompre. A ce point du

récit elle n'a même plus de questions cohérentes à lui poser.

— Il a fait fondre la Pierre sur la flamme d'une bougie puis il l'a laissée se figer sur l'huile. Il a vu un nain noir. Et on a dû tuer notre cochon noir et offrir son sang à la terre où les nains avaient été dérangés. Sampagita est tout de suite allée mieux. La fièvre est tombée et elle s'est remise à manger.

— Et elle a guéri ?! s'écrie Georgette avec un espoir qui l'étonne elle-même.

— Elle aurait guéri s'il n'était pas revenu...

— Quoi, E.T. encore ?

— Non, Greig. L'homme invisible, habillé tout en blanc. Depuis le temps qu'il lui rendait visite, Sampagita avait fini par l'aimer. C'était plus fort qu'elle. Son corps est devenu peu à peu transparent, et nous aussi on a dû devenir peu à peu transparents pour elle. C'était comme si elle arrivait plus bien à nous reconnaître, Djuma et moi, et même sa petite. On voyait bien qu'elle avait de moins en moins peur de mourir et de plus en plus envie d'aller voir comment c'était là-bas sur l'étoile du monsieur. Et mon Djuma il pouvait toujours l'embrasser, la supplier, c'était comme commander à une fleur de pas faner. Quand on l'a enterrée, elle pesait presque rien et pourtant elle était même pas maigre. Belle je te dis, à pleurer.

Un profond silence s'installe entre elles, et Georgette bénit la nuit qui maquille ses yeux rougis. Vraie ou fausse, c'est ce genre d'histoire qui manque à Villepinte. Quand on meurt chez nous, c'est toujours d'un cancer, ou maintenant du sida, mais c'est jamais d'amour avec un Ivanhoé tombé d'une étoile. Elle saisit affectueusement la main d'Adella, un geste qui lui vient naturellement.

— Et Djuma dans tout ça ? reprend-elle avec douceur.

— Oh ! Djuma, il avait sa fille. Je l'ai aidée. Elle s'est tout de suite mise à ressembler à sa mère, une beauté ! Mais en plus simple. La petite c'était une merveille de vie, jamais un rhume, jamais une bosse. Un gentil caractère avec ça, toujours contente, jamais à se plaindre, tout à fait son père...

Et désemparée à nouveau, elle bredouille :

— Et dire... et dire... que mince ! La voilà presque mère à pas dix-huit ans !

— Moi j'avais dix-sept ans quand mon Émile est né, lui annonce Georgette dans un grand vent de confidence, et pas le moindre papa à lui montrer.

— Mais... Je croyais que tu étais veuve ! s'exclame Adella.

— Même pas ! C'est bien simple, quand je pense au père à mon fils je vois le cul d'un tracteur...

Adella glousse et Georgette aussi, contente d'amuser une oreille pour la première fois, avec l'histoire de sa vie.

— Et ce fils, il a fait ta joie ? l'interroge Adella.

Georgette réfléchit.

— Oui... constate-t-elle avec un bonheur qui la prend au dépourvu. Au fond, ce qu'il y a de mieux dans ma vie, c'est lui ! C'est pas mon métier ou le coin moche où je vis. C'est lui avec la gosse qu'il a faite... J'aurais voulu te montrer des photos de ma Cristelle...

— Cristelle ?

— Ma petite-fille.

Georgette a un violent soupir :

— Quand je pense qu'un enfant de salaud court avec ma Cristelle dans mon sac !

— Ton sac, ma nièce, Djuma... Seigneur Dieu, entends-nous ! compatit Adella.

Mais Georgette la reprend :

— Laisse le Bon Dieu tranquille. Si tu veux mon avis, il est bien trop vieux, le Bon Dieu. Il faudrait nous en mettre un jeune à la place. Pense donc, depuis deux mille ans qu'on en parle !

Adella lui lance un regard interloqué :

— Djuma dirait des choses comme ça !... Pauvre Djuma... Il aurait fallu pour lui une nouvelle femme dans la maison, quelqu'un de solide qui l'aide pour diriger sa fille. C'est sûr qu'on l'a trop gâtée, la petite. Djuma savait pas lui dire non, moi non plus, et quand elle est partie travailler dans la capitale c'est sûr qu'elle a pas été avertie comme il faut.

Adella n'a jamais parlé si longtemps. Le français fleurit sur ses lèvres avec des zézaiements d'enfant. Les étoiles tremblent dans le ciel. Orion ressemble à un marchand de ballons : trois étincelles alignées au bout d'une corde invisible dans un poing scintillant. Un train de nuages noirs écrase les dernières braises du couchant.

— Djuma c'est une épouse sérieuse qu'y lui fallait, dit Adella. Une plus vieille que lui, plus sage, c'est un gamin mon frère mais il est bon ! Celle qui vivra près de lui le regrettera pas, je l'ai toujours dit.

Son regard plonge dans celui de Georgette et, bien qu'il soit très difficile de deviner tout ce qu'il exprime, dans l'obscurité grandissante, Georgette le reçoit de plein fouet.

Personne ne la chassait, Georgette. A Djuma, il fallait une « femme sage », une femme plus âgée. Elle aurait pu rester là-bas dans le gentil village de Dumaguete, réveiller une église, s'y marier à soixante ans... Doux-magaieté, fredonnait déjà le Ramon.

La nuit sur la mer exhale un effluve salé, délicieux à respirer. Georgette s'allège, comme si le destin lui proposait soudain plusieurs voies et pas seulement des cailloux sur une côte. L'angoisse du futur, si humaine, desserre ses mâchoires. Qu'importe ce qui l'attend demain si aujourd'hui est bon. La minute présente lui apparaît infiniment précieuse. Georgette n'a plus d'argent, plus de pays, plus de famille mais elle a une amie assise en face d'elle et des millions d'étoiles sur la tête. Il y a l'ondulation lente du bateau, les froissements de la mer sciée sous l'étrave, et Noël qui approche et qui a chaud, premier miracle...

— Qu'est-ce que tu penses, toi ? dit la voix d'Adella.

L'obscurité calfeutre leurs confidences. Georgette ne sait plus si Adella lui propose la main de son frère ou seulement un conseil à propos de sa nièce. La réponse est la même de toute façon.

— Le mariage !

Adella regarde Georgette avec un sérieux touchant. C'est la première fois de sa vie qu'on réclame l'avis de Georgette Binet. Une euphorie grave enrobe sa voix.

— Faut les marier, insiste-t-elle. S'ils s'aiment, faut pas les renier ! Faut les marier. Faut préparer le berceau aussi, commencer à aimer le petit tout de suite. On ne sait jamais comment ils tournent, les enfants, quand on commence trop tard.

Adella hoche la tête. Georgette lui prend la main et la serre longuement dans la sienne. Cette nuit, c'est elle qui rassure, c'est elle qui tient le rôle splendide du guérisseur. Elle ressemble à la lune dans le ciel noir. A toute cette lumière qui nous fait espérer dans l'obscurité.

33

La capitale est pleine de soldats qui portent leur fusil et leur peur en bandoulière sur le cœur, et beaucoup d'expatriés font leurs valises en parlant de Bokassa chez qui tout a commencé comme ça. La panique s'aggrave quand l'aéroport international ferme ses portes. On voit des familles affolées prendre d'assaut les compagnies aériennes en secouant leurs billets au-dessus des comptoirs.

Aux abords envasés du port, la marée basse tient les navires à l'écart des quais. Une kyrielle de barques à balancier viennent au secours d'un bateau, et la flottille de libellules géantes a tôt fait de s'enchevêtrer à son flanc. Penchée au hublot, Georgette observe l'abordage avec un étonnement inquiet. Les bateliers bondissent d'une *banka* sur l'autre, hélant les passagers, agrippant leurs colis, balançant leurs valises au bout de longues cordes. Adella arrime son sac sur l'épaule, soulève le carton à légumes de l'autre bras et s'écrie :

— Bon, on y va ?

Georgette, qui espère toujours un quai, une passerelle, une trace de civilisation, la regarde traverser le hublot dans un silence incrédule. Adella vient de lancer son bagage au premier pirate en vue. Elle prend pied sur une échelle de bambou venue d'on ne sait où... Georgette se décide à la suivre, persuadée d'être la dernière âme sensée à bord.

Les lumières du navire jettent un éclairage d'opérette dans la nuit mourante. Le batelier qui les emporte godille à la proue, debout, mais sa Venise n'a pas les façades glorieuses de Santa Maria Della Salute (que Georgette ne connaît pas de toute façon). Le port est envasé de boue. Le gondolier jette une planche en guise de passerelle. Adella s'y engage, les bras en balancier, son sac accroché autour du cou. Georgette la suit à contre-pied et à contrecœur, convaincue que cette ville lui en veut. Une foule de souvenirs lui remontent à l'esprit comme une gifle. Elle mélange tout, les dinosaures en ciment, les morts chinois dans leurs maisons hollywoodiennes, l'accident de la calèche et maintenant son exil désargenté !

Elle lève un regard de lièvre sur la ville. La planche tremble sous ses chevilles et son pied glisse. Une vase vorace lui happe la cheville jusqu'au mollet.

C'est la poigne musclée d'un batelier qui la retient et l'empêche de s'abîmer plus bas dans la gadoue. Elle se relève péniblement, récupérant son soulier avec deux doigts. Déjà des bras complaisants la soutiennent jusqu'à terre, mais ça n'est pas la reconnaissance qui l'envahit. C'est la panique. Une peur oubliée, intacte, qu'elle réenfile comme un vêtement familier.

Elle sursaute quand une main la bouscule gentiment dans le dos. C'est Adella.

— Viens, on essaie d'avoir un taxi collectif !

Plantée sur le quai, elle soulève ses colis.

— Un taxi collectif ? bégaie Georgette.

— Oui, une jeep comme celle à Djuma, tu vois ?

Si elle voit ! Des larmes stupides embuent la vue de Georgette qui se déteste de chavirer sur terre après avoir si bien tenu le coup en mer. Mais comment ne pas en vouloir à son pied boueux, ne pas s'effrayer de ce premier pas raté dans cette monstrueuse métropole ? Djuma lui disait « Georgette » : « Djo'gette ! » et ça suffisait amplement aux palmes et aux hibiscus de Dumaguete. Qui la reconnaîtra ici, sans argent ni papiers ?

— Alors, tu viens ?

Oui, Georgette vient... A pas prudents.

Adella rit.

— Tu oublies pas quelque chose ?

Georgette se retourne et considère sa valise avec une imperceptible hostilité : le skaï rayé, son adresse essorée, presque effacée... Elle se dit que dans leurs aventures, sa valise a surtout retenu le typhon. Tandis qu'elle ne peut plus oublier Djuma !

— Elle est trop lourde ? s'inquiète Adella, pour qui une valise reste avant tout ce qu'elle contient.

— Non, fait Georgette Binet, arrachant péniblement la poignée au pavé.

Ce sont ses regrets qui pèsent le poids d'une tombe.

Jouant des coudes, elles gagnent un minibus bondé où d'autres familles écarquillent les mêmes yeux sur le destin en marche. Adella ne s'attarde pas côté porte. Elle jette son sac par une fenêtre où des bras se tendent immédiatement. Dans ce tiers monde sordide et fourmillant, une solidarité inconnue à l'Occident tient lieu de confort aux voyageurs. Des mains se chargent de leurs sacs, du carton de légumes et de la valise de Georgette, des cuisses glissent sur les banquettes pour les laisser s'asseoir.

« Dieu bénisse notre voyage jusqu'à ce que la mort nous sépare... » La prière tremble sous le rétroviseur près d'un Enfant Jésus en cape rouge et or. Le minibus démarre et Georgette n'est pas la seule à retrouver un signe de croix. La révolution donne une grimace insolite aux rues. Elle draine ses héros vers des rassemblements monstrueux et nos voyageuses s'enlisent boulevard de l'Épiphanie dans la plus dense muraille humaine de l'histoire d'un pays.

— On continue à pied ! annonce Adella sans se démonter.

Il faut la voir plonger dans la foule avec son carton à légumes sur la tête...

Léonida appelle toutes les heures pour donner son avis, blâmant la faiblesse du Président, l'irresponsabilité des foules et la sottise de la « Veuve exaltée ». Si c'était elle qui tenait les rênes, les choses ne se passeraient pas comme ça. « C'est le Président que tu devrais appeler, pas nous », finit par lui suggérer Fabrice.

Quand le téléphone sonne pour la énième fois, Zou refuse de se lever et c'est encore Fabrice qui s'arme de patience pour rassurer sa vieille Maman. Il jette dans l'appareil un « Allô » un peu las. Le silence a de quoi le surprendre. D'ordinaire, Léonida se charge plutôt des questions et des réponses.

— Allô deux fois, répète Fabrice.

Une voix qui ne lui est pas inconnue hésite :

— Salut... c'est Tancrède, ça va ?

Le ton est placide, comme si la dernière fois qu'ils s'étaient téléphoné ne datait pas de vingt-cinq ans.

— Ça va... convient Fabrice que la surprise rend laconique.

— Heu... Tu n'es pas au bureau ? hasarde platement Tancrède.

— Non, figure-toi que la révolution gronde dans les rues et que je ne suis pas le seul à tourner en rond à la maison. Zou trouve que ça n'est pas prudent d'enfiler des perles le jour d'une révolution et mes ouvriers sont d'accord avec elle. Pas un n'a montré le bout de ses sandales depuis une semaine. Tu m'appelles pour une commande ou pour prendre de mes nouvelles ?

Rire aimable au bout du fil :

— Pour prendre des nouvelles des enfants. Tu en as ?

— Des nouvelles très récentes, Léone appelle en

moyenne toutes les cinq minutes depuis cinquante-six heures. La jeune génération se porte à merveille et Léone étouffe d'indignation. Elle ne comprend pas comment le peuple a pu faire un coup pareil à son asthme ! Les révolutions sont nocives, à son âge.

Sans même s'en rendre compte, il a retrouvé le surnom qu'ils donnaient autrefois à leur tyrannique mère et belle-mère.

— Louis m'a téléphoné hier pour me dire qu'il trouvait Léone, je cite : « plutôt marrante »...

— Et tu appelles pour me demander ce qu'elle lui a fait pour lui arracher une telle erreur de jugement et si je peux t'aider à la supprimer ?

— Plus aujourd'hui ! Il y a quelques années déjà que je me suis résigné à son séjour terrestre. J'appelais pour vous proposer d'aller prendre la température du boulevard de l'Épiphanie. C'est une page d'histoire qui s'ébranle là-bas.

— Et tu t'intéresses à l'Histoire avec un grand H maintenant ?

— Pas autant qu'à la mienne, avoue Tancrède. Je suis venu guérir ma main chez vos gourous insulaires. Je n'avais pas prévu ce raz de marée révolutionnaire. Tu vois, j'ai eu un accident stupide...

— Je sais, deux doigts de paralysés, moche pour ta clarinette, Zouraïda m'a dit. Elle parle beaucoup de toi, trop à mon avis.

— Elle est très bien, ta femme, il y a longtemps que tu aurais dû me la présenter.

— Tu veux lui dire toi-même ? La voilà qui revient des abris. Il faut la comprendre, quand le téléphone sonne, neuf fois sur dix, il s'agit de Léone.

Il se tourne vers sa femme et Tancrède l'entend annoncer d'une voix légère :

— Rassure-toi, c'est Tancrède. Il m'appelle pour savoir si je vais bien et si je veux aller voir les barricades révolutionnaires avec lui sur le grand boulevard. Il n'est pas impossible qu'il souhaite que tu te joignes à nous...

Zouraïda reste clouée sur place. Elle rougit jusqu'à la racine des cheveux et pour Fabrice, c'est un aveu douloureux qui le force à ironiser encore :

— Ou tu préfères rester à la maison au cas où Léone téléphonerait ?

Que soupçonne Fabrice ? Une vengeance ? Un coup de foudre ? Elle déteste les secrets d'alcôve qui fermentent dans l'échange silencieux de leurs regards.

— Tiens ! Parle-lui donc toi-même, propose-t-il soudain, et il lui tend le combiné avec une complaisance un peu affectée.

Elle secoue la tête, furieuse d'avoir rougi :

— Dis-lui toi-même que c'est d'accord, on passera le prendre à son hôtel. Le temps de m'habiller et on y va.

— C'est d'accord, elle s'habille, transmet scrupuleusement Fabrice.

— Dis-lui que ça n'est pas la peine !

Tancrède a parlé avec un bonheur sincère au fond de la voix, un charme inquiétant qui réjouit Fabrice au lieu de l'agacer. Comme si, au fond de lui, gisait une affection mal éteinte pour un grand frère excentrique. Il se revoit assis dolent sur son lit d'enfant, avec les oreillons et des bajoues de hamster. Tancrède en pleine adolescence lui paraît immense, et tout-puissant avec sa clarinette, comme le joueur de flûte de Hammel. Où est Léonida ? Sortie probablement, il se souvient d'un appartement vide qui leur appartient tout entier, la voix déjà grave de Tancrède qui lui dit : « Je vais te jouer *Petite Fleur*, écoute bien et tu n'auras plus mal. — Et plus jamais de caries ? — Non (il avait ri doucement), mais pour ça, il faut que je te joue *Petites Perles* et que tu arrêtes de manger des bonbons. » Et Fabrice l'avait cru. Quand la clarinette de Tancrède s'éveillait sur ses lèvres, la fièvre se résignait, les microbes agonisaient et le soleil se levait à n'importe quelle heure de la nuit.

— Raccroche, ou la tonalité va mourir, lui suggère doucement Zou.

Il sursaute.

— Tu es encore là ?

Il a tout le jardin dans son dos, qui l'auréole de lumière. Zou l'observe rêveusement.

Lentement, il raccroche le combiné. Zou se tait, et lui aussi. Mais ce nouveau silence installé entre eux est infiniment plus agréable que le précédent. Zou a son regard de sculpteur qui semble chercher la source de la vie à l'intérieur de la matière. La vie en rose.

C'est Fabrice, embarrassé, qui s'éveille le premier. Frappant dans ses mains, il s'écrie avec un enthousiasme non feint :

— On y va ! La révolution nous attend !

Et le ballon rose éclate, à son insu.

Le soleil écrase la ville. Les gens marchent dans les rues sans ombre et ils marchent tous en direction du boulevard de l'Épiphanie. On dirait que le monde entier s'y est donné rendez-vous. Après un grand détour pour retrouver beaucoup plus au nord un pont sur la rivière, les deux frères et Zouraïda abandonnent la voiture dans une ruelle défoncée et rejoignent à pied la révolution. Ils se hissent à l'assaut d'un ultime muret d'où la vue plonge sur une dénivellation du boulevard.

La foule déroule son tapis noir aussi loin que leurs yeux voient, figeant le poing armé du Président. Jamais Georgette n'a vu pareil rassemblement. Elle s'accroche au bras de son amie, loin du bus échoué dans la multitude. Un cordon d'étudiants assis par terre et contents de jouer les murs antichars les saluent gaiement. Des familles entières déambulent au pas des promeneurs du dimanche, curieux des collines de pierres et des camions renversés en travers de la chaussée. Des jeunes gens organisent une distribution d'eau qui gicle dans des seaux d'aluminium, des nonnes montées sur des caisses exhortent la population au calme.

Zou s'épanouit entre les deux frères. Ils sont bien, à l'intérieur de cette révolution. Leurs querelles familiales s'étiolent devant l'histoire, les obligeant à faire place à des objectifs plus grands qu'eux. Justice, paix, liberté ! Zou couvre les deux frères des yeux avec une tendresse un peu exaltée. Ils sont soudain capables ensemble de fous rires très anciens, d'une connivence inattendue comme si de vieilles boutades soudaient leurs retrouvailles. Zou saisit les deux frères par le coude, brusquement comblée.

Elle n'est plus loin de souhaiter deux pères à leur cinquième fille...

34

Adella va devant et Georgette, muette de fatigue, la suit dans la nuit crevée d'enseignes au néon. Le très pacifique siège des deux camps militaires s'organise. Des gens somnolent par terre installés sur des tranches de carton et des nonnes pique-niquent à côté d'une Vierge grandeur nature. La statue, couverte d'ampoules électriques, clignote dans l'obscurité grâce à un réseau de fils sur lesquels il faut prendre garde de ne pas trébucher. Georgette note tous ces détails avec un ahurissement un peu mécanique. Ses yeux s'attachent au dos de sa compagne, incapables de déchiffrer enseigne ou nom de rue. Sa mémoire harassée devine, trouve et perd constamment les mirages flous d'un hôtel cinq étoiles, luxe effacé à peine connu trois semaines auparavant. (Trois siècles auparavant ?)

— Vito Cruz ! s'écrie Adella.

Elle s'arrête si soudainement que Georgette lui heurte les mollets avec sa valise. La valise chute et Georgette, pour une fois complètement d'accord avec elle, a envie de la suivre par terre.

— Vito Cruz ! répète Adella tout excitée.

— Vite au quoi ? murmure Georgette à bout.

— Vito Cruz ! C'est la rue de Loleng. On y est ! Sa maison est juste au bout. On traverse le pont et on la trouve.

Son doigt désigne un boyau sombre à travers la foule. Georgette essuie ses lunettes. Quelle rue ? Quel pont ? Un voyage en fusée la dépayserait moins. Son pessimisme l'a reprise tout entière avec le macadam qui frappe ses talons, la touffeur, l'haleine rance des caniveaux. Ses yeux contemplent « Vito Cruz », rue modeste aux façades et courettes étroitement imbriquées. Après le chahut populaire, le silence a quelque chose de pesant comme un pas d'éléphant.

Adella laisse glisser ses paquets à ses pieds avec un soupir de soulagement.

— On y est ! C'est gagné !

Georgette hésite à se réjouir. Elles sont rendues et pourtant, il lui semble que c'est maintenant que tous ses ennuis commencent. Loleng vit sous un toit de tôle peint en vert. Qui là-dessous saura lui restituer la France ?

Un chien jaune donne l'alarme au bout de sa chaîne. Quelqu'un traîne ses *flip-flop*, une fillette apparaît à travers une porte découpée dans le portail.

— Tita Della ! s'exclame-t-elle.

Tante et nièce s'embrassent longuement. Georgette attend puis les suit dans une courette en baissant le front. Des mouches survolent des arêtes de poisson dans la gamelle du chien. La fillette se déchausse, Adella aussi. Elles poussent une moustiquaire aux ressorts grinçants, Georgette a honte de les suivre à cause de son pied boueux...

La maison de Loleng est bâtie en parpaing. Pas de plafond mais la tôle du toit incliné haut par-dessus les têtes. L'éclairage au néon n'épargne aucun visage. Éblouie, Georgette perçoit surtout des cris (enfants, joie, surprise). Loleng les reçoit derrière sa machine à coudre. L'émotion la suffoque et la famille s'exclame à sa place. On enlace Adella, on l'embrasse, on s'abandonne aux larmes. Georgette donnerait le Puy-de-Dôme pour s'isoler dans une chambre et trouver l'oubli sur un lit. Au lieu de quoi, Adella lui saisit le bras et la présente au clan :

— *Americana !*

Intimidés, les hommes se taisent ou s'éclipsent, les sœurs et cousines reculent, les enfants rient sous cape.

La première à surmonter la paralysie générale est la fille aînée de Loleng, Mélissa, douze ans et déjà tous les atouts d'une femme dans son corsage. Elle conduit les voyageuses au salon, séparé de l'atelier-cuisine par une étagère à claire-voie. Des guirlandes rouges et des boules dorées sur un caoutchouc rappellent l'imminence des fêtes de Noël. La solitude qui l'attend si loin des siens un tel soir achève une Georgette déjà épuisée par la marche forcée. Elle tombe littéralement sur un canapé en bois garé sous un canevas criard où des chiens costumés jouent au billard, cigare en gueule. Chez Djuma, les parois de bambou avaient la couleur du miel et les seules œuvres d'art étaient les noix de coco orange aperçues à travers les fenêtres. Georgette ferme des yeux gonflés de larmes. Elle prétend se moucher quand Mélissa lui apporte un verre de calamansi. Elle aurait préféré un remontant plus sérieux mais sa soif, en définitive, se félicite du citron. Elle boit son verre d'un trait. Pendant quelques longues minutes, la télévision se charge de toute la conversation. L'écran est recouvert d'une feuille de plastique bleu pour faire la couleur et Georgette a tout le temps de méditer sur la folie qui l'a poussée à risquer ce concours insensé des biscottes Haldebeurre, tout ça pour un poste dont justement, elle ne verra jamais la couleur.

Le premier ahurissement passé, les langues se délient peu à peu. Les femmes retournent au fourneau, les hommes au petit écran, les enfants gloussent derrière l'étagère. En dépit de la multitude, Georgette se sent terriblement seule, fourbue sur son banc de bois sans un coussin pour apprivoiser ses reins. La chaleur stagne dans la pièce mal ventilée dont l'unique fenêtre filtre chichement le peu d'air trouvé dans la rue. Elle n'ose redemander à boire et encore moins se lever pour aller se servir elle-même. Elle a ce sentiment pénible et cependant si familier d'avoir tort d'exister.

— Tu as faim ?

Adella réapparaît, généreuse comme une oasis. Le plaisir de retrouver sa famille lui a redonné forces et couleurs et l'idée d'aller dormir ne semble pas l'effleurer. Elle dépose sur la table basse des canettes de bière, du Coca-Cola, une montagne de riz, des nouilles à la crevette, de la soupe de porc et de poulpe... Les enfants épient Georgette à travers l'étagère avec des fous rires nerveux.

— Faut manger ! dit Adella. Tu te souviens comme Djuma aimait à te voir te régaler ?

Ridiculement émue, Georgette sent les larmes monter en crue. Pourquoi faut-il qu'un prénom qu'elle ignorait totalement deux semaines auparavant lui lapide ainsi les sens ? Elle invoque son Émile et un calme un peu terne vient ralentir les palpitations de son cœur.

— Sans toi, Adella, je sais pas ce que je deviendrais...

Adella sourit.

— T'en fais don' pas, on t'aidera !

Mais Georgette, au contraire, s'en fait énormément.

— Et avec quoi que vous m'aiderez ? Moi non plus, j'ai pas vécu des jours filés d'or et de soie. Un passeport et un billet d'avion, ça coûte la peau des fesses ! Qui c'est qui va m'en faire cadeau deux fois ? Le président de la République ?

— Mais non, les biscottes Haldemachin, elles ont bien un directeur. Ton Ramon est mort mais il était sûrement pas le seul par là-bas. On va les retrouver, les autres.

— C'est vrai ce que tu dis. Y'avait bien une présidente, une Mme Ping... se souvient Georgette, un vague espoir au bout des lèvres. J'ai été manger chez elle mais je saurai jamais retrouver où. Un quartier où les gens se mouchent pas du pied gauche si tu vois ce que je veux dire.

— Écoute, on va bien la trouver dans l'annuaire, ta Mme Ping. En attendant prends une mangue. Le couteau planté dans le noyau, c'est pour mieux la tenir.

— Je sais ça ! se fâche Georgette.

Tout le monde parle à la fois dans cette famille, avec la télévision bleue qui ajoute son chahut au chahut. Un cousin ou un neveu monte encore le son et d'une main, il fait taire la compagnie.

Alors, tous les yeux se figent sur l'écran. Georgette distingue une journaliste bleue mais ne comprend rien à son charabia. Ce qui l'inquiète, c'est le silence qui règne dans la pièce tout à coup. Il y a des silences qui sont des alarmes stridentes !

— Qu'est-ce qu'elle dit ? Qu'est-ce qui se passe ? chuchote Georgette dans l'oreille d'Adella.

— Chut... Écoute...

— J'écoute ! panique Georgette, mais j'y comprends rien.

— C'est le Président. Il a ordonné le bombardement des deux camps rebelles... Là où on a été avec tout ce monde qui défile ! Elle dit qu'en province, y'a des soldats qui ont décollé dans des hélicoptères armés jusqu'aux dents !

L'image se brouille et quelqu'un jure dans la pièce.

Fabrice s'est rabattu sur la BBC. Le petit écran muet et les chaînes de radio locales engluées dans les cantiques de Noël ne génèrent plus la moindre information.

— Zou ! Zou ! Où es-tu ?

Elle est à la fenêtre et regarde le petit matin rosir les pelouses.

— Tu entends ça ? lui crie-t-il, l'oreille collée à son poste. Le Président a ordonné le bombardement des deux camps rebelles !

— Avec tous ces civils dans la rue, sursaute Zou arrachée aux sourires des oiseaux. Mais c'est abominable !

Fabrice crispe ses doigts sur le poste de radio où la BBC se meurt dans un champ de parasites :

— Attends, attends ! On parle d'hélicoptères armés jusqu'aux dents qui auraient décollé de province cette nuit. Pour aller se poser... ailleurs ! La province s'est ralliée aux opposants ! Hourrah !

— C'est le moment d'avertir Léonida qu'elle est devenue grand-mère, s'exclame Zouraïda.

La nouvelle traverse les foules amassées boulevard de l'Épiphanie comme un long frisson d'euphorie. C'est le triomphe du peuple, de l'homme désarmé ! On s'embrasse chez Loleng, persuadé que la Justice est en marche.

Quelques heures plus tard, on se bouscule sur le plateau de la chaîne 4 où la Veuve jure fidélité à la nation. Sur une chaîne voisine, l'ex-Président s'inaugure tout seul, obstiné à vouloir gagner quand la population crie partout sa défaite dans les rues. Les Iles qui n'avaient plus de Président en ont brusquement deux, célébrant leur investiture le même jour.

Au même instant, une messagère vient frapper à la porte des Ferté-Frênel. Un peu comme ces cigognes qui transportent les bébés dans des mouchoirs à carreaux, celle-ci vient leur déposer une photo. Fabrice et Zou y découvrent avec une émotion indescriptible la grimace minuscule d'un nouveau-né bronzé, légèrement flou, que deux mains suffisent à soutenir en entier. Il y a son poids, sa taille et sa date de naissance au dos de la photo. Quarante-huit centimètres de petite fille les réclament, les attendent, les protègent de l'événement.

A midi, Georgette, revenue d'un sommeil comateux, découvre les femmes en pleine animation dans la cuisine. Il y a plein de slips sur la table. Loleng a la cousine d'une amie qui travaille dans une fabrique de sous-vêtements. La révolution à peine tiède, on retourne déjà aux petits négoces, aux marchandages, au noir... Georgette s'éponge le front. Elle descend l'escalier en boitant sur sa mauvaise cheville.

— Essayez-les, Georgette ! Achetez quelque chose !

— *For Christmas !*

Mélissa sort des boîtres toutes sortes de culottes chargées de volants qui les font beaucoup rire. Mais Georgette secoue la tête. Il faut un homme pour porter de la gaieté sous ses jupes et elle se sent seule aujourd'hui, plus vaine qu'une sandale dépareillée.

Adella s'approche, au bras d'une jolie brune un peu ronde.

— C'est ma nièce, la fille à Djuma.

Georgette la regarde avec une étrange émotion, se souvenant du récit d'Adella sur le bateau. Elle imagine sa mère morte et mariée dans les étoiles, le chagrin de son père, le bon, le chaleureux Djuma. Et sous sa robe à peine enflée, l'enfant qu'il est urgent d'aimer... La jeune fille rougit, le regard bas.

— Elle est belle, ta nièce, dit Georgette.

— Eh bien, parle ! la houspille Adella.

— Bonjour Georgette, murmure la jeune fille avec des *r* très doux.

Et de nouveau toutes les femmes parlent à la fois. Le français meurt, l'anglais s'émiette, Georgette s'égare dans leur dialecte...

L'aéroport garde portes closes, la plupart des magasins aussi. Noël n'a jamais montré si pauvre figure. Zou revient constamment à la photo de son bébé. Elle songe à Marie et à Joseph qui, deux mille ans auparavant, préparaient un berceau dans le plus complet dénuement.

— Noël, dans une semaine déjà ! Fabrice, j'ai bien réfléchi. Aimée m'a suppliée au téléphone d'inviter Louis et Tancrède à Mojicap, et je trouve qu'en définitive, c'est une excellente idée...

Fabrice lève sur elle un regard ahuri, qui signifie sûrement : « En prime du bébé ! Tu veux tuer ma mère ? »

Au lieu de cela, il dit :

— C'est Noël dans une semaine ?!

Zou soupire, épuisée soudain :

— C'est Noël, oui, et Tancrède est ton frère et Louis notre neveu, et ta fille aime Louis, et nous allons avoir un bébé, et Léonida...

— Zouraïda... l'interrompt doucement Fabrice.

Il ne l'appelle jamais par son prénom tout entier. Saisie, elle lève les yeux. Son mari lui ouvre ses bras. A se demander si les ballons roses ne porteraient pas enfin leurs fruits ? Zou s'approche lentement, consciente de fouler des fleurs. Il a cette petite phrase si rare dans sa bouche :

— Zouraïda, je t'aime beaucoup plus que tu ne le crois...

La ville pèse aux fenêtres avec ses rumeurs d'orage dans les entrailles des bus et toute la réverbération torride du ciment. Quand Georgette risque une allusion à son rapatriement, Adella, harcelée de tous, mélange un peu les solutions.

— La révolution nous a pas simplifié les formalités en mairie, se plaint-elle.

— Et la présidente ? fait Georgette qui se demande si elle s'inquiète de ses papiers d'identité ou des bans à publier pour sa nièce.

— Elle est sur le trône et elle est pas sur le trône. Et comment tu veux qu'on ait une mairie avec ça ?

— Je parlais de Mme Ping, rétorque Georgette pour qui la présidente est avant tout celle des biscottes Haldebeurre.

— Mme qui ?

— Ping. La tête des biscottes Haldebeurre. On dirait bien qu'elle a fait un trou à la lune.

— Un quoi ?

— Qu'elle a filé à l'anglaise. Personne sait où elle est au numéro que j'ai.

Adella soupire.

— Elle sera pas la seule à s'être souvenue de l'Amérique quand il était encore temps. Ces gens-là, ils ont tous deux nationalités et ils vivent où ça les arrange quand ça les arrange, tu comprends ?

Georgette comprend surtout que son voyage ressemble de plus en plus à une excursion dans les sables mouvants.

— Y'a ton consulat ? suggère Adella.

Elles travaillent les pages jaunes ensemble. Un espoir éphémère soulève Georgette en découvrant le précieux numéro. Que décompose une sonnerie sans fin.

— Avec tout ce tintouin dans les rues, y-z-ont dû barricader leurs bureaux.

— M'étonnerait pas qu'y soyent repartis en France les premiers, soupire Georgette.

Elle reste prostrée un long moment près du téléphone, sa Cristelle au fond du cœur et pas le plus petit bout de miracle en vue... Autour d'elle, les femmes parlent mariage. On ne perd pas de temps. La cérémonie est fixée au prochain samedi dans la famille du jeune futur, à deux cents kilomètres de la capitale. Georgette est invitée bien sûr, mais ne retient que ces kilomètres qui l'éloignent encore un peu plus de la France. C'est la première fois qu'une cérémonie nuptiale la tente si peu...

Adella s'inquiète.

— C'est à cause de ton pied ?

Loleng se penche sur le pied enflé.

— Elle peut pas rester comme ça.

Adella réfléchit.

— On dirait une... une...

— Phlébite, murmure Georgette. Je sais, j'en ai déjà fait une l'an dernier à Orcival. Même que ça m'a tenu couchée huit jours...

— Il faut l'amener chez le guérisseur, dit Loleng.

— L'*albulario,* elle a raison. Je vais avec toi, fait Adella quand Georgette soulève des sourcils inquiets.

Fabrice rassure Léonida :

— Maman ! Cette petite fille, tu vas l'aimer le jour où tu poseras les yeux dessus. On a vu sa photo, une frimousse minuscule et des paupières de Bouddha. On attend le modèle incessamment. Tu imagines un peu le Noël que nous allons célébrer ?

— Avec un vrai bébé sur la paille, oui. A mon avis nous sommes ruinés. Retiens bien ce que je te dis là : nous sommes ruinés !

35

Ils battent l'île à la recherche de coquillages rares. Léonida, encore affolée par l'écheveau de la révolution, leur a refusé l'autorisation de mettre un pied à Bahile, et les enfants font leurs courses de Noël sur la plage. Peu avant midi, à l'heure brûlante où le soleil épuise les oiseaux et traque les ombres au ras des troncs, ils cherchent refuge sous les bouquets de palétuviers. Ils font là une rencontre extraordinaire. Elle a cinquante ans ou peut-être cent et regarde la grappe d'enfants avec une sagesse douloureuse née dans la nuit des temps.

— Oh ! la pauvre ! s'exclame Marilou la première.

Une corde dans sa carapace la ligote à un arbre. La tortue respire péniblement à l'intérieur d'un trou d'eau saumâtre oublié par la marée, et qui suffit difficilement à immerger sa masse.

— C'est sûrement un pêcheur qui l'a attachée là.

— Mais je croyais qu'il n'y avait pas de pêcheurs sur l'île ? fait Louis.

— Si, il y a une famille et on va aller la trouver ! se fâche Marilou.

— Mais faut la libérer d'abord. Elle va mourir dans cette mare chaude ! gémit Anouk.

— Ah ! non. On ne peut pas faire ça. Il faut parler aux pêcheurs d'abord, sinon ils seront furieux.

— Ils habitent où ? demande Louis un peu inquiet.

— La prochaine crique derrière les arbres...

Les enfants regardent le ciel éblouissant, la mangrove presque noire par contraste, la mer à qui il manque une tortue. Marilou les bouscule, trop scandalisée pour avoir peur.

— Bon, jamais vous venez ? Ils vont m'entendre !

— Non, proteste calmement Aimée. Ça sert à rien de se fâcher.

— Tu as raison, dit Perrine. De toute façon, ils ne vont pas la relâcher rien que pour nos beaux yeux.

— Mais qu'est-ce qu'ils vont en faire, alors ? s'affole Anouk.

— La manger, pardi ! Tu manges bien du poulet, toi.

La tortue souffle bruyamment, s'efforçant de tourner dans sa geôle humide. Elle cuit sur place et la souffrance qui pèse dans son regard est insupportable.

— Alors moi j'y vais toute seule, tas de dégonflés !

Et Marilou part en balançant beaucoup les bras.

— Marilou ! crie Louis.

Il se tourne vers ses cousines :

— On peut pas la laisser y aller seule !

Aimée sourit.

— Mais non, venez. J'ai une idée, c'est moi qui vais leur parler, aux pêcheurs...

Tous les autres la dévisagent.

— Suivez-moi ! ordonne-t-elle.

Ils la suivent. La tortue prend tout à coup une place énorme dans leur existence. Ils partent résolus en claquant leurs tongs sur leurs talons réparer un siècle de crimes contre l'écologie.

La cabane qu'ils découvrent penche sous la lumière violente du zénith. Des chiens maigres aboient. Un homme rapièce un filet qui bouffe à ses pieds comme un nuage apprivoisé.

— *Hoy !* crie Aimée.

L'homme lève la tête. Son regard n'exprime pas grand-chose. Pas même la surprise. On dirait que le soleil a brûlé sa peau, sa tignasse et jusqu'à son âme.

— *Magandang tangalihan po !* crie Aimée.

— *Magandang tangalihan,* marmonne-t-il.

— *Ako ay ang anak ni Mam Léonida.*

— *Alam Ko,* fait l'homme de la même voix bourrue.

— *Ang pagong, sino po nilagay dohon ?*

L'homme hausse les épaules.

— Qu'est-ce qu'ils disent ? s'impatiente Louis.

— Bonjour, qu'elle est la petite-fille de Léonida et qui est-ce qui a mis la tortue là-bas, traduit Perrine à voix basse sans lâcher sa sœur des yeux.

— On dirait qu'il s'en fiche.

— Non, il est embarrassé. L'important, c'est qu'il ne perde pas la face. Sinon, il va se braquer.

La voix d'Aimée résonne sous la canicule. Même les insectes n'osent plus bourdonner. Louis impressionné écoute sa cousine frapper l'homme en douceur avec ces mots étranges qui n'appartiennent qu'à Mojicap. Il est brusquement persuadé de l'urgence d'épouser Aimée. Épouser Aimée c'est épouser l'essentiel, la mer et la terre, l'essence même de l'univers, l'imprévu, le bonheur. Sa cousine parle avec une véhémence tranquille et des gestes de la main dans la direction de leur groupe. Le pêcheur semble perplexe. Louis brûle de les comprendre mais n'ose les interrompre avec ses questions. L'homme se trouble, il hoche vaguement la tête. Son regard fuit, sa main cherche l'aiguille perdue dans les mailles du filet. Aimée sourit, ingénue, savante sorcière. Louis voit la mer dans ses yeux et le soleil qui éclate sur la mer.

Une main sur le cœur, Aimée salue le pêcheur avec une légère flexion du torse qui balance sur ses joues ses boucles noires. Quand elle s'éloigne, les autres ne traînent pas derrière elle.

— On vient de gagner la première manche, maintenant il s'agit de délivrer la tortue !

— Mais enfin, qu'est-ce que tu lui as dit ?

— Oh ! rien que des crasses. Mais des vraies, des plausibles. Que les tortues chez nous représentent la maison. La carapace, tu comprends ? Et qu'en capturer une, c'est porter malheur à sa maison, à sa famille. Risquer une maladie, un deuil !

— Et il a avalé tout ça ! s'effare Louis.

— Bien sûr, dit Aimée. Les pauvres gens d'ici vivent à l'intérieur de ce qu'ils voient. Personne ne leur a expliqué que c'était la terre qui tournait autour du soleil, ou même qu'elle était ronde, et ils croient encore qu'un soleil neuf se lève tous les matins. Pourquoi pas que les tortues sont les déesses de la maison ?

— Et c'est vrai ? demande la petite voix d'Anouk.

— C'est vrai quoi ?

— Que le pêcheur, il va mourir si la tortue meurt.

— Mais oui, dit Perrine. Même que ce sera les sirènes qui l'arracheront à sa barque, par une nuit sans lune...

— Dépêchez-vous !

Le soleil éclate sur l'île, il faut se hâter de rendre à la mer sa tortue. Non sans difficulté, ils parviennent à trancher avec leurs canifs la corde qui lui sciait une palme. Ils conservent l'autre, fixée à l'arrière de la carapace, pour la haler hors de son trou et lui désigner la mer. Mais soulever cent kilos de chair, d'écailles et d'effroi, cela dépasse la meilleure volonté des cinq enfants. Il faut courir demander l'aide du vieux Bong, le tirer de sa sieste et le convaincre avec les mêmes sirènes lâchées aux trousses du pauvre pêcheur.

La tortue n'y met pas du sien. Elle rame dans les airs dès qu'on la soulève, cinglant douloureusement les mollets. Cinq cents mètres séparent son trou de la mer, et il faut des heures pour la rendre à ses palais bleus. Quand sa vieille peau fripée touche enfin l'eau, l'énorme chélonien ne s'attarde pas. L'appel des eaux profondes galvanise ses forces. En dépit d'une palme enflée, torturée par la corde, sa masse disparaît sous la mer avec une aisance aérienne.

— On dirait un oiseau... murmure Marilou.

Et Bong se signe, à tout hasard.

Georgette se signe et prend place comme les autres, sur une chaise pliante rouge. Elle transpire abondamment dans sa blouse acrylique. A trois heures de l'après-midi, la chaleur est telle que même les coqs assoupis ne trouvent plus une fausse note au fond de leur gorge. Le guérisseur reçoit dans un garage, où une tapisserie de la Sainte Cène et des fleurs des champs mêlées à des œillets blancs dans un immense vase excluent toute idée de mécanique.

Un homme âgé ouvre une immense Bible. Toute l'assemblée se lève tandis qu'une jeune fille sort un clavier électrique de son étui. Les chants commencent, alternés avec des lectures de la Bible dans leur dialecte. Georgette, vite lasse, s'autorise à s'asseoir. On lui a demandé d'inscrire son nom en haut d'une feuille blanche. Après quoi elle n'a plus grand-chose de précis à demander à personne ni à Dieu, tant son affaire la dépasse. Se souvenant de sa chapelle en menhirs très loin en haut de sa falaise, elle se contente d'invoquer la sérénité d'un ciel d'été.

Elle est aussitôt exaucée et manque s'assoupir sur sa chaise en fer. Lui parvient comme un rêve la voix de Djuma qui résonne devant la mer. « Tes pensées, le matin, tu les rassembles au-dessus de ta tête dans une bulle, et cette bulle tu la souffles dans le firmament... » Et si cette voix disait vrai ?

Décidée à tester sa magie, elle interpelle le Seigneur en personne et lui lance sa bulle, plus lourde qu'une pierre : « Seigneur, sors-moi de ce pétrin ! Prends mes pensées, mes bêtes noires ! Je te les confie. Lave-les, chéris-les, mets de l'ordre dedans, et renvoie-les-moi quand c'est le moment ! »

Un certain calme lui vient.

Dehors, le soleil éclabousse la ruelle, les toits, l'herbe vague dans les terrains en friche. Mais à l'intérieur, une agréable brise soulève les listes des noms. Le monde semble en ordre ici. Sœur Sally — grosse femme joviale — vient lui épingler sur la tête une crêpe de dentelle blanche. Les cantiques enflent et meurent, éternels comme le ressac. Georgette somnole sur les vagues avec un flegme qu'elle ne se connaissait pas.

C'est à peine si elle remarque l'entrée du guérisseur. Il s'appelle Archangelo et en dépit d'une chevelure très courte et noire, il a réellement quelque chose d'angélique au fond de son regard. Le guérisseur prend place derrière la table recouverte d'une nappe bleu ciel avec des dentelles de nylon. L'assistance se lève, Archangelo s'assied sous les portraits de saint Georges à cheval. Il y a des pennons épinglés à l'encolure de sa monture.

Un grand recueillement voyage sous les fronts. Archangelo prend son visage dans ses mains. Les chants redoublent tandis que son front rougit. Bientôt il tremble. Ses bras, ses mains, et son visage dans ses mains tremblent. Georgette l'observe avec ahurissement. On est loin de l'antichambre coquille d'œuf de son généraliste à Garges-lès-Gonesse, de la précision un peu maniaque avec laquelle il débouche le capuchon de son stylo à plume. Le visage d'Archangelo est crispé ; quand il parle, on ne reconnaît plus sa voix. Il a le timbre aigu d'une très vieille femme. Le mot « *kaïbigan* » revient constamment. « Ami ! » c'est un des rares mots que Georgette ait reconnus dans son discours. Des larmes traversent les paupières du guérisseur. Sœur Sally les lui sèche avec un mouchoir. De temps à autre, elle frotte dans ses paumes les pennons de saint Georges, puis elle secoue ses doigts au-dessus de la tête du guérisseur et en direction de son cœur.

— C'est de l'énergie ! souffle Adella dans l'oreille de Georgette.

Georgette veut bien. Georgette veut bien tout pourvu qu'on lui vienne en aide !

Des coups la font sursauter. Ce sont les mains du guérisseur qui frappent la table. Ses yeux restent clos derrière ses paupières humides et plissées, tandis qu'on lui glisse un stylo dans les doigts ainsi que la feuille blanche du premier malade inscrit. Une femme s'approche de la table.

Elle pose ses mains sur la Bible restée ouverte. Le guérisseur parle toujours d'une voix aiguë de vieille, et il est difficile de savoir à qui il s'adresse exactement. Une jeune femme près de lui s'assoit et prend des notes. Lui-même se met à écrire. Ou plutôt à griffer le papier avec son Bic. Des bâtons, des points. Plus tard on dira à Georgette que c'est le Saint-Esprit lui-même qui s'exprime en hébreu.

La femme ouvre son corsage. Sœur Sally et quelques autres l'aident à se hisser sur la table puis soulèvent un dais au-dessus de sa tête. Elle est allongée sur le dos, sur la nappe bleue où s'amuse la brise. Sœur Sally fait signe à Georgette de s'approcher aussi. Elle vient, elle peut toucher la table et le corps allongé sur la table. En face d'elle et sans même ouvrir les yeux, Archangelo pose les mains sur le ventre de sa patiente et très vite, ses doigts disparaissent sous la peau. Georgette médusée voit le sang jaillir. La malade esquisse une vague grimace mais elle semble beaucoup plus à l'aise que Georgette.

Quand vient son tour, celle-ci hésite à s'évanouir. Mais on ne s'évanouit pas si facilement quand on a grandi derrière les vaches et acccouché au treuil les veaux les plus mal engagés. Entre cauchemar et rêve, elle se laisse hisser sur la table et ouvrir sa blouse. Archangelo parle (voix de vieille dame), Adella traduit :

— Des problèmes d'aorte, ton sang circule pas comme il faut !

Les mains du guérisseur balaient l'air au-dessus de la

cheville enflée avant de venir plonger sous son sein, juste au niveau du cœur. Georgette ne ressent rien, à peine une gêne bizarre qui lui fait relever la nuque et tendre le regard. Elle distingue les mains de l'*albulario* à l'intérieur de son corps. Et quand le sang jaillit, il jaillit à petits flots cadencés comme si son cœur lui parlait en direct.

L'opération dure moins d'une minute mais c'est la plus stupéfiante minute de sa vie. Sœur Sally lui arrose copieusement le torse d'alcool à 90 degrés. Quelle plaie soigne-t-elle réellement ? Il n'y a pas de plaie, à peine une trace rouge sur la peau. Et des taches de sang sur son soutien-gorge. Son sang ?

Georgette, perplexe, repart en boitant vers sa chaise.

Le guérisseur est sorti de ses transes. Il est redevenu un jeune homme d'une trentaine d'années, plutôt sympathique. Adella et Georgette viennent le remercier. Il semble ne se souvenir de rien et leur demande même si le « Saint-Esprit » les a opérées. Croyant qu'il lui parle d'une précédente opération, Georgette lui raconte son appendicite. Il écoute son anglais difficile avec beaucoup de bienveillance. Sous son regard la timide Georgette se sent étrangement bien, prolixe, presque euphorique. Crédule et heureuse de l'être. Elle songe que si Ramon avait osé la conduire là, l'ancienne Georgette n'aurait jamais accepté de monter sur la table. Que la Georgette d'aujourd'hui soulève les couvercles des mystères avec une curiosité jamais vue. Elle en tire une satisfaction indéfinissable, une victoire sur cette fameuse méfiance auvergnate dont elle s'est longtemps targuée, persuadée qu'elle la protégeait des mauvais coups. Elle regarde sa cheville (toujours enflée) avec de nouvelles certitudes. Sa guérison, elle y croit déjà. Djuma lui disait là-bas : « Vous faites tout à l'envers, chez vous. Vous voulez des preuves avant de voir. Nous, d'abord on croit et ensuite on voit. Les choses arrivent si tu y crois. Toi tu oublies de les demander d'abord. » Elle s'était presque énervée : « Les demander à qui ? » Il avait haussé les épaules, comme s'il perdait son temps, puis il l'avait vite embrassée sur la joue pour effacer une impatience tout de suite regrettée. Malheureusement la Georgette d'alors avait surtout retenu le baiser — ô combien troublant pour un cœur équarri à la hache...

36

L'ambassade de France recommande par téléphone la prudence à ses ressortissants. Mais Fabrice et Zou, indifférents, emportés par leur bonheur, pédalent toute la journée et rentrent cuits de soleil pour se plonger tout habillés dans la piscine. Une gaieté oubliée les envahit. La nuit tombe dans le jardin et le champagne mousse dans leurs verres. C'est une idée de Fabrice, le champagne, une envie de fêter leur bonheur qui n'a rien à voir avec la double investiture des deux présidents arrosée partout ailleurs...

Mais Zouraïda sort de la piscine avec des aiguilles dans la gorge, un mal naissant qu'elle confond d'abord avec les bulles de champagne puis se décide à soigner avec un sirop plus épais et beaucoup moins gai. Fabrice l'abandonne sur son lit, clouée par une légère fièvre, avec un baiser affectueux sur le front et une urgence un peu louche. Le soleil n'a pas fini de sombrer. Anouk dirait qu'il a mis son pyjama rouge.

— Mais tu vas où à la fin ? Il n'y a personne à ton atelier.

— Surprise ! Toi tu te reposes et tu es en pleine forme demain, d'accord ? N'oublie pas, dans deux jours, nous avons rendez-vous avec *notre fille*.

Il s'esquive, l'abandonne seule dans une maison déjà

vide. Wella, Lita, Kuching, toutes sont parties célébrer la nouvelle Présidente en famille. Deux cachets de plus, Zouraïda se drogue pour oublier sa douleur.

Quand la sonnerie du téléphone résonne au salon, elle hésite à se manifester.

Mais ça n'est pas Léonida, c'est *lui,* son bon et beau-frère, le génie qu'elle s'est juré de ranger dans sa lampe à huile pour l'éternité !

— Zouraïda ?

— Oui...

— C'est Tancrède (comme si elle ne le savait pas). Ça va ?

— Non.

— Ça ne va pas ?

— Non.

— Qu'est-ce qu'il y a ?

Et au lieu de lui dire en bloc : « Il y a que j'ai décidé de rompre avec toi et d'aimer uniquement le père de mes enfants », elle lui parle de son mal de gorge.

— Tu as pris froid ?

— Sans doute. On a pédalé en plein soleil avant de se jeter dans la piscine à la nuit...

— Et vous avez dîné ?

— Pas faim, et Fabrice est sorti je ne sais où... (Il y a une pointe de ressentiment au fond de sa voix.)

— Parfait, je dois te parler ! Je connais un bar pas loin de chez moi où les *drambuie* sont célèbres pour soigner les maux de gorge. Avec ça, tous les serveurs sont nains.

— Je connais, le *Hobitt House*. On n'y soigne pas les maux de gorge.

— Bien sûr que si ! On t'a mal renseignée... Viens, il faut que je te parle.

Elle aussi. Il est temps qu'il sache, pour le bébé. Elle ne peut pas suivre plusieurs destins à la fois et clairement, le ciel lui indique la voie conjugale.

— Bon d'accord, moi aussi, j'ai des choses importantes à te dire.

Elle se prépare, la tête encore fiévreuse, et quitte la maison sur une ultime rasade de sirop.

Effectivement tous les serveurs sont nains et les tables sont rondes pour éviter qu'ils ne se cognent aux angles. La salle est comble et enfumée. Des ballons gonflés d'hélium flottent aux dossiers des chaises, jaunes en l'honneur de la Veuve. Les gens s'interpellent et se congratulent. Beaucoup de ces clients étaient sur le boulevard de l'Épiphanie, certains y ont même dormi.

Tancrède attend Zouraïda à une table proche de l'entrée. Il semble massif au-dessus des nains. Zou s'inquiète du bonheur qui l'envahit en le voyant. Ils s'embrassent et ils ne s'embrassent pas sur la joue. Si ça doit être le dernier, autant bien faire les choses.

— Je t'ai commandé un *drambuie*. Le voilà qui arrive, dit Tancrède.

Un nain s'approche, dépose les cocktails sur la table en se hissant sur la pointe des pieds. Il dévisage Zou, sa queue de cheval blonde, son cou long. Zou lui sourit, un peu embarrassée. Une musique explose sur l'estrade. Renonçant à être entendue, Zouraïda sort la photo de son bébé et la pousse vers Tancrède.

— Il est mignon (sourire aimable), qui est-ce ?

— Notre petite fille !

— On a un bébé ensemble ?

— Pas nous ! Fabrice et moi. On va l'adopter. C'est pour ça, je crois... Nous devrions cesser de nous voir.

C'est difficile de s'expliquer dans le vacarme de la fête mais Tancrède a compris dans les yeux de Zou. Il s'adosse plus confortablement sur sa chaise en regardant ses mains.

— Moi aussi j'ai une confidence...

Son cœur hésite. Le retour du nain l'interrompt, les

drambuie et les verres font diversion. Tancrède cogne son verre contre celui de Zou.

— A ta complète guérison ! dit Zou.

— A votre nouveau-né ! renchérit Tancrède.

Ils trinquent en silence. La guitare électrique zigzague à travers la pièce, catapultant ses notes sur les têtes. L'idole chante la résurrection de son pays avec une émotion contagieuse. Tancrède prend la main de Zou, à la recherche d'un discours qui ne vient pas. Lui aussi a quelque chose de difficile à lui dire et ne sait pas comment s'y prendre. Elle se laisse faire, un œil sur la scène, fredonnant dans son verre. Une mélancolie agréable l'envahit qui n'est peut-être pas tout à fait étrangère au *drambuie*. Deux nains dansent une valse dans un coin.

— C'est pas une vie, ce monde immense qu'on leur inflige... dit Zou, songeuse.

— Trop de bruit ici ! la coupe Tancrède. Si tu as fini, je t'emmène à mon hôtel, d'accord ?

Elle ne l'a encore jamais suivi de nuit dans sa chambre d'hôtel. Mais cette nuit n'est pas comme les autres. Les îles ont deux Présidents et ça déjà, en soi, est un bon prétexte à toutes les exceptions.

Ils sortent dans la rue. Les postes de radio trompettent derrière chaque fenêtre et la ville est pleine de clameurs. Zou titube légèrement au bras de Tancrède. L'alcool pris à jeun après les calmants l'étourdit. Son pas vaguement chancelant l'embarrasse et en même temps lui donne l'occasion agréable de s'appuyer à son bras. Dans quelques heures leur couple ne doit plus exister, et comme les fleurs embaument avant de brusquement faner, ils s'épanouissent pour la dernière fois ensemble. Fabrice est loin et il a tort d'être loin, tort de l'avoir quittée sur une pointe de mystère. Car Zou suit aussi Tancrède pour punir son mari. D'aucuns disent qu'agir avec l'idée de nuire peut seulement vous porter malheur...

Zou rit. C'est la dernière fois qu'elle trompe son mari. Un plaisir délicieux, inavouable, déchire sa conscience et elle ne sait plus si la douleur qui pointe au bout de son bonheur est due au remords ou au regret de voir finir une histoire encore neuve. Tancrède voyage à l'intérieur de ses cuisses avec une douceur intolérable. Ils sont au lit, nus, oublieux et comblés. Tancrède le premier rompt le silence.

— Regarde mes doigts, regarde-les comme ils bougent !

— Ils sont vraiment guéris ! C'est stupéfiant !

— Oui.

Un oui si pusillanime que Zouraïda, se soulevant sur un coude, plonge dans ses yeux un regard alarmé.

Étendu sur le dos, Tancrède cale sa nuque dans ses paumes. Il évite son regard. C'est au plafond qu'il annonce, laconique :

— Je suis guéri, donc je pars. Je rentre en France. Besoin de retrouver ma clarinette et de signer des contrats rapidement.

Atterrée, Zou retombe dans les oreillers. Elle finit par mendier une présence qu'elle était venue rejeter :

— Tu ne peux pas partir si vite ! Reste au moins pour Noël. Qu'est-ce que tu dirais d'un Noël à Mojicap, avec tous nos enfants ? Il faut bien que tu récupères ton Louis. Oh ! Tancrède...

— Louis peut voyager seul et Noël (Tancrède soupire), franchement, j'avais complètement oublié Noël...

— Fabrice aussi, murmure Zou déçue. Les hommes oublient, mais les enfants eux n'oublient pas.

Elle a brusquement besoin de son lit, de se retrouver seule sous la toile de ses draps, comme lorsque, enfant, elle consolait ses peines sous une tente imaginaire au cœur du Sahara :

— Une heure du matin déjà ! Il faut que je file. Pas envie d'arriver après Fabrice, téléphone-moi...

Fabrice traverse la maison en sifflant. Il a une bonne nouvelle pour Zou et l'intention de ne pas la laisser gaspiller sa nuit dans le sommeil.

— Devine d'où je reviens, Zou ? De chez l'ambassadeur en personne. Je l'ai d'abord invité à boire et il m'a gardé à dîner. Un homme charmant dans le fond. Lui aussi trouve que le consul exagère ! Alors, le papier prouvant la réciprocité, c'est dans la poche ! Tu peux préparer le berceau...

Il s'interrompt en face d'un lit vide. Les draps sont froissés mais froids. Fabrice ne s'inquiète pas tout de suite. Il n'est jamais que onze heures du soir, elle a pu sortir avec une amie (*une* amie). Ça prouve au moins que son mal de gorge s'est calmé...

Il se couche, lit un moment en l'attendant puis s'endort sur son livre, toutes les lumières allumées. Ça lui arrive souvent et généralement c'est Zou qui éteint pour lui. Mais quand il s'éveille, pris d'un étrange malaise, sa lampe de chevet éblouit la nuit. Il jette un œil sur le réveil et son cœur s'arrête, empalé sur les aiguilles.

Il est cinq heures du matin ! La place est toujours vide à son côté.... Il ne pense plus au cinéma. Il voit Tancrède immédiatement, l'attachant, l'odieux clarinettiste. Ils l'ont déposé hier à l'Intercontinental. Il ne lui faut pas longtemps pour retrouver son numéro dans l'annuaire.

— Allô...

Voix ensommeillée. Le téléphone a sonné onze fois.

— Ma femme est chez toi ?

— Fabrice ?...

— Oui. Ma femme est avec toi ?

Le ton est relativement sec, l'ajectif possessif insistant. La certitude d'un oui accable Fabrice et cependant, les dénégations de Tancrède ne lui apportent aucun soulagement...

— Comment, non ! Tu veux dire qu'elle n'est pas chez toi ?

— C'est exactement ce que je veux dire.

Tancrède bâille. Sa sincérité est difficile à mettre en doute.

— Merde alors ! dit Fabrice.

Tancrède paraît se réveiller enfin :

— Ne me dis pas que ça t'embête...

— Écoute, dit son frère, ça n'est pas le moment de plaisanter. Zouraïda a disparu, tu piges ? Je suis sorti hier soir, je l'ai laissée au lit avec un mal de gorge. Je suis rentré vers onze heures. Elle était partie. J'ai pensé qu'elle était sortie avec une amie au cinéma, ça lui arrive parfois. Et je me suis couché. C'est maintenant que je me réveille et elle n'a toujours pas réapparu ! Tu ne l'as vraiment pas vue ?

Une longue hésitation habite le téléphone. Puis Tancrède explique, en se raclant la gorge :

— Ta femme, je l'ai vue hier soir. On a pris un verre ensemble au *Hobbit House*. Elle m'a montré la photo du bébé que vous allez adopter...

— Et vous vous êtes quittés vers quelle heure ?

Nouvelle réflexion silencieuse dans le combiné.

— Écoute, je ne suis plus très sûr. Je n'ai pas regardé ma montre...

Et en même temps, la peur le gagne. Il revoit Zou s'asseoir derrière son volant. Ils sont dans le parking de l'Intercontinental, sous un arbre, dans la lumière chiche d'un lampadaire mangé par les feuilles. Elle tourne la clé en étouffant un bâillement :

— Je n'aurais pas dû boire ce *drambuie*. J'avais mal à la gorge et j'ai bu un sirop calmant. J'ai un coup de barre terrible...

— Mais reste, alors.

— Tu es fou ! Et Fabrice ? Il est déjà une heure du matin...

Il avait claqué sa portière sans lui proposer de la reconduire. Comme un mufle.

— J'aurais dû la reconduire ! (Son cœur bat la chamade.)

— Quoi, la reconduire à la maison ?

— Oui, elle avait l'air crevé. Elle avait pris des médicaments. Le *drambuie* par-dessus, ça l'avait un peu sonnée.

— Mince ! Elle a peut-être eu un accident...

— Écoute, prends ta voiture et viens, le coupe Tancrède. (Sa voix ne cache plus son inquiétude.) Tu as une idée du trajet qu'elle a pris ?

— Je pense, oui.

— Alors viens vite. Je t'attends.

Et Fabrice quitte la maison terriblement silencieuse (sans femme ni enfants), avec le pressentiment accablant que ce silence est le prélude à un silence plus définitif encore.

Cette même nuit où Fabrice au volant de sa voiture scrute désespérément chaque rue, carrefour, tronc d'arbre menaçant, sans trouver trace de sa femme, l'ex-Président des Iles quitte son archipel avec la bénédiction (équipée d'hélicoptères) des Américains, qui n'ont pas voulu que la situation s'envenime... Le fracas des moteurs propage la nouvelle sur la ville à la vitesse du son.

Fabrice jette ses clés au portier de l'hôtel (qui surveillait le ciel et les reçoit sur son estomac). Haïssant l'ascenseur, il tambourine sur le bouton d'appel avant de prendre d'assaut l'escalier.

— C'est pas un ascenseur, c'est une montgolfière ! lance-t-il à Tancrède qui ne lui a pas ouvert la porte assez vite.

Il a de la tôle froissée plein les yeux, qui lui fait de larges cernes violets.

— Elle a eu un accident ! s'écrie Tancrède, et le remords le tétanise sur place.

— Je peux entrer ? murmure seulement Fabrice. T'as pas un truc à boire ?

Tancrède s'accroupit devant le miniréfrigérateur de sa chambre, presque content de retarder la vérité.

— Whisky, vodka, gin... jus de pomme ?

Fabrice sourit difficilement.

— Gin-tonic. Zouraïda aimait bien le gin-tonic mais peut-être à cause de la consonance du mot « tonic », elle confondait toujours les deux. Elle voyait le tonic avec de l'alcool. Il y a dix ans, enceinte de Perrine jusqu'au cou, elle a ahuri un serveur dans un cocktail en lui précisant : « Gin-tonic mais alors pas trop de tonic, s'il vous plaît ! »

Cette fois, c'est Tancrède qui a du mal à rire. D'abord il connaît l'anecdote (Zouraïda la lui a déjà racontée et là, il avait beaucoup ri), et maintenant il lui tarde de savoir, même le pire. Mais Fabrice s'assied et boit.

— Bon alors, raconte-moi tout.

— Tout ? Sa vie avec moi ? Sa vie avec toi ? Comment elle a disparu ?

Tancrède l'interrompt d'un geste las :

— Tu l'as trouvée, elle va bien oui ou merde ?

— Ne t'énerve pas ! Je n'ai pas la moindre idée de l'endroit où elle se trouve...

— Tu m'as fait peur ! Avec ta tête d'outre-tombe, j'ai cru qu'elle s'était payé un flamboyant.

— Et je serais là à discuter le coup avec toi ?

Tancrède ignore la flèche.

— Tu ne l'as pas vue en venant ici. Elle a pu prendre un autre itinéraire.

— Franchement, je ne vois pas lequel ni pourquoi. Faire du tourisme au milieu de la nuit ?...

— Tu ne crois pas à un rapt ?

— Un attentat ! Bien sûr que j'y ai pensé ! En ce moment, les Pajero sont des voitures très courues...

Il relève la tête, ses cheveux, où il a beaucoup promené ses doigts, en désordre.

— D'ailleurs j'ai déjà prévenu la police, fait-il douloureusement.

Son frère le regarde avec une amitié insolite, étrangement réconfortante. Une compassion toute fraternelle. Un peu comme s'ils avaient un jour lointain décidé de naître frères et s'en souvenaient seulement aujourd'hui.

Zou s'élève dans le ciel, bras en croix. Elle plane et voit son corps oublié au sol rapetisser à vue d'œil. Elle bat des ailes invisibles, moins étonnée qu'heureuse de tant de légèreté. « Il est donc réellement possible de voler. Il suffit de quitter son corps ! » Cette réflexion l'occupe un moment. Quand elle ouvre les yeux, elle sourit encore.

Pas longtemps.

Elle a le front sur le volant. Elle n'est pas dans son lit. Elle est dans sa voiture et il fait jour. La mémoire lui revient au galop, le sirop contre la toux, le *drambuie* chez les nains et le petit blanc à l'hôtel, Tancrède qui la prend et Tancrède qui la quitte, la portière qui claque et la nuit... Le coup de pompe insurmontable ! Ce chemin terreux où elle a garé l'auto pour soulager quelques instants sa rage de sommeil. Quelques instants !

Sa montre indique six heures du matin. L'idée de Fabrice la cherchant partout l'affole complètement. Elle pousse un cri en découvrant le visage d'un homme collé au carreau. C'est un soldat. Elle démarre sans crier gare, bousculant le voyeur. Fabrice l'habite tout entière. Elle a honte de la peur qu'elle lui inflige. Elle ne cesse d'imaginer l'inverse, l'agonie qu'elle vivrait si, à six heures du matin, elle trouvait leur lit vide... Elle écrase l'accélérateur, roule à tombeau ouvert et trouve encore la voiture trop lente.

Un haut portail vert ferme le jardin. L'usage est de klaxonner trois coups rapides. Après un certain silence animé d'oiseaux, on entend les *flip-flop* de Wella ou de Lita gifler les marches puis se hâter lentement jusqu'au vantail. Une célérité inhabituelle les anime ce matin-là. Imaginant la panique engendrée par sa disparition, Zouraïda, rétrécie derrière son volant, embrasse tout le ridicule de la situation avec un embarras sans nom.

— *Si Mam !*

Le cri de Lita explose entre les vantaux à peine entrouverts. Fabrice la rejoint dans la seconde. Il se précipite à la portière de Zou, à mi-chemin entre l'énervement et la joie.

— Mais enfin où étais-tu ?

Zou balbutie des excuses :

— Je suis désolée, je me suis endormie... Tout va bien, tout va très bien !

— *Si Mam !* répète Lita.

La curiosité flambe sur son visage. Zouraïda pénètre dans le jardin avec un sourire retenu.

— *Si Mam...*

Quand le moteur se tait, un silence implacable s'installe, blanc comme une feuille distribuée un jour de composition, où il n'est question que de s'exprimer, de s'expliquer ! Fabrice l'a déjà rejointe devant le perron.

— J'ai pris un verre en ville, bredouille Zou. Et après ce sirop, la fatigue, l'énervement, je ne sais pas moi, j'ai eu furieusement sommeil. Plutôt que de me planter dans un arbre, j'ai cherché un chemin en retrait et j'ai fermé les yeux quelques minutes.

— Quelques minutes ! Mais il est six heures du matin. A quelle heure t'es-tu donc endormie ainsi ?

Au fond de sa question, l'agacement l'emporte déjà sur le soulagement. Il manque quelques heures à la disparition de Zou pour que sa réapparition emporte tous les pardons.

— Hier soir, évidemment. Mais je ne voulais pas m'endormir. C'est l'alcool sur le sirop, je te dis. Oh ! Fabrice, j'ai dû te faire une telle peur.

— Un peu oui ! A la police aussi...

— Tu as prévenu la police !

— Figure-toi que jc me faisais du mauvais sang.

— Mon Dieu ! Et je suis sûre que l'histoire a déjà fait le tour de la capitale.

Le tour des cuisines en tout cas.

Lita répète : « Madame ! Jésus, Marie, Joseph ! » et son émoi gêne leurs effusions... Quand Fabrice ouvre la portière, « Mam » sort très raide. Tomber dans les bras de Fabrice serait une exquise solution, mais pas devant Lita, pas devant tous ces regards aux fenêtres... Zou ferme les yeux avec l'espoir puéril de gommer l'humanité entière.

Heureusement, Fabrice l'entraîne au salon dans l'abri blond de leur mobilier d'osier. Une paix salutaire baigne les épaules de Zou qui se retourne vers Fabrice. Ils s'enlacent avec une tendresse dénuée de désir. Tancrède retournait Zou âme et sens en posant ses mains sur ses reins. Fabrice, toujours laconique quand il s'agit des sentiments, pense que des bras sages autour de sa nuque en disent assez sur l'angoisse vécue. Zou soupire...

— Je suis nulle, tu as dû te faire tellement de bile...

Il lâche son étreinte pour la regarder dans les yeux :

— Assez, oui, la police me laissait peu d'espoir. Pour la Pajero en tout cas !

— Salaud, c'est la voiture qui te tracassait !

Ils rient et c'est un réconfort. Ils savent mieux rire ensemble que s'attendrir — ou même s'aimer au lit, songe Zou qu'envahit impétueusement et fort mal à propos le souvenir de Tancrède. Elle s'accoude à la fenêtre, l'âme fripée.

— Qu'est-ce que tu dirais d'une bonne tasse de thé ? propose Fabrice dans son dos. C'est l'heure du petit déjeuner, non ? (Sa voix claironne.) J'appelle vite la police pour les rassurer ! Tu vas prendre une douche ?

Il est à l'aise dans le quotidien, Fabrice, content

d'embrasser le concret, pas compliqué. C'est comme ça qu'il doit laver ses soucis chaque matin : sous la douche. A l'autre bout de la pièce, il hésite, une main sur la poignée :

— J'oubliais, il y a tes filles qui ont appelé ce matin.

Saisie, Zou s'écrie :

— Mon Dieu, tu leur as dit aussi ?!

— Non. (Il sourit doucement.) Pas osé. Je leur ai dit que tu dormais.

— Et elles t'ont cru ?

— Oui, elles étaient surtout excitées pour le bébé.

— Le bébé... murmure Zou.

— Et moi, je me voyais mal en veuf adoptant un orphelin pour en faire un autre orphelin ! continue Fabrice.

— Oh ! n'en rajoute pas, gémit Zou. On n'en est pas encore là de toute façon...

— Beaucoup plus près que tu ne l'imagines ! Que crois-tu que je faisais, moi, pendant que tu t'alcoolisais avec ton beau-frère... Il était beau, d'abord ?

— Idiot, tu ne vas pas me dire que tu es jaloux ?

— Je suppose que j'aurais mauvaise grâce à l'être étant donné que dans la famille... on est tous beaux.

Il plaisante comme toujours et entre eux l'émotion se meurt. Pourquoi, pense Zou, Fabrice n'est-il jamais capable d'exprimer son amour ? Pourquoi ne le dit-il pas clairement avec des gestes, des vrais mots tendres comme tous les autres êtres humains ?

— Bon alors, ça ne t'intéresse pas ce que j'ai fait hier soir ?

— Si, soupire Zou... Mais je ne savais pas que j'étais autorisée à l'apprendre.

— Je suis allé voir l'ambassadeur !

— L'ambassadeur de France ?

— Pas du Kamtchatka, déclare Fabrice content de changer de sujet, et qui manifestement ne reparlera plus jamais de la disparition de Zou ni de la trouille immonde qu'il a endurée. Un brave homme finalement, un peu préoccupé par son image peut-être. Je ne suis pas certain qu'il me reconnaîtrait demain dans la rue mais il m'a tout de même écouté avec un réel effort de concentration.

— Alors... pour le papier, s'illumine lentement Zou, il est d'accord ?

— Mais oui ! Lui aussi trouve que le consul dépasse largement ses pouvoirs. Il m'a promis d'arranger ça demain et il avait l'air plutôt sûr de son coup. Content de prouver son autorité j'imagine, ils aiment tous ça.

— Mon Dieu, alors c'est dans la poche ?

— Dans la poche, dans la poche... Ça dépend. Tu peux mettre une petite fille dans une poche, toi ?

Zou lui sourit. Fabrice a de ces preuves d'amour qui n'appartiennent qu'à lui. Zou aurait tort d'espérer trop de mots. C'est elle qui a désiré ce bébé mais Fabrice la devance ! Son entière adhésion devrait suffire à lui prouver le prix qu'il donne à leur union.

37

Au-delà des premières rizières et des premiers hérons la route devient sinueuse, raide et caillouteuse. Ils traversent des collines pelées où la forêt vierge arrachée a laissé une terre à vif et des troncs blanchis comme des os. Il a fallu deux bonnes heures à la jeepney où s'est entassée la famille pour sortir de la ville. Georgette porte un collier de corail que lui a offert Djuma. Elle porte aussi et surtout la déception de son absence, du bonheur que ce serait d'assister au mariage de sa fille à son bras... Coincée entre Adella et Mélissa elle remue machinalement les chevilles dans ses souliers, l'âme lovée dans ses souvenirs.

— Ça alors, y'a quelque chose qui va pas ! s'exclame-t-elle soudain.

— Qu'est-ce qui va pas ? fait Adella.

— J'ai pas mal à mon pied. Il est même plus enflé !

Adella lui sourit. Elle ne paraît pas autrement surprise. Ni Loleng, ni Mélissa non plus, qui n'ont jamais douté des pouvoirs de l'*albulario*.

La même foi ne transporte pas Georgette. Elle conclut à une « rémission spontanée » (avec la voix de son médecin de Garges-lès-Gonesse), perdant ainsi une victoire sur la maladie qui pourait la mener à d'autres victoires sur la fatalité. Djuma est loin et elle porte son collier de corail comme un brassard de deuil. Elle voyage l'âme sourde et grise, le regard perdu sur la route interminable qui dure et se racornit encore, usée par les heures et les tournants...

On a garé la camionnette à l'ombre courte d'un bouquet de bananiers. Des poules et des cochons éclairent un instant le moral éteint de Georgette qui revoit dans un flash sa Doux-ma-gaieté et même des souvenirs plus anciens encore, des souvenirs en sabots auvergnats. La maison de pierre et de bois présente un charme solide. Cossue même pour la province, elle compte plusieurs pièces à l'étage séparées par des rideaux jaunes, et connaît l'électricité. Au village, on parle d'une famille nantie, comme le prouvent un canapé très rouge et un canevas géant représentant un lion et un gamin vautrés l'un sur l'autre.

La famille s'affaire sous les manguiers. On découpe le cochon, on fabrique des bancs en laçant des bambous, on transporte des chaises de paille. Dans la cour balayée, des guirlandes blanches convergent sur un poteau central et des palmes-éventails enjolivent les quatre coins.

Plus tard, Cristelle exigerait les plus petits détails du mariage de Wella : les marmites fumantes, la cochonnaille, les *chicous*, les *chisa*, tous ces fruits bizarres, et le Coca-Cola. Même la Ginette viendrait tendre chez sa belle-mère une oreille de commère qui lui ôterait l'envie de lui rappeler ses balais. Georgette réchaufferait le café et achèverait d'épater son auditoire avec l'étonnante apparition des petites filles d'honneur en dentelle jaune poussin.

« Vous voyez ça, vous ? Des yeux comme le lin en fleur et des cheveux de miel dans la foule couleur café des enfants. Mes demoiselles d'honneur, elles étaient comme la vanille sous une glace au chocolat, impossible de pas les noter tout de suite et pourtant des gamins y'en avait ! Rien que le marié, y comptait onze frères et sœurs et trente-cinq neveux et nièces... »

— C'est ma robe, je crois quelle est boutonnée tout faux...

Les coudes pointés au ciel, la petite fille d'honneur s'affaire derrière sa nuque en soulevant une masse de cheveux bouclés.

Sidérée, Georgette lui répond :

— Mais dis-moi, on se connaît toutes les deux. C'est pas ta sœur que j'ai ramenée de la ville chinoise ?

La petite lâche son col et se retourne.

— Mais si, et toi tu es Georgette !

D'entendre quelqu'un se souvenir d'elle en français, Georgette Binet en a des frissons dans la voix.

— Ta sœur s'appelle Aimée et toi...

— Anouk. Regarde ma robe, j'arrive pas avec les boutons.

Attendrie, Georgette la lui déboutonne et la lui reboutonne méticuleusement.

— Pardi, si tu as mis lundi avec mardi !

Mais c'est à peine si Anouk l'entend. Elle discourt comme si elles s'étaient quittées la veille.

— Tu as vu, je suis petite-fille-de-bonheur et Marilou aussi, mais elle râle parce qu'elle aime pas sa robe, elle.

— Et ta mère, elle est venue aussi, ta mère ?

— Bien sûr. Maman dit toujours que Wella depuis le temps qu'elle habite chez nous, c'est comme une grande sœur pour nous. Mais maintenant j'ai peur que son mari la garde pour élever des cochons avec lui. Remarque, c'est pas mal d'élever des cochons, Marilou dit qu'ils sont même très intelligents, plutôt plus que certaines personnes d'ailleurs, mais l'ennui c'est que les fermiers, ils les tuent après...

— Et elle est où ta mère ? demande Georgette, en promenant des yeux avides sur la marée noire des chevelures.

— Avec la mariée peut-être, tu veux la voir ?

Elle parle de la mariée certainement, mais Georgette la suit comme si la fillette devait la rapatrier en France.

Elle est presque déçue en trouvant une mariée en effet, assise devant un miroir, sur un tabouret recouvert d'une peluche synthétique. La chaleur stagne entre les tentures qui divisent la pièce et la nièce de Djuma transpire abondamment dans sa robe en faux organdi. On la poudre, on la chignonne haut, on ferme un sautoir de perles en plastique sur sa nuque. Anouk prend la main de Georgette (horriblement moite à cause de l'émotion) et elles se taisent ensemble, perdues dans la même contemplation. Un coup de klaxon les fait sursauter.

— C'est elle, c'est sûrement Maman ! s'écrie Anouk. Elle prête notre voiture pour conduire les mariés à l'église. Zut, faut que je retrouve Marilou ! Elle est partie voir les cochons.

Sa main lui échappe et Georgette se retrouve très seule tout à coup. Fébrile, la mariée ne vaut guère mieux et descend lentement l'escalier de bois jusqu'à la 504 familiale des Ferté-Frênel (méconnaissable sous ses guirlandes de polystyrène). Quand Wella prend place sur la banquette arrière, des applaudissements éclatent mais la voiture a fait une telle impression qu'il est difficile de savoir quelle part lui est vraiment réservée. Georgette aperçoit du jaune citron à l'intérieur de la 504. Anouk a retrouvé sa sœur et son sourire le plus lumineux. Elle-même se hisse dans la jeepney familiale où ils sont vingt-quatre à se partager les banquettes.

Devant l'église blanche, les invités n'ont d'yeux que pour l'auto et pour Zouraïda qui domine les plus grands d'une bonne tête et cherche en vain à se faire oublier dans le sillage citron de ses enfants. On attend la sortie d'une précédente noce qui occupe encore les bancs avant de faire entrer les innombrables filles et garçons d'honneur. Un certain cafouillage entre les deux cérémonies retient un moment les mariés sur le parvis. Georgette les devance de justesse sous la nef où les chaussures résonnent avant l'orgue. Le cœur à l'affût de la France autant que des mariés, elle guette l'arrivée de Zou dont l'entrée dévisse les têtes. Un espoir fulgurant la traverse en la reconnaissant. Elle en perd de vue la mariée. Ses yeux s'attachent à son chignon blond et elle suit la messe distraitement, guidée par la clochette.

A côté de Zou, une petite-fille-de-bonheur s'occupe comme elle peut avec ses barrettes. Georgette les couve du regard, peaufinant une entrée en matière. Elle sursaute quand Adella vient se glisser près d'elle sur la pointe des pieds et lui chuchote à l'oreille :

— Dumaguete sans toi, ça fera tout vide, et c'est pas mon frère qui dira le contraire !

Adella s'en va ! Le jour et l'heure de son bateau, Georgette les a toujours sus, mais sa conscience les niait. Jusqu'à ce jour, elles n'ont partagé que les détails de la noce ou la course au passeport... Le cœur éclaboussé de froid, Georgette frissonne par 35 degrés à l'ombre.

Adella s'en va et toute la poésie s'efface. Son amie, sa seule amie sur terre, va épingler un voile sur la tête des mariés tandis qu'une sœur ou cousine vient les ligoter par le cou avec un cordon blanc au cas où ils n'auraient pas encore saisi ce qui les attendait. Georgette retient ses larmes. Les cérémonies nuptiales ne sont jamais que des instants truqués, des samedis de carton-pâte qui moisissent dès les premières pluies, les premières larmes, les grandes désillusions. La vérité, c'est l'amitié, l'amour qu'on met dans son prochain et qui éclate quand son prochain s'en va, comme Adella qui va laisser Georgette seule dans la ville comme dans les crocs d'un loup.

Les photos sont prises devant l'autel. La mariée pleure, épuisée. Le marié sourit avec un air gêné. Sa place est dans le silence des champs ou avec les cochons, et cette foule (et tout particulièrement la présence de Zou) le tétanise. Georgette suit Adella de près, déchirée entre l'envie de la suivre et l'urgence de se faire reconnaître de Zou. Elle manque perdre les deux sur le parvis de l'église, quand la foule happe la première et la voiture la seconde.

De retour à la ferme, les mariés vont s'agenouiller à l'étage devant le petit autel familial. Le reste de la noce s'agglutine dans la cour et s'impatiente. Tous les yeux sont braqués sur la fenêtre de la chambre sauf ceux des enfants qui guignent plutôt les marmites, et ceux de Georgette, paniqués, qui ne lâchent plus le chignon de Zou. Elle a cent fois le temps de se répéter le dialogue de leurs retrouvailles. « Vous vous souvenez de moi ? Sûrement pas. Votre Aimée, je vous l'avais ramenée de chez les morts chinois. Vous m'avez dit que si j'avais besoin de vous, je pouvais vous appeler. Mais votre carte de visite, on me l'a volée avec mon sac... » Et Zou dira : « Georgette Binet, je vous remets très bien ! »

Ou très mal. Zouraïda semble constamment accaparée par de nouveaux visages. Georgette s'embourbe dans ses propres doutes, à deux doigts de l'aborder. « De quoi que j'aurais l'air, d'abord, si je lui dis la panade où ce pays m'a mise. D'une mendiante ! J'aurais l'air d'une mendiante... »

Le fait est qu'on ne lui a pas appris à demander de l'aide.

Incidemment, le déjeuner les rapproche, les enferme en tout cas entre les mêmes parois de ciment. C'est une chambre sinistre, jouxtant les vapeurs torrides de la cuisine sous les pilotis. Une salle à manger est un luxe inouï qu'on ne brade pas à n'importe quel convive. Les hôtes de marque s'y voient emprisonnés autour des mariés. Une fois assis, il n'est plus question de bouger avant le dernier plat. Georgette ne saurait tenter aucun rapprochement avec Zou. Qui fait comme les autres. Elle mange le cochon sous toutes ses formes, lardons, brochettes, boulettes empalées sur des cure-dents et piquées sur le tronc crème d'un bananier. Les mariés exténués se taisent.

La nuit tombe et c'est enfin l'occasion d'allumer les coûteuses guirlandes d'ampoules. La foule des convives a encore grossi mais les mariés sont ailleurs, terrés quelque part dans la maison. Un haut-parleur en forme de pavillon lâche brutalement du toit une musique glapissante. Il est bon que les voisins sachent. Ils savent sûrement, ils sont tous là : filles et garçons en âge de se marier, assis bien en vue sur les bancs de bambous qui encadrent la cour, et les enfants qu'on refoule par-derrière, et les vieux qui observent la génération montante en supputant les unions à venir. C'est dire qu'une grande timidité engourdit l'assistance. Les filles ricanent derrière leurs paumes, les garçons regroupent leurs forces et les épient, bras ballants. Quelques-uns — ils sont rares — se décident à danser, gardant deux lignes sages, les filles face aux garçons. Zouraïda n'échappe pas au père de la mariée, en baskets bleu marine comme on n'en fait plus depuis les années soixante.

Georgette l'observe, toujours coite, et s'inquiète de devoir partager le même sort. Grâce à Dieu, on se contente de lui offrir un coussin au crochet pour reposer son derrière. Les mariés réapparaissent quand on ne les espérait plus. La mariée entame un slow dans les bras de son mari, raide et confus. Tandis qu'ils dansent, les gens défilent pour épingler un billet sur sa robe, et les queues de billets s'allongent sans lui arracher un sourire. C'est la première fois de sa vie que Georgette a envie de plaindre une mariée. Il manque des éclats de rire, un bruit vivant qui vienne des gorges plutôt que des haut-parleurs. Ou bien il manque du vin, tout simplement.

— Le Coca-Cola tue tout, lâche Georgette en direction de Zou qui vient de retomber assise sur le banc.

Zou rit, un peu surprise.

— Le Coca-Cola tue quoi ?

— Tout, l'ambiance. Regardez-les.

Sa main montre le défilé placide, les invités qui font

ce qu'ils ont à faire dans l'ordre où ça se fait. Les billets épinglés sur la robe, les cadeaux déposés en colonne, bien en évidence.

Mais c'est Georgette que Zou dévisage.

— Excusez-moi mais il me semble qu'on se connaît déjà ?

Georgette sourit comme trois soleils.

— Vous n'êtes pas... Georgette ? Georgette comment, j'ai oublié.

— Binet, dit Georgette.

— Ça alors ! Mais je vous reconnais très bien à présent. Voyez-vous, j'ai oublié mes verres de contact et je suis complètement myope ! C'est vous qui nous avez ramené Aimée de la ville chinoise, n'est-ce pas ? Elle est restée chez ma belle-mère aujourd'hui. J'ai seulement les deux petites qui sont demoiselles d'honneur. Mais dites-moi, c'est les biscottes Haldebeurre qui vous envoient ici ?

— Non, c'est à cause d'Adella, la tante à la mariée. Et vous ?

— C'est pour Wella.

— Vous la connaissez depuis longtemps ?

— Des années. C'est la fille de l'ex-chauffeur de ma belle-mère. Elle est restée chez nous quand il s'est installé en povince. Wella ressemble beaucoup à son père, un homme foncièrement bon.

— Je sais... dit Georgette, le cœur transpercé. Djuma ! Y s'appelle Djuma et il est chauffeur de jeepney.

— Mais oui ! C'est drôle, vous le connaissez aussi ?

— Très bien ! C'est le frère d'Adella. Je le connais mieux encore que je vous connais vous !

— Mais alors, dites-moi, ce voyage, comment s'est-il passé ?

— Mal.

— Mal ?

— Mal. Quoique... Je ne suis plus très sûre

aujourd'hui. Il y a quand même eu Djuma. Un homme très bon comme vous avez dit...

— Écoutez, on ne s'entend pas ici, avec ce vacarme des haut-parleurs. Voulez-vous passer à la maison un de ces jours ? Mais peut-être rentrez-vous bientôt en France. A vrai dire, je vous croyais rentrée depuis longtemps. Dites donc, elles ne se sont pas moquées de vous, les biscottes Haldebeurre !

Georgette glousse. Il y a tant de choses que Zouraïda ne sait pas. Soudain, sa propre histoire lui glisse entre les mains comme un savon mouillé qu'on ne sait plus par quel coin attraper. Zouraïda se méprend sur son rire. Lui trouve bonne mine et une lumière inconnue dans le regard. La curiosité la saisit.

— Venez donc chez nous ! Vous avez toujours notre adresse ?

— Si je l'avais ! Mais ma pauvre dame, on me l'a fauchée avec mon sac et pire encore...

— On vous a volé votre sac !

— C'est comme je vous dis, et en vous disant ça j'ai même pas l'impression de commencer par le commencement.

Zou lève des sourcils de plus en plus surpris. Georgette l'intrigue, et elle lui tend sa carte de visite.

— Tenez, voilà mes coordonnées. Je vous attends à la maison quand vous voulez. Vous viendrez, c'est promis ?

— Oui.. Oui, juré... bégaie soudain Georgette parce qu'elle ne voit plus Adella.

Zouraïda l'embrasse, appelle ses filles et se retire. Les groupes s'éparpillent tandis que Georgette cherche partout son amie.

38

Dans un télégramme adressé à Émile et Ginette Binet, Georgette venait d'écrire : « TOUT VA BIEN - STOP - PASSEPORT ET BILLET D'AVION VOLÉS - STOP - ATTENDS AIDE AMBASSADE POUR RENTRER EN FRANCE - STOP » au lieu de : « TOUT VA MAL - STOP - J'AIME DJUMA ET MEURS DE NE PAS FINIR MES JOURS PRÈS DE LUI A DOUX-LA-GAIETÉ - STOP. »

Son soulagement de correspondre avec Émile était mitigé de colère, à cause des mots justement, qui correspondaient si mal à son désir profond. Elle s'aperçut que ça faisait soixante ans qu'elle vivait ainsi, en conflit avec son cœur, ce qu'il souhaitait et ce qu'elle lui imposait, et qu'aujourd'hui seulement une force neuve se levait en elle pour se rebeller. Du coup elle faillit déchirer le télégramme et seule la présence de Zou la retint.

— Ils doivent se faire un sang d'encre chez vous !

Elle haussa les épaules.

— Faut rien exagérer. La bile qu'y se font, faut que je la voye pour la croire, rétorqua-t-elle en abandonnant son télégramme au postier.

Elle s'était rendue chez les Ferté-Frênel deux jours après les noces de Wella, sur l'insistance de sa précieuse Adella qui avait dit : « Je rate mon bateau mais je rentre pas à Dumaguete si tu me jures pas que tu vas les voir. Les Ferté-Frênel, ils t'aideront. C'est des gens bien, tous, même la grand-mère qui est peut-être plus aride si on va lui demander à rire. Tu leur as ramené leur fille, ils peuvent bien te ramener la France ! J'étais gamine quand j'habitais chez eux. Djuma conduisait Mme Léonida à la messe ou à ses courses, et moi j'aimais bien quand on me laissait venir aussi pour aider à porter les paquets. J'ai moins bien connu Mme Zouraïda. J'ai quitté leur service un an après son arrivée. Je me souviens juste qu'elle avait toujours les mains dans la pâte, pas celle qu'on mange, celle pour l'art, quoi. Elle avait fait une main, tu jurerais que c'était une vraie. »

Georgette l'avait écoutée d'une oreille, obnubilée par ses valises et toutes les preuves de son départ autour d'elle. Elle avait promis d'aller voir Zou sans y croire, beaucoup pour ne pas décevoir son amie.

Ce fut seulement sur le port, avec le bateau qui s'écartait du quai et ses milliers de mains qui lui faisaient comme des corbeilles de fleurs sur les flancs, qu'elle avait réalisé à quel point cette perspective de voir Zou la sauvait, la retenait de se jeter dans l'eau immonde qui clapotait à ses pieds pour en finir une bonne fois avec les éternelles désillusions de Georgette Binet.

Zou l'avait accueillie à bras ouverts, avec cette amitié généreuse qu'elle savait distribuer autour d'elle et qui n'avait échappé jusque-là qu'à l'amante de son mari.

— Il vous faut absolument un nouveau passeport. Je vous emmène dès demain au consulat et de là, nous irons aux biscottes Haldebeurre. Vous voulez coucher ici ? La maison est grande ! Je peux même envoyer le chauffeur chez la cousine de Djuma pour aller chercher vos affaires si ça vous arrange.

Georgette, que le départ d'Adella avait terrifiée, s'était laissé prendre en charge avec soulagement. Elle avait serré une dernière fois Loleng dans ses bras, lui cachant sa joie de quitter une maison où elle n'avait sa place nulle part, et elle s'était hâtée de retourner chez les Ferté-Frênel comme si sa famille commençait d'abord là, depuis des générations et non depuis vingt-quatre heures.

— Plus gentille, je connais pas. Avant même l'histoire de mes papiers, Mme Zouraïda a voulu me retrouver des lunettes. Elle m'a dit : « Vous ne pouvez pas voyager comme ça », comme si j'avais déjà le billet d'avion dans la poche, et ça m'a fait un bien fou, cette certitude qu'elle avait déjà, elle, que j'allais revoir mon pays. Les lunettes, on les a achetées dans une échoppe large comme deux clients à la fois, pas plus. On entre avec Anouk qui tenait à pas me lâcher la main. La première monture que j'essaye, elle dit : « Ah non ! Pas celle-ci, elle a pas de fenêtres », et Mme Zouraïda qui me fait un clin d'œil. C'est une bru comme ça, je te dis, qu'y m'aurait fallu. Pour les papiers, c'est pareil, sans elle j'existais plus. Elle a supervisé tout : le passeport, le visa, la « *police clirance* », une espèce d'attestation où c'était prouvé que j'étais vierge figure-toi, du moins en ce qui concerne mon casier judiciaire...

Fou rire bref de la neuve Georgette qui avait appris à rire aux Iles, entre autres choses. Émile en profita pour se servir une bière. Sa fille terminait ses devoirs à l'autre bout de la table mais il ne la bousculait plus comme avant pour s'en retourner. Georgette embraya avec une joie étrange et absolument nouvelle à se raconter.

— Fallait voir les bureaux de la police, qu'on se plaint ici de la vétusté des locaux de nos fonctionnaires. Là-bas c'était le foutoir en plus de la vétusteté avec des paperasses partout et les ventilateurs pour les effeuiller avant les ronds-de-cuir. Avec Mme Zouraïda, on a trouvé un banc et même des coussins à volant pour patienter dessus parce que ça, de la patience, il en fallait, même que j'étais encore surprise après trois semaines dans ce foutu pays de voir comme ces gens en avaient à revendre de la patience, et que c'est une qualité qu'on peut leur envier par chez nous.

— De la patience, tu vois bien que j'en ai aussi, disait son Émile. En plus de ma soif, tu m'ouvres encore une mousse ?

La capsule sauta avec un bruit content. Georgette jubilait, intarissable. Le silence de son fils n'était plus ce corridor sombre où s'étranglaient ses confidences. Son silence avait des oreilles comme des coquillages sur une plage.

— Finalement tu vois, c'est une voisine de banc lente et pas futée qui s'est décidée à nous aider mais il lui a fallu encore une bonne demi-heure pour comprendre le papier assez simple finalement qu'on avait besoin. Sur quoi je suis passée me faire tirer le portrait mais pas dans un photomaton comme chez nous. Dans la cour, avec une ardoise dans les mains où on m'a mis un numéro, une date et mon nom comme les vrais suspects, et y'avait toute la foule des autres gens par-derrière qui essayaient de lire mon ardoise. L'appareil de photo avait au moins dû faire le Viêt-nam tant c'est qu'il était cabossé. Le photographe est parti développer sa pellicule derrière une porte bancale qu'on aurait dit la porte des cabinets. Zouraïda s'est pas énervée. Elle est restée avec moi jusqu'au bout, jusqu'aux empreintes digitales du pouce et de l'autre pouce et puis finalement de tous les autres doigts. Elle est même restée pendant que l'officier pour le tampon final finissait son plat de nouilles, quand bien même elles étaient déjà froides et que Zou avait bien d'autres obligations plus jolies à la maison qui l'attendait (« attendait » au singulier, car c'est bien la maison qui l'attendait dans l'esprit de Georgette, et pas seulement ses obligations). Tu penses, avec ce nouveau-né qui leur tombait du ciel ! Un bébé pas du tout comme eux, un bébé marron, tu vois, un bébé comme Djuma aurait fait... Un bébé de là-bas quoi...

Elle s'interrompit, perdue dans ses réflexions intimes comme chaque fois qu'elle prononçait le nom de Djuma, en dépit de tout ce qui était arrivé par la suite...

— Tu parles de la petite fille qu'y z'ont adoptée ? la relançait Cristelle, et cela suffisait pour réparer le sourire de Georgette.

— De Soleha, oui ! Que j'ai bercée comme j'ai pas bercé ton père parce que tu comprends là-bas, y'avait le temps. Et c'était pas une question d'argent. Même chez les pauvres, y'avait du temps. Chez Djuma les gosses des uns et des autres, ils trouvaient toujours les bras d'une grande sœur pour les prendre ou les oreilles d'une grand-mère pour les écouter. Soleha, elle allait pas manquer de ce côté-là avec les quatre filles qui étaient folles d'elle, sans compter les parents et même l'oncle, un frère à M. Fabrice qui s'est envolé avec nous chez la Reine Mère. C'est comme ça que je l'appelais à part moi, la grand-mère : la Reine Mère. Elle en imposait je vous jure, toujours si soignée, si digne. Elle aurait plu à ta mère, tiens, qui en a rien que pour la cour d'Angleterre et qui nous bassine avec la « Lédidi » comme si c'était sa cousine. Mojicap, ça s'appelait, chez la Reine Mère. Une île qu'elle avait comme ça, rien qu'à elle, avec la mer à partager qu'avec les poissons et les plages avec personne. Une île qu'on aurait voulu dire « Il était une fois » d'abord, tant c'était difficile à croire ces forêts dans l'eau qui résonnaient comme des cathédrales, ces criques, ces grottes, ces singes et tout ce sable éblouissant qui traçait un rond blanc autour du paradis ! Vue d'avion, on aurait dit la pupille d'un chat sur la mer. Faut vous dire que l'avion, je commençais à m'y faire, surtout après tout ce silence du ciel qui nous avait tant privés. Les nuages bouffaient autour de nous mais gentils, rassurants, comme des joues. La grosse différence en fait, c'est que j'étais plus seule ! Y'avait le couffin d'abord avec la Suzon minuscule à l'intérieur, bronzée comme si elle avait attrapé le soleil avant même de le voir. Y'avait Mme Zouraïda bien sûr, son mari, leurs deux cadettes et encore le frère à M. Fabrice. Tancrède, qu'il s'appelait. Un homme très beau lui aussi et très chaleureux. C'est simple, ils étaient tous chaleureux dans cette famille. C'est fou même ce qu'ils étaient chaleureux entre eux. Zouraïda, elle avait une façon de regarder les deux frères qu'on aurait plus su dire lequel était vraiment son homme. Un jour, je lui ai dit : « Ce que j'aime le plus chez vous, c'est pas tant le luxe et comme c'est spacieux, c'est l'harmonie. » Je ne sais pas si elle a compris. Elle a parlé de ballons roses, et de Soleha évidemment. Son mari et elle, quand ils avaient dit Soleha, c'est comme s'ils avaient allumé eux-mêmes une étoile de plus au ciel. Et pas n'importe quelle étoile ! Une grosse comme l'étoile du berger au moins. D'ailleurs la crèche chez eux, on l'a eue pour de bon avec les petites qui se sont déguisées en bergères autour du nouveau-né, et Perrine en princesse. Le petit Louis nous a fait le Joseph avec Aimée qu'il serrait dans ses bras comme le charpentier devait serrer sa Marie, vierge ou pas vierge... On aurait dit qu'ils s'aimaient déjà d'amour ces deux-là. Des mines complices comme ils avaient, ça devrait faire reculer les guerres sur notre pauvre planète, non ? La grand-mère s'énervait après les papillons de nuit comme si la nuit lui en voulait mais c'était bien la seule. On l'avait installée dans une bergère à capote d'osier pour l'abriter, avec toute la valetaille autour qui riait autant que les enfants. Wella est venue, encore un peu plus ronde, avec son époux, celui-là pas bien parlatif je dois dire. La grande surprise, ça a été les deux frères, M. Fabrice et M. Tancrède, qui sont apparus habillés en rois mages dans des écharpes brodées d'or qui leur donnaient de grands airs. Ils sont venus avec des fruits, des chocolats, et un hochet d'argent trouvé dans leur musée parce que ces gens-là avaient même un musée ! Un hochet pour les pattes rose et brun de la petite Jésus bien mignonne dans son couffin de zéphyr et qui en avait que pour les lueurs des torches qui illuminaient cette nuit de Noël. On était installés dehors entre l'herbe et la nuit, avec la maison immense, noir et blanc sous la lune, et tous ses balcons sculptés comme si les fées elles-mêmes avaient tracé des phrases magiques dessus et pas des graffitis comme chez moi avec les vandales. Les enfants guettaient les étoiles filantes et M. Tancrède a tiré le piano sur la terrasse et même un peu dans le sable, jurant que du temps de M. Hugo, son père, on faisait comme ça chaque Noël. La grand-mère a pas moufté, ce qui a eu l'air de surprendre tout le monde. Et tout de suite, il a commencé à jouer un air doux comme la lune qui beurrait les feuillages des bananiers, quelque chose au clair de lune ça s'appelait justement. C'était si beau qu'on aurait dit que le ciel lui-même en profitait et se réjouissait. J'avais déjà envie de dire merci, rien que d'être là dans la douce odeur salée de l'île, et toute la béatitude qui montait dans l'air avec le piano, bien avant que M. Fabrice me tende avec des yeux gais un poste de téléphone noir enrubanné de rouge. Le fil suivait, jusqu'à la maison : « C'est que, y s'est excusé, vous voyez, avec cette révolution, on n'a pas pu faire nos achats comme on aurait voulu. Joyeux Noël tout de même ! » Et comme je restais bras ballants à pas comprendre quoi faire, il a expliqué : « Figurez-vous qu'il marche et qu'il y a la France au bout du fil ! »

— C'était moi ! s'exclamait Cristelle.

— C'était nous, renchérissait son père, complice.

— Et moi qui me suis saisie de l'écouteur en tremblant, que je m'attendais à une postière ou à un embarras quelconque d'abord, mais non, ça a été tout de suite : « Mémé ! Mémé ! Quand c'est que tu rentres ! » Comme si la terre sans moi avait perdu sa lune et son soleil. Vous savez pas ce que ça m'a fait de vous entendre. Savoir tout à coup le prix des choses, celles qu'on doit jeter et celles qu'on doit célébrer dans la soie ! Vos voix à tous les deux, c'étaient des choses que je savais pas comme elles coûtaient avant et comme j'étais riche de l'avoir compris tout d'un coup ! Même la Ginette, ça m'a fait quelque chose de l'entendre...

Et Cristelle a rougi comme si un jour proche sa mère et sa grand-mère sauraient s'embrasser sur la joue.

— C'est ensuite que M. Fabrice m'a tendu l'enveloppe rayée verte où y'avait mon billet d'avion à l'intérieur et un passeport tout neuf et tous les papiers qu'y m'fallait, et je jure que je sais plus alors si je pleurais de joie de tenir ma France ou si je pleurais tout court de quitter le pays à Djuma...

39

— Ça y est, elle est Française ?

— Pas encore, mais elle est à nous ! Si tant est qu'un bébé appartienne jamais à ses parents...

— Le tribunal ne s'est pas trop fait tirer l'oreille ?

— Pas le moins du monde. Dans le fond, c'était un accouchement plutôt facile sur de la moleskine verte entre deux machines à écrire et des portes qui battaient continuellement. On a attendu beaucoup comme dans tous les vrais accouchements. Sauf que là le bébé dormait déjà à la maison et qu'il y avait longtemps que je n'avais plus mal nulle part...

Tancrède sourit. Qand bien même Zou lui échappe — toute à sa nouvelle maternité —, il s'enchante de sa voix où traînent tant de souvenirs. Cette façon malicieuse qu'elle a de chercher ses mots en promenant ses iris bleus à l'extrême coin de ses yeux, ses mains vivantes qui ajoutent une joie, un émoi à son discours, ses *r* tamouls à peine roulés.

— On était dans une pièce éclairée au néon qui aurait donné mauvaise mine au Père Noël. Il y avait un type sur la même banquette, qui dormait profondément près d'un écriteau qu'on aurait dit écrit juste pour lui : « Ne pas fumer, silence SVP ! » Fabrice était le seul vraiment énervé. Normal, tous les papas le sont dans les cliniques, n'est-ce pas ?

Un avion rugit derrière les baies vitrées et, comme si les horloges n'attendaient que ce signe, l'heure change aux quatre coins du monde sur l'immense planisphère en bois qui recouvre le mur de la salle d'attente. Ça les ramène à leur propre montre et à l'échéance de leur séparation. Zou laisse échapper un soupir et Tancrède, qui ne s'épanche, lui, que dans sa clarinette, se hâte de réinstaller le bébé entre eux.

— Et ça s'est bien passé, l'accouchement, comme tu dis ?

Zouraïda s'éclaire.

— Sur du velours ! Avec plein de certificats, de mariage, de santé, de salaire, et cette fameuse preuve de réciprocité de l'adoption en France que le consul avait mis tant de mauvaise grâce à nous signer... Et des bonnes paroles bien sûr. L'avocat nous avait déjà chanté l'air : «Faites valoir vos bonnes dispositions ! » Nous avons répondu à toutes les questions même les plus idiotes avec une bonne volonté en béton. « Et comment la traiterez-vous ? Et comment la présenterez-vous à votre famille ? Savez-vous qu'elle pourra hériter de vous mais que vous ne pourrez rien hériter d'elle ? Voulez-vous quand même l'adopter ? » Jusqu'à la fin, j'ai craint un trait d'humour de ton frère mais il est resté exemplaire, avec un sourire quasi niais sur les lèvres qui a complètement rassuré notre juge.

Tancrède rit à nouveau.

— Mais dis-moi, ce bébé, ça faisait longtemps que vous le mijotiez ?

— Tu parles comme ta mère ! C'est exactement ce qu'elle nous a dit quand on lui a annoncé notre projet.

— Léone ? Mais elle a dû avoir une attaque, notre bonne Léone. Un peu comme si la sainte saga Ferté-Frênel éclatait côté cuisine ! Je me trompe ?

— Pas tout à fait, non. Mais tu l'as vue à Mojicap, elle a poussé le moïse à l'ombre, un matin où le soleil nous avait devancés. Comme si elle veillait, mine de rien...

— Tout de même, je me suis beaucoup demandé lequel de vous deux avait osé lui faire ça. C'est Fabrice, ou c'est toi ?...

Zou réfléchit. Comme si les avions ne les concernaient plus et qu'ils avaient la vie devant eux pour s'expliquer.

— Au départ, c'était plutôt mon idée mais Fabrice a tout de suite explosé d'enthousiasme. Et c'est moi qui ai eu des hésitations après coup... Pour une femme, c'est sûrement plus facile de préparer un enfant dans son ventre pendant neuf mois que de le trouver un jour tout cuit dans son couffin.

— Parce que la petite, vous ne l'aviez jamais vue avant de la prendre ?

— Jamais. On savait juste qu'on avait le droit de la refuser. Fabrice a montré une étincelle d'hésitation en voyant ses jambes.

— Ses jambes ?

— Oui. Deux petites parenthèses bronzées. Il m'a dit : « Tu es sûre que c'est normal qu'elles soient courbées comme ça ? » J'ai répondu : « Tu as oublié ! Les bébés, c'est rarement tout droit en naissant. »

— Et ça fait des adultes tordus ! Viens plus près de moi.

Sans beaucoup se faire prier, Zou glisse contre son flanc droit. Sa tête trouve dans le creux de son épaule un refuge familier.

— Je t'embête avec mes histoires de famille... murmure-t-elle.

— Pas du tout ! C'est ma clarinette qui me manque...

Il respire la chevelure de Zou, un été impromptu cassé par le sentiment imminent de l'hiver qui l'attend bien avant la France, à la seconde même où ils se seront quittés. Il refoule des souvenirs, les gigantesques escaliers des rizières, une escapade nocturne à Mojicap, leurs pieds qui fleurtent sur le sable sous le bienveillant visage d'une lune énorme et rousse. Sa clarinette saurait chanter tout ça, le libérer. Mais il l'a délibérément oubliée en France, dans son coffret noir devenu cercueil depuis son accident. Il regarde ses mains, ses doigts neufs, et une bouffée de reconnaissance l'envahit. Ça n'est pas la première, mais elles avaient tendance à s'estomper depuis sa dernière visite au guérisseur. C'est humain. L'homme tourne ainsi quotidiennement le dos à ses victoires, obstiné à recenser les cailloux qui le feront trébucher demain. Tancrède remue ses doigts sans effort, certain d'avoir éteint de très vieilles peurs enfouies en lui. Les miracles existent. Jésus ne les a pas inventés, il s'est contenté de les enseigner mais on ne l'a pas compris et on lui a prêté des pouvoirs surhumains.

— Les miracles, ça existe, dit Tancrède au bout de sa réflexion. Jésus avait raison, il est grand temps que tous les hommes s'y mettent.

Zou lève sur lui des yeux médusés. Tancrède l'a habituée à un langage moins chrétien... Mais comme il regarde ses mains avec une insistance étrange, elle rattrape au vol sa pensée.

— Tu dis ça à cause de tes doigts !

— De mes doigts, du guérisseur, de notre famille réunie à Noël, de Soleha... la liste est sans fin.

Zou ne retient que Soleha et c'est l'embellie à nouveau. Pour le plaisir que lui donne cette lumière sur le visage de Zou, Tancrède répète le prénom de l'enfant.

— Soleha est une victoire. Les enfants sont toujours des victoires et les enfants adoptés encore plus que les autres. Dis-moi, des comme elle, il y en avait beaucoup dans son orphelinat ?

— Je ne les ai pas vues. La directrice nous avait donné rendez-vous en ville parce que l'orphelinat se trouvait en banlieue à des heures d'embouteillages de chez nous. Ça nous était égal, à nous, ces kilomètres, mais je crois que Divina avait tellement hâte qu'on donne un foyer au bébé qu'elle aurait fait n'importe quoi pour s'assurer de notre venue. En fait d'orphelinat, on s'est retrouvés dans un bureau. Un simple bureau coincé entre d'autres boutiques dans un centre commercial. Les gens, les autres, repartaient avec des radios, des fringues, des jouets, à la rigueur des chaussons. Mais nous, c'est avec tout le bébé qu'on est ressortis, tu imagines!

— Tout nu, le bébé?

— Non! Ce qui prouve qu'on était préparés quand même. J'avais apporté la minuscule blouse en piqué blanc que toutes mes filles ont portée après leur naissance. Dès qu'on a dit oui, que Fabrice a dit oui à ses jambes et moi à mes ultimes états d'âme, on l'a déshabillée. On a rendu à l'orphelinat la robe acrylique à froufrous dans laquelle on l'avait apportée, on l'a mise toute nue comme si on l'avait faite nous-mêmes à l'instant, et à cette minute-là elle est devenue Soleha Ferté-Frênel. Bien avant toutes les formalités dont je t'ai parlé.

— Elle a de la chance!

— De la chance? Si elle en a, tu en as aussi. Tu t'appelles Ferté-Frênel, non?

— Ce n'est pas ce que je veux dire! Je me fous de m'appeler Ferté-Frênel ou Pompidou ou Georgette Binet...

— Chut! Elle pourrait nous entendre!

Son regard tourne dans le hall où d'autres voyageurs, assis comme eux devant l'ultime jus de mangue verte, promènent un œil ennuyé sur le planisphère en bois et ses horloges toutes divergentes.

— Elle a disparu dans la boutique de cristal et n'est pas près de redescendre sur terre! se défend Tancrède.

— C'est vrai, depuis qu'elle a reçu ce chèque de dédommagement des biscottes Haldebeurre, elle n'en finit plus de se dédommager dans les boutiques. Je la voyais plus économe. Elle a acheté pour Léonida un porteur d'eau en plâtre rose pour le « musée d'Hugo » ! Tu imagines la tête de Fabrice, qui a dû se coltiner le colis.

Tancrède, qui voit très bien, s'étrangle dans son jus de mangue. Zou lui frappe gaiement le dos. Il bégaie entre deux quintes de toux.

— Ce que je disais tout à l'heure... c'est que Soleha a bien de la chance d'emménager chez toi !

Zou rosit de plaisir et son trouble la rend volubile.

— C'est nous qui avons de la chance de l'avoir récupérée. Tu aurais vu ses yeux de vingt jours ! Rien de flou. Du noir luisant, incisif, qui s'accrochait aux visages comme si elle prévoyait déjà les bouleversements de sa petite existence ! Et ce regard ne l'a pas quittée dans la voiture en dépit du trajet encore long. A aucun moment, elle ne s'est endormie. Elle n'en avait que pour la fenêtre. J'ai dû la tourner dans mes bras, pour qu'elle ne voie plus que l'intérieur de la voiture.

— Et ton visage...

— Quoi, mon visage ?

— Pour qu'elle ne voie plus que ton visage.

Zou hausse les épaules. Il est clair dans les yeux de Tancrède qu'il aurait volontiers troqué sa place en avion contre celle du nouveau-né.

— Au fond je te barbe, dit Zou. Je ne te parle que de ma fille et on doit se quitter dans quelques minutes...

— Tu ne me barbes pas le moins du monde. Je me demande même si on ne devrait pas adopter un bébé ensemble ?

— Tu plaisantes ?

Tancrède lève la tête. Un avion blanc déchire le ciel, d'abord énorme avant de rétrécir aux proportions d'un cigare. Bientôt ce sera l'inverse, lui dans l'avion et l'aéroport sous lui, comme une pierre qui tombe.

— A moitié. Tu en parles avec tant d'enthousiasme !

C'est moi qui t'envie, et puis je crois que Louis serait tout de suite d'accord.

— D'avoir une petite sœur ou que je sois la mère de sa petite sœur ?

— Des deux ! Il n'y a que pour l'approbation de Fabrice que je me fais un peu de souci. Et pour celle de Léone, évidemment.

Zou rit et lui prend affectueusement le bras.

— Louis n'a pas l'air de détester rester chez ses cousines, continue Tancrède. Lui qui m'avait fait jurer de le rapatrier au pays des chemins de fer avant le deuxième trimestre !

— Tu le récupéreras au troisième.

— Bien sûr...

Un nuage ensommeille sa voix.

— Tu ne t'en fais pas pour lui, j'espère ! s'inquiète Zou.

Et elle ajoute très vite :

— J'ai l'impression qu'Aimée ne le déteste pas...

— Et Louis le lui rend bien. J'ai remarqué aussi. On a tous des goûts un peu incestueux dans cette famille. Embrasse-moi.

— Tu es fou, et Georgette !

— Pas là... cristal.

Ses lèvres dérapent de sa joue sur sa bouche. Une voix suave annonce l'embarquement immédiat pour Kuala-Lumpur. Le cœur barbouillé de chagrin tout à coup, Zou glisse ses deux mains sous la veste de Tancrède. Il l'enferme dans ses bras et elle se laisse happer avec un bonheur terrifié qui lui arrache des larmes.

— Tu reviendras ? Dis !

— Oui.

— On a besoin d'un joueur de clarinette par ici. Oh ! Ce silence quand tu seras parti...

Dans un éclair Zou songe à la femme qui l'attend en France, à des retrouvailles qui l'excluent. Mais Tancrède, qui fait les mêmes voyages dans son cœur, l'étonne avec les seuls mots qui pouvaient encore la réanimer !

— Dis-moi, Zou, vous avez pensé au parrain de Soleha ?

— Non... murmure Zouraïda en relevant la tête. Tout s'est décidé si vite.

— Qu'est-ce que tu dirais d'un parrain clarinettiste ? Ça devrait plaire à Léone. Elle a toujours eu un faible pour moi.

Il a gagné, Zou retrouve un peu de gaieté. En même temps affairée, elle se mouche et se préoccupe de son maquillage.

— Laisse-moi t'aider.

Avec une tendresse presque maternelle, il prend son mouchoir blanc et lui essuie doucement le coin des yeux.

— En ce qui me concerne, c'est tout à fait d'accord, se reprend-elle. Tu es le parrain. Mais flûte, ce que je dois être moche ! Et Georgette, qu'est-ce qu'elle va penser ?

— Que tu es formidable, comme toujours. Et puis, je te signale en passant que c'est avec moi qu'elle voyage, pas avec toi.

— Le bol qu'elle a !

— Tu es sûre qu'on ne s'est pas trompés quelque part ? Que ça n'est pas toi qui devrais t'envoler avec moi ?

— Et Fabrice épouser Georgette ?

Ils pouffent bêtement de rire et se sentent mieux...

« Vol 632 à destination de Kuala-Lumpur. Embarquement immédiat porte 6. » Tancrède lâche Zou.

— Mais qu'est-ce qu'elle fiche donc ?

— Qui ?

— Georgette.

Il se lève et ramasse son sac.

— Tu ressembles à Fabrice quand tu t'impatientes.

Et d'abord, ne bouscule pas ma Georgette. Elle va me manquer, elle aussi ! Jamais vu des yeux si faciles à émerveiller, des yeux d'enfant... C'est très gratifiant, tu sais.

— En attendant, elle va nous faire rater l'avion.

— Mais non. Tiens, la voilà !

Son doigt pointe les lumières des boutiques.

— Je ne vois rien.

— Le cheval rouge.

— Quoi ? C'est Georgette ?

— C'est Georgette qui porte un cheval rouge, oui.

— Mais où est-ce qu'elle a dégoté ça ?

— Pas dans la boutique de cristal en tout cas.

Georgette les rejoint, portant sous le bras droit un énorme cheval en papier mâché. C'est un peu la copie de celui qu'elle avait remarqué dans une chambre d'enfants, chez Fabrice et Zou. Il est fleuri de jaune et de bleu tout le long de la crinière.

— Je l'ai payé cuir et poils mais je regrette pas mes sous.

Tancrède tend les bras pour la débarrasser.

— Attention ! C'est joli mais c'est fragile, faut voir à ne pas s'asseoir dessus. Ils ont pas eu le temps de l'emballer, j'ai entendu Kuala-Lumpur et je voudrais pas faire attendre le pilote. C'est un peu encombrant mais c'est pas lourd.

— Allons donc, il est à peine plus grand qu'un saint-bernard, se moque gentiment Tancrède en saisissant l'animal.

Une fossette irrésistible lui creuse la joue. Georgette lui emboîte le pas avec un plaisir évident. Ils se joignent aux grappes de voyageurs, en direction du contrôle des bagages. C'est ici la frontière au-delà de laquelle Zouraïda ne pourra plus les suivre. Elle déteste ces derniers pas qui les séparent, et tous ces gens qui encombrent leur ultime tête-à-tête. Elle embrasse

Georgette qu'on n'a pas embrassée autant depuis sa première communion, et sûrement jamais de cette façon-là.

D'une voix qu'elle ne se connaissait pas, l'embrassée chevrote :

— Venez me voir en France !

Il y a de la buée sur les verres de ses lunettes neuves.

— En France... Mais certainement, nous viendrons un jour. Ça fait tellement d'années !

— Vous vous rappelez peut-être pas mais c'est bien joli aussi.

Elle pense à l'Auvergne, évidemment. Ses HLM, elle les a presque oubliés. Comme si les derniers événements avaient labouré sa vie et qu'un nouveau décor levait en secret dans son pays.

— Oui, dit Zou, d'une voix menue réduite à un fil.

Le départ de Tancrède lui semble tout à coup intolérable. Elle le regarde soulever son bagage et celui de Georgette sur le tapis roulant. Profitant de ce qu'il est occupé ailleurs, elle s'éclipse à reculons pour s'épargner le mot adieu. A cet instant, Georgette lève les yeux et voit tout, sa fuite et son chagrin lourd comme un sac à dos qui la voûte. Elle s'écrie :

— Faut pas vous mettre martel en tête ! La France est belle mais l'hiver, c'est moche... Vous savez plus ce que c'est la pluie, quand elle est froide ! Vous êtes mieux où vous êtes.

Et Zouraïda cède à sa mousson intime. Les larmes jaillissent, l'aéroport se brouille, les pas des voyageurs traversent ses oreilles comme l'orage. Incapable de plus se mouvoir, elle attend la fin de l'ondée tassée à l'intérieur d'elle-même, comme un piéton sans parapluie sous un porche.

Elle sursaute quand deux mains surprennent ses épaules.

Tancrède a repassé le contrôle à l'envers (contrariant beaucoup l'équipe de douaniers), et il est là. A cette seconde, c'est la seule chose qui compte dans toute l'existence de Zou. Que Tancrède soit là. Il cueille son visage dans ses mains avec une tendresse bienfaisante où se révèlent ensemble l'amant, le père et le frère.

— Attention, stop ! Je vous dis STOP !

C'est la voix de Georgette Binet.

— Qu'est-ce qui se passe ? sursaute Zou.

Tancrède lâche son visage et se retourne.

— C'est Georgette. On en veut à son cheval. Cette fois, je crois vraiment qu'il faut que j'y aille.

— Oui, oui, pars vite !

Ce départ est beaucoup moins douloureux. Il y a le problème du cheval, une certaine curiosité de l'instant et tout cet amour qu'ils viennent d'emmagasiner dans leurs yeux.

— Rendez-le-moi, c'est mon cheval, *my* cheval.

Tancrède lui pose une main apaisante sur l'épaule. Georgette se retourne tout d'une pièce et avec un soulagement évident s'écrie :

— Ah ! monsieur Tancrède, c'est vous. Ils en ont après mon cheval. Ils l'ont fourré dans leur machine, ils vont me l'esquinter !

Elle désigne le rideau de caoutchouc noir derrière lequel vient de disparaître l'animal cahotant.

— C'est ce gendarme, il a insisté, qu'est-ce qu'ils vont lui faire là-dessous !...

— Rassurez-vous, ça n'est pas l'abattoir de La Villette. C'est plutôt comme une caméra. Votre cheval va passer à la télévision. Vous avez vu l'écran de l'autre côté ? Il y a une caméra qui filme l'intérieur des sacs.

— Oui, mais pour le cheval...

— Ça filmera l'intérieur de votre cheval. Pour le cas où vous y auriez caché de la drogue !

— Quelle horreur ! Et s'ils le découpaient pour être sûrs ? Dites-leur, dites-leur bien qu'y'a rien de malhonnête dans ce cheval, c'est rien que du journal !

Tancrède tourne la tête et cherche Zou qui suit la scène des yeux. Elle cligne de l'œil dans sa direction et il sait qu'elle aussi se mord les joues. C'est ainsi qu'ils se quittent, sur un fou rire contenu, et avec l'intuition claire que la fin d'une histoire n'est jamais que le commencement de la suivante.

40

Le véhicule cahote dans la nuit de Kuala-Lumpur où les bicyclettes noires montées par des Indiens sombres comme le café naviguent sans foi ni loi avec une inconscience frisant le suicide.

— Mais dites-lui, vous qui causez l'anglais. Dites-lui, au chauffeur, qu'on n'est pas pressés. Que c'est pas la peine de dépasser comme ça !

— Vous trouvez qu'il va vite ? s'étonne Tancrède.

— Regardez-le, il roule complètement à gauche !

— Nous sommes en Malaisie, Georgette. En Malaisie tout le monde roule à gauche, même les taxis !

Georgette ne se rend pas si facilement.

— Tout de même, c'est pas des choses à faire. Et si quelqu'un s'amène en face, on pourrait attraper un accident.

— Mais puisque tout le monde roule à gauche !

— Écoutez, on va pas se fâcher pour ça, moi je trouve qu'il est pas raisonnable, c'est ça que je dis. Et je sais de quoi je parle, j'ai pas mon permis. Quand je dois me rendre quelque part, ce qui arrive tous les 32 du mois, c'est mon Émile qui me véhicule et je vois bien comme il conduit, lui.

— Émile a sûrement raison, lui sourit Tancrède avec cette fossette qu'il a dans la joue et chavire le cœur de Georgette.

— Ah ! monsieur Tancrède, moi qui me faisais un mouron de tous les diables rapport à cette nuit à Kuala-Lumpur (qu'elle aurait tendance à prononcer Kuala l'Impure). Mais de voyager avec vous, c'est presque une promenade. Ah ! ça, vous allez me manquer quand on va se quitter à Paris.

Elle pose une main familière sur son genou — un geste qu'elle n'aurait jamais osé « avant » mais qu'elle a appris chez Djuma où l'affection parle aussi avec les mains —, et comme il la considère avec gentillesse, elle se lance :

— Vous avez pas besoin de quelqu'un pour votre ménage, des fois ? Je demande 42 francs de l'heure, y'en a qui en demanderaient 45.

— C'est que... Je suis rarement à Paris.

— Et vous êtes où alors, quand vous êtes pas à Paris ?

— En tournée, ou bien chez moi dans le Bourbonnais.

— Doux Jésus, on est voisins ! Je suis Auvergnate. Pour le ménage ça m'irait aussi. (Elle rit.)

— Il y a trois tours et une quinzaine de chambres. C'est encore le Moyen Age chez moi, je ne sais pas si vous aimeriez ça !

— Quinze chambres ! siffle Georgette. Dites donc, on se mouche pas du pied gauche, chez vous. A mon avis, ça en fait une dizaine de trop, vous trouvez pas ?

— Quelquefois si. Mais Louis adore cet endroit. Si je peux le garder, je le garderai.

— Et ça dépend de quoi ?

— De ma clarinette. Ou plutôt de mes doigts.

— Ils ont un problème, vos doigts ? Vous faites de l'arthrite ? J'ai une sœur qui en fait et qui les a tout tordus. Moi je trouve les vôtres plutôt bien.

— J'ai eu un accident qui m'a laissé la main paralysée. C'est un guérisseur qui me l'a réparée dans les Iles...

— Vous aussi ! s'émerveille Georgette. Alors je vais enfin pouvoir parler.

Tancrède, qui la trouve assez prolixe depuis leur départ, lève un regard étonné. Elle s'explique :

— Parler du guérisseur, je veux dire. Parce que vous verrez quand vous serez chez vous, vous pourrez pas en parler comme vous voulez. Les gens vous regarderont de travers et ça vous fera mal. Mal à votre miracle. Ah ! ça, je plains Jésus d'avoir eu à prêcher devant tant de gens qui savaient pas, ou qui voulaient pas entendre. Remarquez, moi aussi j'ai mis du temps à comprendre...

— A comprendre quoi ? demande Tancrède chez qui Georgette réveille un intérêt inattendu.

— Eh bien que ma cheville, elle était pas obligée d'être malade. Comme qu'on est pas obligé d'être pauvre, ou d'être seule, ou d'avoir pas de chance. A croire aux miracles quoi.

Et comme Tancrède perplexe reste muet, elle lui jette, sur le ton de la confidence :

— Si je vous disais que mes HLM, j'y crois plus !

Elle a un coup d'œil acéré sur les rues grouillantes où vacillent toutes les lumières des hommes : les néons, les lampions, les bougies, les phares et les torches. Et sans transition apparente, elle poursuit sa propre pensée :

— Il s'appelait Archange... Ou quelque chose avec un ange dedans. Le vôtre aussi ?

— Non, le mien c'était Virgilio, dit Tancrède qui comprend tout de suite qu'il s'agit de son guérisseur.

Il regarde Georgette avec des yeux neufs. Cette femme sans âge et sans lustre, qui ne ressemble à aucune des femmes qu'il ait connues ni qu'il souhaite particulièrement fréquenter, partage avec lui une expérience rarissime, et ça l'émeut.

— Bon c'est un autre alors, conclut simplement Georgette, satisfaite qu' « ils » puissent être plusieurs.

— Vous aviez quoi au juste ? demande Tancrède, intrigué.

— Une phlébite ! La cheville comme un pis de vache

qu'on a oublié de traire et mal dans toute la jambe. Il a dit des choses bizarres que j'ai rien compris, mais y'avait du vrai dedans vu que le lendemain je trottais comme un lapin. Ça je vous jure que chez nous, y pourraient apprendre des choses en voyageant par ici.

Ses HLM, il lui fallut bien y croire, pourtant. Paris commençait l'année sous la pluie, des larmes insidieuses et froides qui ne lavaient pas les grafittis sur les murs. Georgette avait retrouvé ses balais et cependant balayait moins que jamais. Elle donnait un peu l'impression de n'être jamais tout à fait revenue. Ou plutôt, d'avoir réintégré la France mais pas son personnage de Georgette Binet. Elle parlait de Djuma et de Mme Zouraïda comme s'ils habitaient le trottoir d'en face et comme si leur rencontre ne devait pas s'effilocher dans des cartes postales de plus en plus rares, expédiées trois, deux, puis une fois l'an.

— Djuma a voulu me conduire chez le coiffeur ! Le salon de beauté qu'ils l'appellent là-bas, parce que ces gens y sont simples mais y savent vivre. Adella m'a dit : « J'y vais aussi » et on s'est retrouvées sur des chaises longues de toutes les couleurs. Même le chien avait de la couleur. Sa patronne lui avait teint en violet ses oreilles et sa queue. Un vrai gâchis. J'ai d'abord cru qu'on lui soignait un eczéma.

Émile souriait, un peu stupéfait. D'ordinaire, la conversation de sa mère avait plutôt le don de l'ennuyer ou de le culpabiliser.

— Une femme pas ordinaire, sa patronne, elle avait affiché sa photo sur tous les murs du salon. D'où que j'étais, je pouvais la voir multipliée partout. Mais ta Ginette, c'est ma pose qui l'aurait bluffée. Que la Georgette Binet puisse rester allongée à rien faire pendant que d'autres mains que les siennes s'occupaient des poils sur ses jambes, ça, c'était du jamais vu ! Sinon, rapport au confort, c'est sûr qu'on fait mieux à Villepinte. La chaise longue avait beau parler haut en couleur, c'était tout des coussins en ciment et des ressorts sournois dans les reins. Le luxe dure pas, dans ce pays. Ça rouille, ça craque ou ça casse. Le néon du plafond crachait ses fils comme une vieille dent ses nerfs et le petit lampadaire pour l'inspection des poils s'alignait sur la tour de Pise. De toute façon, y'avait pas plus d'électricité sous les abat-jour que chez Jeanne d'Arc. La matrone qui s'occupait de moi a réchauffé sa cire sur un réchaud à alcool dans une casserole cabossée faut voir comme. Adella m'a dit : « C'est du luxe, d'habitude c'est plutôt la boîte de conserve. »

Georgette se concentra un instant sur sa petite cuiller. Elle ne mettait jamais de sucre dans sa chicorée mais elle aimait la remuer. Elle réfléchit.

— Tu sais, Émile, il m'a fallu toute l'insistance à Djuma pour me décider à vivre ça. Mais j'ai pas regretté le tourment une fois là tant j'avais envie de savoir quel corps il avait vu dans mes yeux tout d'un coup. Dorloter mes restes pour plaire à un chauffeur de jeepney même pas blanc, ça te fait rire ?

— Non ! rit Émile, surpris.

— La grosse a étalé sa pommade chaude sur mes mollets avec un bâton dont elle avait dû sucer l'esquimau un soir de cinéma, et j'aurais pas mis ma main à couper que tous les poils collés dans sa mélasse étaient du Binet. Quand elle m'a arraché ma toison, j'ai eu envie de hurler et en même temps je me suis sentie devenir femme et j'ai pas trouvé ça loufoque. Il y avait Djuma au bout de cette matinée-là et il y avait moi, son amie, une Parisienne. Parce qu'y faut dire qu'à Dumaguete, j'étais bien tranquille, tout le monde confondait Villepinte avec Paris. Mais je cause, je cause, et on t'attend chez toi. Tu vas te faire remonter les bretelles par la Ginette...

Émile haussa les épaules et s'adossa plus confortablement. Ça aussi, c'était nouveau. L'Émile d'avant se posait rarement et toujours au ras de sa chaise, les baskets agitées. Georgette gloussait, heureuse, ça se voyait.

— La grosse a posé sa poisse, poursuivit-elle, m'a tapoté affectueusement la cuisse pour me soulager, et m'a répété plusieurs fois : « Maintenant, vous pouvez mettre votre plus petit bikini ! » Tu vois ça, toi ? Georgette en bikini !

Elle haussa comiquement les épaules et reprit, la mine suspicieuse soudain :

— Moi non plus. D'ailleurs, elle avait un regard bizarre cette femme-là. Des yeux bleus qui mentaient à son teint de Chinoise. Quand elle a eu fini j'ai dit en français et Adella l'a mis dans leur langue : « C'est à vous ces yeux bleus-là ? — Pas bleus, violets, elle a corrigé. — Et d'où c'est qu'y vous viennent, ces yeux violets ? — Des lentilles ! elle a fait en s'arrachant un œil. J'en ai aussi des marron. » Affaire de nuance rapport à ce que la nature, à mon avis, l'avait justement fournie en marron. Là-dessus, elle me saisit la main et me scrute la paume un bon peu : « Vous vivez une période de grands bouleversements ! » qu'elle me fait. Tu parles d'une surprise ! « C'est déjà bien commencé, j'ai confirmé. Vous êtes manucure ou voyante ? — Esthéticienne, mais j'ai le don. » Et son regard s'est braqué sur moi. Vairon à cause de la lentille en moins. Ça me troublait. Elle voulait plus me lâcher la main.

Émile ouvrait des yeux de hibou. Georgette savourait un certain suspens.

— « Y vous attend, elle a encore lu dans ma paume. — Qui ça, il ? — Celui que vous allez épouser. » Là j'ai ri. Franchement, je savais plus si elle m'agaçait ou si elle me troublait. « Je vais sur mes soixante balais, *sixty* ! j'ai lancé. J'ai plus l'âge des épousailles ! — Vous le reconnaîtrez parce qu'il met de la *cinnamon* dans son vin, qu'elle a fait. » Moi non plus, je voyais pas ce que c'était. Je savais juste que c'était pas du lait et pas du sucre. Mais de toute façon, je croyais pas un mot de son baratin. Rien que ses yeux bleus, ils étaient déjà faux. « Je savais pas qu'on pouvait mettre un œil bleu sur du noir, j'ai dit alors, pour changer de sujet. — Pas du bleu, du violet, elle a rectifié en réenfilant son œil. » J'avais le mollet criblé de points rouges en la quittant. Ta Ginette aurait dit : « Ça vous fait un genre », mais y'a pas plus malveillant que cette vipère. « Brigitte Bardot ! » s'est écrié Djuma qui aurait tendance, lui, à exagérer dans l'autre sens. Brigitte Bardot lui pardonnera, il devait pas avoir beaucoup de grands noms français dans la tête. J'avais les ongles rouges et le chignon laqué haut. J'ai senti qu'il cherchait à me trousser un compliment. Rien qui se moquait, dans son regard à lui. D'ailleurs, j'ai bien vu qu'il détestait pas prendre mon bras. On a marché comme un vrai couple jusqu'à son estafette et j'avais des ailes aux talons. Je me sentais comme si je respirais un air plus léger que nature. De la lumière à la place de l'air, je sais pas comment t'expliquer.

Mais Émile comprenait très bien que sa mère était tombée amoureuse.

— Ce même soir il m'a emmenée au cinéma. La salle était bourrée avec des gens assis par terre jusque sur les marches. On a fini par se trouver deux strapontins où se poser avec nos pop-corn salés. Je comprenais rien au jargon des acteurs mais ça gênait pas trop. Quand ils étaient pas à se fâcher l'un après l'autre, ils sanglotaient à fendre l'âme. *John et Martha* ça s'appelait, je me rappelle encore le titre. Et la fin où une inondation les surprend dans la hutte où ils s'aiment en cachette, et le fleuve en crue happe leur lit et ils entrent dans la ville endormis dessus, comme en radeau. Djuma pleurait de rire et ça me réjouissait de le voir se tordre comme ça. Ça me parfumait les oreilles et en même temps ça me chavirait le cœur parce que j'arrivais pas à me souvenir, moi, de la dernière fois que j'avais ri, même gamine !

« Après le film, Djuma m'a offert un Coca-Cola et le garçon nous a glissé trois pailles pour deux mais des pailles suspectes, peut-être même sucées. Eh bien, tu me connais, j'ai pas rechigné. Pourtant, le Coca-Cola, je l'ai en horreur ! Mais pas ce soir-là. A cause des yeux de Djuma. Ils avaient la couleur du Coca-Cola justement, du pétillant dans la prunelle, et de les voir me regarder de cette façon-là, j'ai trouvé autant de plaisir au fond de ma bouteille que dans un magnum de la veuve Clicquot !

Georgette irradiait la vie. Comme une souche épargnée dans un bois, elle était cette souche, mais aussi la mousse sur cette souche et les mulots dessous et les champignons tout autour. On aurait dit qu'elle attendait quelque chose. Un événement si ardent que d'avance il forçait la chance sous ses pas. Elle qui avait cousiné avec la poisse pendant soixante ans, et qui l'avait maternée comme d'autres cajolent leurs malades, multipliait les hasards heureux. Il suffisait qu'elle appelle l'ascenseur pour qu'il réponde présent, qu'elle sorte pour que la pluie cesse, qu'elle aborde le quai pour que le métro apparaisse ; et elle y trouvait une place assise même les pires jours d'affluence.

41

L'arbre d'or ! Depuis le temps que Fabrice le leur promettait... Ils sont tous les cinq rassemblés autour du four, guettant les mille scintillements du métal précieux sur les branches de l'arbre.

— Bon, dit Fabrice en s'épongeant le front, vous voyez ce cylindre à l'intérieur du four ? Il finit de chauffer. Huit cents degrés, ça vous dit quelque chose ? Quand cent degrés suffisent à faire bouillir de l'eau !

— On peut pas le toucher alors, constate Anouk qui recule d'un pas.

— Ne t'y risque surtout pas, même avec des gants !

La pièce est baignée de soleil et en dépit de l'air conditionné, la chaleur du four irradie alentour. Plus loin, des ouvriers balaient sur d'autres établis d'infimes poussières d'or avec des outils de poupée. De temps à autre ils jettent un regard plein de bonhomie en direction du petit groupe. Les enfants règnent en Asie, et ceux de Fabrice portent l'auréole du patron.

— Ça y est ! s'exclame Fabrice, un œil sur le thermomètre, regardez ! Maintenant, il s'agit de laisser refroidir le cylindre à sept cents degrés.

— Tu appelles ça refroidir !

— Tout est relatif... sourit Fabrice, content.

— Mais l'arbre d'or, il est à l'intérieur, n'est-ce pas ?

— Pas encore. A l'intérieur, il y a d'abord l'arbre de cire, moulé dans le plâtre. On a façonné chaque bijou dans la cire, puis on les a fixés un par un sur une branche de l'arbre. Ça a donné un arbre de cire qu'on a pris dans le plâtre. Pour faire un moule, vous comprenez ? Maintenant, avec la chaleur, la cire a depuis longtemps fondu.

— Il n'y a plus d'arbre en cire, alors ?

— Non.

— Et pas encore d'arbre en or ?

— Et pas encore d'arbre en or.

— Juste un arbre en rien ! conclut Anouk.

— C'est exactement ça, rit son père. Un moule qu'on va remplir d'or.

Un respectueux silence s'instaure, où couvent des secrets d'alchimiste. Fabrice ouvre le four, se saisit du cylindre avec des pinces et le fixe au bras d'une centrifugeuse. Dans un creuset au centre, il dépose dûment dosés l'or et l'alliage en pépites. Le métal est fondu au chalumeau. Pour un instant, sa flamme ronfle et occupe toute la conversation.

— On dirait une potion magique, murmure Marilou, épiant les premiers mouvements de la goutte.

— Eh bien cette potion magique, enchaîne son père, grâce à la centrifugeuse va se retrouver propulsée à l'intérieur du cylindre, dans l'arbre. En quelques secondes, sinon l'or durcirait et ne se faufilerait plus dans tous les interstices. Et ça ferait des bijoux grossiers, mal finis.

Il remonte lui-même la centrifugeuse, mécaniquement, sous les yeux intrigués des enfants si impatients qu'ils en oublient le réel motif de leur venue. Fabrice est aussi excité qu'eux. On le trouve rarement morose devant son établi. Il aime son métier depuis l'âge de raison et si le père ou le mari parfois s'énerve, l'orfèvre chante sa destinée. C'est pour ça que les enfants (pas fous) ont préféré contourner l'autorité paternelle et s'adresser directement à l'orfèvre aujourd'hui... Mais le cylindre s'élance et pendant quelques secondes les enfants oublient tout ce qui n'est pas cette formidable giration.

Le creuset vidé, le silence les saisit à nouveau. Un silence que les objets brisent dans un ordre immuable. Les pinces en agrippant le cylindre, le cylindre éclaboussé sous l'eau froide, le plâtre qui se désagrège avec un bruit d'émulsion. Cinq visages serrent Fabrice de près.

— Et l'arbre d'or ?

— Montre vite !

— C'est lui ?...

Déception. Ils attendaient un arbre éblouissant et jaune. L'arbre est seulement noir et Fabrice sourit de leurs mines déconfites.

— Mais attendez un peu, l'or ne brille pas comme ça après ce qu'on lui a fait.

Et il brosse l'arbre à l'eau froide, longuement, délicatement, un peu comme il brosserait les cheveux de ses filles. Puis il le chauffe dans un bain d'acide. De noir, l'arbre vire au jaune. Un jaune mat et peu féerique.

— C'est tout ? chuchote Perrine.

— Mais non ça n'est pas tout. Reste un long travail de polissage. Fernando va s'y mettre et vous reviendrez le voir demain, d'accord ? Allez maintenant, je suis sûr que des devoirs vous attendent. Ça n'est pas encore les vacances de Pâques, que je sache ?

Aimée tourne vers la fenêtre le ciel bleu de ses yeux. Ils ont tiré aux dés qui parlerait le premier et le sort l'a désignée. Les autres la dévisagent, le vacarme au cœur.

— Justement... à propos des vacances... On voulait te parler.

— Très bien, dit Fabrice distraitement, un œil encore sur son arbre. Vous voulez retourner à Moji-cap ?

— Pas exactement... En fait, on a plutôt envie d'aller en France avec Louis.

Fabrice se retourne, interloqué :

— En France ! Et qui vous y accompagnera, en France ? J'ai mon atelier, moi, et il est hors de question que je m'absente après tout ce travail perdu pendant la révolution.

— Mais peut-être Maman.

— Maman ? Parce qu'elle est au courant, Maman ?

— Ben non, pas encore. On pensait que tu le lui annoncerais toi-même. Enfin, toi avec nous.

— Mais enfin, vous vous rendez compte de ce que vous me demandez ! Maman a le bébé, d'abord. Vous savez très bien qu'on ne peut pas laisser Soleha seule alors qu'on vient de l'adopter. Et encore moins l'emmener, étant donné qu'on n'a pas encore tous les papiers nous autorisant à la sortir du territoire. Dites-moi... (il attrape un tabouret et s'assied, à la recherche de son calme) vous n'avez rien de plus intelligent à me proposer pour les vacances de Pâques ?

— Si, fait Perrine. Partir seules.

Fabrice la regarde, saisi.

— Seules ? Tu veux dire que vous voulez partir en France toutes les quatre, seules ?

Elle opine du bonnet, incertaine des mots qu'il faut dire ensuite. Ses sœurs volent à son secours.

— Louis part bien seul, lui.

— Avec lui, on sera cinq à être seuls.

— Ça fait plus aussi seul !

Fabrice ferme les yeux. Il y a toutes ces voix qui papillonnent autour de lui, qui veulent avoir raison. Il se doit de rester rationnel.

— Et vous logerez à quel hôtel ? réplique-t-il, rouvrant les yeux sur sa petite foule.

Aimée, qui sent l'énervement poindre chez son père, sauve la situation en venant s'asseoir sur ses genoux.

— Écoute, Papa, pourquoi tu compliques toujours tout ? Il n'est pas question d'aller à l'hôtel bien sûr. Tancrède vient chercher Louis à son arrivée. Il nous prendra avec lui.

— Et Tancrède est d'accord, évidemment...

— Pas encore, mais c'est seulement parce qu'il n'est pas au courant.

— Suffit de lui téléphoner...

— Il nous emmènera dans sa maison du Bourbonnais. D'après Louis, il y a plein de place là-bas ! Génial, non ?

— Absurde ! Sans parler de ce que cela doit coûter ! Ça vous a traversé l'esprit le prix d'un tel voyage multiplié par quatre ?

— Mais puisque mon père les invite, plaide Louis.

Fabrice soupire. Cinq paires d'yeux le cernent, le trouent, lui vrillent la conscience. Craignant une faiblesse et décidé à marquer le coup, il bouscule sa fille et se lève. Au moins là, d'une certaine façon, il domine la situation. Posant deux mains lourdes sur les épaules de Louis, il cherche un ton paternel et en même temps définitif.

— Écoute, Louis, que *tu* invites tes cousines, c'est très sympa de ta part. Maintenant, il me semble qu'il faudrait aussi et même d'abord en parler à ton père. Tout cela est un peu précipité, tu l'avoueras. Un jour, je vous le promets, nous irons découvrir la France. Quand la petite Soleha sera en âge d'en profiter, par exemple.

Il se rassied, content d'avoir trouvé une solution raisonnable.

— Et nous mariées à Pétaouchnok, fulmine Perrine. C'est vrai que ça vous fera moins cher d'emmener seulement la petite.

Fabrice fait volte-face et il n'est pas difficile de voir qu'il est en train de brûler son calme. Les ouvriers lèvent des regards intéressés. L'arbre d'or oublié est terne comme un jour d'éclipse.

— Parce que tu as l'intention de te marier à Pétaouchnok ! lance Fabrice. Perrine, tu dis n'importe quoi et en plus, tu déformes ma pensée. Je n'ai pas du tout le temps d'aller en France maintenant, et ta mère non plus. Il me semble que j'ai été très clair sur ce point-là. Par ailleurs, je ne me vois pas expédiant mes quatre filles toutes seules là-bas à l'âge qu'elles ont. Ça n'est pourtant pas difficile à comprendre, non ?

— Mais puisqu'on ne serait pas seules, justement.

— Écoutez, les filles, c'est hors de question, un point c'est tout. Louis, je suis désolé, on en reparlera une autre fois... Tu sais en tout cas que tu es toujours le bienvenu ici.

— Parce que lui, il peut voyager seul.

Excédé, Fabrice tourne sur son tabouret. Un silence acide vibre dans la pièce et les ouvriers baissent leurs regards.

— Écoutez-moi bien, les enfants (le père leur fait face à nouveau), c'est non-un-point-c'est-tout. Les vacances arrivent dans deux semaines et on n'organise pas un voyage pareil au dernier moment. Vous me dites que Tancrède viendra chercher Louis à Paris, je veux bien. Mais qui vous y raccompagnera, vous, ensuite, à la fin des vacances ?

— Ben... Tancrède, dit Aimée.

— Bravo ! Et son travail ? Parce que figure-toi qu'il travaille lui aussi, qu'il a des tournées de clarinette Dieu sait où, un public qui l'attend, je ne sais pas, moi. Qu'il aille chercher son fils, c'est une chose, mais qu'il véhicule et s'occupe de quatre nièces comme ça du jour au lendemain ça me paraît un peu exagéré. Aux grandes vacances peut-être. On va y songer.

— Mais on veut voir la neige.

Il lève les yeux au ciel.

— Mes pauvres chéries ! Il y a longtemps qu'il n'y a plus de neige dans le massif Central à Pâques... De ce côté-là, c'est raté de toute façon.

Et comme personne ne lance aucun démenti ni ne songe à rire avec lui, il s'excuse presque, étrangement coupable tout d'un coup.

— Je suis désolé, mais ça n'est pas moi qui ai inventé les saisons... Écoutez, les enfants, si c'est l'hiver que vous voulez, on en reparlera à Noël prochain. Mais vraiment, maintenant, c'est impossible et il est hors de question que je revienne sur ma décision.

Il tient bon jusqu'au soir. Les enfants sont couchés, les geckos furtifs s'éveillent derrière les tableaux, les crapauds chantent sous les massifs et l'infusion de citronnelle fume dans les tasses. On dirait chaque chose à sa place et pourtant... C'est Zouraïda qui s'effare à présent. La décision des enfants l'ahurit autant que son mari quelques heures plus tôt.

— Elles sont devenues complètement folles ou quoi ?

— C'est ce que je me suis dit aussi... convient Fabrice. Maintenant, il n'y a que les imbéciles qui n'évoluent pas, n'est-ce pas ?

La nuit approfondit le jardin en noyant ses contours. On n'entend plus que le clapotis de l'eau sur les marches de la piscine et le cri d'un lézard de temps à autre. Les sons de la circulation résonnent dans un flou si lointain qu'on pourrait, en fermant les yeux, se croire dans la jungle.

— Et tu « évolues » en les laissant partir à l'autre

bout de la terre se découvrir des racines là où on ne les a jamais plantées ! Mes parents m'ont fait le coup à quinze ans et l'échec de ce fameux « retour aux sources » ne s'est jamais démenti avec les années. La preuve, c'est que je t'ai épousé.

— J'étais tout de même Français.

Zou a un fou rire qui lui jette la nuque contre le dossier de son fauteuil :

— On parle des filles ou de nous ?!

Son mari se lève. Sans un mot, il contourne la table basse qui les sépare et vient poser ses deux mains sur les appuis-bras de chaque côté de son fauteuil. L'osier gémit, Zou aussi, en se rétrécissant sur les coussins rose et vert pâle. Toutes sortes d'intentions lubriques et tentantes éclatent dans le regard de Fabrice. Il y a très longtemps qu'elle n'y a lu si trivial dessein. Il se penche sur elle, la coiffe de son torse qui efface les feuillages, les premières étoiles et le jardin tout entier. N'y laisse que son regard, et dans son regard son désir, comme un phare.

— Faut-il qu'on s'explique au lit ou sur la pelouse ? gronde-t-il.

Et Zouraïda, qui le repousse à pleins bras, murmure déjà des « non » qui ressemblent à des « oui ».

A quoi tiennent les grandes décisions ?!

Les enfants partiront. Une indulgence inespérée s'épanouit dans la voix des parents qui retrouvent des étreintes oubliées, une soif de jouer, l'urgence de réconcilier en eux les amants. Quelque part un enfant vagit au fond d'un moïse. Fabrice et Zou sursautent ensemble. Mais c'est Lita qui les devance dans le zéphyr et ils n'ont pas l'intention de lui disputer sa place.

Pâques. Un ciel vif sur Paris découpe la tour Eiffel comme un bouchon de carafe par-dessus les toits.

Émile ne se hâte plus. Entre deux rendez-vous, il s'en va, songeur, entre les flaques bleues des allées du Champ-de-Mars. Une femme serrée dans une étoffe à pois jaunes est venue reposer ses varices sur le rebord en pierre d'un bassin. Pour s'abriter du soleil, elle a posé en toit sur sa tête la dernière édition de *France Soir*. Ça fait cinquante millions de Français sur les routes annoncés en gras qui pèsent sur sa nuque. Émile soupire, elle lui rappelle sa mère mais sa mère est partie...

Un coup de fil de Tancrède Ferté-Frênel a brusquement rayé de sa carte de France ses pénates, ses ménages et même toute la famille Binet. Une semaine plus tard, Émile (venu démarcher des cravates tricotées dans le quartier du Trocadéro) se retrouve singulièrement désemparé. Lui et sa fille ont pris goût aux histoires de Georgette, et même Ginette qui lui ouvrait de nouveau sa porte. Georgette débarquait les dimanches, s'emparait de l'aspirateur comme d'une carte de visite et en profitait pour sermonner sa bru par en dessous : « Ma pauvre Ginette, faut pas attendre que les coins se rapprochent ! » Sa femme rétorquait : « Avec le salon, si vous croyez que j'ai le temps, et qui vous a dit de vous mêler de mon ménage d'abord ? » et Cristelle s'empressait de chauffer de l'eau. Leur querelle s'étouffait sur le gaz parce qu'à la nouvelle Georgette, il suffisait de proposer une chicorée pour qu'elle se pose et raconte l'Épopée.

A dire vrai, quand ce Tancrède Ferté-Frênel avait téléphoné, Émile n'avait pas immédiatement saisi toute la portée de son appel. Georgette avait été elle-même si brève avec son fils :

— Écoute, je pars. C'est M. Tancrède, il a besoin de moi pour conduire les enfants rapport à un concert qui le retient à Vienne. Ils arrivent à Roissy après-demain, tu me conduis ?

— Les enfants à qui ? avait demandé Émile, un peu interloqué.

— Les nièces à Tancrède, j'te dis ! Et son gosse.

L'évidence lui chargeait le ton. Clairement ses résolutions ne dataient pas de la veille et elle avait eu le temps de peaufiner son joli destin dans les ciels neufs où l'avait promenée son avion. Villepinte était à peine une escale sous ses pieds, à l'ombre d'invisibles cocotiers...

— Louis ! Tu parles de Louis, s'était finalement exclamée Cristelle.

— Et où c'est que tu les mènes ? s'était encore enquis Émile, conscient de saisir toute l'histoire moins vite que sa fille.

— Dans le Bourbonnais.

Plus laconique, on tourne muet.

Georgette était partie dans le Bourbonnais presque en sautillant, avec dix ans de moins dans les jambes, et Ginette avait tout de suite flairé qu'elle n'y installerait pas que sa brosse à dents. Elle avait insisté pour les accompagner à l'aéroport, curieuse des visages tant de fois décrits des enfants. Quatre filles et un garçon, les joues dorées de soleil comme s'ils transportaient l'été avec eux. En réalité, emmitouflés jusqu'au cou, ils marchaient lentement, écarquillant des yeux qui avaient prévu la neige bien avant les satellites de la météo. De l'aéroport, Émile avait directement conduit le petit troupeau, Georgette en tête, jusqu'à la gare de Lyon, tassée sous un ciel de ciment blanc.

Depuis, Ginette, Émile et Cristelle pataugeaient dans le silence. On aurait dit qu'après l'Asie, le Bourbonnais venait à son tour d'engloutir Georgette Binet.

42

« Les coïncidences sont un truc de Dieu pour rester anonyme... »

Dr B. Siegel, cit. anonyme in
L'Amour, la Médecine et les Miracles

Baptiste Brun les guette sur le seuil. Massif, vieux déjà mais portant beau, il est à l'image des murailles levées derrière lui. Louis se jette dans ses bras et une chienne sans forme lui saute au visage. Baptiste crie :

— Gitane, couchée ! (Qu'il prononce « coucheille »...)

Les quatre sœurs, un peu intimidées, patientent en demi-cercle derrière leur cousin, levant des regards intrigués sur les tours cousues de lierre qui ferment les coins de la cour.

— Ben mon gars ! T'es pas revenu tout seul, dis-moi. Laquelle c'est, ta fiancée ? dit Baptiste en lâchant Louis. Celle-ci m'a tout l'air d'avoir froid.

Ses yeux, qu'il a très clairs et plissés dans la chair, sourient dans la direction de Georgette qui lui tend la main, un peu embarrassée.

— Je suis Georgette Binet. C'est moi qui accompagne les enfants.

— Je vois ça. Mais entrez donc, que j'ai fait un bon feu dans la cheminée.

Deux lourds barbets se jettent dans leurs jambes. Voix rauques mais accueillantes, ils ressemblent à Baptiste. Il y a le Noir et le Jaune. On ne va pas chercher plus loin des prénoms impossibles. La Gitane pour la mère, c'est déjà très original. Leur poil gratte comme le feurre[1] des chaises. Baptiste gueule un ordre et ils vont mollement s'étaler sur des toiles de jute amassées à leur intention entre le fourneau et l'âtre.

Tout de suite Georgette aime la cuisine, ses dalles comme des menhirs, les croisées encastrées dans la muraille, la table massive, les chaises de paille et le chat sur la paille.

— Ote-toi de là ou tu vas attraper la volée, dit Baptiste au matou qui saute nonchalamment à terre.

Georgette s'assied tandis que les enfants s'éparpillent derrière Louis dans les couloirs du château. Elle-même se réjouit de rester là, à respirer le feu avec les barbets et le chat.

Baptiste tisonne le fourneau.

— M. Tancrède a dit qu'il arriverait dans la semaine. P'têt' même le dimanche, si ça se trouve. Qu'en attendant, il fallait que je prenne bien soin de vous et surtout que le froid vous glace pas. Bonté! Regardez-moi ce ciel d'avril que le monde a plus vu ça depuis l'époque où Jésus-Christ avait pas encore inventé la maréchaussée...

Il prend la fenêtre à témoin, le soleil éteint sous un ciel sans lumière :

— Moi je dis qu'y va neiger.

— En avril, vous y croyez vraiment ?

— Pardi ! Et mes géraniums qui se réjouissaient déjà du printemps. Bien fait de pas les sortir encore.

1. Paille de toute sorte de blé, *Littré*.

Georgette lance un coup d'œil connaisseur sur la jungle velue installée sur un vieux bahut. Baptiste se rengorge.

— Çui-là, c'est le Pelargonium, l'Élégant ! Plus il vieillit, plus il fleurit. Y'a des femmes qui pourraient prendre exemple sur lui. Notez que je dis pas ça pour vous. (Il a un sourire piquant.) Je vous sers un canon ?

Il va sortir la bouteille d'une armoire qui grince. Le chat le suit.

Georgette rougit et elle n'a encore rien bu. Une bûche craque dans la cheminée. Le tas des barbets fume et la chaleur lui arrache des tics. Elle se sent bien. L'émotion du voyage s'efface comme si elle était arrivée depuis longtemps. Elle lance « Va pour le canon ! » et le vin coule, rouge, épais, dans les verres ballon. Le chat qui espérait une friandise de la même armoire passe et repasse entre les jambes de Baptiste avec tant d'insistance qu'on dirait qu'il y a plusieurs chats.

— Vous faites quoi ici, Baptiste ?

Et Georgette ajoute, prise d'une soudaine audace qui ne lui ressemble pas :

— Je peux vous appeler Baptiste ?

Il cogne gaiement leurs deux verres.

— Pouvez ! Si vous me laissez vous dire Georgette.

Ses yeux croisent les siens. Des yeux vifs qui s'attachent aux visages.

Georgette opine de la tête et s'intéresse à son vin (terriblement âpre)...

— Y vous plaît ? Il est du coin. Un vrai valnavois comme moi et c'est du pas trafiqué je vous jure, rien que du bon raisin de par chez nous.

— Il est bon, ment Georgette.

— J'ai un truc à moi pour le bonifier encore.

Il retourne à l'armoire dans un silence de conspirateur et s'en revient avec une sorte de salière. Une pluie fine, couleur caramel, tache son vin.

— C'est-y du poivre ? s'étonne Georgette.

— Bonté non ! Vous y trouvez fade, mon vin ?

— Que non que non ! C'est vous qui le bonifiez d'abord, pas moi.

Il rit :

— Sentez-y voir !

Il lui met la salière sous le nez. Georgette hume, blêmit, tourne muette !

— Vous êtes pas la première que ça rebute, se méprend Baptiste.

Bouleversée, Georgette ne trouve toujours aucun mot.

Ce parfum, elle le reconnaîtrait entre mille pour l'avoir guetté toute sa jeunesse.

— Eh, là ! Eh, là ! Vous êtes blanche comme un drap... C'est-y que vous supportez pas la cannelle ? Georgette, parlez-moi, vous allez pas tourner de l'œil des fois !

Incapable de lui répondre, elle secoue une main faible. Comment lui annoncer qu'il est l'homme que la voyante a vu dans sa paume le jour de ses quinze ans, celui que l'esthéticienne a confirmé à Dumaguete, que la cannelle le désigne...

Perplexe, Baptiste vient poser ses mains sur la table, près de Georgette. Sa veste frôle sa joue. Ça lui fait drôle à Georgette, cet homme penché dans son dos. Elle cherche encore une explication sensée quand la veste se relève, s'éloigne, emportant ses parfums d'homme.

Baptiste s'en va du côté de l'armoire. Panique de Georgette. Si elle continue à se taire, le destin déraillera une nouvelle fois et l'oubliera très vieille fille à Villepinte pour le restant de ses jours. Cependant le sens du ridicule, ou le bon sens tout simplement, la muselle toujours...

— Oubliez la cannelle, c'est du costaud qu'y vous faut, dit Baptiste, inconscient de sa destinée.

Il débouche une bouteille transparente, sans étiquette.

— Une mirabelle maison, goûtez-y voir et vous m'en direz des nouvelles !

Georgette accepte, bouleversée par le doigt du destin au-dessus de leurs têtes. Dans un excès de zèle, elle avale son alcool cul sec, tousse à se décoller les poumons et, les yeux brouillés de larmes, se réconcilie avec la vie à l'instant où la paume généreuse de Baptiste vient la frapper dans le dos.

— Ça va mieux ou pire ? lance-t-il. (Elle parvient à sourire.) Ah ! ça, on m'y reprendra à vous proposer de la cannelle !

Il a alors un geste touchant qui semblerait donner raison à la voyante... Il sort de sa poche son mouchoir, le secoue pour le déplier avant de tamponner lui-même les yeux rougis de Georgette.

— Vouliez savoir c'que je fais ici, dit-il pour la mettre à l'aise, je fais tout ici, même l'infirmière !

Georgette se laisse faire avec un bonheur indicible. Djuma aurait eu cette attention et une vague d'attendrissement la submerge.

— Je fais aussi le jardin, le parc, le bois, les écuries, le garde-chasse... continue Baptiste qui croit toujours réparer les torts de la mirabelle. Fallait p'têt' pas y boire si vite.

— C'est qu'elle a un goût de revenez-y, murmure-t-elle, heureuse.

Et Baptiste range son mouchoir et lui remet une goutte. Georgette brûle de l'intérieur. Elle ne sait plus si elle doit remercier l'alcool ou l'homme. Un garde-chasse, c'est un titre qui lui plaît depuis que toute petite, elle a vu le garde-chasse du château voisin arpenter la forêt en casquette galonnée, et jamais pressé avec ça.

— Comme mon père et le père à mon père avant moi. C'est comme si j'avais l'âge de ce château.

— Seigneur Jésus, mais c'est que c'est vaste, ici? Et vous trouvez à vous en sortir tout seul!

Elle a retrouvé sa voix à défaut des explications qu'elle lui doit.

— Non, j'ai une femme qui m'aide.

Le cœur de Georgette s'arrête. Péniblement, elle articule :

— Je vous voyais à vivre seul...

Il explose de rire. Sa main frappe la table, la table tremble et le chat s'échappe de l'armoire à provisions, l'échine basse.

— J'ai dit quelque chose de drôle? glousse Georgette que la mirabelle détend.

Baptiste essuie des yeux étincelants entre les plis de ses paupières.

— Mais non!... C'est juste l'idée de me voir, moi, en ménage avec la Lucienne. On parlait pas du même ménage, c'est tout. Elle fait les chambres, mais elle range rien dans ma vie. Faut voir déjà comme elle range la sienne, des toilettes comme si le président de la République la demandait à déjeuner le même jour, et avec ça sotte comme un panier. De l'imaginer se mettre avec moi, y'a de quoi pouffer, je vous jure!

Il regarde Georgette, un peu calmé. Ses yeux s'installent dans les siens, à tel point que Georgette se demande un instant s'il n'est pas au courant lui aussi de l'histoire de la cannelle. Mais il revient plutôt à Lucienne.

— Une vraie commère qui monte de Valnaves tous les matins avec son sac de médisances. « A vieille mule freins dorés », ma femme disait déjà. Elle aimait pas la croiser au village. Faut dire que dans le temps, on se passait très bien d'elle au château. Ma femme regardait à tout et M. Tancrède jurait que par elle. Mais voilà, le Bon Dieu a pas voulu la laisser vieillir avec moi et ça fait sept ans que je lui parle dans ma tête sans plus la voir...

Georgette lâche un soupir compatissant.

— Tout ça pour dire que la Lucienne, elle fait le dedans et moi le dehors.

— Alors le parc, c'est tout vous ? lance Georgette qui ne détesterait pas changer de sujet.

— C'est tout moi. Remarquez, j'ai un truc. Un truc de vieux. Je joue avec la lune. Je plante quand elle fait le plein et pour abattre, j'attends la vieille lune. La vieille d'avril pour une première coupe, puis celle de juin pour les rejets. L'acacia dans la cour, je l'ai eu comme ça.

— On faisait ça chez nous aussi, l'approuve Georgette. Je vous parle d'autrefois.

— Quand y'avait des saisons qu'en faisaient pas qu'à leur tête ! Tout de même ce ciel de neige, c'est bizarre.

Georgette se lève, tend les mains aux flammes et dit :

— C'est à cause des enfants.

— Quoi ?

— S'il va neiger...

Son ton doctoral fait se tourner Baptiste. Il a les bras chargés de bûches.

— Vous voulez dire que c'est les enfants qui font neiger sur le monde, à présent ?

— Oui.

Le vieux garde-chasse lève des sourcils poilus.

— Vous savez, insiste Georgette, les enfants, quand y veulent quelque chose, ils y croient tellement fort que forcément, après, elle peut pas faire autrement qu'exister, la chose...

Baptiste dispose méticuleusement ses bûches dans l'âtre. Affamées, les flammes lèchent l'écorce et lancent des ailes rouges vers son visage.

— Y'a bien des choses que j'ai voulu dur comme ce bois quand j'étais gosse, dit-il enfin, et à c't'heure, j'y ai encore pas vu la couleur !

— Moi aussi. Mais c'est p'têt' parce qu'on n'y croyait pas. Ces enfants y croient. C'est comme ça d'où y viennent. Le petit Louis, il a dû apprendre avec ses cousines.

— Louis, c'est des trains qu'y voit partout !

— Les petites, c'est de la neige. Y'en a pas chez elles, c'est comme si le Bon Dieu avait oublié l'hiver là-bas. Je sais ça parce que j'en reviens.

— Et c'est où donc, là-bas ?

— De l'autre côté du monde, aux tropiques, dit Georgette avec une certaine emphase.

Baptiste, intrigué, se relève. Il vient s'installer à la table, en face de Georgette.

— Je vous ressers un verre et vous me causez de là-bas, dit-il tranquillement.

— C'est que ça va être long, se réjouit Georgette. Voyez, ils ont pas de neige mais ils ont des typhons. Un vent méchant comme vous pouvez pas croire.

— On a des ouragans, se défend Baptiste.

— Des courants d'air à côté de ce que je vous cause. Les typhons, y vous rayent un village de la carte. Et si c'est pas le typhon qui fait le travail, c'est la mer en déluge qui vous avale et à moins de vous appeler Noé, vous mourez au milieu des sirènes... Je vous dis ça parce que le typhon et moi, on s'est fait un bras de fer, même que j'ai cru que j'allais plus jamais revoir mon Auvergne.

— Vous êtes du coin ?

— Du Puy-de-Dôme ! fait Georgette. (Pas un instant, elle n'a songé à répondre : « Non, de Paris. »)

— Mais qu'est-ce qu'y vous a pris de partir au pays des typhons ? Pas l'envie de vous faire décoiffer, j'imagine.

Il remplit leurs verres.

— Vous voulez me donner le tournis ! se défend-elle.

Baptiste cligne de l'œil et replace soigneusement le bouchon sur le goulot. Tous ses gestes sont lents et précis. Georgette tourne pensivement son verre dans ses mains. Elle s'envole dans les Iles, un ciel rouge tache ses doigts. Elle dit :

— J'ai pas fait exprès de partir là-bas. J'ai gagné un concours et on m'a mise dans l'avion.

— Bonté ! Fallait vous défendre, lance Baptiste, ahuri. Y z'ont pas le droit de vous forcer à gagner.

Georgette sourit très doucement.

— Faut croire qu'au fond, j'avais envie de voyager.

— Et pour les typhons, vous y saviez d'avance ?

— Sapristi non ! s'écrie-t-elle. Sinon je serais pas montée dans l'avion !

— Alors vous regrettez pas, pour finir ?

— Si je regrette ? Mais c'est la première fois que je peux parler de là-bas sans mouiller un mouchoir tellement que c'était beau... La lumière de là-bas, les gens de là-bas et l'intérieur des gens. Vous pouvez pas comprendre vous, parce qu'ici, vous avez tout. Le feu, la pierre, le bois, les arbres. Là où j'habite c'est pas encore Paris et en même temps c'est ce qu'y'a de pire à Paris, avec les saisons qui couvent sous le macadam sans jamais avoir le droit d'éclore. J'ai mon F2 en horreur, c'est sûrement pour ça que je l'astique tellement. Tandis que là-bas... (Elle s'interrompt, le front rêveur.) Y'avait la vie partout, des fruits, des fleurs, des feuilles plus hautes que vous, des gosses partout et surtout, le temps de les regarder !

La nuit glisse doucement derrière la fenêtre, la cheminée grandit, le feu gagne en lumière et en chaleur.

— On marchait pieds nus sur le sable et quand la mer vous glissait entre les doigts de pied, elle était même pas froide.

A écouter Georgette, Baptiste a oublié d'allumer la

lumière. Cinq enfants lancés au galop démolissent brutalement leur tête-à-tête.

— On voit rien, ici!

— Bonté, voilà les chtis! Et les carreaux qui sont noirs...

— On meurt de faim!

Baptiste se lève lentement:

— D'abord, ton père m'a dit de vous mettre au pain sec.

Anouk fronce des sourcils inquiets.

— C'est même pas vrai! On aimerait une omelette avec plein de lardons et puis aussi des crêpes! suggère Louis.

— Et tu vas me chercher les œufs sous les poules?

— D'accord, on y va!

Louis court déjà vers la porte, son harem suit.

— Hé! reviens donc, fada! Les poules, elles dorment, à c't'heure. Et les œufs, j'en ai de la réserve dans le panier sur le bahut. N'empêche que les crêpes sur une omelette, ça me paraît beaucoup d'œufs à la fois. Trouvez pas, Georgette?

— Si, confirme Georgette. Des crêpes tout court, m'est avis que ça serait aussi bien.

— Oh! non, on veut ton omelette au lard, Baptiste, s'te plaît!

— Ce gosse, y me ferait battre l'eau avec un bâton.

— Je me charge des crêpes, propose Georgette sous les hourras des enfants.

Aimée et Louis cassent les œufs, le chat mendie un bol de lait, Marilou caresse les chiens, Baptiste fouille son armoire.

— Et de la gelée de coing ça vous dit?

La cuisine résonne de pas et de rires. Georgette se sent les bras pleins comme s'il lui avait poussé une famille.

— La neige! hurle soudain Marilou agenouillée sur le banc, au pied de la fenêtre.

Un silence féerique s'installe. La nuit percée d'étoiles en déroute se brouille de blancheurs floues. Des millions de cristaux viennent coller leurs galaxies minuscules aux carreaux.

— Et elle fait même pas de bruit, constate Anouk sidérée.

43

On s'habitude vite au bonheur. Georgette aidait à la cuisine Baptiste qui ne semblait pas s'en trouver mal. Il chargeait la cheminée, elle pelait les oignons en priant pour que la vie cesse de lui en vouloir et continue comme ça toujours. La Lucienne tournait plus loin dans les chambres où elle poussait un plumeau çà et là. Georgette lui avait tout de suite trouvé mauvais genre et pas du tout les qualités qu'il fallait au fourneau. Personne ne se plaignit des nouveaux menus quand elle s'arrogea les casseroles, et Tancrède, de retour, encore moins que les autres. Georgette prolongea ainsi sa mission à Torrent en mitonnant des potées, des sauces et des ragoûts comme s'il lui fallait honorer avant son départ chaque pouce du potager de Baptiste.

Les enfants filaient dans la colline à des rendez-vous urgents et secrets, Tancrède disparaissait avec sa clarinette, et plus rarement avec sa Yolande. Baptiste restait. Il trouvait toujours une tâche pour l'occuper dans la cuisine. Elle lui servait une chicorée et le soir un canon qu'il poudrait de cannelle sans que Georgette, tenaillée de doutes, osât jamais lui raconter les prédictions de la Manouche. Debout devant la pierre de l'évier, elle lavait ses casseroles avec soin en inventant des nouveaux refrains à sa vie. Un destin qui rayerait définitivement les tristes hauteurs de sa tour HLM, le marronnier rabougri, la neige rare qui prenait tout de suite la couleur de la crotte, et même la Lucienne. D'imaginer seulement un retour à Villepinte, ses yeux la piquaient. Baptiste posait ses bûches et la regardait. Heureusement qu'il y avait les oignons.

N'y tenant plus, elle fit en grand secret monter les enfants dans sa chambre, une pièce blanche qui dominait le chant sourd d'un ruisseau invisible au pied de la muraille. Ils entrèrent sans dissimuler leur curiosité. Elle les fit s'asseoir sur le lit où l'édredon fleuri levait comme les prairies de juin. Elle-même se réserva l'unique chaise de paille.

— Voilà, j'ai une question qui vous causera peut-être de la surprise, commença-t-elle gauchement. Mais c'est très important pour moi que je sache la réponse et je vois que vous pour m'aider.

Intrigués, les enfants levèrent sur elle leurs yeux de chat.

— C'est rapport... à un mot d'anglais que je sais pas.

— Tu veux qu'on t'apprenne l'anglais ? fit Marilou un peu déroutée par l'ampleur de la tâche.

— Pas tout l'anglais ! se récria Georgette. Juste un mot.

— Bonjour ?...

— Merci ?...

— Je vous aime ?...

— Non, non ! Rien de tout ça... Cannelle. Comment qu'on dit « cannelle » en anglais ?

— Cannelle ! dirent cinq voix un peu ahuries.

— *Cinnamon*, répondit Aimée la première. Maman adore ça dans la charlotte aux pommes mais on trouve pas souvent de pommes dans les îles.

— *Cinnamon*... répéta Georgette, le cœur battant. Alors ce serait bien lui !...

— Qui ça, lui ?

Devant le regard effaré des enfants, il lui fut très difficile de se dérober. Elle dut tout expliquer. La Manouche de ses quinze ans et l'étrange esthéticienne de Dumaguete, l'homme qu'elles avaient vu dans sa paume, qui lui était destiné et qui mettait de la *cinnamon* dans son vin.

— Comme Baptiste ! s'écria Perrine.

— Alors tu vas te marier avec Baptiste ? se réjouit Louis. Génial ! Tu vas venir habiter avec nous.

— C'est pas juste ! fit Anouk. C'est trop loin de chez nous.

— Ils viendront en voyage de noces, lança Perrine.

— Holà ! Holà ! les enfants, arrêtez ! Vous êtes devenus fadas. Et qui vous a dit que Baptiste voulait épouser Georgette Binet d'abord ?

44

— Pour le pont de Garabit, on t'emmène aussi, fait Baptiste.

Louis lève sur Baptiste et Georgette (en chapeau) des yeux tristes. Aimée s'est envolée la veille avec ses trois sœurs et Tancrède qui les accompagnait jusqu'à Paris. Prostré dans la cuisine, complètement désemparé, lui-même ressemble à un train oublié dans une gare à qui il manque ses voyageurs.

— Allez, hâte-toi mon gars. Quitte vite ton pyjama ou c'est qu'on va manquer l'autocar.

— Baptiste dit qu'y'a des trains sur le pont de Garabit, renchérit Georgette.

— Je sais ça ! rétorque Louis presque vexé.

En même temps une certaine lueur ressuscite dans son regard. A chacun son mot magique. Chez d'autres ce serait la mer, les chevaux, ou la bouteille tout simplement.

Baptiste se roule une cigarette à peine arrivé. Une façon à lui de se réjouir. Le viaduc de Garabit, il connaît déjà, mais ce jour-là on dirait qu'Eiffel ne l'a construit que pour lui. Pour impressionner cette Georgette qui vient de Paris et semble en avoir déjà tant mis dans ses yeux. Le soleil monte, dilué dans une brume de bon augure. Georgette aussi regarde l'horizon, comme si la chaîne des Puys avait beaucoup à lui confier depuis le temps qu'elles s'étaient quittées toutes les deux.

— Ce seigle, c'est soyeux, y'en avait aussi par chez nous...

Baptiste ne demande pas où. Quand Georgette parle de là-bas, c'est jamais de Saint-Ouen ou de Villepinte.

— Et vos parents maudissaient les bleuets comme la mauvaise herbe !

— C'est vrai ! Mais moi je les cueillais en cachette pour faire des grands bouquets. On se demande pourquoi. Y'avait pas de vases chez nous.

Baptiste sourit, des milliers de pattes d'oie lui plissent le coin des yeux. Il prend la main de Georgette et son geste donne soudain des bras à ces bouquets jamais offerts. Troublée, Georgette rajeunit à vue d'œil.

Sous l'élan colossal de l'arche médiane brille un triangle de la Truyère, tout au fond de la vallée. C'est tellement beau, ce paysage, qu'elle se dit qu'il y a cinquante ans que le pont de Garabit aurait dû lui arriver.

— La Truyère ne sourit jamais, chuchote Baptiste comme s'il ne voulait pas déranger l'eau.

— Même l'été ?

— Même l'été. C'est rapport au barrage, au moulin qu'on a noyé. On dit qu'y'a autant d'eau que de larmes dans ce lac. Et que certaines pleines lunes, la belle meunière remonte flotter à la surface... Y'en a même qui disent qu'y l'ont vue marcher sur l'eau.

Georgette sent son cœur battre plus vite. Elle entend Adella raconter la fin de la belle Sampagita, « qui avait de moins en moins peur de mourir et de plus en plus envie d'aller voir comment c'était là-bas sur l'étoile du monsieur »...

— Avant de rire, faudrait peut-être voir à faire une enquête. Ces choses-là, on sait pas... murmure-t-elle sans se moquer.

Un vieux train vert passe, pantographes levés.

— Regardez ! Une triplette de BB Midi ! crie Louis au comble de l'excitation.

Pendant quelques instants, on n'entend plus parler que le pont de Garabit. Georgette garde sa main à l'intérieur de celle de Baptiste qui ne semble pas pressé de la lui rendre.

— Y'a le chti qui va mieux on dirait, fait-il après un long silence.

Le « chti », c'est Louis au pied du pont de Garabit. Une fraction de seconde, elle a cru à un fils qu'ils se partageraient tous les deux et se trouve ridiculement émue. Baptiste, l'œil fixe, regarde la triplette de BB Midi disparaître à l'autre bout du viaduc. Il marmonne soudain en direction du train :

— Dites voir, Georgette, ça vous dirait pas de vous installer au « tchatchieau » avec moi ? M'est avis que la Lucienne a besoin de prendre sa retraite...

Georgette se met à respirer très fort, ce qui la prive de paroles tout d'abord.

— Baptiste ! Vous êtes devenu fada... articule-t-elle enfin.

— C'est que ça vous rebute alors, fait-il, toujours en direction du train.

Georgette rassemble tout son courage et empoigne le destin à pleine âme.

— Si ça me rebute ? Mais grands dieux, Baptiste, c'était déjà oui le premier soir de la cannelle ! C'était même oui y'a quarante ans quand la Manouche m'a eu causé de vous...

Baptiste se retourne. La surprise lui occupe un instant les sourcils mais en définitive, il retient le « oui » et ne trouve plus d'autres questions à poser. Il voit sa Georgette qui a les yeux humides et porte un charmant chapeau de paille noir.

Louis regarde toujours sa triplette de BB Midi qui

maintenant se résume à un point et encore un peu de bruit. Lui-même sans doute voit déjà son propre voyage de noces. Coude plié, il tire une poignée imaginaire, siffle et démarre.

Il est à la fois le train, les voyageurs et toutes leurs histoires d'amour.

ÉPILOGUE

Un écho solennel escorte leurs pas dans la cathédrale de Saint-Flour. Les vitraux jettent sur les dalles des flaques bariolées où baignent les souliers de Georgette. Ses pieds sont bleus, jaunes, pourpres, flous. Sans se forcer beaucoup elle voit le sable, la mer, et même une voile sur la mer. Elle entend Djuma dire : « Vous faites tout à l'envers chez vous ! Vous voulez des preuves avant de voir. Nous, d'abord on croit et ensuite on voit. »

Aujourd'hui, elle croit. Elle croit en Baptiste, aux voyantes et à la cannelle. Elle vient de dire oui à Baptiste et elle sait qu'elle ne s'est pas trompée.

L'orgue les accompagne sous les cinq nefs de la cathédrale de Saint-Flour. Depuis cinq minutes exactement, Georgette Binet s'appelle Georgette Brun et ce nom chante dans son cœur comme les trilles de l'alouette au ciel. Baptiste souffre un peu dans des souliers trop pointus mais il tient fermement le bras de la mariée. Cinq demoiselles d'honneur gantées de blanc les escortent en portant des bouquets de marguerites. Ginette les talonne de près au bras de son Émile avec tout le clan Ferté-Frênel dans leur dos.

Le cortège s'élargit sur le parvis de la cathédrale où la bise tardive arrache des frissons aux bras nus.

— Et y z'osent appeler ça un mois de juin, grogne

Baptiste. Manquent pas d'air les Saint-Flou... Les Saint-Flou quoi au fond ?

— Les habitants de Saint-Flour... hésite Louis.

Baptiste hausse les épaules :

— Y vous apprennent don' rien à l'école ?

Même Ginette rit. Torturée entre l'envie de prendre des photos et celle de figurer dessus, elle finit par abandonner son appareil à Zouraïda qui lui cède sa place près de Tancrède. Georgette rayonne comme si le Moyen Age lui devait au moins la cathédrale de Saint-Flour. Jamais le massif Central n'a mieux mérité son nom. Il est le nombril de sa France et probablement de sa vie. Zou prend la photo de famille.

Elle trône aujourd'hui sur le buffet bressan de Georgette descendu dans le Bourbonnais avec elle. La même est glissée sous une table vitrée dans le salon des Ferté-Frênel.

Celle d'Émile et Ginette, Cristelle la voulait dans sa chambre mais sa mère a insisté pour l'encadrer sur le poste de télévision dans la salle de séjour. Depuis qu'un château est arrivé à sa belle-mère elle croit aux citrouilles et aux fées, répond à ses voisines comme à des journalistes de *Gala*, et elle sourit enfin.

La photo qu'a reçue Djuma est collée sur la page de garde d'un album blanc pailleté d'argent. Les pages suivantes introduisent Cristelle en demoiselle d'honneur, Émile en cravate jaune, Ginette un peu trop décolletée, les cinq petits Ferté-Frênel sur des luges, le Puy-de-Dôme et le pont de Garabit. Georgette s'est réservé la dernière page où elle pose en chapeau de paille et tablier fleuri près d'une brouette tachée de géraniums rouges. Elle porte un sécateur dans ses mains croisées devant la poche de son tablier et elle sourit à Djuma, ou à Baptiste, ou à Tancrède qui a tenu à lui offrir cette photo justement.

Elle sourit comme tous ceux qui ont réappris à voir

dans la terre, le soleil et la nuit des cadeaux quotidiens. Elle sourit comme le jardin reçoit la pluie et la forêt le vent.

Il y a du temps dans le sourire de Georgette, le temps d'être et les quatre saisons à la fois. C'est un sourire assouvi, sans hâte ni regret. Quand Tancrède l'avait surprise à cajoler ses géraniums dans sa brouette, il avait tout de suite entendu son bonheur parce que sa clarinette savait lui parler comme ces fleurs.

Elle est belle cette Georgette-là, belle comme les gens heureux, délicieusement installée dans l'instant présent, consciente du blé qui mûrit dans son dos et lui fait un halo jaune paille sur la photo, du ciel bleu et serein où glissera doucement la neige quand l'hiver l'appellera, à son temps.

Il y a de l'espoir plein la photo. Assez d'espoir pour toutes les Georgette Binet de la terre, et toutes ces gentilles âmes qui turbinent dans l'ombre et ne demandent pour s'épanouir que l'aventure un jour d'un regard affectueux.

Cet ouvrage a été réalisé par la
SOCIÉTÉ NOUVELLE FIRMIN-DIDOT
Mesnil-sur-l'Estrée
en avril 1998

Imprimé en France
Dépôt légal : avril 1998
N° d'édition : 98 PE 22 – N° d'impression : 41929
ISBN : 2-84111-097-4

NiL éditions
38, rue Croix-des-Petits-Champs
75001 Paris